心隐之地

徐慕明 著

重庆出版集团
重庆出版社

图书在版编目（CIP）数据

心隐之地 / 徐暮明著 . —重庆：重庆出版社，2023.7
ISBN 978-7-229-17684-6

Ⅰ．①心… Ⅱ．①徐… Ⅲ．①长篇小说—中国—当代 Ⅳ．① I247.5

中国国家版本馆 CIP 数据核字（2023）第 107264 号

心隐之地
XINYIN ZHI DI
徐暮明　著

选题策划：李　子
责任编辑：李　雯
责任校对：刘　刚
封面设计：荆棘设计

重庆出版集团　出版
重庆出版社
重庆市南岸区南滨路 162 号 1 幢　邮政编码：400061　http://www.cqph.com
重庆升光电力印务有限公司印刷
重庆出版集团图书发行有限公司发行
E—MAIL:fxchu@cqph.com　邮购电话：023—61520646
全国新华书店经销

开本：890 mm×1240 mm　1/ 32　印张：10.25　字数：400 千
2023 年 7 月第 1 版　2023 年 7 月第 1 次印刷
ISBN 978-7-229-17684-6
定价：49.80 元

如有印装质量问题，请向本集团图书发行有限公司调换：023—61520678

版权所有　侵权必究

目 录 CONTENTS

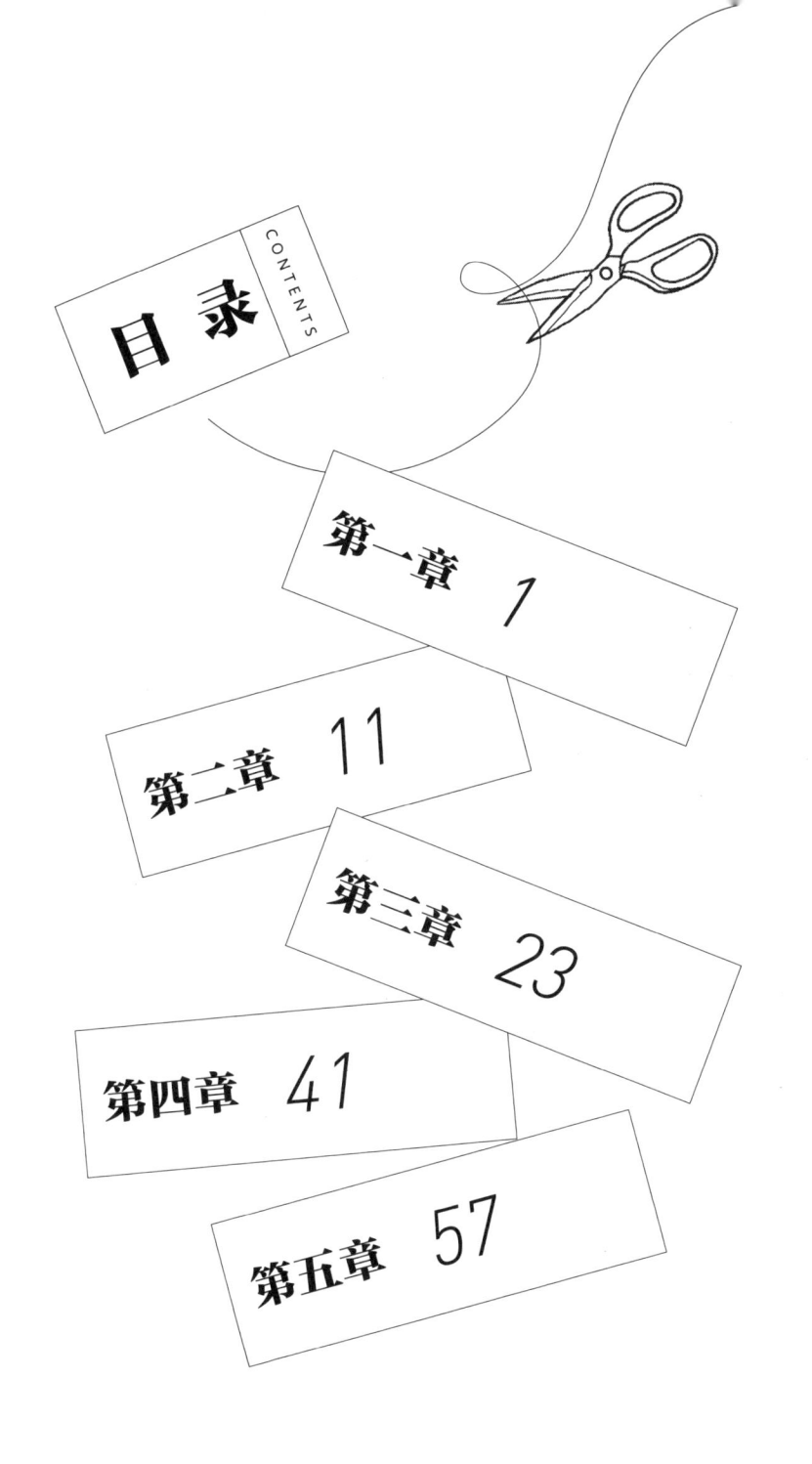

第一章 1

第二章 11

第三章 23

第四章 41

第五章 57

第六章　69

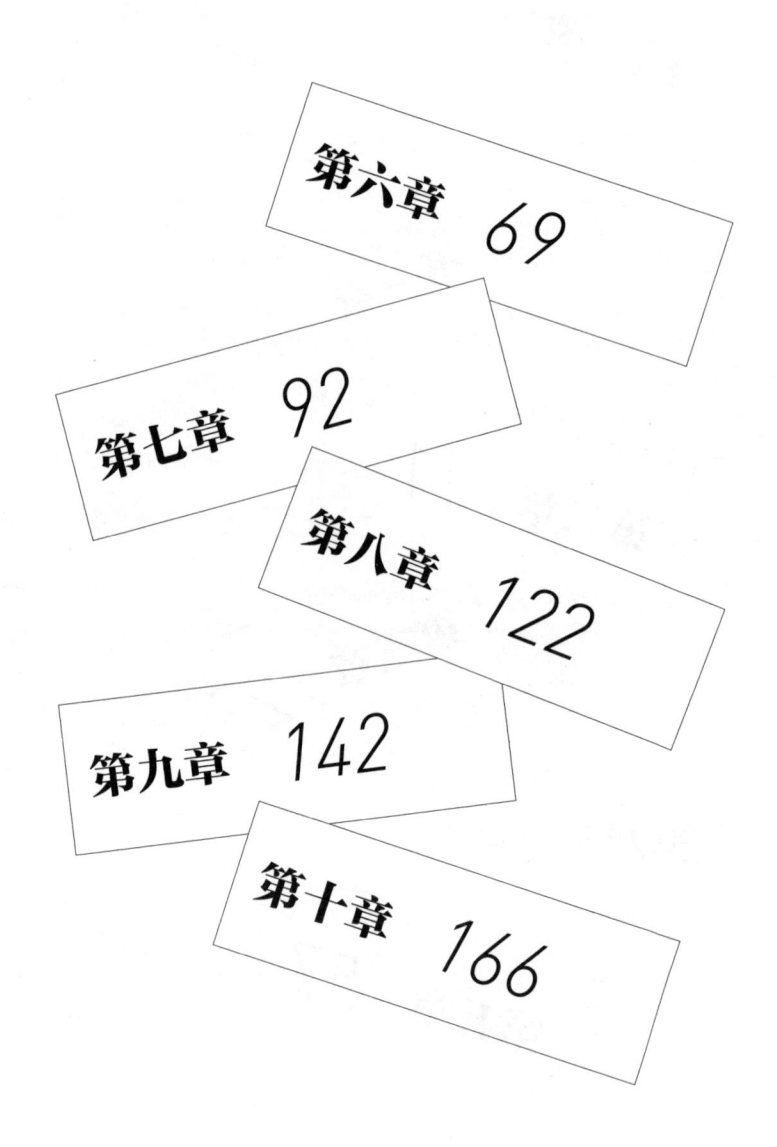

第七章　92

第八章　122

第九章　142

第十章　166

第十一章　182

第十二章　196

第十三章　218

第十四章　235

第十五章　244

第十六章　258

第十七章　272

第十八章　294

第一章

1.

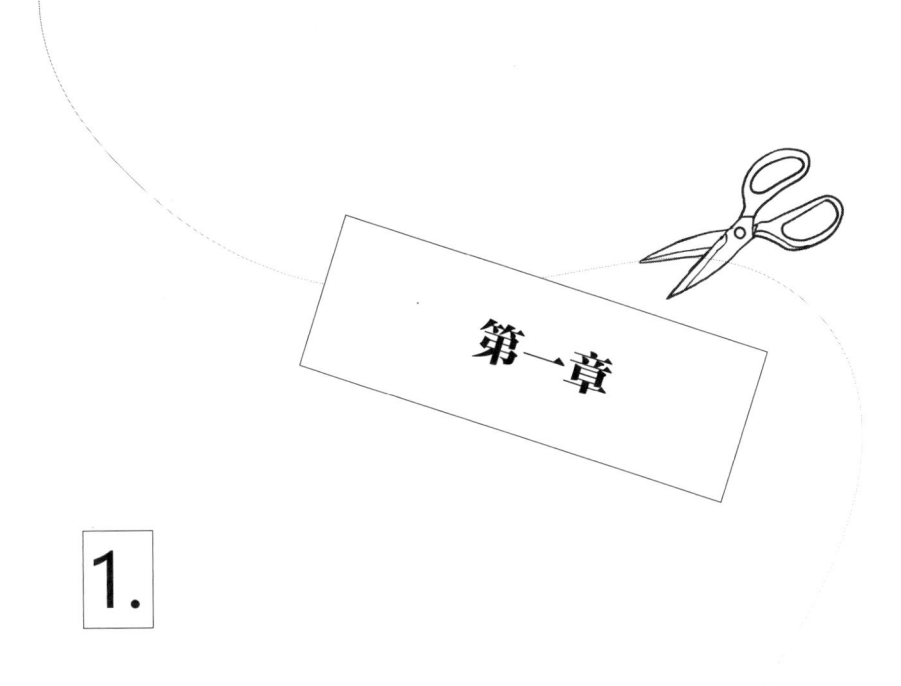

晚饭快结束的时候,《头条新闻》里弹出的消息,让我和妻子不约而同地拿起了手机。

"这个疑似弑子案,在网络上沸沸扬扬有一段时间了吧,她怎么还没被抓到?"妻子的话打破了晚饭以来我们一直持续的沉默。

"嗯,七天了。"我没抬头,盯着屏幕上女人的照片,回了妻子一句。

"这上面说案情有了新进展……嗯!也该有进展了,不然公众都要质疑你们警方办案的能力了……"妻子边读着新闻,边津津有味地评论道,"……凶器可能是她家中消失的红色剪刀……啧啧啧,那可是她的亲生骨肉啊,怎么下得了手!"感叹完,妻子立即后悔地瞥了我一眼,也许是顾及我的幼年经历,她没再将这个话题继续下去。

"怎么了?头又疼了吗?要不要我去帮你拿止疼药?"妻子对抚着额头皱眉的我,关切地问道。

我摇摇头,没有说话,依旧目不转睛地看着照片里女人的脸。

新闻里报道,这个叫林娇的女人,今年三十岁,是一家大型民企货代公司的高管。照片是他们一家三口的合影。女人怀中的婴儿和她身旁的丈夫,脸部都被打上了马赛克,而她漂亮的五官上,却毫无遮拦。

这时，有人给妻子打来电话。虽然手机被她调成静音，但我仍从桌子边缘感受到，手机在她掌心中的微弱振动。

见妻子犹豫着是否要在我面前接通电话；我便已猜到来电的人是谁。

电话被妻子拒接，然后又打来。手机像一只恼人的苍蝇，在她手里不停地发出"嗡嗡"声。

"启铭。"妻子终于开口了。

"嗯？"我装作什么都没发现似的，抬起头。

"去下面帮我拿瓶红酒怎么样？"妻子冲我笑了笑，说道。

"哦，好！"我顺从地从桌边站起，朝地窖走去，给妻子和在电话那头等着她的情人，留下通话的空当。

我越走越快，生怕听见妻子声音里对那男人的温柔。飞快地穿过走廊时，我险些碰到玄关柜上，妻子亲手设计的银质圆盘摆件。

去年有段时间，妻子经营的银饰品生意出了问题，惶惶不可终日。一次，她接到电话匆忙离家，我因为担心她，开车紧随其后，结果却意外发现了她的婚外情。

她出轨的对象比我年轻，是个专打涉外投资官司的律师。

我知道，他曾劝妻子与我离婚，跟他重新组建家庭。从他发给妻子的微信消息中，我看得出他话里的真诚。

他们在一起至少有一年多了，他给妻子的许诺也十分诱人，可妻子却好像一直在犹豫不决。

我不知道她在犹豫什么。"难道她还舍不得我吗？"来到厨房，站在地窖门口时，我不禁将这可笑的想法说出了声。

一年以来，遭受背叛让我备受煎熬，变得敏感而抑郁。我清楚我的婚姻早已名存实亡，之所以没有主动提出离婚，是因为我在等着对妻子那份残存的爱，消失不见。

去年，在发现妻子出轨之后的一段时间里，我被愤怒吞噬着，差点不顾自己的刑警身份，做了那件会令我后悔终生的事。恰也是那段经历让我明白，报复无法减轻痛苦，也不能消除仇恨，唯有不再爱了，才能彻底获得解脱。

我等待的，只不过是，不再爱她的那一天。

打开地窖的门，我踩着通往地下的台阶，一步步前进。

老旧的木质踏板发出不堪重负的"嘎吱"声，好像随时有可能坍塌断裂。我不自觉地绷紧了神经，每一步都走得分外小心。

脚一落到地面，我就闻到一股湿冷的霉味儿，头皮像通了电般紧缩在一起，麻酥酥的。我知道，会有这样强烈的生理反应，并非因几天前，我在交通事故中头部受的伤未痊愈，而完全是因为我打心里讨厌这处湿冷的阴暗之地。岳父离世后，要不是妻子坚持在这里存酒，我早就让工人把这违建的地窖填平了。

靠经营泡沫模型厂发家的岳父是丹东人，幼时住在鸭绿江边的经历，给他留下了童年阴影。美军战机故意投到中朝边境的那些炮弹，一直在他的梦里爆炸。他预言百年之内，中美迟早还会再有一战，所以自打岳父买下了这栋位于市郊的别墅后，就立即在与厨房相连的地下，修建了这个像防空洞一样，密不透风的地下室。

他在这二十多平米的地下空间里存放了压缩饼干、超长保质期的罐头、手电、医药箱，以及各种应急物资。为了做好可能长期在此生活的准备，他把层高建到三米，还设置了有淋浴功能的卫生间。

我抵抗着无处不在的霉味儿，来到妻子存酒的架子前。最上面格子里的木箱空了，我只得弯腰从最下面的格子里拿酒。

刚把装酒的箱子拉向自己，我就被酒架后露出的一双眼睛和半个鼻子惊得呆住。昏暗中，我看见那双乌溜溜的眼睛在不安地眨动。

意识到那后面有一个活人，我警觉地后退。过程中我撞倒了身后存放食物的架子，磕磕绊绊地退到了木台阶的边缘，散落一地的罐头盒子被我踢得"哗啦啦"地响。

"谁在那儿？出来！"我朝对面大声吼道，职业本能地想去摸腰间的配枪。触到空空的皮带，我才意识到我已在家休假多日，配枪早已上交。无奈之余，我连忙抬起紧握酒瓶的手，做出防御的姿势。

漫长的无声过后，从酒架后的暗影里缓缓走出一个人。

当我看清楚她的五官时，便立即认出，她就是新闻里被怀疑弑子的女人。唯一不同的，是她身上的衣着——桃粉色的丝质睡衣睡裤上，尽是一块块的泥污，让她看起来相当狼狈。

我将手中原本指向她的酒瓶握得更紧，"你是怎么进来的？"我厉声问道，用声音掩饰震惊。

"我不记得了。"她回答了我，声音又小又低，"我醒来时，就发现自己在这里了。"她又补充道。

她的话让我困惑——她不记得自己怎么来到这里的，是什么意思？

就在我因陷入思考而略微低头的时候，她朝我走了过来。

"别动！"我将酒瓶高高举过头顶，即将脱手朝她砸去。

"求求你，别报警！我可以马上走！"她吓得缩成一团，紧靠在身旁的墙壁上。

我这才意识到——她刚才只不过是想蹬上我身后的木楼梯，从这里离开。

她战战兢兢地望着我，眼里尽是对掌握她命运之人的恳求。

"启铭，你还在下面吗？"

听见妻子从楼上传来的呼唤，我知道我已在地窖里待得太久。不想让下来寻我的妻子也受到同样的惊吓，我边回应着妻子，边一步步退上了台阶。

"嘎吱，嘎吱，嘎吱……"我的眼睛仍警惕地盯着她的一举一动。

看出我要离开，她站在原地，开始不断地哀求我："求求你，别把我交给警察！求求你了，别报警！求求你，帮帮我……"

就这样，我退出了地窖，装作什么都没发生似的，把红酒递给了等在地窖外的妻子。等她转身离开后，我迅速从墙边的挂钩上，取下钥匙，将地窖锁了起来。

我没将钥匙挂回墙上，而是揣进了裤兜里，满心想着要不要立即通知同事来抓人。

回到餐厅，看见妻子在收拾碗筷，我打算把地窖里发生的事情先告诉妻子，同她商量之后再做决定。可看到她心不在焉的样子，话到嘴边，我又硬生生地吞了回去。

之后，我快步回到2楼的书房。打开电脑，把和"弑子案"有关的消息全部又浏览了一遍。

距离2021年7月20日案发，到今天已整整过去了七天。由于案发当日，台风"梅尔"提前登陆，让电力系统遭到了破坏，市政网络部分瘫痪，导致摄像头没能拍全她逃亡的路线。侦办此案的同事怀疑：她已离开本市，往山区或是内陆城市逃窜。

"可她现在，为什么会突然出现在我家？她躲藏在地窖里多久了？来的时候是否被邻居看见？我要如何跟同事解释，一个他们正奋力抓捕的嫌疑人，一直躲在我家违建的地窖里，而我却浑然不知？"

这些问题困扰着我,在我的脑子里盘旋,使我不安地在屋子里来回走动,头也跟着疼了起来。

一周前的车祸使我头部受创,造成了轻微脑震荡,让我不得不留院观察两天。出院那天,来接我的搭档雷斌告诉我,局里十分重视这个"弑子案",队长已经将这个案子分配到我和雷斌的探组,还额外给我们组配备了三名实习警员,这次是个立功的绝好机会。

可雷斌那时还不知道,听闻这个消息后,我便决定用积攒的假期,借养伤之名,跟队长请三周长假,以避开这个案子。但现在看来,我仍没躲过和此案的牵扯,如今最主要的涉案嫌疑人竟然就藏在我的家中……

心慌意乱地踱着步子经过窗边时,我朝窗外不经意地瞥了一眼,就此停在了窗前。

妻子正在屋外的门廊前打电话,她如我此时一样,表情肃然。

我想到,她此时所站的位置下面正是地窖,便有了一种莫名的紧张。

"如果妻子发现,我将一个弑子案嫌疑人锁在我们的房子里,又会是怎样的反应呢?她一定也无法理解我吧!"

沿海城市的仲夏夜晚,闷热而潮湿,空气中弥漫着海水的味道。

妻子穿着白色打底衫,条纹西装裤,玫瑰金色的长吊坠,随着她的走动激烈摇晃。看起来,她像是与情人发生了争执,不时有眼泪夺眶而出。她抬起戴着宽手环的纤细手腕,弓着食指,倔强地抹掉脸上的眼泪,然后继续表情激动地对着话筒讲话。

我站在妻子的斜上方看着她,猜测着他们之间,今天到底发生了什么。

"他是又在逼妻子离开我吗?那妻子或许该听他的,转身走上2楼,进到这间屋子,对我说出那句会让我们都得以解脱的话。也许从此我会陷入无边无际的痛苦,但我至少重新拾回了尊严。"

这种近乎自虐的想法,让我心中有了一种诡异的期盼。就在这时,妻子真的转身走进了屋里。很快,楼梯上传来了她的脚步声。

听出她正朝我这边走来,我飞快地拉上窗帘,一屁股坐回电脑前。妻子进来的时候,我的手指刚落在键盘上。

"启铭。"

"嗯?"我双眼紧盯着电脑,假装敲击着键盘。

妻子一直站在门口,好像是在犹豫要不要进来,"工厂出了些事情,我要去一趟。"她最终站在原地说道。

"这么晚了，非去不可吗？"我皱眉扭过身来，冷冷地看着妻子说谎的眼睛，明知故问。

"嗯。出了些事情，需要我亲自去处理。"

妻子看起来很疲惫，但我十分清楚——这全是因为她的情人。

"那早点回来。"

"可能不会太早。不用等我了，你先睡吧。"妻子说着转身离开。

我重新站到窗前，看着她的车尾灯像一双哭得通红而无助失神的眼睛，一点点远离我的视线，消失在漆黑的夜色中。

我为我刚才的愧疚，感到可笑和悲凉。妻子骗我的事情还少吗？我对她只隐瞒了这一件，又算什么呢？

2.

"觉得不算什么？那我告诉你们俩！只隐瞒这一件事，也不行！"

前台打电话到林娇办公室时，她正因手下销售主管们，瞒报客户投诉的事在发火。

挂断前台的电话，林娇皱眉翻着桌上"2020 年"的日历牌，"明天是端午节。端午假期过后，也就是 6 月 28 日，一上班，我就要你们就这件事的始末，在公司内网里做出说明和检讨。如果检讨不够深刻，或是言语敷衍，你们知道后果！"她的声音不容置疑，眉眼间英气十足。

见两名男主管连连点头，林娇深知下属们清楚她雷厉风行、说一不二的作风，但凡犯错被她抓到，警告一次不管用，她就会立即开人，绝不给第二次机会。所以，他们向来对她又敬又怕，如今更不敢再做任何狡辩。

林娇厌烦地抬起手，挥了挥，他们俩立刻你推我搡，战战兢兢地走出了门。

林娇走出工区，来到公司前台，"谁找我？"她对着愣神儿的前台女孩问道。

"啊！林总！"前台女孩眨了眨眼睛，这才将直愣愣的目光，从紧闭的电梯门上收回。

"一个男的，奇奇怪怪的。开始说要找姜总，我说姜总出差了，把东西给姜总妻子也行。这不，我一打电话叫您出来，他就急忙撂下东西，钻进电梯里去了。"

"什么东西？"

"呐，就这个！"

林娇接过前台女孩递来的剪刀，也跟着疑惑起来。她拿在手里仔细看了看，材质是不锈钢的，红色的把手和银色的剪刀光亮如新，看起来没有被用过的痕迹。就形状和锋利程度来看，这应该是一把用来剖鱼断骨的厨用剪刀。

这时前台女孩接着说道："他一来就说要找姜总。我问他有什么事。他说，姜总前两天在他店里吃饭落了东西，还掏出姜总的名片给我看。我就告诉他，姜总出差了，东西可以给我转交。他看起来很犹豫。我猜可能是贵重物品，就跟他说，姜总的妻子也在这儿上班，给她也行。然后我就给您打了电话。"

"后来，他就撂下这把剪刀走了？"林娇不解地问道。

"是啊！"

"什么样的人？"

"怎么形容呢……"前台寻思着答道，"他手里拎了个摩托车头盔，说话时，不停往工区里张望。听我说姜总不在，他看起来很失望。那样子，像是专程为送这把剪刀而来的。真是个怪人！"

回到办公室，林娇把剪刀放在桌上，盯着它看了半天。她鬼使神差地伸出一根手指，想要去试探刀尖的锋芒，结果一触到刀刃，便立马缩回了手，将差点扎破的指尖衔进了嘴里。

林娇开始觉得事有蹊跷……

与林娇一样，姜峰从大学毕业，就在这家外资开办的世界五百强货代公司上班。姜峰掌管的关务部，负责处理客户进出口货物的通关业务，对接海关，事务繁杂。林娇带领的销售部，需跨时区同国外的供应商及客户联络，提供国际段海运报价。

身为中层领导兼部门负责人,他们工作繁忙,经常加班,很少在家里做饭。姜峰更是从来没有下过厨房。林娇不相信,姜峰会无缘无故买一把厨用剪刀回来,所以更不可能,把它落在某家店里了。

"那么,刚才那个男人是谁?他特意来给姜峰送一把锋利的剪刀,难道是某种威胁警告?"

林娇知道,姜峰近期一直在做些神神秘秘的投资,会不会是因此得罪了什么人?她越想越怕,桌上明晃晃的剪刀刀刃,看起来越发刺眼。

好在这时手机突然振动了一下,把林娇从忐忑不安中揪了出来,是姜峰发来的微信。姜峰告诉林娇,他改签了端午节当天的机票,差不多明天早上就能到家。

"……试管婴儿的事,我又想了想,咱们明天好好谈谈吧。"姜峰在微信结尾写道。

林娇将手机放回桌上,瞥见了无名指上的宝格丽婚戒——因为全身水肿,玫瑰金边的白瓷戒指就像捆住火腿的棉绳,已嵌进肉里,勒得手指周围的皮肤失去血色。

她早知道,这件事,姜峰不会轻易妥协,哪怕她已为此受尽折磨。

端午节中午,姜峰的开门声从大门口传进来时,林娇正坐在书房里,对着电脑上的邮件发呆。

她慌忙将那封邮件先转发给自己,又将其在姜峰的邮箱里彻底删除,才匆匆关上电脑屏幕,走出来迎接。

姜峰站在玄关处,拖着行李箱,正在换鞋。林娇缓缓伸手,犹豫着要不要替他接过手中的行李箱。

为了是否继续试管婴儿疗程的事,他们此前已冷战了一周。所以像这种夫妻之间再普通不过的关怀举动,现在仍令林娇感觉别扭。

姜峰错判了她的意图,松开了行李箱上的拉杆。结果"啪嗒"一声,箱子摔在了地上。

林娇想要去捡,却听姜峰嘟囔道:"我来吧!"

姜峰放好行李,回到客厅时,林娇正坐在U形沙发的正中发呆。姜峰走到她旁边,在靠窗一侧的沙发上坐下。

宽敞的客厅里,沉默的两人虽只是相隔而坐,却让他们之间的距离好似无比遥远。

看出姜峰即将要打破沉默，林娇指着茶几上的红把剪刀，对他说道："昨天有人特意到公司，给你送还这把剪刀，说是你之前吃饭时，落在他店里的。"

姜峰懵懵懂懂地拿起茶几上的厨用剪刀，看了又看，然后困惑地摇了摇头："这不是我的，我没买过剪刀啊！"

他抬眼看着林娇："会不会是搞错了？什么样的人？哪家店里的？"

"我没见着，前台帮你收下的，说是拿着你的名片来的。没准儿是你做的那些事……得罪了什么人。怎么样，有没有想到什么？"林娇旁敲侧击地问道。

听到林娇的话，姜峰皱起了眉："我能做什么事儿啊，早跟你说了，我只是在利用公司资源做点儿投资，能有什么事儿啊！"

"哦？什么投资？"林娇审视着姜峰的眼睛问道。

"娇娇，婚前你就主张要经济独立，保留一定的隐私。你现在是要我向你汇报，打破这个约定吗？"姜峰苦着脸反问道。

见林娇不说话，他赶忙把话题岔了过去："管他是哪个神经病送的剪刀！行了，别疑神疑鬼的了！"

姜峰将剪刀放回茶几上，缓和了语气后，直接进入正题，"要孩子的事，我考虑了……没有谁做试管婴儿一次就能成功的，我们该坚持下去；而且，没准这回就怀上了呢，现在就决定要不要做下一次太早，况且……"

"三次！"林娇打断了姜峰的话，"是三次，算现在做的这期，我们已经做了三次试管婴儿了！"

"我知道你这几天刚打完排卵针很辛苦，所以才会有这么多抱怨。就算不为我们自己，父母们也盼着这个孩子的到来呢……"

"不为自己，那我更不要继续下去了！上回，我们就说好了，只做到这次！不会再有下次了！"林娇不耐烦地从沙发上站了起来。

她走过餐厅，走进厨房，从冰箱里拿了一瓶依云矿泉水，拧开来喝，以平复心绪。

"你怎么能这么说？你不管父母的想法，也不管别人的看法了吗？咱们结婚四年了，一直都没有孩子，你知道外人都是怎么说咱们的吗？"姜峰紧紧地跟了过来。

"他们爱怎么说就怎么说，你自己知道，自己没问题不就行了吗！

9

我不会为了别人的想法，再继续遭这个罪。"林娇背对着姜峰，可她发现，即使不看他的脸，心中的气愤依然难平。

"让你天天打针就是遭罪了？那我呢？被人天天指指点点不遭罪吗？再说了，生不出孩子算什么女人！"

姜峰最后的话，彻底惹怒了林娇，她猛然转头，用不敢置信的眼神瞪着他。

这时姜峰的电话响起，令这场即将爆发的争吵，不得不暂停。

"客户的电话，有两个集装箱在海关被扣了，我得去处理一下。"挂断电话，姜峰一边说着，一边从卧室拿来外套，朝门口走去。

关门声响过良久，林娇才又闷闷不乐地回到书房。她打开电脑，又看了一遍她从姜峰邮箱里转发过来的那封邮件。

邮件里的内容暧昧，大多是表达发件人多日未见到姜峰而生出的相思，约他在老地方见面。这人告诉姜峰：之所以没发微信，而往他公司邮箱里发邮件，是希望他一下飞机，就能收到这份思念。

看来发这封邮件的人知道，姜峰有一下飞机先读邮件的习惯；却不知道，姜峰怕有紧急邮件被延误，往往会让林娇帮忙处理飞行期间的邮件。

姜峰出轨了。

这本不该被林娇轻易发现的秘密，如今就暴露在她眼前，令她读到的每一个字都刺眼扎心。

这一夜，林娇整晚都没有睡，她躺在床上，听着身后姜峰安然的鼾声，恍恍惚惚，直到天亮。

第二章

1.

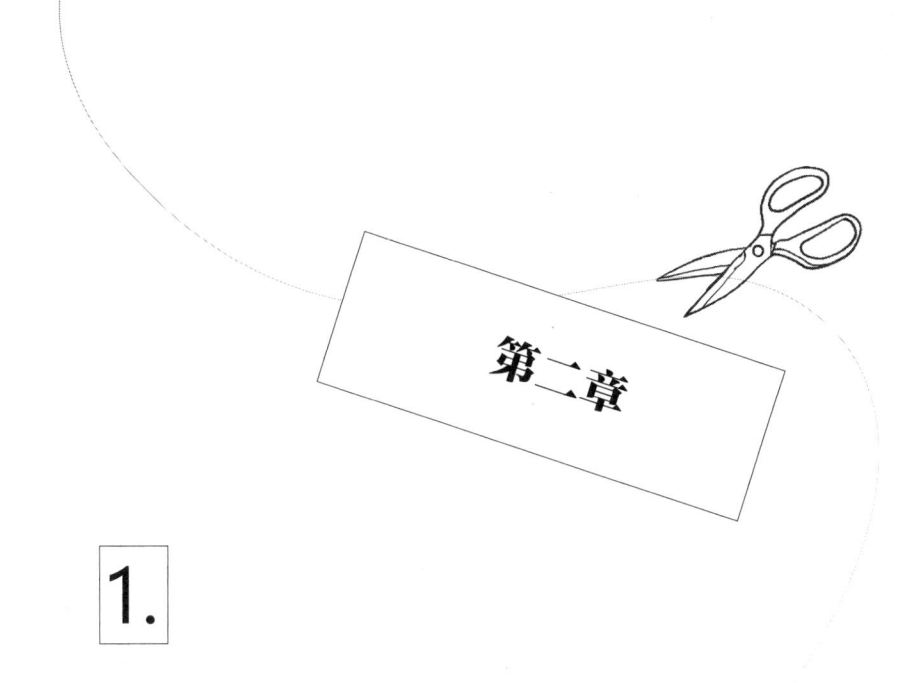

这一夜,我整晚都没有睡,恍恍惚惚,直到天亮。

躺在床上,我尽量控制自己不去想妻子和她的情人,可他们缠绵的模样,就像破门而入的强盗,强行闯进我的脑海,挟持着我去面对无处可藏的困境,搅得我痛苦不堪。

我下床,从药箱里翻出安眠药,强忍着苦味吞下一粒。

大约过了十分钟,药劲儿起效了,我迎来了这一夜难得的平静。可天快亮的时候,我又被头脑中那似梦又似记忆的画面,惊出一身冷汗来。

母亲牵着我的手,站在高高的楼顶。我抬起头来,虽看不清她的脸,但我十分确定——她就是我的母亲。

突然,她纵身一跃,我也被这股巨大的牵扯拉着坠了下去。

风在我的耳边呼啸而过,吹出像口哨一样,"嗖嗖"的响声;失重的恐惧,令我腾空的四肢,胡乱地蹬着……

我不知母亲在何时撒开了我的手。然后,有什么东西忽然接住了我,后背陷进柔软里,整个身子也跟着凹了进去。随后,一声"砰"的巨响,从地面传进我的耳朵……

我三岁那年,患有产后抑郁的母亲,曾带着我跳楼自杀。我被一楼住户装在窗户上的遮阳罩接住,而母亲则当场身亡。

从我有记忆开始,我从未见过母亲的模样,连她的照片也没有。

我跟着父亲和奶奶长大。他们告诉我:那次"事故",母亲并不是拉着我的手一起跳下去的,而是她先将我抛了下去,然后才跳的。

他们的说法,纠正了我的记忆,同时也验证了一个事实——想想,若是母亲领着我一同坠落,我是不可能刚巧被窄小的遮阳罩接住的。

可为什么,我脑海中的画面却不是这样的呢?是什么原因让我篡改了记忆?看到的,永远是母亲拉着我,与我一同坠落的场景呢?

难道是我害怕面对,母亲想要先杀死我的事实吗?每每推论到此,我都不禁疑问——记忆真的可靠吗?

为了找出记忆里的真相,我读了不少心理学的书。虽然没有找到明确的答案,但我却弄清了,我敏感又多疑的性格,从何而来。

我被带我来到这人世,本该充当保护者的母亲,差点夺去了生命。根据心理学上著名的"依恋理论",我的人格无疑发展成了最糟糕的那一类型——焦虑型。

我既强烈地渴望被爱,又十分惧怕与人太过亲近。这种情形,在我成年后的人际交往中展现得越发明显。

我无法完全地信任他人,在亲密关系中,不肯轻易付出真心,直到,我遇见了妻子。

她温暖了我那因为缺失亲情,而被冰封住了的真心。于是我对她卸下了所有防备,渴求着她的爱,也毫无保留地付出着爱。

遗憾的是,我们一直没能拥有自己的孩子,多年前去医院检查出来的结果表明——是我的问题。

只能以彼此为伴的生活,却因我刑警的工作性质,而无法完全顾及家庭,使得妻子总是落入孤单。

渐渐地,我有了一种紧迫感——担心再这样下去,妻子会随时没有羁绊地离我而去。

所以,当我们每一次分别,每一次背道而行时,我都忍不住驻足回首,看她的背影。心中既有短暂分离的不舍,又渴盼着妻子也能如我一样,回头看上我一眼。如果她这么做了,我就会不胜欣喜;如果她没有,我则难免失望。

然而,即使这样,我们的婚姻,依然在七年后走向灭亡。

我曾反省——或许正是因为我的紧抓不放,才让妻子对我产生了窒息般的厌倦，才要去情人那里寻找刺激。

我试图自救——想纠正自己人格中这患得患失的缺陷，来挽回这段婚姻。我寻求专业人士的帮助，去咨询婚姻问题方面的专家。

他们了解我的情况后，告诉我：我在亲密关系中所表现出来的过分紧张，与我童年坠楼的经历有着密不可分的联系，我必须意识到，当年母亲带着我一起自杀的行为，并不是母亲不够爱我，或是我不够好，那只是母亲的一时冲动罢了。

我将这些话，反反复复地说给自己听，试图让自己深信不疑。可心中，却总有另一个声音，在不停地反驳。

"如果母亲爱你，为什么又要杀了你？"

要我相信，想结束他人的生命，不是出于恨，而是源于爱，我无论如何也做不到。

可冥冥之中，我又觉得母亲将我抛下，让我掉进窄小的遮阳罩里并非偶然，而是她潜意识中，身为人母的本性。

这样想着，我又觉得母亲其实是深爱着我的。

我在这样的矛盾中苦苦思索，却无法得知，哪一个才是正确的答案。

于是，每次刑侦队里碰到与女性弑子有关的刑事案件时，我都会主动向队长请缨，参与侦办。试图找出母亲弑子的真实原因，给自己心中长久以来的疑问，一个准确的答案。

然而，那些产后抑郁弑子的年轻母亲，大多同我的母亲一样，结束了自己的生命。我只能从她们的亲友那里，听到片面的猜测。

有人说，她们是因为恨，是源于家庭矛盾的积怨；有人说，她们是因为爱，是不想留下孩子，去面对独自苟活的困境。

众说不一，我的心结始终无法解开——"究竟是为什么？为什么一个母亲，会想要杀死自己的孩子呢？"

不想再仰望着雪白的天花板发呆，我下床走到窗前。

今年入夏以来，清晨大都阴云密布，让人猜不出时间。

我关上空调，推开窗子，海风的气息立刻扑面而来，湿凉的味道里带着一丝血一样的腥甜。盯着妻子昨晚徘徊过的门廊，我突然想道：在那下面，地窖里的女人，或许能够给我想要的答案。

想起她狠狠的模样，我从妻子的衣柜里找了几件旧衣服，又在厨房里热了杯牛奶，端着来到地窖门口。

开锁、推门，当我再次将地窖里的楼梯踩得"嘎吱"作响的时候，身上的肌肉又如拉满了弦的弓，紧绷到一起。

能残忍杀害婴儿的人，一定穷凶极恶，更何况那还是她自己的孩子。即便她先前在我面前表现得再柔弱无助，此刻我的职业本能，仍令我提起十足的警惕。

走下台阶的过程里，我的眼睛从没有离开过地窖尽头的那片暗影。

她明明知道我来了，却没有发出一点声响，直到我走下最后一级台阶，也没在那暗影里看到她。

我想象着她蜷缩在墙角里，怕我靠近的模样，止住了脚下的步子。

站在楼梯侧面，我清了清嗓子："你出来吧，我有问题要问你！给你带了些换洗的衣服，还有热牛奶。"

没有回应，我皱起眉，忍不住侧耳细听这狭小空间内的声响。

果然，我听见了带有试探性的细碎脚步。不对！这声音不是从那片暗影里传过来的，而是从我身后。

没来得及转身，我后脑上便重重地挨了一击。接着，我好似做了一个梦……

梦里漆黑一片的混沌中，出现了一个亮点，那亮点儿越变越大，越来越亮，就像电影中，上帝为人间开启的天堂之门。只是，这门里的光是粉色的。

随着我的睫毛抖动，四周的景象也开始清晰，我意识到——刚刚所看到的一切，只是我从昏厥中醒来的过程。我仍身处地窖，躺在地上，看着侧面墙上那扇门里发出的，粉色的光。

之前被我撞倒的货架，坍塌在门口，四散开的罐头盒子还凌乱地堆在地上。

暗室？我从来不知道这里还有间暗室！

我猜，正是我先前撞倒了那堆货架，才让一直掩藏着的暗门暴露出来，被她发现。

来不及去看清楚暗室里都放了些什么，我慌乱地抬起脑袋，想要找到她。

她站在离我不远的地方，冷冷地盯着我，手里拎着一根漆黑粗壮的皮鞭，好似轻轻一甩，就能抽得人皮开肉绽。

然而，这骇人的画面，又因她身上桃粉色的丝绸睡衣和皮鞭末端垂下来的性感流苏而显得极其违和。

我挣扎着,想从地面上爬起来,才发现两只手都被手铐铐在楼梯上,双脚也被手铐锁住了。

"别动!"

"站住!"

我们俩几乎同时冲对方喊道。

"你要干什么?"我朝她喝道。

"为什么没报警?为什么把我锁在这儿?是因为这个吧?"她的问题似乎比我还多。她指了指那间透着粉光的暗室,脸上带着羞愤的表情。

我疑惑的眼神落进那间屋里,可见的墙壁上,挂着成套的情趣内衣,雪白的双人床上,似乎躺着一个全身赤裸,叉开腿的人。

定睛看了又看,我瞬间意识到——那只是一个硅胶人偶。我一下子明白了,岳父设置这间暗室的目的,甚至开始怀疑起,他修建这座地窖的初衷。

"变态!你没打算再让我离开这儿,对吧?"她羞愤的声音,令我瞬间回过神来。

"那你现在为什么不走?"我反问道。知道她为什么铐住我,我现在反倒放心了一些。

"嘎嗒嘎嗒,嘎嗒嘎嗒。"

"启铭,你在哪儿呢?"妻子的高跟鞋声和呼唤声,从上面传了下来。

我和林娇不约而同地抬起头,看向地窖的门,屏住呼吸不再说话。

"因为她,所以你没法出去?"等到楼上重回宁静,我开口对林娇问道。

她默不作声,却用眼神回答了我。

刚刚片刻的默契,让我们俩达成了某种共识,算是建立了一些信任。

我不知道后来用了多久,才将岳父在此设置暗室的事情,还有我没立刻报警的原因跟林娇解释清楚。只知道,被她解开手铐时,手腕已酸麻得不行。

她听完怔怔地回望了我良久,忽然低下头,自嘲似的喃喃道:"竟然还央求了你半天'不要报警',结果,你就是警察……"

"好了,现在我要你告诉我,为什么要杀掉自己的孩子?"我搓着手腕,盯着林娇的眼睛问道。

再抬起头来,林娇叹了口气,给了我一个意想不到的回答。

"我不记得了。"

"不记得了?什么意思?"我追问。

"我失忆了,不记得自己杀过孩子。也许你不相信,但这是真的。我甚至都不记得自己怀过这个孩子。"林娇的表情木然,看起来就像是一张什么都没写过的白纸。

"选择性失忆?"我不敢置信地将心中的想法脱口而出。

"对,所以你问的问题,我都没法回答你。我不记得我杀过人,也不记得自己是怎么来到这里的。"

见我不相信地对她摇着头,林娇掀开左侧的头发给我看,在离耳廓不远的地方,有一大块结了痂的伤。

"我醒来后,只觉得头很疼,身上青一块紫一块的,但我一点也想不起来是怎么弄的,怎么受的伤。"

接着,她抬起茫然的眼睛,对我继续说道:"以前也发生过这样的事。有一段时间,有一些记忆,从我的脑袋里消失了,像是刻意躲了起来,不管我怎样用力去想,却始终找不到。"

"你说这种事,以前也在你身上发生过?有谁能够证明?"我半信半疑地问她。

就在我开始后悔随着她的思路走下去,竟然相信她这个荒唐的说法时,我听见林娇认认真真地说出一个名字:"毛敏!"

2.

"毛敏!毛毛!毛大小姐!不是故意不回你微信,我刚刚真的在开会呢!今天有点忙,晚上见面的事,待会儿再说哈!么么哒!"心烦意乱地离开会议室,林娇一边回复着毛敏的微信,一边急匆匆地朝办公室走去。

端午节后的第一天，货代公司里格外忙碌，报价议价，投诉处理，销售和客服代表们的手机铃声响个不停。

林娇穿过嘈杂的工区，正欲推开办公室的门，却突然停在了门口。

她看见姜峰正穿梭在工区之间，给他部门的下属们分发从香港出差带回来的零食。

也许是盯得太过仔细，林娇眼里的画面变成了慢镜头，她觉得姜峰和每一个与他互动的女下属之间，都在眉来眼去。

眼见着姜峰偏爱地将一整盒珍妮曲奇，给了正冲他微笑的助理艾米丽，林娇愤愤转身，摔门进入办公室。

坐在转椅上，林娇两手抚着额头，试图让自己冷静下来。

"能往姜峰公司邮箱发暧昧邮件的人，不是与他有商务往来的客户，就是公司里的同事。"

以林娇对姜峰的了解，他近期接触的客户，清一色都是男性。那么，值得怀疑的对象，只剩下公司里的女同事了。

昨晚，林娇在姜峰的行李箱里，找到了一对迪奥的珍珠耳环。包装未拆，礼盒完好，这显然是他从香港给谁带回来的礼物。

然而林娇对金属过敏，她很少戴耳环，所以这显然不是买给她的。

果然，今早的晨会上，林娇看见昨晚的那对耳环，已经戴在了财务总监唐蕾的耳朵上。

平日里与林娇私交甚少的唐蕾，面对林娇冷冰冰的注视，竟然回给她一个灿烂的微笑，充满了挑衅和得意。

为了防止在众人面前失态，一开完会，林娇就从椅子上站起。离开前，她狠狠地朝唐蕾瞪了一眼。

唐蕾却不躲不闪，好似下一秒还打算跟林娇说些什么。但那时，林娇已快步朝会议室门口走去。

如今，林娇坐在办公桌后的椅子上，感觉心烦意乱："是谁？是艾米丽？是唐蕾？还是别的什么女人？"

想要查明真相的冲动，使林娇不再犹豫。她点开微信，在与肖娜的对话框里，输入："十分钟后，星巴克！"

"姐！你真停掉试管婴儿了？"星巴克里，肖娜看着不遵医嘱，小口抿着热美式的林娇，张大了嘴巴，吃惊地问道。

肖娜与艾米丽一样，都是一年前公司新招的应届毕业生。林娇当初看中肖娜的机灵、嘴甜，便挑她做了自己的助理。在公开场合，肖娜恭恭敬敬地称呼林娇，"林总"，只有她们两人时，则一口一个"姐"地喊着林娇。

与肖娜保持这种近似于闺蜜的关系，让林娇感觉在公司的时光变得有趣许多。所以大多时候，林娇并不介意与这个下属分享一些自己的私生活。

林娇不去回答肖娜，继续用塑料刀切开自己盘中的乳酪蛋糕，分给她吃。

"我就说吧！姜总肯定会想通的！你看看，做这几期试管婴儿，你都遭了多少罪了，我看着都心疼啊。姜总还不得心痛死了啊！"肖娜说着，懂事地把自己的巧克力麦芬也切了一半，放进林娇的碟子里。

"你和艾米丽的关系怎么样？我记得你们俩好像是同一所大学，同一个专业的吧？"林娇直接开口，引入正题。

"是啊！我们俩不但同是经管专业，还是同班呢。是她先看到咱们公司的招聘信息，喊我一块来投的简历，说起来，我还算是她介绍到这儿来的呢！嘻嘻，怎么了，姐？"

"那正好，你帮我去打探打探，看看她有没有男朋友……哦！或者是中意的对象！"

见肖娜一脸疑问，林娇淡淡补充道："我表弟，今年研究生毕业，刚入职到世界五百强的央企，条件不错，这几天正求我给他介绍女朋友呢。我看艾米丽人漂亮文静，她要是没有男朋友，我就打算把我表弟介绍给她了。"

肖娜若有所思地点了点头，她放下正要送入口中的蛋糕，"行！没问题！我今天中午就约她吃饭。包在我身上！"

"嗯，对了，我要给她介绍男朋友的事儿，你先别告诉她啊，别让她知道是我问的。"林娇最后不忘嘱咐道。

午休快结束的时候，在办公室焦急等待了一中午的林娇，终于从百叶窗间隙中，看见走进工区的唐蕾。

林娇赶忙起身，推门出去，尾随着唐蕾，走进卫生间。

站在洗手池前，林娇打开化妆包，开始对着镜子补妆。

等了一会儿工夫，唐蕾从隔间里走了出来。她对着镜中的林娇笑了笑，低头在水池边洗手。

林娇停下补妆的动作，扭过头去，目不转睛地盯着唐蕾。

余光瞥到林娇凌厉的眼神，唐蕾懵懵懂懂地看向她。

"耳环不错！新买的？"林娇对唐蕾冷冷地问道。

唐蕾下意识地摸了一下耳垂，笑着答道："这个啊！说起来，还要谢谢姜总！"

听到唐蕾的话，林娇放下刚刚举到唇前的口红，彻底转过身去，瞪着她。

她本想质问唐蕾怎么能如此不要脸，却听唐蕾又说道："这对耳环专柜要卖六千多，听姜总说要去香港出差，我就拜托他帮我去免税店里看看。结果！打折、退税、汇率差，相当于打了三折，还不到两千呢！我就让姜总帮忙带了一对回来，呵呵，我还以为你知道呢！"

唐蕾兴奋地说着，见林娇面无表情，于是又说道："对了！林总，还没来得及恭喜你呢！"

"恭喜我？"林娇反问，原本一直审视唐蕾的眼睛里，一下子充满了疑问。

唐蕾四下看了看，确认卫生间里再无他人，便神神秘秘地贴到林娇耳边："我上周出差，陪总经理去集团开会，因为涉及财务数据的问题，我有幸旁听了只有公司高层才能参加的董事会。你知道，咱们公司的副总职位一直空着……"

说到这儿，唐蕾故意顿了顿，暗示性地猛眨眼睛："哎呀！急死人了，你怎么还想不到呢！上次央企竞标那一仗，你打得那么漂亮，集团尽人皆知，早就引起了老板们的注意。这次，在董事会上，董事长亲自提议由你来担任这个高层空缺！我早上就想告诉你来着，结果开完会，你走得那么匆忙，我都没追上！"

说完，唐蕾笑着，朝林娇挤了下眼睛，试探性地问道："这个消息，你不会早就知道了吧！要不……听我说完，怎么也没看出你高兴来呢？"

一回到自己办公室，林娇背靠在门上，深深地吸了一口气。刚才在卫生间，她一直仔细观察唐蕾说话时的表情。

现在，林娇可以确认——唐蕾没有说谎。那对耳环，并非姜峰所送，而是同事之间不好拒绝的出差代购。

不过，唐蕾不知是真傻假傻，新款的迪奥耳环就是在免税店，也不

19

可能打到三折。

林娇猜，姜峰多半是最近在业务交叉上，有求于唐蕾，所以才自掏腰包，博唐蕾欢心。

想想，如果姜峰真的买礼物给出轨对象，怎么可能让林娇在行李箱中轻易找到。

松了一口气的林娇，拉开办公桌后的椅子坐下，可另一个问题又立马涌上了心头。

她想起，唐蕾刚悄悄告诉她的"好消息"。公司副总的位置，被很多人觊觎已久，如今可能落在她的头上，林娇却不知是忧是喜。

即便才与姜峰大吵过一架，即便今早不遵医嘱，任性地喝了杯咖啡，她还是打算完成这一期的试管婴儿。

因为不只姜峰，林娇同样对这个孩子盼望已久。但是，一旦接任了公司副总的职位，她或许不得不放弃要孩子的想法。

更高的职位意味着更繁忙的工作，得到的多，放弃的也将一样不少。

林娇已艰难地维持着家庭与工作的天平。升职，无疑会将现在的平衡打破，她必须在这两者之间做出选择。

"咚咚咚"，玻璃门上的敲门声打断了林娇的思绪。

她听见肖娜在门外轻唤，"林总，您上午让我做的那个客户回访有结果了，要我现在汇报一下吗？"

"进来吧！"林娇捋了捋压散的头发，坐正说道。

肖娜一合上办公室的门，就兴奋地坐到林娇对面，说道："我都打听出来了，艾米丽没有男朋友，不过现在有人在追她。是咱们公司的，年纪长她好几岁呢！艾米丽都拒绝了好几次了，可那男的死缠烂打，出差回来，总买一堆零食和小礼物来哄她，躲都躲不开呢！"

林娇的心咯噔一下，双唇因紧张而不自觉地紧绷，"艾米丽有告诉你，是谁吗？"林娇声音迫切地问道。

肖娜却狡黠一笑，卖起了关子，"猜不出来吗？您这注意力呀，全放在工作上了！其实我早看出苗头来了，再给您点儿提示，跟艾米丽一个部门的！"

林娇的脸色越来越难看，早已没心思猜下去。肖娜见状赶紧说道："吴刚啊！坐在艾米丽对面的那个眼镜男！考了几年，都没把报关员资格证考下来，还跟艾米丽吹牛，说他正在研发什么智能装箱软件，将会给货代行业带来巨变，哈哈哈哈……"

听肖娜自顾自地笑着，林娇开始在心里怀疑，那封暧昧邮件，或许是什么人搞的鬼。毕竟这世上无聊的人很多，他们看不惯你，又干不掉你，就只能搞出些无聊的把戏恶心你。

或许是看出，林娇对刚才的八卦一点都不感兴趣，肖娜借机转换了话题："姐，中午吃饭时，艾米丽还跟我抱怨姜总来着呢。"

"哦，她说什么了？"一下子卸下心头重负的林娇，重重地靠向椅背。

"她说，姜总最近特别难伺候。以前他出差，只要给他订靠窗的位置就行了。可最近俩月，他要求艾米丽只能订有双人位的靠窗座位。还要保证预订时，旁边的坐位也是空的，才能向票务公司下订单。而且订单一旦确认，还要在第一时间，通知姜总票务信息，座位号。以前这些，姜总都不怎么在意的。"

林娇的眼神开始闪烁，肖娜则更加口无遮拦，"另外啊，姜总最近会客吃饭的发票数额也变得多了起来。艾米丽为这事儿，被唐蕾数落了好几次。虽然知道这是指桑骂槐，但艾米丽还是觉得很委屈。好在姜总敏锐，察觉到财务的不满，不知道用了什么法子，才让那边安静下来。不过呀，唐蕾还是就每周都有同一家餐厅发票的事儿，为难艾米丽！可艾米丽能怎么办呢？总不能告诉姜总，别总去那家餐厅吃饭吧！要说啊，我们这些做助理的呀……"

"哪家餐厅？"林娇突然打断了肖娜的话，厉声问道。承受着太阳穴与胸中愤懑同步的跳动，林娇尽量控制着，不让声音颤抖。

姜峰出轨了。

如果说之前，林娇还在怀疑。那么刚刚，肖娜的话无疑给了她确认。

每次出差订票，一定要确保身边的座位空着，姜峰是在给那个与他同行的女人留座；助理订完票后，他要立刻知道票务信息，无非为了通知她尽快订座；每周都要去同一家餐厅吃饭，那绝不是去会客，而是约会！

这样想着，林娇感觉头晕目眩。她不想再听肖娜一句废话，只想知道，姜峰与情人约会的饭店名字。

"开……开元酒店啊！"看着林娇越来越苍白的脸，肖娜怯生生地答道。

林娇用力摆了摆手,让肖娜出去后,她仰头瘫在了椅背上,一股从未有过的无力和疲惫感席卷全身。她感觉身体被猛兽掏空,吞掉的是她的信任和尊严。

　　就在这时,手机振动了起来,是毛敏的电话。

　　"喂!我刚从大剧院出来,《美狄亚》的戏票我可都买好了啊!不管有什么事,你今晚都得陪我去看,不许再放我鸽子!"林娇耳贴着手机,难过地闭着眼睛,听着毛敏在电话里半威胁,半撒娇地说道。

第三章

1.

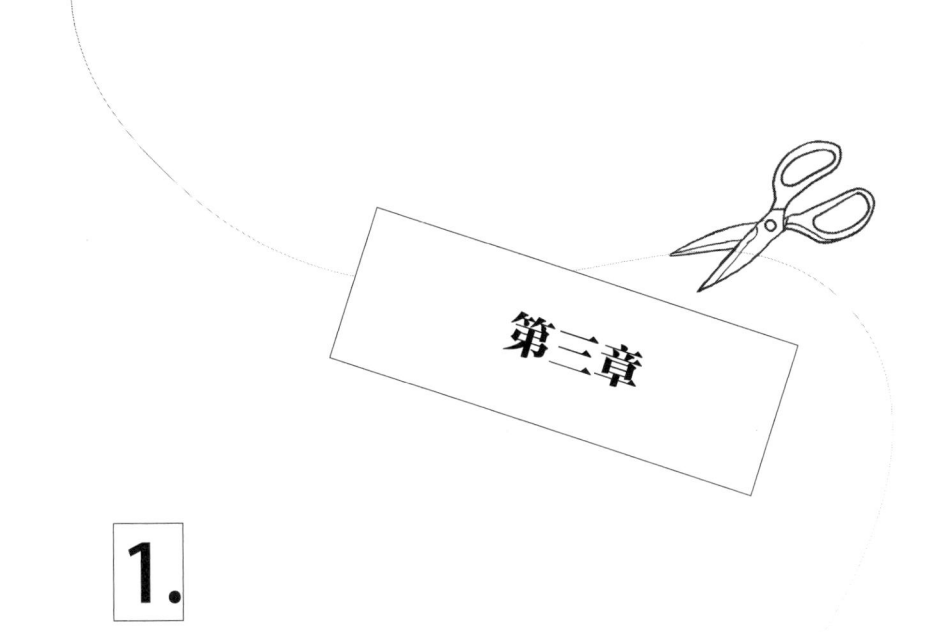

"不管有什么事,你今晚都得陪我出来,不许再放我鸽子……"

我坐在"毛敏心理咨询诊所"的等待区,听着接待台后的女助手,与朋友电话相约一起去健身的事。

她嘴角不时弯弯勾起,看起来心情不错。从她的口音,我听出她是北方人。她的笑声里也有一种北方人特有的爽朗,使我先前因焦虑而绷紧的神经也放松了许多。

自从我接到这位女助手的电话,通知我可以按约咨询。我就开始为一个问题发愁——要怎么开口向毛敏求证,林娇是否真的有过失忆史。要是毛敏反问我,是如何得知林娇这段经历的,我又该如何作答?总不能告诉她,是林娇昨天亲口告诉我的吧!

正当我愁眉不展的时候,放在前台桌上的办公呼叫器,突然亮起。红灯不停闪烁,而毛敏的助手显然没有发现,她把全部的注意力都用在了讲电话上。

"红灯!红灯亮了!"我提醒她道。

"糟了!"她慌忙按下呼叫器按钮,同时向我投来感激的目光。

我看见红灯熄灭,旁边的绿灯亮起。

"怎么接得这么慢!让预约的访客进来吧!"一个冰冷的女声从呼

叫器里传出。

我听得出，那声音里有几分争吵过后，余怒未消的克制。

"刚，刚在同访客聊天来着……我这就请他进去！"女助手怯生生地对着呼叫器说谎，然后冲我缩了缩脖子，不好意思地眯起眼睛微笑，请我不要揭穿她。

我被这古灵精怪的女孩儿逗笑了，极有默契地朝她点了点头，便起身朝咨询室走去。

穿过走廊，我在毛敏咨询室的门前停下，正想敲门，门被人从里面猛然拉开。

一个面容白皙，戴着金丝边眼镜的年轻男人，怒气冲冲地走了出来。若不是我躲闪及时，他差点撞到我的肩膀。

带着诧异和不满，我将目光从消失的男人背影上收回，转而看向站在屋内的毛敏。

她身着干练的浅蓝色职业套裙；又直又挺的鼻梁上架着一副淡紫色的眼镜；头发利落地盘在脑后，由黑色的发卡牢牢固住。她双手交叉抱在胸前，仍保持着与人争论的架势。

见我一动不动地站在门口，她用下巴和眼神示意我，到她对面的沙发那去。

这样的心理咨询诊所，我去过很多家，对接下来的流程也了如指掌。但为了表现出没有任何咨询经验，我站到沙发旁，傻乎乎地问她，"是坐下还是躺下？"

"随你！你觉得怎么放松，就怎么来。"毛敏心不在焉地说着，走到门口，将门彻底关上。

我想了想，最终还是在沙发上平躺了下来。

毛敏拉过旋转椅坐到我身旁，捧着手里存有来访者资料的平板电脑对我问道："有什么我可以帮你的吗？"她的声音比刚刚在呼叫器里温柔了许多。

"我失忆了，但不是完全忘记，有一段儿时对于我很重要的记忆，我无论如何也想不起来了。我想知道这是为什么，还有，怎么才能找回它。"我偏头看着毛敏的眼睛，认真地说道。

"选择性失忆？"

还没等我点头说对，她又说道："既然你不记得有过那段记忆，你怎么能确定，它真实存在过呢？"

我一时哑然。为了让毛敏相信，我将记忆里母亲带着我跳楼的那段似梦似幻的经历告诉了她。

毛敏默默听完，对我问道："听起来不像是一段愉快的记忆，那为什么非要记得呢？"

我听出毛敏声音里的疲惫和敷衍，猜她现在可能没心思接待我这个病人，但我有求于她，必须让她对我集中精力。

于是，我又将我与妻子目前在婚姻里出现的问题，以及我怀疑那次"事故"对我成年后的性格塑造，起了很多负面的影响等等，对毛敏如实相告。末了，我问她："毛医生，我要怎样才能找回这段记忆？怎么才能记起真相呢？"

毛敏终于目不转睛地看着我了，在盯了我良久之后，她突然朝我靠近。我躺在沙发里无处可躲，甚至都能闻到她脸上的妆粉和身上的香水散发出来的香气。

她抬手摘掉了固住头发的发卡，散开的秀发便如泼出的墨汁一般，倾泻而下。

我的手腕突然被她抓在手里，感觉自己的手被她拉着，正在朝她的胸脯靠近。我下意识地想往回缩，却被她不容置疑的声音喊住。

"别动！"毛敏瞪着眼睛，对我喝道。

紧接着，她将黑色发卡夹在了我的食指上，她仍然拽着我的手腕，声音像包裹人全身的温泉水一样，缓缓地流进了我的耳朵。

"记忆，就像你身体里的血液，可能会代谢掉，但不会凭空消失。如果它不能顺利地流进你的意识，那一定是被什么卡住了，截断了它的流向，所以你的意识才无法调用它。"

毛敏抬起我的手腕，让我看见，我因失血而发白的食指。

"想让卡住的记忆重新流回意识里，必须找出是什么卡住了它，把它清理掉。"她说着摘掉了我食指上的发卡，血液重归指尖，我的手指又变回了正常的颜色。

见毛敏点着细高跟儿轻蹬地面，在反向力的作用下，被旋转椅带回桌边，我也立即从沙发上坐起，若有所思地追着她问道："那要怎样才能找到卡在记忆里的东西呢？"

"找到夹子，让情景重现！"

"情景重现?"我不禁重复。

"鱼躺在地上,无论怎样挣扎,也不会想起正确的游泳姿势,但只要回到水里,它自然就能游了。

"会认为自己失掉了某些记忆,一定是因为还存有与之相关联的一些记忆。

"拿你的例子来说,你不记得是被母亲先抛下楼去,还是跟着她一起跳的楼,但你十分确信这段记忆真实存在过,是因为你记得与她一同站在楼顶上的情景。

"这个画面牵动着你的情绪,让你记忆犹新,它就是卡在你记忆里的夹子。

"要想拔掉这个夹子,找回那之后究竟发生了什么,就需要让情景重现,那你就得……"说到这儿,毛敏停了下来,用力抿紧下唇,嘴角无可奈何地弯了下去。

"再跳一次楼?"我替她说出了口。

毛敏不置可否,像看着一位得了绝症,无药可医的病人似的对我点了点头。"或许吧。就你的案例来讲,这是我能想到的情景重现。"她话锋一转,"不过林娇当时,却不需要如此。"

听到毛敏主动提起了林娇的名字,我不禁惊讶地看着她。

毛敏似笑非笑,脸上带着耐人寻味的表情,"钟先生,哦不,钟记者,你是为了她才来的吧?"说着,毛敏将怀里的平板电脑翻转过来,将屏幕举到我眼前,里面是一个人的微博主页。盯着那微博的昵称和上面尽是关于女性犯罪的新闻报道,我想起了昨天毛敏助理在电话里,要我登记职业信息和微博账号时我说的谎。怕暴露自己的警察身份,让毛敏心存戒备,那时我将一个自由撰稿人朋友的微博随口报了出来。

"我不是记者,我是自由撰稿人,不是你想象的那种狗仔,或是没有职业操守的……"我将错就错,假意辩解,可话还没说完就被她打断。

"林娇曾失忆过的经历,你从哪儿打听来的?"毛敏终究还是开口问了。

我看着她审视我的眼睛,知道稍有不慎,今天将一无所获。

"林娇的丈夫,我从他那儿得知的。"我回答道。纵使说谎,我的眼神没有丝毫游离,因为这是我现在能想到的,最好的答案。

"姜峰?"毛敏似乎相信了。

见我点头,她叹了口气,对我问道:"你打算怎么写?"

"什么?"我没理解毛敏的意思,忍不住反问。

"我想知道,你打算怎么写林娇,这决定我是否会向你透露更多。"见我沉默,毛敏继续说道:"你应该很清楚,警察并没有认定林娇就是杀死孩子的凶手。可那些媒体却已经先给她定了罪,把她彻底妖魔化了。如果……你会跟他们秉持不一样的观点,我倒是愿意和你聊聊林娇的事。"

毛敏从椅子上站起,走到饮水机旁,用一次性纸杯接了一杯温水递给我。

"我想知道林娇那次失忆的事。"我直接开口对毛敏问道,算是答应了她。

"林娇丢失的那段记忆,跟你的一样,也发生在她儿时。在她大概六七岁时,父母站在大雨中争吵,没留意掉进河里的林娇,结果害她差点儿淹死。后来,是一块漂来的浮木救了她,带她漂回到岸边。

"这段记忆,被林娇选择性地遗忘了很多年,直到我们高二的游泳课上,她不小心被同学撞到了泳池里,才让她意外地找回了那段记忆。

"你发现了吧,林娇能找回记忆,全是因为'情景重现'。掉进游泳池,让她在河水里挣扎的情景得到了重现,所以林娇才能重拾丢失的记忆。"

我怔怔地看着前方,若有所思地点了点头。

"不过……"毛敏的语气突然变得意味深长,"如果记忆遗失得太久,即便找回,也未必完全准确。"

"什么意思?"我皱眉看她。

"拿林娇来举例,她记得的,是'浮木'救了她,可她的父母却告诉我,是他们及时发现了河水中的林娇,跳下去救的她……"

说到这儿,毛敏认真地看向我,"你听出其中的蹊跷了吗?'浮木'——'父母','浮木'的谐音正是'父母'。因为遗失的时间太久,林娇找回的记忆出现了偏差,反倒让这段失而复得的记忆,成了她的童年阴影。

"她固执地认为,父母当年只顾吵架,对她的生死置之不理,坚信是浮木救了她……

"所以,林娇与父母的关系一直很差。"

这时，办公桌上的呼叫器突然亮起，知道是女助手在呼叫，毛敏走了过去。

"他又回来了！说是手包落在您办公室里了。"女助手紧紧张张地在呼叫器里说道。

"别让他进来！落了什么，你进来拿了再转交给他！"毛敏皱着眉按着呼叫器，一脸嫌恶。

几分钟后，女助手进来拿走了毛敏桌上的黑色手包。

"你为什么觉得林娇是无辜的？"门一关上，我立刻对毛敏问道。

毛敏挑眉看我，像看着一个无知的孩子："你不是在报道杀婴案吗？没对她做过背景调查吗？你要是认真看了她的微博，就该知道，她有多么爱心泛滥。

"她会去助养流浪犬，会去山区给失学儿童捐书捐款，你觉得，这么一个在普世眼里，善良又怀有大爱的女人，会杀掉一个不足百天的婴儿吗？更何况，那还是她费尽心力，透支身体，做了3期试管婴儿，才得来不易的亲生儿子。这就是为什么警方虽然在寻找林娇，却没有通缉她的原因。

"可媒体在传播这些消息时，直接用了'重要嫌疑人''罪犯''凶手'这些头衔加在了她的名字前，搞得她好像成了在逃犯一样。

"或许警察急于找到她吧，恨不得给她施压，也懒得帮她澄清。但以我对林娇的了解，我绝不相信她敢杀人。她只是一个软弱又无助的，可怜女人罢了！"毛敏的表情克制，声音却激动。

她的话，让我想到了另一个与杀婴案息息相关的人，于是问道："那林娇与她丈夫的关系怎么样？"

毛敏上下打量着我，"这个你该去问姜峰啊，你刚才怎么不在外面问他啊？"

"刚才？"我脱口反问，随即后悔，想起在门口差点儿撞到我的男人，我才意识到——他就是姜峰。

毛敏看我的眼神已经起了变化。

"他来找你干什么？"纵使刚撒的谎已经露馅，我还是硬着头皮问道。

"跟你一样！想看看能不能从我这儿，套出林娇的下落。不过，让你们失望了，我也很久没见过她了！"说完，毛敏轻蔑地看着我，拉开了办公室的门。

当我从毛敏的心理诊所出来时，天空下起了小雨。这座港口城市的夏天，总是阴雨绵绵，丝线般的细雨中夹杂着海水的咸味。

我站在路边招手，拦下了一辆出租车，让司机载我去游乐场。

熙熙攘攘的车辆在湿滑的路面上缓缓行驶，轮胎碾过地面，摩擦出"沙沙"的水声。司机烦躁地升起车窗，跟我抱怨起这连日来多雨的天气。

坐在后排座上的我，始终没吭一声。我目不转睛地盯着手机里林娇的微博。发现这些，先前我已看过不知多少遍的照片，如今摘掉认定她就是杀婴犯的有色眼镜后，变得完全不同。这个女人原本的生活面貌，开始在我眼前徐徐展开。

她喜欢旅行，乐观开朗，欧洲自驾游中租来的车子抛锚，她坐在拖车里，举着司机分给她的咖啡，笑着拍下了和女司机的合影。附文自嘲："运气真好！要不是车子抛锚，都没机会结识到这么漂亮的美女，还喝到这么棒的 Espresso（意式浓缩咖啡）。"

她热爱运动，微博里发的最多的，是每日的运动打卡，慢跑、游泳、瑜伽、普拉提，她好像样样精通，越发曼妙的身姿，彰显着她对生活的热爱。

她醉心于公益，除了毛敏说过的助养流浪犬和给山区儿童捐书捐款，她还时常参与到环保及野生动物的保护行动中去。

关上屏幕，我歪着头，茫然地透过车窗上蜿蜒挣扎的水痕，去看外面扭曲的世界，耳边再次响起了毛敏的声音。

"……我不相信她敢杀人。"

"……她只是一个软弱又无助，可怜女人罢了！"

据公开出来的杀婴案案情，案发当天，为应对台风"梅尔"的提前登陆，月嫂一早便出门买菜。随后，林娇与姜峰因家庭琐事爆发争吵，姜峰被林娇抛出的花瓶砸伤了头，独自冒雨去急诊缝针。大约两个小时后，前来看望生病孙子的姜母，发现儿子家门大敞四开。她进屋呼唤儿子、儿媳，无人应答，想到摇篮中的孩子，姜母走进卧室，顿时被眼前的景象惊呆。

窗户敞开着，狂风卷着雨水，不停地扎进窗边的摇篮里。据姜母回忆：没听见孩子的哭声，她被不祥的预感笼罩着，像被人用枪口顶着般，一点点地靠近婴儿床。孩子早已没了呼吸，静静地躺在被鲜血浸透了的摇篮里。

后来法医给出结论：婴儿死于利器造成的贯穿伤，死因是失血过多导致的脑死亡。死亡时间，正是姜峰自称离家后的那两个小时里。

门锁没有被外力撬开的痕迹，依照月嫂和姜峰的供述，警方怀疑：凶器很有可能是家里突然消失的那把红色剪刀。它的去向，也同失踪的婴儿母亲一样，成了本案的待解之谜。

案发当天究竟发生了什么？到底是谁杀了孩子？这些只有林娇能给出答案，可她却忘记了。

"选择性失忆，唯有情景重现才能拔掉卡在记忆上的夹子。可对于林娇而言，要如何让情景重现呢？"

我坐着的这辆过山车，开始移动时，我仍陷在这苦苦的思索中，无法自拔。

随着过山车在轨道上缓缓爬升，无须抬头，我眼前就是飘着细雨的灰白天空。大地成了我身后的背景，正在逐渐离我远去。我很快便感受到了，失重的恐惧所带来的，越发疯狂的心跳。

"不要害怕！想找回失去的记忆，唯有情景重现！"我抵抗着恐惧，不停地说服自己。

三岁那次"事故"之后，我便落下了恐高的毛病。在公安大学接受炼狱般的素质训练时，凡涉及与高度有关的项目，我都必须在开始前做足了心理建设——为了成为警察的光荣与梦想，决不可以退缩半分。然后，咬着牙硬上，才能顺利过关。可即便如此，再要我站到两层楼高的阳台上，我仍会无法控制地两腿发软。

我没办法回到母亲带着我跳下的楼顶，再跳一次楼让情景重现，所以我来到游乐场，坐上过山车，想靠再次体味坠落的感觉，帮我找回失去的记忆。

到达顶点之后，我再也无法控制地闭紧双眼；灌进我耳朵里的风，开始在我耳边咆哮；我的耳膜，感受到了前所未有的压力，好似有什么东西，在我发昏的脑袋里膨胀，想要穿透我，挣脱而出；我的呼吸变得越发困难，虽看不见自己，但我依然知道，我的五官一定已经因痛苦而扭曲变形。

我记起，上一次如此难受时的情景：那时，我驾车跟踪妻子，亲眼看着妻子的情人，搂着她的肩膀，与她相拥着，朝酒店大堂走去……

此后，我等待的每一分每一秒，都心如刀绞，好似有一团火在我喉咙和胸腔里燃烧，要把我烤干耗尽。

感受着妻子带给我的痛苦，和她的情人迫使我背负的屈辱，我一下下地用拳捶打着额头……直到头脑发晕。

我痛恨妻子，更痛恨自己，痛恨自己对她的不舍。

当我再次看见他们手挽着手，从酒店里走出来时，我恨不得将那个男人碎尸万段。

"我要杀了他！"那一刻，我心中生出了这个执念……

随着过山车的极速坠落，我被心底唤起的恨意控制着，咬紧了牙关。

我拼命压抑自己，不去回忆那之后的事，可那些画面，还是无法阻挡地在我脑海中一一浮现。

狂风抽打着我的脸颊，身后的雨点像子弹般追逐着我，明明白白地告诉我——我无处可躲。

心中泛出的恐惧，让胃里翻江倒海，泪水随即夺眶而出，混合着雨水，模糊了我一整张脸。

过山车到达终点后，我匆匆接过工作人员递来的纸巾，擦掉嘴边的呕吐物，狼狈下车。

我失神地在越发冰冷的雨中前行。一排鸣着警笛的警车从我身旁经过时，我就此呆呆地在原地站了许久，之后便不再犹豫地朝刑侦队的方向走去。

回到家时，已是午夜。打开地窖门上的锁，从我袖口滑下的雨水，随着我的移动，一滴滴地落在嘎吱作响的台阶上，摔得粉碎。

地窖里变得越发湿冷，已经开始发烧的我，艰难地朝尽头处的暗影里走去。

看清楚是我，先前战战兢兢缩在角落里的林娇，缓缓站起。她与我对视良久，开口问我，是不是见过毛敏了，眼神中带着紧张和期待。

想着刚刚在刑侦队里队长跟我说的话，望着这个本与我一样，只是想把平凡日子过好，却生生被命运逼出了正轨的可怜女人，我最终放下了所有的顾虑。

"我会帮你藏在这儿，努力帮你找回记忆，还要帮你找出杀死孩子的凶手！"看着林娇含水的眼睛，我一字一句地对她说道。

回到二楼，妻子并不在家，正好省去我跟她解释全身湿透的原因。

我脱下湿衣服，疲惫地仰倒在床上，忍不住去回想——向队长汇报发现林娇经过的情景。

"你相信她失忆了吗？"听完我的讲述，队长皱眉深思片刻，抬头对我问道。

见我缓缓地点了点头，队长从桌前站起，只留下一句"你在这儿等一会儿"，便走出了办公室。

然而，这"一会儿"就是三个小时。队长再回来时，将局里开会研究出的决定告诉了我。

"要我暗中调查？让林娇继续藏在地窖里？"我瞪大了眼睛，不解地盯着队长问道。

"对！上级透露，这桩杀婴案的涉案人员与海关正在调查的一起大案要案相关，但无法对咱们披露更多信息。既然上级开会决定，要咱们这么做，你就只管执行命令，就当是一次卧底行动！"

也许是看出我面有难色，队长走过来重重拍了拍我的肩膀："不要想得太复杂了，只是要你将林娇监视保护起来。况且，单就杀婴案来说，如果林娇不是凶手，将她羁押，等于让真凶松了口气。现在将计就计，反倒有利于你接近林娇，暗中查明真相，为案情找到新的突破口……"

"终究还是没能躲过去……"回忆至此，我对着眼前的黑暗无限唏嘘。

之后，我高烧了一夜。恍恍惚惚之间，我又梦见了母亲。

她与我并排站在高高的楼顶，冷风吹起她的裙摆，我被冻得瑟瑟发抖。

见她缓缓向我转身，我抬头仰望着她模糊的面容，差点喊出来的"妈妈"，卡在喉咙里，戛然而止。

因为我看见了，紧握在她双手里，高高举起的东西。那是一把悬在我头顶上的利剑，剑锋透着死亡的寒芒。

我来不及呼喊，划破空气的银光已向我劈来，我也终于看清了母亲的脸——她变成了林娇的模样。

我喘着粗气，惊魂未定地从床上坐起，豆大的汗珠布满额头，连带着身上的被子也被汗水浸湿。

后来，我渐渐退了烧，却始终想不明白，这梦中，刺向我的"利剑"到底预示着什么。

2.

当舞台上美狄亚用利剑刺向自己的两名幼子时，林娇选择闭上了眼睛。

"怎么样？"随着散场的人群走出剧场，毛敏对身旁的林娇问道。她如绢的黑发披在身后，穿着葡萄紫套裙的身上，时不时散发着"YSL斩男香"前调的那股蜜柚香气。

林娇依旧穿着白天上班时的商务装，枣青色的V领衬衫，配以米白色时装裤和周仰杰的细高跟。

两个身材高挑、身姿曼妙的女人在人群里格外显眼，引得经过她们身边的异性，无不频频回望。

林娇知道，毛敏是在说她们刚刚看的那出戏剧《美狄亚》，于是淡淡答道："不怎么样，没看懂。"

"没看懂？怎么会！"

毛敏显得很惊讶，她开始为林娇解释："美狄亚是希腊神话里科奇斯岛的公主，她对雅典英雄伊阿宋一见钟情，为了他，美狄亚背叛父亲，残杀亲弟，帮伊阿宋从叔叔手里夺回王位。可坐稳了江山的伊阿宋，最终背叛了她，另寻新欢。美狄亚为了惩罚丈夫，亲手杀死了与他生下的两个儿子。这剧情不复杂呀，你怎么会……"

"这幕戏我早知道剧情，我只是没懂美狄亚为什么要杀死自己的孩子，来惩罚伊阿宋。杀子惩夫，难道她自己不心痛吗？"林娇打断毛敏，路灯下，她眼光灼灼，似有烛火摇曳其中。

"心痛肯定是心痛啦！但再怎么难过，也抵不上心中的愤恨痛苦啊！"

她们俩站在路口拦车，毛敏一边朝路上伸手，一边回头跟林娇说着，"要知道，在美狄亚故事发生的时代，妻子跟家畜还有房屋一样，算作是丈夫的财产，女人只不过是男人的生育工具罢了。在这种根深蒂固的落后思想下，美狄亚杀掉儿子，断绝了伊阿宋的王位继承人，就是对他最大的惩罚，是反抗男权至上的斗士。我倒觉得她很勇敢，用现在的话来讲，够飒！"

林娇仍不认同地摇了摇头，见毛敏还想再跟她说些什么。这时，一辆出租车停在了她们俩的跟前。

"怎么样？决定了吗？要不要跟我去放纵一下？"毛敏拉开后排座的车门，对林娇问道。

见林娇仍在犹豫，"哎呀！走吧，走吧，难得出来陪我过一次夜生活！"毛敏干脆直接牵起了林娇的手，半推半就地，把她推进了出租车里。

"师傅，到罗西酒吧！"一上车，毛敏就兴奋地跟司机喊道。

罗西酒吧的吧台前，毛敏给自己点了一杯血腥玛丽之后，对还在看酒单的林娇问道："想好了没？要喝点儿什么？"

"咸柠七苏打不加冰，谢谢！"林娇将酒单还了回去，对酒保说道。

"不会吧你？来这儿你喝水？！"毛敏夸张地瞪着眼睛，看了一眼林娇的小腹，"你不会是……还没有停掉那个什么试管呢吧？"

见林娇不语，毛敏像发现了世间最不可理解的事一样，"哈！天呐！林娇，你都为姜峰遭了多少罪了？他就不知道心疼人吗？我就不信了，你怀不上孩子，他就跟你离婚？！"

"我不怕离婚。"林娇立即表明态度。

"那你这是干什么呢？你越来越不像以前的你了！想想你从前，碾渣男、虐舔狗，是多少男人心中的白月光、意难平啊！可你连看都不看他们一下。再看看你现在，为了给一个男人生孩子，不喝酒不吃辣，连咖啡都戒了，一副怕做弃妇的模样！真是！啧啧啧啧……"

"我不会做弃妇！要是真散了，也是我甩了他！"

林娇果断打断毛敏，可毛敏越说越来劲儿。

"说实话，到现在我都想不明白，姜峰他有什么好啊！当年你们在折多山上，他明明就是趁人之危，然后乘虚而入，他对你的感情充满了预谋和算计，可你却偏偏要为他感动！我真是，我真是……"

毛敏激动地说着，林娇的脸色却越来越冷。毛敏稍稍克制了一下，接着说道："再说了，独立女性，结了婚也是独立女性！不能受男人牵制！你也说了不怕离婚，大不了换人呗！况且你有没有想过？你在这儿做贞洁烈妇的时候，姜峰没准儿正在外面花天酒地呢！"

毛敏最后这句话，一下子戳痛了林娇的心，委屈的情绪酝酿在眼里，即将化作眼泪。她努力抿紧嘴唇，收紧喉咙，生怕被毛敏发现。

白天在公司里，林娇已在肖娜面前失态了一次，现在她绝不能在闺蜜面前再表现出来。况且，姜峰出轨的事，林娇最不希望被知道的人——就是毛敏。

林娇垂下眼眸，掩饰着说道："我不是为了姜峰。这个孩子，是我自己想要。我……"

林娇的话还没说完，就感觉毛敏用胳膊肘撞了撞她。

"你看到了吗？你身后有只小狼狗，一直在往这边看唉！哇哦！娇娇，看来你的魅力一点都没减！"

林娇抬眼地朝毛敏说的方向看去，果然，一个高个子的年轻男孩，在与她对视之后，起身朝她和毛敏走了过来。

"两位美女姐姐，我们那边在玩狼人杀，还缺人，你们要不要过去跟我们一起玩？"年轻男孩发出老练的邀请。

"好啊，好啊，一起去吧！"毛敏边说边拉扯林娇。

"不了，你去吧！我有点累了，今天不想动脑子。"林娇拒绝道。

"你呀！"毛敏跟男孩走前，特意把"呀"字拉得很长。

林娇看见，男孩给毛敏一一介绍桌旁那群年轻的面孔，手就势轻揽住毛敏的肩，毛敏不但没躲，还在坐下后，挽起了那男孩的手臂，很快与那群青年人打成一片。

林娇将头转了回来，看着吧台上那杯毛敏点的血腥玛丽——深红的液体里藏着暗夜的神秘，引诱人想要进一步放纵情欲。酒杯离她很近，基酒伏特加中散发出的酒精味道，依旧那么熟悉。

"麻烦你，这酒没人喝了，请帮忙收拾一下。"林娇招呼着酒保。随后，她举起手边的咸柠七一饮而尽。

接下来的一周，只要是姜峰晚上出去应酬，林娇都会借故出现在他附近。购物,做美容,连洗车都能成为她与姜峰要去同一目的地的借口。姜峰为这些"巧合"感叹"不可思议",却也不敢再说些什么。

只有林娇自己知道,就在抽到狼人牌的毛敏与桌上的"猎人"和"平民"们钩心斗角,厮杀到不可开交的那个夜晚,林娇坐在吧台前,一杯杯地干着咸柠七,最终为找到姜峰出轨的对象,想出了办法。

按林娇的分析,男人有能力出轨,必须具备两个要素——金钱和时间。

在经济上,她与姜峰一直相互独立,除了房产、股票等大额投资外,他们都有随心所欲操控自己收入的能力。

姜峰可以把钱分给情人,可只要他没法分身,林娇就能逼那个女人现身。

于是,她占满了丈夫下班后的时间,逼得姜峰的微信在周四的晚上,开始振动个不停。

"你明天晚上有什么安排?"

他们此刻都倚靠床头而坐。虽然姜峰漫不经心地鼓弄着手机,假装不经意地对林娇问道,但林娇还是听出了他声音里的紧张。姜峰学聪明了,他要先确定林娇的行程,再做打算。

"明天下班前要开销售会,之后就没什么事了。你呢,你打算怎么安排?"林娇偷瞄了一眼姜峰的手机屏幕,回答道。

"我吗?明晚要去跟海关的人吃饭。上回那两个被扣了的货柜,客户不依不饶,我还得继续跟他们协调。最近这样的烂事儿一堆又一堆的,我这个关务总监,真是干得够够的了。"姜峰煞有介事地抱怨着。

"在哪儿?"

"啊?"

"我问,你们明晚在哪儿吃饭?"林娇扯掉脸上的面膜,转过头,看着姜峰问道。

"开,开元酒店啊。"姜峰猝不及防,眨了眨眼睛回答道。

"噢,那我开完会就回家等你。少喝点儿!明天是周末,出去聚会的肯定不少,代驾恐怕供不应求,别忘了提前订。"林娇边说边下床,去卫生间补了一层润肤霜,没让姜峰察觉到任何异样。

周五,距离下班还有一个小时的时候,林娇提着化妆包走进卫生间,开始补妆。

她今天穿得十分靓丽，得体的妆容，引得工区里的男下属们侧脸偷看。

既然要上战场，就得披上最好的战袍，摆出不惧生死的架势来。就像那晚在酒吧里，她跟毛敏说的那样，她不会做弃妇。她要让那个突然闯进她生命里，搅乱她生活，带给她痛苦的女人知道——姜峰只是她林娇用断了的眉笔，现在她要把他扔进垃圾桶里，是她抛弃了他！

想到这儿，先前还游走着的眉笔，在林娇突然蹙起的眉头上停了下来。

"凭什么？凭什么就这么成全他们？让他们大获全胜，自己却要假装高傲地狠狠退出！"林娇盯着镜中的自己，在心里嘶吼。

眼圈发红，她赶忙抬手在脸旁扇动微风，"不能哭，不能哭，妆会花掉的。"她努力劝慰自己。

"林总，您在这儿呢！我还玩命给您打电话呢！"肖娜手举着电话，焦急地站在卫生间门口。

"怎么了？"林娇不慌不忙地转过身去，表情重拾平静。

"总经理刚通知要开销售会，大家都过去了，就差您了！"

"真是想什么来什么！"林娇万没想到，她昨晚应付姜峰的话竟然在此刻成真。

整个会议期间，林娇坐在落地窗边的椅子上心神不宁。她不时往楼下的停车场里张望，生怕会议拖延了下班的时间。

林娇很担心，等她赶到开元酒店时，姜峰和情人早已吃完饭离开，那她这一周所做的苦心安排，就都白费了。

她越想越急，越想越气，眼睛紧紧地盯着姜峰停在楼下的蓝色宝马。

听到有人在唤她的名字，林娇不得不转回头来，对下属刚才的发言给出意见。

然而，当林娇再次望向窗外时，楼下的景象让她的心脏猛然一缩。

在林娇的白色路虎与姜峰的蓝色宝马之间，一辆黑色的公路赛摩托，不知何时横于其中。

坐在摩托上的男人，身穿黑色漆皮骑行服，掀开面罩的黑色头盔，挡住了他多半张脸，只看得到一双眼睛。

男人眼神狠厉，正抬着头，目不转睛地与林娇对视。

虽身处六层，也知道会议室的玻璃单向透光，男人根本看不见她，但林娇还是被他眼中露出的杀气，吓得错开了目光。好似再与他多对视一秒，他眼中那愤恨的火焰，就会顺着他们相交的视线蔓延而来。

一开完会，林娇就风风火火地朝电梯快步走去。她边回头吩咐跟来的肖娜，去办公室帮她拿包，边用手指快速地点击着下楼的按钮。

轿厢门开了，肖娜也将包递到了林娇手里，手机却不合时宜地响了起来。

轿厢里信号不好，林娇看了一眼来电人的名字，只得抬起一只手拦着电梯门，将电话接起。

"高伟，怎么了？"

"我说，你还没走呢吧？我今天没开车，刚用滴滴叫了半天车，没一辆接单的。本来给姜峰打电话，想让他捎我一段，结果他说要去见客户，就让我找你。怎么样，能不能让我搭趟便车？我要去见一个很重要的人，不能迟到，求你了！"说到最后一句时，高伟开始在电话里卖萌。

"不行！我今天也有事儿……"

林娇拒绝的话还没说完，就被高伟打断："欸？怪了！姜峰可跟我说，你今天下班要直接回家的呀！跟我顺路，我才厚着脸皮来求你的。怎么？嘿嘿，趁姜峰不在……另有安排？"高伟揶揄道。

林娇这才搞明白，这通电话是心虚的姜峰在刻意试探。为了不让姜峰怀疑，她只得勉强答应高伟："好吧！好吧！我正收拾东西呢，一刻钟后，一层大堂见吧！我着急回家，晚了我可不等你啊！"

高伟是姜峰的发小儿兼狐朋狗友，与林娇他们同在这栋写字楼里办公。因为他换女友的频率比给汽车加油还频繁，林娇早就对他十分反感。现在高伟又跑来替姜峰拖住她，林娇便毫不客气在电话里对他说了谎。

挂断高伟电话时，林娇早已顺着安全通道的楼梯下到一楼。想象着一会儿高伟杵在大堂里干等着她的模样，林娇顿觉解气。

然而，一走出安全通道的门，林娇就愣住了，她看见高伟正守在写字楼门口，冲她微笑。

"嚯！怕我等急了，走楼梯下来的啊？这么细的高跟儿，不怕崴着脚？嘿嘿，我就知道你心疼我，舍不得让我久等。"高伟看着林娇的脚面，调笑她道。

"少废话，快走吧！"计划落空，林娇没好气儿地怼他。

"哎哎哎，钥匙！钥匙给我！"高伟伸手拦住林娇，嬉皮笑脸地说道:"都蹭你车了,还能让你给我当司机吗?把钥匙给我!我开车,你坐旁边儿放松放松,都累了一天了。"

没时间再跟高伟胡扯,林娇把钥匙拍在他伸出来的掌心里。

和高伟一起走过停车场,林娇来到自己的白色路虎跟前,没有立刻上车,而是停下来四处张望。

"怎么了,亲爱的?夜色太美,不想回家吗?"已经坐进驾驶位的高伟,摇下车窗,对车外的林娇戏谑道。

林娇没搭理他,而是盯着路虎后停放着的黑色摩托车又看了一会儿,才朝副驾驶走去。

上车前,她忍不住再次转身回头。

自打同高伟一起走进停车场,林娇便感觉有一双眼睛在暗处窥视着他们。纵使四下无人,她还是不寒而栗,不由得想起——会议室楼下,那个戴着黑色头盔的男人。

"欸!我说,一会儿我下车了,你是直接回家吗?"

高伟的声音打断了林娇的思绪,她很想说"要你管!"但还是忍了下来。

"对啊,不回家还能去哪儿?"林娇歪头看向车窗外因周五晚高峰被堵得一动不动的车辆,嘟囔道。

"嗯,那就好!我阿嫂长得这么漂亮,我不得替姜峰操操心啊!"高伟目视前方,笑呵呵地说道。

林娇转回头来,狠狠地翻了高伟一个白眼,没再理他。

高伟一下车,林娇赶忙调头,加速朝开元酒店的方向驶去。

她一边看表,一边狂按喇叭,在连闯了两个黄灯后,终于赶到了开元酒店。

来不及通过后视镜整理头发和妆容,林娇跳下车,直奔酒店餐厅而去。

幽暗的餐厅里,一看见卡座里姜峰的背影,林娇便毫不犹豫地朝那边走去。她心中有一颗上了膛的子弹,蕴藏了她一周的委屈和愤恨。

可当她看清了坐在姜峰对面的女人时,便像触雷般,再不敢向前挪动一步。随后,那颗上了膛的子弹在林娇胸腔里爆开,炸得她肝胆俱裂。

林娇无比震惊地望着不远处卡座里,有说有笑的两个人,看着他们暧昧地握着对方放在桌上的手,交缠摩挲。最终,在他们发现她之前,失魂地退了出去。

回家的路上,林娇恍惚地扶着方向盘,在一个人的车厢里默默流泪。

快到小区附近的时候,林娇将车子急刹在路边。她不想立即回家,不想去面对那个装有她和姜峰生活点滴的房子。

无人的后巷漆黑一片,鲜有路人和车辆经过,是个适合捶胸顿足、大哭一场的好地方。

就这样,林娇不知哭了多久,才抬起头,打算重新发动车子。

当她红肿着眼睛,瞥向后视镜的时候,悲伤立即被恐惧替代,席卷了全身。先前因抽泣而止不住的哽咽,也似被冰封住一般,卡在喉咙里。

后视镜里,在离她车尾不远的电线杆后,有一双透着寒意的眼睛,正静静地注视着她。

路灯把他的身影照得狭长,拎在他手里的黑色摩托车头盔,像死人的头颅,靠在他瘦长的腿旁。

林娇觉得,他落在地上的影子,就像是暗夜里,提着人头的夜叉。这骇人的一幕,令林娇屏住呼吸,不住颤抖。

更可怕的是,那"夜叉",正在朝她缓缓走来……

第四章

1.

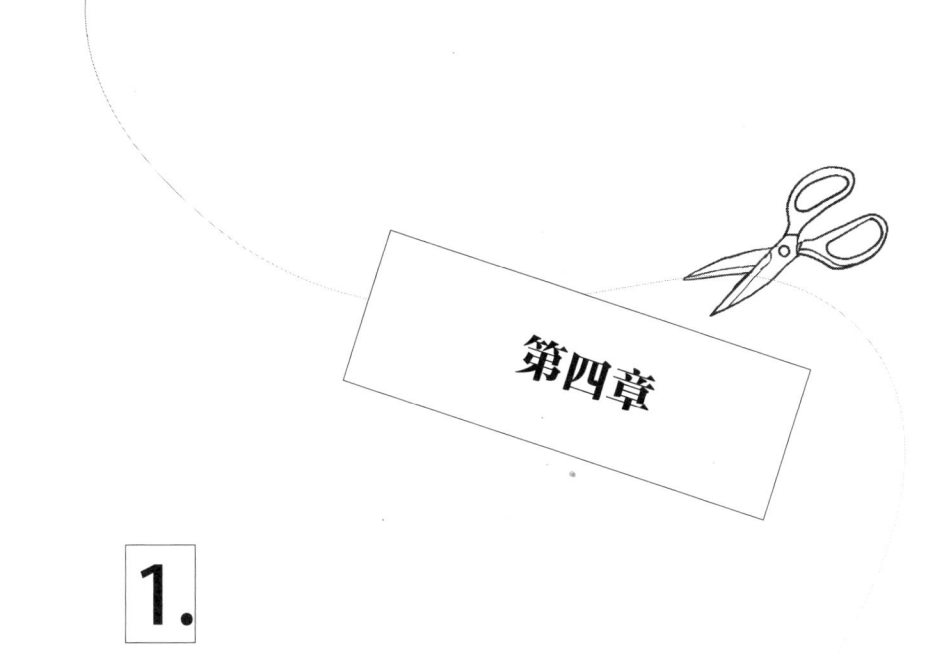

"戴黑色摩托车头盔的男人?"地窖里,我疑惑地重复着林娇的话,刚举到嘴边的面条,又被我放回碗里。

昨晚烧了一宿,本就没怎么吃东西的我,感觉体力耗尽。于是早上,我来到厨房想给自己煮些热汤面。水沸的时候,想到林娇躲在地窖里的这些天,只能靠饼干和罐头充饥,我动了恻隐之心,便也带了她的份儿,用保温瓶装着,拿下来和她一起吃。

刚才,我努力让林娇回想与杀婴案有关的记忆,试图找出让她情景重现的方法。可当我听她讲述最后的记忆片段时,才意识到这有多么困难——林娇失掉了差不多一年的记忆,若不是我告诉她,如今已经是2021年8月3日,她还以为现在是2020年。

"对!那天晚上,他追着我从酒吧冲出来,天空下着很大的雨,在酒吧的后巷里,他拎着黑色的摩托车头盔,朝我一步步走来。现在回想,那种恐惧感还很真实……"

林娇将汤匙放回碗里,眼睛出神地盯着地面。我知道,她正努力强迫自己,去揭开记忆里那一幕幕被遮住的画面。

"我感觉自己很想逃离他,一直拼命地奔跑,但听见他在我身后喊出的话,我又不受控制地停在了原地……"

"他喊了什么？"我忍不住打断她问道。

她轻轻摇头："雨声很大，我现在能记起的，只有'沙沙'的雨声。"

"但你当时，确实听到他说的话了，对吗？"我皱眉看着她。

这一次，她点了点头，"是的，但我记不起来了……"林娇痛苦地闭上了眼睛。

我突然意识到，或许我刚才不该打断她。"没关系……然后呢？"我鼓励她道。

她紧闭的双眼之上，眉毛慢慢皱起："我被他抓住了，他拉着我靠近他……我很害怕，推他，打他，却挣脱不开他……

"然后，他在我耳边说了什么，我不再挣扎，他也慢慢放开了我……我跟他站在雨中对望，被雨水淋得湿透，心里无法形容地难过。"

说到这儿，林娇缓缓睁开了眼睛。她看着我，虽未有泪落下，但我在她眼里，却看到了真真切切的悲伤。

"模模糊糊的片段，能想起来的，就这些了。"林娇深吸了一口气，错开了我的目光。

很明显，这段暴雨中的场景，就是林娇失忆前的截点，是卡住记忆的夹子。虽不知这个男人与杀婴案有什么关系，但要想帮林娇情景重现，他是关键。

沉默半晌后，我开口问道："那男人的长相你还记得吗？"

"不记得了！我想我不认识他，他的脸，在我脑海里是模糊的。他给我的感觉很陌生，好似我们从未见过。但不知为什么，这些就是我最后的记忆了。"林娇幽幽地说道。

知道再问下去也不会有结果，我显得有些失望。见我开始默默地收拾碗筷，林娇过来帮忙。

"谢谢你，但不用再特意给我送饭了。"

听到她的话，我停下了扣保温瓶盖的动作，直起身来，不满地对她说道："哦？你很喜欢吃饼干和罐头吗！"

林娇愣了一下，带着不自在的表情继续收拾。

我一动不动地看着她，不知自己为何要对她如此刻薄。也许不只是因为她辜负了我的好意，也许在潜意识里，我对她仍有所戒备，想与她保持距离。

"你感冒了，这里又冷又湿……若非必要，就别下来了。"林娇低着头，将收拾好的保温桶递给我，平淡地说道。

我这才明白，她是听出我声音里的沙哑，刚刚才会那样说。错怪了她，轮到我低头不去看她，接过保温桶朝木楼梯走去。

我刚踏上楼梯，地窖的门就响了，有人正从外面试图开门。

林娇十分慌张地看向我，我赶紧冲她做了个噤声的手势，然后飞快退回酒架旁，放下保温桶，从上面抽出一瓶酒，赶紧奔回木楼梯那儿。

我将刚下了两级台阶的妻子拦住，十分确定，从这个角度，她看不到林娇。

"启铭，你怎么在这儿？"突然看到我，妻子显得很惊讶。

"咳咳，上回帮你拿酒的时候，不小心把货架弄倒了，我过来收拾收拾。咳咳，咳咳！"我跟妻子解释，干痒发炎的气管让我不住地咳嗽。

妻子瞥了一眼地面上散落的罐头盒子，"嗯，我来拿瓶酒。"她看着我说道，完全没有察觉我已经感冒。

我朝妻子干巴巴地笑笑，"是要这个吧？"我说着，故作轻松地将勃艮第-维拉梦山庄干红，举到了她面前。

妻子满意地接了过去，"嗯，还是你了解我！"她往上走了一阶，见我还站在原地，回头问道："你不上来吗？"

知道妻子看不到货架那边的情形，我故意用手指了指楼下，扁了扁嘴说道："还没整理完呢，估计要一阵子了。"

妻子走后，我转身去拿保温桶，见林娇的眼神依旧闪躲不定，我狐疑地问她，"怎么了？"

"她！你的妻子……我可能认识她……她的声音，我感觉在哪儿听过……"林娇紧张地说着，看向彻底愣住的我。

离开地窖，来到客厅，我停在落地窗不远处，望着妻子。

她正站在敞开的落地窗边，倚着窗棂，欣赏院子里前几天修剪过的青青草坪。她举着酒杯，时不时轻抿一口杯中的红酒，脸上带着惬意的神情。

我默默站在那里良久，她才发现我，缓缓转过头，对我问道："收拾完了？"

"嗯，收拾完了。"我淡淡回答，然后目不转睛地盯着她的眼睛，像是要看清她的灵魂似的。

43

"嗯，那就好，辛苦了！"妻子似乎并没有察觉我的异样，微微笑了笑，又将头转向窗外。

"妻子可能认识林娇。那么，我在地窖里发现林娇的那个晚上，当手机里弹出'杀婴案'新闻时，妻子所表现出的一无所知的模样，是故意要演给我看的吗？"

揣着这个疑问，我注视着妻子，突然感觉她无比陌生。

这个与我共同生活了七年的女人，究竟对我隐藏了多少秘密？

我，真的了解她吗？

坐在二楼的工作室里，我苦苦思索了几个小时。

与杀婴案有关的记忆，林娇能想起的几乎没有。不知什么原因，她的潜意识将与之有关的信息，从记忆的存档中全部抽出，藏进意识无法找到的地方。纵使我想要帮她，也不知从何查起。

最后，我决定还是先把案发现场的情况弄清楚再说。因为队长要求我只能暗中调查并对行动严格保密，我没有向雷斌打听案情，而是通过线人关系，继续假借朋友的自由撰稿人身份，联系到了案发小区的保安队长。

隔天傍晚，我来到与他约好的餐馆吃饭。

菜上齐后，我打算开门见山，于是跟对面的人说道："李队长，杀婴案的情况我大体了解了一些，关于现场的一些细节，我听说……"

"唉！不要喊我李队长，既然是老七介绍的朋友，你就跟他叫，喊我六哥就行。"李政说道。

我诚恳点头，"嗯！六哥，关于杀婴案现场的细节……"

"先吃饭！先吃饭！不然待会儿菜都凉了。来，我敬你！"

李政再次将我打断，我只得赶忙端起酒杯，摆低姿态，在他杯口稍下的位置，与他碰杯。

之后我没再提杀婴案的事，只与李政闲扯了几句家常。

每道菜李政只吃了两口，就撂下筷子，不再动了。菜都是他点的，不可能不合胃口，我看着李政消瘦的脸颊，心里已猜出他在等什么。

从警十二年，我见过形形色色的人，很多知情人怕惹麻烦，对办案警察惜字如金，却能跟媒体记者口若悬河。按朋友嘱咐我的，买新闻的行规，我从包里掏出先前准备好的信封，推到他面前："六哥，小小意思，请您收下。"

李政用手摸索着信封表面，感受着下面钞票的厚度。见他轻轻点了点头，我知道，我们终于可以开始对话了。

"你刚才说，对于杀婴案现场的情况大体了解了一些。你了解多少，说来听听？"他先于我开口，对我问道。

我如实相告："月嫂外出买菜，雇主夫妻打架，丈夫离家就医。奶奶来探望孙子，发现大门敞开着，孩子被杀。于是奶奶报警，凶器没有找到，孩子母亲也消失得无影无踪。"

说完这些，我探过头去，认真地看向李政，压低声音继续说道："听说，刑侦来勘察现场之前，是您所领导的小区保安队，配合辖区民警先封锁的现场？"

李政抬眼看我："对！当天我就在现场！你知道，作为小区保安队长，跟片警的关系都还算不错，他们也信任我。所以那天刑侦来之前，我带着两名手下，帮民警拉的警戒带，及时保护的现场。"

说到这儿，李政顿了顿，问出了他最后的顾忌。"我知道你来找我，是因为你在报道这案子。说实话，这两天，像你这样来找我的记者不少……"说到这儿，李政轻轻敲了敲我刚刚给他的那个信封，"但我都没搭理他们。可你不同！你是兄弟介绍的，老七跟我打过保票，说你不会把我的名字写进你的报道里。

"不过……我还是要问一句！你的文章要是火了，你不会把我给卖了吧？混上这个高档小区里的保安队长，可不容易，我也还得养家糊口，不能因为兄弟情面，就连工作都不要了！是吧？你能懂吧！"这一次换他认真地看着我。

我赶忙频频用力点头，接着又保证又敬酒，就差发毒誓了，才让李政终于放下心来。

"你刚说的那些现场情况都对。据我所知，警察采集了鞋印儿、指纹，除了月嫂、孩子奶奶，还有那对夫妻，再没发现其他人留下的痕迹，门也没有被外力撬开的迹象。

"虽然，月嫂、孩子奶奶、孩子父亲都说自己案发时不在场，但却都给不出有力的证明。所以啊，我首先推断——凶手就是这四个人当中的一个。

"但是，孩子父亲肯定不可能！听说，这孩子是他哄着老婆做了三期试管，才得来的命根子，怎么舍得杀了呢，对吧！

"要说孩子母亲失踪了,大家怀疑她就是杀婴犯,这么想很正常。不是她,她干吗逃跑呢,是不是?

"唉!看她照片,还挺漂亮的!据说还是个女高管,女强人!"

说到这儿,李政咂了咂嘴,惋惜地继续说道:"现代社会节奏快,压力大,女人生了孩子就难兼顾事业,容易胡思乱想,再加上激素紊乱,可不一下子就抑郁了嘛!要不新闻里,怎么总有女人产后抑郁,抱孩子跳楼的悲剧呢!

"所以啊,我觉得这个女人产后抑郁杀婴的可能性最大!"李政煞有介事地说着,朝桌上杵了杵筷子,夹起盘中一片酱牛肉放进嘴里。

不知是不是我脸上的表情太过难看,让李政意识到,他刚给我的消息,连这一顿的饭钱都不值。他愣了愣,撂下筷子,苦笑:"你别着急,我还没说完呢!我说这女的可能患了产后抑郁,可不是捕风捉影啊!我有根据的!

"新闻里说,案发当天,他们夫妻吵架,丈夫被花瓶砸伤,但没说怎么砸伤的,对不对?"

见我冷着脸不回答,李政显得有点儿着急:"我告诉你啊,她丈夫跟警察说的是,被她拿着花瓶敲破的头。能想象吗,就像街头混混打架,拿酒瓶子拍对方脑门那样!直接爆头啊!这女的太凶了!

"还有,瓶颈上验出来的单手指纹痕迹,也支持这一说法。"李政说着,拎起桌上的空啤酒瓶,单手握住瓶颈给我示范。

"如果是握着瓶颈,扔出去的,不也一样留下这样的单手指纹吗!"我已经开始失去耐性,冷冷地说道。

李政摇了摇头,"还有一件事,你肯定不知道,案发前一天,那女的就动过手,把她老公踢得进了急诊。阴囊血肿!急诊记录也证实了!

"你说,她要不是产后抑郁,怎么火气这么大,这么狠呢!"李政说着,痛苦地龇牙。

回想着林娇头上结痂的伤,还有姜峰走出毛敏办公室时,那副气势汹汹的模样,我绝不相信姜峰是那种老老实实等着挨打的人。

于是我对李政问道:"由这你就判断她是产后抑郁,冲动杀婴了?"

"欸欸欸!我说她产后抑郁杀婴,可没说她是冲动。如果真是那女的干的,也不是冲动!那孩子的死,是一起谋杀!"

"哦?"李政的话令我屏息,眉头也跟着突然集中的精力,紧紧皱起。

"刑侦来调取监控的时候,我发现,他们家所在单元楼,监控坏了,而且是在杀婴案前一天,被人为破坏的。"

"坏了?全都坏了吗?什么人破坏的?录下来了吗?"我越发急迫,连珠炮似的发问。

李政摊开手,将身子靠向椅背。"没全坏,但楼里关键的几个位置都被破坏了,只剩下从地下停车场,进到单元门内的那个监控还在正常工作。至于,是什么人弄坏的嘛……"

李政无奈地抿了抿嘴,"拍倒是拍下来了,不过也没什么用。那人戴了帽子、口罩、墨镜,对了,还有手套……哦,他脖子这儿有一个蝎子形状的文身……"正说着,李政拍了拍自己的后脖颈,"可能你在电视上也见过,这样的文身,小年轻啊,小混混啊各个都有,哪有什么辨识度。可以说,那人没留下任何容易识别的特征,一看就是有备而来!

"早在案发前一天,就有帮凶来故意破坏了单元楼里的摄像头,然后,有人在第二天杀了孩子。怎么样?这对你的报道有点儿用吧?"李政对我问道,直接拿起桌上的信封,塞进包里。

李政提供的这些信息,确实出乎了我的意料。我愣愣地盯着盘子发呆,满心疑问:"大费周章地谋杀一个婴儿,谁会这么做呢?"

就在这时,李政从包里掏出一个薄薄的信封递给我。

我下意识伸手去接,嘴里同时问道:"这是……?"

李政挑起一边嘴角,浅浅一笑:"是你需要的,价值千金!"

结束与李政的饭局,我匆匆赶回了家。妻子又没在家,我也没心思揣测她去了哪。

我直接来到地窖,把我今晚与李政见面的细节告诉了林娇。在我讲述的过程里,她一直埋着头抱紧双腿,脚踩着椅子边,蜷缩着坐在椅子上。

看不见林娇的表情,但我依然感受得到她的痛苦。

我说完良久之后,她终于抬起头,眼睛失神,眼圈发红地望着我问道:"你觉得,会是我杀死了那个孩子吗?"

我知道她需要安慰,可说实话,对于这个问题,我没法儿给她确定的答案。

林娇知道从我的眼睛里得不到答案,眼神黯然了下来。

我听见她悠悠地说道:"你说他不足百天,那应该只有半个手臂这么大吧……"

她缓缓地伸出一只手，落寞地看着小臂。"有时候，我的肚子会感觉到一阵阵的绞痛，皮肤上的妊娠纹也在提醒我，那里曾孕育过一个生命。可我，却不记得他了……"

听见她深深吸气，我知道她在努力克制悲伤。接着，我听见她说道："我的身体告诉我，我做过母亲。可由于我什么都不记得了，我却感受不到，一个母亲失去孩子应有的心痛。"说到这儿，她抬起头来看我，眼中含泪，"感觉不到，这算不算是一种幸运？"

看着她不住抽动的嘴角，听出她声音里夹杂的哽咽，我知道——我该走了。

转身离开前，我终还是看向她低垂的眼眸。"那孩子是被谋杀的。如果是你要谋杀他，我猜，你先前一定想好了躲过警方调查的办法。而不会蠢到匆匆逃走，让自己成为最大的嫌疑人。所以……应该不是你！"

之后，我们再没说话。我踩着嘎吱作响的楼梯离开了地窖。

在关门后的瞬间，我听见林娇终于爆发出来的哭泣。那声音撕心裂肺，像积压已久喷出地壳的熔岩，带着炙热的体温询问苍天，又在得不到任何答案之后，冷却衰落，化成一粒粒毫无意义的灰烬。

我一直站在门口没走，背倚着门，仰头不让眼泪流下。我盯着苍白的天花板，强忍着悲伤，听着地窖里林娇一声声的哀嚎，直到渐渐衰落，无声无息……

她的痛苦，我能感同身受，这点可能连她也理解不了。

我失掉了母亲带着我跳楼的记忆，却无法消除接住我的遮阳罩，在我腿上留下的伤疤。

然而，随着记忆的消逝，一起被夺走的那部分灵魂，让我成为一个性格存在缺陷，灵魂无法完整的人。

我也曾像林娇那样，反复问自己："不记得那些痛苦的回忆，这样，真的就是幸运的吗？"

夜里，我又一次在安眠药的帮助下勉强入睡，本以为妻子不会回来，我没去收拾放在床头柜上的水杯和药片。

结果天快亮的时候，我被妻子的推门声，猛然惊醒。

我继续装睡，听着她走到床边，在我身后轻唤我的名字："启铭，你醒了吗？"

也许是见我没回应，妻子绕过床尾，走到我跟前。

我紧闭双眼,听着她拿起床头柜上的安眠药查看,心里十分后悔没把药片藏好。

之后,我听见妻子离开卧室,轻轻关上了门。

随着她下楼的脚步声,卧室的音箱传出了妻子的说话声。我立刻明白——是妻子的手机连上了音箱的蓝牙,她正在点击微信,想重听刚刚发出的语音。

"离婚的事,有合适的机会,我会和他说的……他现在过得很不好,我不能在这个时候离开他……也许你理解不了,但我就是这么想的,所以,别再逼我了!"

听见这段话又开始重放,我赶忙跳下了床,飞快拔下音箱的电源。

妻子肯定会因为这段语音没从手机里播放出声,而反复点击。如果被她知道手机蓝牙与音箱相连,我已听到了这些话,那么,我们将不得不捅破那层窗户纸。

我在等待自己不再爱她的那一天,在此之前,我还没有准备好面对分离。

我们在一起生活了七年,曾经幸福,还有情义难以割舍,无法逃避命运的纠缠。

这些,她的情人永远理解不了!

我枕着手臂,侧卧在床上,听着窗外的零星细雨敲打窗棂。

看不见漆黑夜空里飘落的雨滴,我依然清楚,它们正如飞蛾扑火般,冲撞过来。

那一下下,不肯停歇的"啪嗒"声,是它们粉身碎骨的声音,是我破碎的心跳。

突然,我听见心里有个声音在对我嘶吼,"凭什么,要把她拱手让人!凭什么,什么都不做!我要你把她夺回来!我要她离开他!"

2.

"我要你离开她！否则，就离婚！你听到没有？"站在满地狼藉的屋子中央，林娇对姜峰嘶吼，发出最后通牒。

到达开元酒店前，林娇原以为那将是一场，她优雅离开的高姿态捉奸，却在见到姜峰与他对面坐着的女人后，立即明白，这只会是一场极为不堪的对峙。

屋里能摔的东西都已被林娇摔烂，破碎的花瓶，裂出蝉翼纹路的结婚照，连液晶电视也被她从电视柜上推了下来。

窗外漆黑一片，每一次东西砸落地面破碎的声音，都划破深夜的宁静，替她表达着愤怒和伤心。

可姜峰却无动于衷，还振振有词："娇娇，我都说了，我跟她真的没什么！你为什么就不肯相信我，非要这么闹下去呢？"姜峰坐在沙发上，皱眉看着林娇。

"够了！我不想再听你狡辩。我要你离开她，不再和她见面，你到底能不能做到？"

见林娇气势汹汹朝沙发走来，姜峰连忙站起。他身后退无可退，于是抬起双手，按住林娇的肩膀："娇娇，你冷静一下！都说了，是她一直缠着我，又不是我追着她，你现在叫我离开她，我怎么离开她呢？"

无法理解姜峰怎么能这般无耻，林娇的眼睛通红，狠狠地瞪着他，肩膀不住微微颤抖。姜峰却顺势将她搂进了怀里。"听我说，别再闹了，好不好？我答应你……啊！"

随着姜峰的一声惨叫，林娇被他用力推开。她跌跌撞撞险些摔倒，含着泪眼，看着姜峰捂着被她咬出血的肩膀咆哮。

"林娇！你他妈疯了吗！咬我？哎呀！好疼！真他妈的疼！"姜峰慌忙抽着茶几上的纸巾，龇牙沾着肩膀上的血。

就在这时，门外响起了急促的敲门声，"物业安保！请把门打开！你们的邻居投诉，说你们扰民。请你们配合一下。不然我们只能报警了！"

听着门外物业的叫嚷，姜峰狠狠瞪了林娇一眼，套了件衬衫在背心外，才走过去开门。

在姜峰站在门口与保安对话的时间里，林娇失神地盯着被姜峰扔在地上的染血纸巾。刚刚发生的一切，仿若一场不真实的梦，林娇不知道自己怎么会被姜峰逼成这副模样。

他们结婚四年，从未对彼此恶言相向，更别提动手。可姜峰今天的态度，让林娇彻底失去了理智。她想要体面，却得到不堪。

之后，林娇和姜峰一起接受了物业的问询。确认他们只是发生了争吵，并没有涉及刑事的人身伤害后，保安才离开。之后，姜峰也走了。他出门前重重摔上了门，告诉林娇，他余怒未消，不在乎林娇是否会联想，他要到别的女人身边去寻找安慰。

"为什么，为什么会变成这样？当年那个爱你，愿意为你去死的男人哪儿去了？为什么会变成这样！"

站在浴室里，林娇对着镜中的自己发问，多年前，折多山上的场景仿佛就在眼前……

那时，刚参加工作不久的林娇，与长相英俊、家世良好的男友一起决定，国庆去传说中的人间圣地——稻城亚丁旅行。

可现实往往没有传说中的美好。高海拔的极端天气，干冷而阴郁。行程只走了一半，男友便因高原反应抱怨连连。即便林娇也嘴唇发紫，脸色发青，同样在承受着高反的折磨，男友却依然在责怪她的任性。

林娇没有多余的气力还嘴，缺氧的感觉，像被一根无形的钢针刺穿了头颅，让她头疼欲裂。她不打算消耗更多的氧气在争吵上。

无独有偶，林娇发现，在这场艰难的攀行中，周遭不乏愁容满面，相互埋怨的情侣。林娇不知道下山后会有多少恋人一拍两散，但她十分确定——她与男友的爱情将就此终结。

回到落脚的民宿，已明白林娇心意的男友，默默收拾了自己的行李。他将租来的吉普车留给林娇，独自搭飞机离开。林娇则倔强地留在川西，继续感受这蓝色星球上的最后一片净土。

她见到了预想中的皑皑雪山，青青草地，如镜般的湖泊，却唯独没有了欣赏美景的心情。

林娇为男友的矫情和不负责任，感到灰心丧气。虽是林娇提出的分手,但他头也不回地未做任何挽留,着实让林娇有一种被抛弃的感觉。

那一夜,明知酒精会加快血液循环,让身体迅速缺氧,在高反的情况下更不该饮酒,但林娇还是喝得酩酊大醉。

她发朋友圈宣泄:

雪山白云盖得住城市的喧嚣,

泉水湖泊洗得净染尘的心窍,

我怎么就带不回一个值得的男人?

发完,她打了个酒嗝,想起落了些什么,又眯着惺忪的醉眼,补充着写道:

我单身了!但不代表你们又有机会了!

所以,别发微信嘘寒问暖,更不要打电话来烦我。

我想静静!姑奶奶我只想静静!

之后,她将手机往床头柜上一丢,钻进被电褥子烧得温暖的被窝,戴着民宿提供的氧气罩,沉沉睡去。

第二天上午,酒醒后的林娇傻傻地看着朋友圈里,一堆亲友的点赞,开始拍着脑门,为昨夜酒醉后的放肆感到懊悔。

她快快地收拾完行李,来到前台打算退房回家时,却在门口看到了一个熟悉的身影。他风尘仆仆,脸上还挂着匆忙赶路的红晕。

姜峰搭乘最早一班来稻城的飞机,赶在林娇离开前找到了她。

虽然倍感惊讶,但林娇并没给姜峰好脸。她装作与他擦肩而过,却被姜峰抓住胳膊拦下。

"我说我想静静,你不识字吗?"林娇对硬挤进吉普副驾的姜峰,没好气地问道。

"看到了!看到了!你说不许打电话,不许发微信烦你,可没说不许来找你啊。再说,我……我担心你嘛!你想静静,那我可以不出声。路上,你就把我当小透明!"姜峰摇晃起双手,一副示弱的可怜模样。

林娇知道没法再将他赶下车了,用力白了他一眼,之后发动引擎,朝回程的路驶去。

红色的吉普车在蜿蜒的车道上行驶了几个小时,姜峰果然如他之前承诺的那样,一声未吭。他连水都没敢喝上一口,却一直对林娇照顾有加。

只要林娇伸手,姜峰便老老实实地掏出零食和水果;林娇故意刁难,不说话,只肯用眼神和他交流;姜峰倒显得乐在其中,贴心地将包装撕开，将果皮剥好，乖乖放进林娇掌心。

他们在洒满金色阳光的路面上一路狂奔，七个小时后，来到折多山下时，天空中已挂满星辰。

一心想着，翻过折多山再找地方落脚过夜，林娇并没有注意山脚下一辆辆停靠在路边，正在安装防滑链的车辆。

虽然旅行攻略里说，折多山上天气多变，但林娇仍低估了将要面对的那场凶险。

红色吉普，在折多山的上山路行驶了大概半个小时，天空开始零零散散地飘起雪花。

起初，林娇望着车头灯的光束中——飞舞、旋转、摇摆的白色雪片，觉得它们像极了童话世界里跳舞的暗夜精灵，别有一番情趣。

但没过多久，前挡风玻璃上的雨刷器，即便发疯般地甩动，也无法看清前方路况时，林娇才意识到——危险的降临。

前车开始不再移动，纷纷亮起的红色车尾灯，像一双双因紧张而瞪得猩红的眼睛，注视着死一般漆黑、寂静的折多山。

五六个小时后，陆续有滞留车辆的能源耗尽，车上的光源和空调都停止了工作。于是，由上千辆车盘踞于此形成的车队长龙，彻底被折多山的黑夜吞噬，奄奄一息。

所有人都被暴雪，困在了这海拔4298米的高山之巅。

气温骤降，恐惧陡升，每分每秒都在挑战着人体所能承受的极限。

姜峰早已不再沉默，他不停地劝脸色已冻得惨白的林娇，喝掉仅剩的热水，而他则小口抿着快结冰的瓶装水。

"你干什么？你很热吗？"本就心乱如麻的林娇，看向拉下外套拉链的姜峰，皱眉问他。

"不是，我看你冷得直哆嗦，要不你到我怀里来，我抱紧你，两个人搂在一起，暖和些嘛！"姜峰拉着敞开的外套，笑着对林娇说道，从他怀里散出的热气，瞬间化作带着暖意的白雾。

林娇狠狠瞪了姜峰一眼，然后坐直身子，双手交叠抱在胸前，用实际行动告诉他——别再做梦。

姜峰识趣地将衣服合上，为了缓解车内的尴尬气氛，他提出要去外面探路。可车门刚被推开一半，暴风雪就如张着血盆大口的猛兽，扑面而来，似要将他吞噬。

"雪太大了！积雪快没过半个车轮了，再这样待下去，咱们恐怕都得……"被风雪拍打回来的姜峰紧张地说道。

虽然姜峰没把话说完，林娇还是听出他话里对死亡的恐惧。她不自觉地望向窗外那白茫茫的一片——在与黑夜相交的地方，那里仿佛是时间与世界的尽头，看不到一点生的迹象。

他们陷入沉默，狂风却不知疲惫地呼啸。

越来越大的暴风雪，非但没带来更多氧气，反倒让林娇越发难以呼吸。

不能摇下车窗透气，雪花会像一把把白色飞镖，带着寒意，扎进她的脸颊，割出刺骨的疼痛。

车内的氧气越发稀薄，胸腔里的一个个肺泡，开始接二连三地萎缩，林娇的意识也跟着模糊了起来。

恍惚中，林娇看见姜峰在脱外套，"你……在干什么？"林娇有气无力地对他问道。

"你比我需要它……呵呵……你太瘦了……我还有脂肪。"姜峰喘着粗气，费力地将脱下来的外套裹在林娇身上。他说话时努力开着玩笑，可林娇听得出，他也已经虚弱不堪。

"不要……快……把衣服穿上……不然……你会冻死的……"

连抬眼的气力都没有的林娇，不知她说的话，姜峰能否听到。随后，意识便像滴进墨汁里的清水，很快混进了黑暗里。

再度醒来时，赶来救援的康定警察已将氧气面罩戴在了林娇头上。她歪头望着身旁奄奄一息的姜峰，心里难过万分。

姜峰盖着救援送来的棉大衣，但由于先前将外套给了林娇，姜峰的情况要糟糕很多，似乎已陷入了昏迷。

随着救援的康定交警，疏通开下山的道路。被陆续安上防滑链，获得汽油补给的车辆，开始缓缓下山。

林娇驾车将姜峰送到医院，他得了失温症，已是奄奄一息。

姜峰要被推进急救室抢救，林娇拉着他的手，一路小跑着跟到急救室门口。看见姜峰的嘴唇在微微颤动，林娇将耳朵贴了上去。

"娇娇……要是我能活下来，就答应我，跟我在一起……好吗？"姜峰说完，就被推了进去。

林娇站在急救室外，盯着将他们就此相隔的白门，心中回想着姜峰的话，眼泪决堤……

"是不是得到了，就不需要珍惜了？"浴室里，林娇回忆至此，悲伤地对着镜中的自己，再度发问。

她头发散乱，拼命摇头，突然扬起手腕，将抓在手里的白瓷首饰盒狠狠地摔向对面。

"那个爱你，愿意为你去死的男人，哪去了！"

林娇对着破碎的镜子嘶吼，之后缓缓滑落，跌坐在地上，掩面哭泣……

翌日中午，当林娇戴着墨镜，杀气腾腾地走过工区时，下属们无不停下手中的工作，忐忑地仰视着她从身边经过。

距昨夜的争吵已过了12个小时，眼上的浮肿虽已差不多褪去，林娇心中的愤恨却始终难平。

"今天如果有人找我，你替我挡一下！"坐在办公室的旋转椅上，林娇对进来找她签字的肖娜吩咐道。

"哦。"肖娜小心翼翼地答应着，接过文件。

这时，座机突然"叮铃铃"地响起。见林娇厌烦地皱眉，肖娜赶忙拿起话筒，"喂"了一声。

之后，肖娜为难地将话筒递向林娇，苦着脸说道："是前台，她，她说有很重要的事，只能跟您说。"

林娇突然起身，将电话从肖娜手里抢了过来，"什么事？"她耳贴着话筒，没好气地问道。

"他又来了！"前台女孩紧张的声音从话筒里传了出来。

"谁？"

"那个给姜总送剪刀的男人！"

林娇赶忙放下电话，大步朝前台走去。可当她赶到那儿时，依然错过了。

"确定就是上次送剪刀的那个人吗？"林娇盯着紧闭的电梯门，对前台女孩着急地问道。

"他这次戴着摩托车帽，所以没看到脸……但我认得那摩托车帽！跟上回送剪刀那人，手里拎的一模一样！所以我觉得，是同一个人！"前台最后笃定地答道。

听到前台的话，林娇变得面色凝重："他又来找姜峰？"

"不……他这次……是来找您的！"前台说着，拿起台面上的一个信封，递给林娇，满脸担忧。

林娇一回到办公室，立刻拉下百叶窗，怕被工区的下属们看到她慌张的神情。

撕开信封，抽出塞在里面的两页纸，林娇认真地读了起来。那上面打印了姜峰近几个月来的开房记录，地点全部是开元酒店。

对于这些，林娇不是没有心理准备，但看着这一条条铁证，她依然感到触目惊心。

委屈、愤怒、羞辱交织成无形的网，将林娇死死包裹，令她无法呼吸。

她屏息哽咽，奋力架起胳膊，想要将手中的纸撕成粉碎，可扯到一半，她不得不停了下来。

其中一页，背面正中，醒目地写着一行字，像是在对她提问：

"你是个懦夫吗？"

第五章

1.

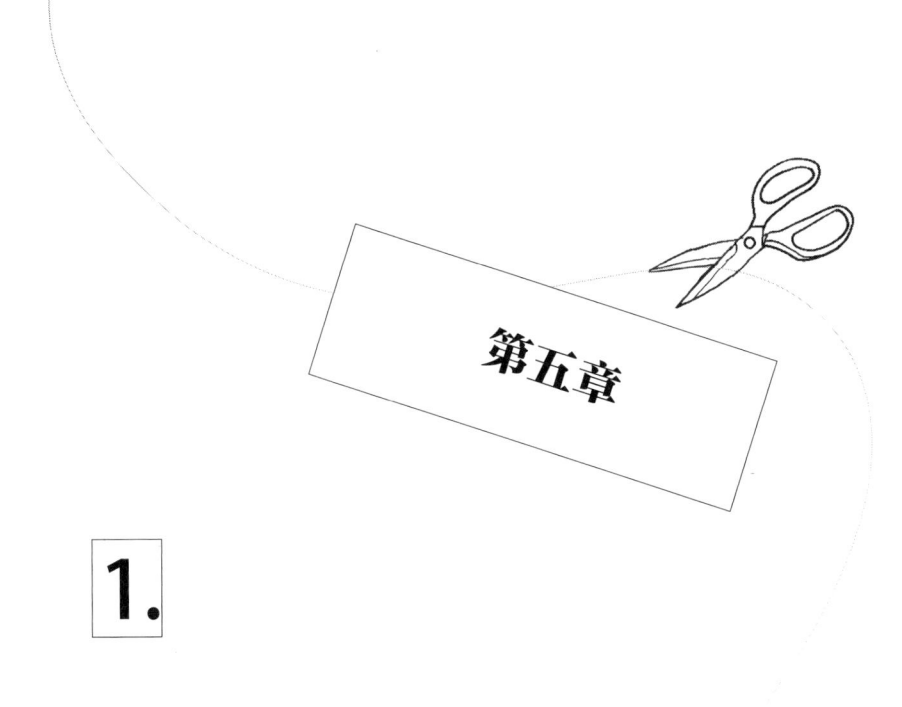

"你是个懦夫吗?"妻子敲着白板上,她刚刚用黑色马克笔写下的单词"coward",盯着我问道。

那时,她还不是我的妻子,我也不知道她是个富家女。

对我而言,她只是刚刚从美国学习艺术设计归来,梳着干练短发,总带着桀骜不驯笑意的助教老师"Silver"。

抱着好玩的心态,也为了尽快适应国内的生活,她投简历,轻松成为了这家外语培训机构的老师。

而那段时间,我正在侦办多名中国女性被一个外国人骗财骗色的案子,嫌疑人正是这家机构的外教,我也因此同她相识。审讯过程中,与嫌疑人艰难的沟通,让我意识到掌握英语对办理涉外案件的重要性。于是结案后,我报了这家机构的成人课程,成为了她的学生。

也许这天是工作日的缘故,本可容纳十几名学员的成人教室里,只有我一个人来上了她的课。

课程快结束时,她在白板上写下了"coward",然后转回头问我,"你是个懦夫吗?"

"不是!"我立即回答道。

"哦?是吗?"她不相信地看着我,讪讪一笑,开始收拾长条桌上的教具。

"怎么？你不相信吗！"实实在在地感受到了她对我的羞辱，我有些恼火地对她问道。

我不知道我哪里得罪了她，让她将我这个不畏凶恶，与毒贩、混混搏斗，屡立战功的人民警察认定成了"懦夫"。

我的话让她突然停下了手中的动作，抬起头来，认认真真地看向我。看她那架势，我预感到，我们之间即将发生一场言语上的对决。

"那好！"她叹了口气，双手交叠抱在胸前，"那我问你，如果现在遇到喜欢的女孩，你敢向她表白吗？"

她盯着我的眼睛，让我没法说谎。

没料到她竟然意指于此，我不禁一时语塞。

我承认，从我第一次见到她起，就被她深深吸引。她的课我从未缺席，哪怕她讲的内容晦涩难懂，是让人丝毫提不起兴趣的美国南北战争，我也会在开始犯困的同学之中，津津有味地认真听着。

但我从未试图与她接近，甚至是刻意保持距离，难道这样也被她发现了我的心思？

我故作镇定，清了清嗓子："不！不会！我不会向她表白，因为我有女朋友了。我现在不是单身。"我言语虽结巴，语气却真诚，因为我说的都是实话。

那时我与女友相隔两地，除了一周一次的视频问候，我们对彼此的关心极少。但我却不觉得这种恋爱有什么问题。

在此之前，我从未爱过任何人，也没被任何人爱过。这种不咸不淡的感情，令当时的我习以为常，反观身旁那些为男女朋友肝肠寸断的人，我倒是为自己没有在恋爱中迷失自我，保持了清醒，而感到庆幸。

"那又怎么样！"她突然说道。

"什么？"我惊讶地看着她一步步向我走来。

"有女朋友了，又怎么样？你不敢对眼前喜欢的女孩儿表白，无非有两种可能。要么，是你怕她会拒绝你，你接受不了这份失落，害怕受到打击……"

此时她已来到我的面前，与我相隔不到半米。我心跳如鼓，仰头看着她深邃的眸子，听见她接着说道："要么，就是你怕自己会彻头彻尾地爱上她，从此泥足深陷，无法自拔。

"所以……不管你害怕什么……你都是在害怕，都是一个懦夫！"

她坐在桌角上，探身朝我一点点靠近。我感觉喉头发紧，却不想闪躲，鼻腔里满是从她身上散发出来的迷迭香气。

目光顺着她白皙的脖颈不自觉地向下滑落，直到触及她衣领深处，看到那幽幽的诱人轮廓，我才慌忙将目光转移，落在她胸前的不锈钢名牌上。

我盯着那上面的中文名字看了好久，酝酿着心里的诡辩。想着接下来，要用她的中文名字称呼她，好让我说出来的话听起来更加正式。

可我连看都不敢看她，更别提义正词严地狡辩了。"Sil……，Silver老师，我，我不是……"我尽量控制，让声音听起来没有波澜，"我只是……，只是我……，我不能……"

我的话还没有说完，教室的门就被人从外面推开了。

我的英文外教丹尼尔，高大的身影出现在了门口。他推门时兴致勃勃地喊着我的名字，在看到我与她的脸贴得如此近后，丹尼尔白皮肤的脸上，一下子像涂了腮红。

尴尬之余，他连连道歉，向我和Silver解释：他以为已经下课了，所以来找我一起去楼道里抽烟。

我们三个面面相觑了一会儿。

最后，丹尼尔主动退出教室，十分礼貌又贴心地轻轻关上了门。而我和她之间，也再找不到继续刚才话题的契机。

沉默半晌，她突然从桌边站起，拿起放在桌上的教具，朝教室外走去。

临出门前，她丢给仍坐在椅子上愣神的我一句话："如果你想好了，你知道能在哪儿找到我。只限今天！"接着，她就像一个不切实际的梦，消失在我眼前。

我坐在教室里，盯着白板上的"coward"发呆。

就这样不知过了多久，我腾的一下从椅子上站起，冲了出去。

我来到她的办公室门前，没有敲门，直接推门而入。

她吃惊地回头看我，来不及说什么，就被大步走近她的我，一把揽进怀里。

我用力地吻她，带着太阳融化冰封大地所释放出来的热情；带着野兽捕捉猎物所散发着的血腥。

她被我吓到了，开始只是睁眼看我，之后才缓缓闭上眼睛，回以我同样热烈的吻。

离开前,我告诉她,给我三天时间。她轻轻点头,淡淡笑着说:"我等你。"

　　回到家,我给女朋友打去了视频电话,寒暄了几句之后,我向她提出了分手。

　　她显得并不惊讶,仿若解脱般地叹了口气,反复嘟囔着:"早该如此,早该如此……"

　　"不想听我解释一下原因吗?我很抱歉,我……"

　　其实我已准备好了面对责骂,还有发自肺腑的道歉的话,她却在视频里摇着头,打断了我:"不需要。该抱歉的人是我……"

　　接着,她欲言又止。

　　"启铭,我一直在等着你发现,发现我早已有了别人。为此,我故意在朋友圈的照片里留下了很多痕迹,等着你在乎,等着你来质问我,等着你跟我大吵大闹,然后,或许我们会拥抱流泪,热吻和好。"

　　她的话让我惊讶得不知该说什么才好。也许是我木讷的反应让她倍感失望,她突然提高了声音,"可你,可你好像根本什么都看不见!你知道吗!你并不是一个好的恋人。你不懂得如何去爱一个人,或许,你根本也不需要被人爱吧!分开,对我们都好!"

　　我在目瞪口呆中,与女友分了手。

　　可是她错了,先前的我也错了。我并非像她说的那样——不懂爱人,不需要被爱;相反,我和她在一起之后,我才知道——我是多么地渴望被爱,会多么疯狂地去爱一个人。

　　我把她带回家,见到了奶奶,那时父亲已经去世,母亲的事我对她只字未提。我看得出她心存疑问,却也没问过我什么。

　　我跟着她回到她父亲的别墅。听说我刚刚破获了那起外教诈骗多名中国女性的案件,她父亲大加赞赏我是"护国金盾",与我一见如故。

　　晚饭畅聊后,她父亲邀我在此留宿。难以推托,我住进了二楼的客房。

　　站在未开灯的客房窗前,我看着满月洒进院内盈盈的光。月色如水又如银,照得地面泛起亮晶晶白茫茫的光,使这静谧的夜晚分外温柔。

　　她轻轻敲门,走了进来。

　　我们彼此相视微笑,她问我,今天与她父亲相处得可算愉快?我连连点头,真心夸赞她父亲豪爽耿直。

　　之后,我们不再说话,带着初在一起的恋人才有的内敛而克制的目光，欣赏着对方眼中含情的笑意。

终于，我还是没抑制住心中的好奇，对她问道："你妈妈呢？为什么没有见到她？"没听她提起过母亲，也没在这里看见她母亲的遗像，我有些鬼使神差地揣测，她会不会也与我有相同的经历。

她再次洞察到我的心思，淡淡一笑，轻轻摇头。"不，她还健在。只是在我很小的时候，她就离开了我们，与别人重新组建了家庭。这些年，我一直跟着爸爸生活，与母亲几乎没有联系。"说完这些，她似有深意地看着我，"你呢？想跟我说说吗？"

没想到，我在她面前会变得如此简单。我知道自己再也躲不过去了，便将母亲的事完完全全地告诉了她。

这是我有生以来，第一次和别人提起那段痛苦的回忆。我没有流泪，但说出来的话磕磕绊绊。我在强迫自己打开心门，硬掏出那些不愿示人的东西，给一个人看。

她安静地听我说完，我低下头，不再敢看她的眼睛。这并不是什么光彩的经历，而是我的童年阴影。说完这些，我感觉自己就像一个浑身赤裸的人，站在她的面前。

这时，我脸上传来温热柔软的触感，她抚着我的脸，朝我一点点靠近。

她抱紧我，让我的头枕在她的肩头，像主人揽过受伤的小狗，像母亲抱紧难过的孩子。

我听见她在我耳边温柔低语："我终于知道自己为什么会爱上你了。"

不等我问，她已回答："因为你需要我。还记得我们第一次见面时的情景吗，你冲进玻璃教室，给试图劫持幼儿班学员逃跑的外教使了个过肩摔，接着你把他压在身下，用膝盖顶着他的后背，给他戴着手铐，还不忘安慰周围受惊的孩子不要害怕。之后，你走到我跟前，捡起我脚前的匕首，用坚定的眼神，帮我镇定下来。你那副硬汉的模样，让我印象深刻。可与你接触越久，我越发现，那都是你的伪装。你眼中总是藏着淡淡忧伤，原来，那连接着你不为人知的过往。可恰恰是你的这股忧郁气质而非硬汉的模样，让我最终爱上了你。"

我知道，她已窥见我心底最怕示人的地方，我将头从她的肩头猛然抬起，反驳道："我并不阴郁，也不悲伤，不需要被怜悯！"

她一点儿也不吃惊，只是看着我笑："听好了，是淡淡的忧伤，不是阴郁。不管你怎样伪装，怎样表现得对一切都无所畏惧的模样，我还是能捕捉到你眼中的悲伤。

"我不知道,被你眼中的悲伤深深吸引,算不算一种怜悯;我只知道,你让我无法自拔。"

"我一直想不明白,你对于我,为什么会那么与众不同,现在我明白了,只觉得自己更爱你了。"

她的表白大胆而真诚,我却不禁问道:"你不觉得,我是一个连生母都会嫌弃,都想杀掉的人吗?一个童年有阴影,灵魂残缺的人?"

"那又怎样?"她盯着我反问,脸上带着毫不在乎的神情,"或许正是你心里的那些伤,才让我感觉,我被你无比需要。我们没法选择童年,没法改变过去,但我们可以一起塑造未来。我只知道,跟你在一起,让我觉得自己分外重要。这种感觉很好!"

我猜是借着月光,她看清了我逐渐变得湿润的双眼,突然开起了玩笑:"别忘了我是谁!我是Silver——白银啊!在你身边,祛湿排毒,能吸走你心里所有的毒素。以后,你有了我,就不会再有悲伤。我会永远在你身边,永远不会离开……"

没等她说完,我已将她紧紧拥入怀中……

从那一刻起,我卸下了所有防备,义无反顾地去深爱,像她起初预料的那样,我泥足深陷,却乐于其中。可妻子,却没有像她承诺的那样,不让我再有悲伤;相反,她给了我太多太多的悲伤。

"为什么会变成这样?当初那个给你无尽温暖,为你抚平忧伤的女人,她到哪去了?"

我独自站在这间由客房改造成的工作室里,依旧没有开灯,望着窗外头顶上的残月叹息。

月光照在我手中的 GPS 定位器上,泛出黝黑的光泽。

妻子正躺在卧室的床上睡得很熟,也许在她的梦里,已有另一个男人陪伴,所以完全没有察觉我并不在她的身边。

寂静的夜,只听得见蛐蛐与蝈蝈的和鸣,有谁听得到一个丈夫心碎的声音。

"她到底对我藏了多少秘密?她为什么会认识林娇?"我掂量着这个有监听功能的设备在心里盘算,决定一会儿就去车库,把它装在妻子的车座下。

此后,无论她去哪里,与谁在车里说的每一句话,都会传进我的手机里,再没办法对我欺瞒半分。

2.

"低功耗，高存储，人体感应，有人录像，无人休眠，可待机一年。"中午时分，当肖娜来敲办公室的门时，林娇正读着针孔摄像头说明书上的内容。

林娇慌忙拉开抽屉，将桌面上刚拆出来的针孔摄像头，和其他配件一股脑地划拉进抽屉里。

一切收拾妥当后，她才对着门外喊道："进来吧！"

肖娜的脑袋，从被推开一尺宽的门缝间探了进来，她笑着对林娇问道："隔壁商场新开了一家打边炉，部门里的人都吵着说要去尝尝鲜，他们让我问问您，要不要一块儿去凑凑热闹？"

"不了！我今天胃不太舒服，吃不得太油腻的，你跟他们去吧！"

林娇本以为，这个司空见惯的借口任谁听了都不会再继续坚持，可肖娜却没那么好打发。她听见肖娜几乎没有犹豫地说道："那我也不去了。我去楼下饭馆买点粥和小菜，拿回来跟你一起吃，咱们吃点清淡的！"

肖娜说完，不等林娇回应，扭头就要出门。

"等等！"

林娇及时喊住了她，见肖娜不解地眨着大大的眼睛，林娇又说道："那个，你跟他们去吃吧！告诉大伙儿，这一餐我来请，算是犒劳大家这一周的努力工作，到时你帮我结下账。"

"噢……嗯……可你怎么办啊？你中午吃什么呀？"肖娜支支吾吾地答应着，一脸不放心林娇的样子。

"我不吃了，一吃就难受，胃空着还好受点儿。你快去吧！别让大家等急了！"林娇按亮了搁在一旁的手机，看了一眼上面的时间，对肖娜催道。

肖娜离开办公室后，林娇一直坐在屋里，仔细听着外面工区里的动静。

一阵庆祝的欢呼声过后，外面逐渐安静了下来。看样子，所有人都跟着肖娜去吃那家打边炉了。

63

林娇知道——时机已到。

她拉开抽屉,拿出调试好的针孔摄像头,攥在手里,朝姜峰的办公室走去。

"你必须做点什么!"

这句话,林娇昨日从律师事务所出来时,反复地对自己重复;如今,已变成了实际行动,让她紧张又兴奋地来到姜峰办公室的门前。

昨天,律师一脸沮丧地将调取回的文件复印件,一份份地摆在林娇面前,抱歉地告诉她,姜峰已通过合法途径,将他们的共有财产陆续转移到境外。

听律师说完,林娇没去看桌上的文件,她只是看着桌对面的律师,淡淡笑着,轻轻摇头,仿佛他刚才开了一个并不好笑的玩笑。

"不可能!没有我的授权,他没有能力处置我们的共同财产!"林娇十分肯定地说道。

见律师抿着嘴,盯着摆到她面前的文件沉默不语,林娇补充道:"如果这些财产被他私自转移了,那一定也不是通过合法的途径。这里一定有人玩忽职守,材料上必定有漏洞,你仔细查,一定能查到!"

"不,他得到了你的授权。"律师松开一直向下绷着的嘴角,抽出文件其中的一张,递给林娇。

"授权委托书"五个字和林娇的亲笔签名,最先映入了林娇眼中。

"这……这怎么可能!"她蹙眉惊呼。

林娇盯着复印件上自己的笔迹,回想起上一次手写签名时的场景,瞬间恍然大悟。

她迫不及待地向律师解释:"我想起来了!半年前,我们小区换物业,需要业主投票决议。姜峰那时拿了份《授权委托书》让我签,说业委会要求实名投票,不能到场就签委托书给家属代投。我那时本想看看上面的内容,可姜峰催我快签,我就没多想,签下了名字。

"他……他这是在偷梁换柱啊!这并非是我本人的真实意愿,在法律上是无效的啊!"

说完这些,林娇已涨红了脸。她紧紧地盯着律师的眼睛,期待能从中看到可以挽回的希望。

可律师却垂下了眼睛,他的表情很是无奈:"可如何能让法官相信你呢?你知道,在法庭上,只讲证据。咱们有什么证据,能证明你刚才说的这些呢?

"而且据我所知,姜峰在使用这份《授权委托书》转移你们的共同财产时,跟公务人员说的理由是,你正在接受胚胎移植,治疗过程给身体带来了诸多不便,所以才委托他全权处理。

"将来上了法庭,这些经办人,都可以成为证人,而你正在进行试管婴儿的事实,医院也会提供相应的佐证。那么,在法官的耳朵里,姜峰没有说谎,反倒是你,会成为一个反复无常、胡搅蛮缠的原告。"

律师的话让林娇重重地靠在了椅背上,她失神地望着手中的文件,喃喃说道:"那要怎么办?我现在是什么都没有了吗?"

"好消息是,姜峰虽然在向境外转移财产,但依然用的是你们家庭移民的名义。这说明他还没有离婚的打算。我的建议是……"

律师比林娇先振奋了起来,提高声音:"不要离婚!至少在查明资产去向之前,先不要离婚!"

见林娇不说话,律师不再犹豫,"而且,最好不要引起姜峰的怀疑,千万不要让他知道你有离婚的想法。依然与他保持正常的夫妻生活,为我们的调查,争取时间!"

"保持正常的夫妻生活?什么意思?"林娇猛然抬头,压着火,明知故问。

看林娇那气势,律师一下子变得结巴:"继,继续与他同床共枕,不要让他觉得,你对他有二心,不要……"

"你当我是什么?深入敌后,色诱骗取情报的女间谍?还是为了钱,卖春赔笑的青楼女?

"你知不知道,他出轨了啊!姜峰他背叛了我们的婚姻!你们把女人都当成什么了!"

林娇失态地骂道,眼泪在她眼眶里打转,她强忍着不让它们掉下来。

接着,她愤然起身,拎起身旁的拎包,"你这个没用的废物!"丢下这最后一句给对面目瞪口呆的男人,林娇便离开了那里。

她跟跟跄跄地走出写字楼,来到位于CBD核心区的大街上。行色匆匆的人们,在林娇身前身后穿梭不停,让她没有机会放纵眼泪。强忍下来的委屈,令身体不受控制地颤抖。

"冷静下来!你必须做点什么!"

那时,林娇突然听见心底有一个声音对她这样说道……

此刻，她站在姜峰办公室门外，感觉指尖发凉，但并非源于玻璃门上的触感，而是来自心里的紧张。

她屏气将门推开，闪身进入屋内，然后迅速扭动百叶窗上的调节杆，使叶片完全闭合。

林娇转过身来，眼神直接落到靠墙角放着的黑色保险柜上——这就是她今日的目标。

姜峰突然大规模地向境外转移资产，林娇冷静分析过后，觉得只有一种可能——姜峰那项神神秘秘的投资出了问题，他是在为逃跑做打算。

想要弄清楚这一切，想要抓住姜峰的把柄，林娇能想到的，只有眼前这个——姜峰从不肯当她面打开的保险柜。

扫视过屋内的环境，林娇来到姜峰办公桌后的书架前。书架正对着墙角的保险柜，是最适合安放针孔摄像头的地方。

林娇蹙眉上下打量着书架上一尘不染的书籍，又回头测算着与保险柜的距离和角度。几番尝试之后，她最终踮着脚，将摄像头放进了最上层。

那里摆了一排奖杯和奖状，都是姜峰所领导的关务部，这几年在公司里获的奖。最边上奖杯的黑色底座，不但与针孔摄像头的颜色一致，材质还是金属的，轻轻一放，带有磁性的针孔摄像头便牢牢地吸附在了上面。

林娇刚刚在心里估算过公司女保洁的身高。她可以将书架下层擦得干干净净，但要够到最上层，着实费劲。所以林娇不必担心，摄像头会被她移动。

拍掉手上从奖杯处蹭来的灰，林娇想着要赶紧离开。可刚绕出姜峰的办公桌，她就看见门正被人一点点推开。

顾不得多想，林娇快步上前，一扭身，坐到了姜峰办公桌对面的沙发上。

她心脏狂跳，侧面对着门口，藏于发间的脖颈上，有一滴冰凉的汗水缓缓流下。

林娇不知道来人是谁，但能堂而皇之推门而入的人，除了姜峰本人，就只有他的助理艾米丽了。

果然，艾米丽的身影出现在林娇眼前，她手里端着两杯星巴克的咖啡，走到姜峰的办公桌那儿，将其中一杯小心翼翼地放到了桌边。

也许是咖啡太烫，艾米丽放下杯子后，连忙甩手，捏住自己的耳垂。

在转身看到坐在沙发上的林娇后，她被吓了一跳。

"林，林总，您……您在屋里呢？"艾米丽结结巴巴地说道。

看着惊慌失措的艾米丽，林娇镇定自若地笑了笑，"是啊！姜峰说让我在这儿等他！"

"哦哦，姜总刚发微信说，让我帮他带杯拿铁，我以为他说的是……结果，就只买了一杯。对不起！不知道您也在这儿，哎呀，这……"

艾米丽的声音越说越小，泛红的脸上写满了为难。忽然，她像猛然想到了什么似的，将手里的咖啡举到林娇的面前："林总，这个也是拿铁，我还没喝，您要是不嫌弃，就喝这个吧！"

林娇轻轻摆手，安慰她道："不了，谢谢！我本来也不能喝咖啡的。你没做错什么，再说，我也不是你的上司，你对我大可不必那么客气。"

艾米丽感激地点了点头，退了出去，林娇强装出来的笑容，也跟着立刻收起。

只差一步，只差一步就可以在艾米丽进来送咖啡前，离开姜峰的办公室，可林娇却为了选择摄像头的摆放位置，耽误了太多时间。

林娇想到，姜峰一会儿就会从艾米丽那知道，她曾到过他办公室的事，忍不住懊恼。

自打那日吵完架，姜峰就再没回过家，他们俩这几天一直在冷战。如今趁姜峰不在，林娇突然出现在他的办公室，姜峰会怎么想呢？他如何能不怀疑呢！

这些问题在林娇的头脑里，接二连三地冒了出来，像水下缺氧的鱼群，扑腾着跃出水面，搅得她心绪再难平静……

一回到自己的办公室，林娇立刻打开手机，迅速登录针孔摄像头的控制界面。

她与姜峰的办公室距离不足15米，正好在针孔摄像头自带热点的覆盖范围内，可实时监控拍摄出来的高清画面。

没过多久，画面中的姜峰推开了办公室的门，走进了拍摄区域。画质不错，林娇甚至可以清晰地看到姜峰腕表上的时间。

不过接下来姜峰的举动，令林娇一下子屏住了呼吸，心也跟着提到了嗓子眼。

站在办公桌前的姜峰，好像被对面书架上的东西吸引了注意。他隔桌探身，朝对面凝视，眉头也跟着皱了起来。

这头盯着手机画面的林娇，紧张得一点点地攥紧了拳头。

她好怕下一秒姜峰就会绕过桌子，走到书架前，把摄像头从角落里抠出来。那时画面中姜峰的脸将占满整个屏幕，然后就只剩一片漆黑。

姜峰会冲出去问艾米丽，有谁进过他的办公室。那么，林娇所做的这一切，无疑是打草惊蛇。她可以想象，姜峰以后会怎样提防着她，让她再没机会接近他的"把柄"。

这样想着，林娇忍不住咬紧了下唇。

然而，她料想中的画面并没有出现。姜峰的探身向前，碰洒了桌上艾米丽帮他买的那杯咖啡。

他一边骂骂咧咧地后退，躲开正沿着桌边不停流下的棕色液体，一边伸手去够桌角的纸巾，忙着擦拭裤脚和鞋面。

做完这些，姜峰负气地把倒在桌上的咖啡杯，摔进纸篓里。

林娇看见他扯下贴在桌面正中的黄色便签，走到落地窗边，认真读了起来。

忽然，姜峰恼怒地将手中的便签揉成一团，举起拳头，狠狠地朝身旁的落地窗砸去。接着，他缩回拳头，痛苦地甩了甩手，转身拉开办公室的门，冲出门去。

林娇知道，他正在朝她而来，却不再有先前的忐忑，反倒是长长地舒了一口气。

姜峰并未发现林娇苦心安装的针孔摄像头。他来找她，是因为那张刚刚被他揉成团的黄色便签。那是林娇在姜峰办公室撞见艾米丽后，为自己找到的，最合适的"理由"。

林娇在那张黄色便签上写道：

把你现在的地址发给我，我会把属于你的东西打包寄给你。

拜托，别再回来烦我！

——林娇

第六章

1.

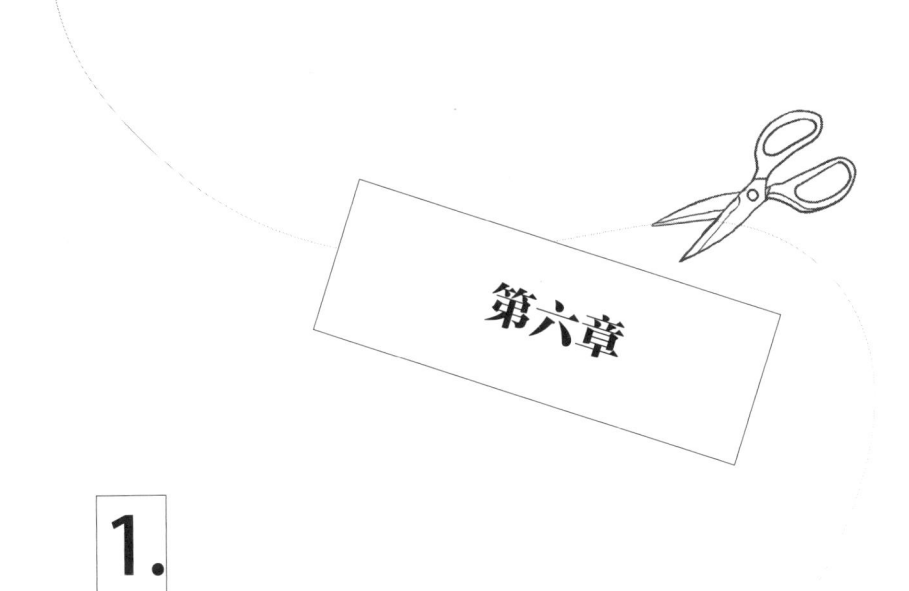

我在黄色便签上写下"凶手"二字,将它贴到了姜峰的照片下。

看着他戴着金丝边眼镜的白皙面容,我开始回想,对这个男人目前所了解的一切。

想要挖掘姜峰的过去并不难,自从他以"杀婴案"受害家属的身份走进公众视野,微博里不乏对他的匿名爆料。

我仔细分析,鉴别真伪,对姜峰从前的人生,有了大致的了解。

姜峰出生于本市一个普通的工人家庭,父母在国企改制的浪潮中双双下岗。

迫于生计,姜父到私营货运站当起了装卸工。可没干多久,他就在一次事故中,死于倒塌的货柜之下。

由于货运站未给姜父上保险,得不到赔偿的姜家,曾打官司状告过无良老板。可后来,却不知是何原因,姜家选择不了了之,只拿了寥寥无几的抚恤金。

失去了顶梁柱的姜家,一下子变得一贫如洗。姜母为养活还在上小学的姜峰,改嫁给一个酒鬼,多次被喝醉的丈夫殴打送医。

我不禁去想象,姜峰的童年是怎样度过的。看着母亲惨遭继父毒打,他一定也曾冲上去阻止。可身高只到继父腰间的他,立即被酒醉的男人单手扼住喉咙，快要窒息。腹部重重挨了一脚，他疼得蜷缩在地上，连滚带爬地躲回到角落里瑟瑟发抖。他听着母亲的哀嚎，心中的怨恨如地壳下的熔岩一般涌动、积累，只待喷发。

所以，正值青春期的姜峰，曾愤愤地告诉同学：他所遭遇的不幸，都是黑心的货运站老板害的，他终有一天会让货运站老板付出代价。于是，就有了后来的那个传闻。

在姜峰初三毕业的假期，货运站老板5岁的儿子突然失踪。两天后，口鼻处尽是泥沙的男童尸体被人在海滩上发现，初步判定是溺亡。因有人看到，事发时，男童曾跟一个大他许多的男孩一起在海边玩耍，姜峰随后被警察传唤。霎时间，关于姜峰杀害男童的风言风语，传遍了学校。不过没多久，警方就以男童意外死亡结案。可即便如此，"杀婴案"案发之后，网上仍现出了诛心言论，称亲子被杀是姜峰的报应。

姜峰少年时代的人生，无疑可以用"灰暗"两个字来形容。不过，那之后，他好像变得没心没肺起来。

网上有人爆料，姜峰曾一度暴食，高三时还是一个二百多斤的胖子。后来，他用了一个学期的时间，每天背着十公斤的铅块，长跑二十公里，在毕业前，生生减回了标准体重。

靠高强度运动，在短时间内甩掉近百斤肉，我突然发现，姜峰是一个对自己够狠的人。

"有着惨遭暴力的童年，曾被风传复仇杀人，对自己足够凶狠，这样的男人会杀死自己的孩子吗？"我不禁产生了这样的疑问。

单从他凶狠的个性来看，不排除这种可能。但这样怀疑姜峰的前提，得先找到他有可能杀害亲子的动机。

然而，李政打给我的电话，好似隐约地帮我找到了答案。

"咱俩那天喝完酒，我就一直想着那案子的事，琢磨看能不能帮你的报道多搞些料。结果，还真被我从《安保值班记录》里发现了些东西。而且，连警察都不知道！"在我接起电话，喊了李政一声"六哥"后，他笑着对我说道。

李政的话确实让我提起了兴趣，"哦？是什么？"我迫不及待地问道。

"去年，差不多也是这个时候吧，我们物业安保，半夜去过林娇他们家一次。楼下的邻居投诉她家又打又摔，还听见了惊叫声，害怕闹出人命，让我们赶紧过去看看。

"值班的保安叫了半天门，他们才把门打开。询问之后，竟然是妻子怀疑丈夫出轨，所以在屋里乱砸东西。

"这事记录到此，就再没有后续了。我估计啊，要么是那男的，后来跟外面的情人断了，要么就是那女的先前捕风捉影。不然还怎么在一块儿过日子，而且后来没多久，那女的就怀孕了，生下了那个孩子……"

说到这儿，李政清了清嗓子，"我不知道，这事儿跟那孩子的死有没有关系。但我想，它至少能帮你的报道添些花边新闻。你要是想了解更详细的，我可以帮你把那晚去她家的保安约出来，咱们再出来喝一顿！呵呵！"

明白了李政给我打这个电话的目的后，我敷衍他改日再出来详谈。

李政的爆料确实给了我启发。我开始怀疑——姜峰会不会为了情人，想要摆脱掉妻子和孩子而犯下凶案。

这样想着，我迫切想要弄清楚姜峰婚外情的现状，但我却没打算再跟李政买消息。因为，想要弄清楚这件事，我可以去问林娇。

走进地窖，我并没有看见林娇。我朝最后一排货架径直走去，猜她一定是把我的脚步声误认为是妻子的，所以才躲在那里不敢动弹。

"是我！"

怕吓到她，我快走近时，对着货架后轻声说道。

没有听见林娇的回应，我绕过货架，来到她平日躲藏的阴影里。结果，她并不在那。

"哪去了？"我皱眉犯起了嘀咕，一歪头，看见从暗室那儿传来的光，便迫不及待地朝暗室走去。

我着急想确认林娇在不在里面，所以想都没想，就推开了暗室的门。

粉红色的灯光下，林娇正在换衣服。我的突然闯入，迫使她本能地背过身去。

惊讶过后，我慌忙低头，但还是看见了她光滑的脊背和穿着浅蓝色牛仔裤的纤细腰身。

她背对着我没说话，双手交叉护在胸前，侧过脸来蹙眉看我。

我意识到冒犯了她，沉默地退出暗室，将门重新关上。

之后，我像个犯错了的孩子似的，忐忑地走到我们平日说话时坐的椅子那儿坐好，静静等她出来。

不知过了多久，暗室的门开了，林娇面无表情地从里面走了出来。

我抬头，只与她对视了一秒，便心虚地错开了目光。

我想对她说"对不起"，却难以启齿。自从遭遇妻子的背叛，我又失去了与人亲近的能力，对所有人都心存戒备。面对林娇，哪怕会显得无礼，我更是在刻意与她保持距离。

我这样犹豫着，林娇已在我对面的椅子上坐下。她没再看我，低垂的眼眸盯着自己的脚面。

沉默中，我从没像现在这样，希望能有一只恼人的苍蝇，或是其他能发出响声的昆虫，从我们之间飞过，可这幽暗潮湿的地窖里，连只默默结网的蜘蛛都没有。

我觉得进入正题或许能化解尴尬，便若无其事地说道："杀婴案的事儿，我想先从姜峰开始调查，所以来问问你，你们俩的婚姻状况，你们……"

"挺好！"我的话还没说完，林娇就冷冷答道。

她不再盯着脚面，抬起眼来与我坦然对视。

看着她说谎的眼睛，我联想起妻子撒谎时的模样，心中怒气渐渐蒸腾。

"胡说！去年你还跟物业保安说，姜峰出轨，所以你们才在屋里打得不可开交，吵得街坊四邻没法睡觉！那时你还没有怀孕！你别跟我说，你连这都忘了！"

我说着，从椅子上猛然站起，身后的椅子应声倒地，"你知不知道，为了你的案子，我费了多少心思？而且，为了照顾你，我有多不容易？我要偷偷给你做饭送饭，除了查案不敢轻易出门，小心翼翼地藏着你、守着你，生怕被妻子和邻居发现。我是个警察，现在的行为倒像个贼！"

我在摔倒的椅子旁，气愤地来回踱着步子。得不到林娇的任何回应，我在她跟前突然停下，低头怒吼，"而你！却不信任我！还在骗我！女人是不是都是天生的骗子！你就那么喜欢说谎吗！"我已失去了理智，吼声响彻地窖。

林娇毫不示弱，她站起，仰着头，瞪圆了眼睛质问我："我为什么要信任你？我为什么要信任一个，连冒犯了我，都不会感到抱歉的陌生人！"

意识到她还在因为刚才的事跟我赌气，我满腔的怒火一下子被浇了盆冷水，心虚更使得我转过身去，不去看她的眼睛。

我有些后悔，不该因为妻子的事，迁怒于她，不该说出那些无礼的话。

这时，我听见她在我身后冷冷地说道："你呢？你没有骗我吗？我为什么会对你妻子的声音感到耳熟？你对我，又究竟隐瞒了些什么？"

我转过头来看她，发现她像是要看穿我灵魂似的盯着我。

"你们俩为什么认识？我还没弄清楚，但我正在努力调查！你不该因为这个就不信任我！"

"哼！你也不知道？呵呵！"林娇轻笑，奚落我道，"好吧！怪不得你对她做的事一无所知。"

"你想说什么？"听出林娇意有所指，我皱眉质问她道。

林娇似有深意地看着我，然后将目光朝台阶上的木门那儿转移。

我恍然大悟，更加恼羞成怒，"你都听到了些什么？你知不知道这么做很危险！要是被她听到你上楼的动静，要是被她知道地窖里有人，你知不知道会发生什么！"

林娇丝毫不惧，抬头直视着我的眼睛，问了我最开始问过她的问题，"你们俩的婚姻状况怎么样？"

看着她倔强的模样，我知道，若不对她敞开心扉，我们俩将永远无法展开真诚的对话，只能在这无休止的相互猜忌中消耗下去。

"好吧！"我深深吸气，最终妥协，将妻子出轨的事，以及我如何跟踪着她，发现了情人的过程告诉了林娇。

这份长久以来压在我身上的屈辱，像捆在溺水之人身上的石块，一直拉着我，坠向濒死的深渊，却因我从未对任何人倾诉，而始终无法松绑。

如今，我为了换取林娇的信任，强迫自己松绑。可与此同时，我也成了一个剥去外壳的溏心蛋，一扎就破；成了一个脱去假饰外衣的灵魂，赤裸裸地暴露在林娇面前。

记得上一次有这样的感觉，还是在我初到这间别墅的那个夜晚。

我面对着妻子，站在月光如银的窗前，把我童年的不幸讲给她听。那之后，我付出了自己的全部真心，换回来的，却是无尽的伤心。

而如今，面对着这个与我一样不幸的女人，我决定再冒一次险。

听我说完，林娇的表情缓和了下来。她已被我的故事打动，就像是受刑者理解了垂死之人的痛苦。

我凝视着她逐渐变得温暖的眼睛,一字一句地对她说道:"现在,该你了。我要你把衣服脱掉!"

一个小时后,我拿着林娇交给我的两样东西,从地窖里走了出来,满脑子想着的都是,如何进到姜峰的办公室里,拿回她偷装在那儿的针孔摄像头。

路过妻子的书房时,瞥见传真机上的文件,我顿时有了主意。

那是一张货代公司发来的报价单。

据我所知,姜峰所在的公司恰好也是一家外资在华兴办的一级货运代理。

我拿着那张报价单,跑回了我在二楼的工作室,为一下子找到了能顺利进到他办公室里的理由而兴奋不已。

我计划以客户的身份,打电话约姜峰见面。如果他对我的身份产生怀疑,我会把手里的这张报价单发给他,以证明我确实有采购货运服务的需求,现在正在多家比价,所以才会同他联系。

掏出手机,刚要拨给姜峰,我又犹豫了。我突然想到,如果姜峰问我,从哪里得到他的号码,或是搪塞我说,他并不是负责销售业务的主管,让我联系别人,我还没有想好怎样应对。

想到这儿,我将险些按下拨号键的拇指收了回来,决定先做一个详细的计划,再约姜峰见面……

两天后的上午,我依照与姜峰在电话里的约定,来到他公司所在的写字楼。

电梯门一开,他们公司的前台女孩就礼貌地站了起来。

我向她说明来意。她立即拿起电话,拨给姜峰的助理,并请我在一旁的等候区稍坐一会儿。

我在沙发上坐下,翻看起茶几上的杂志。

不一会儿,一个年轻女孩从工区里走了出来。她与前台确认了我就是约见姜峰之人后,微笑着向我介绍,她是姜峰的助理艾米丽。

我随艾米丽来到姜峰的办公室门口。姜峰见到我很热情,迎出来与我用力握手。

在递给我名片后,姜峰伸手请我在他对面的沙发上坐下。

"黄总是我们公司的老客户了,您是黄总的朋友,我一定竭尽全力为您服务。但说实话，我主要负责的，是您签订合同后，货运过程中，与海关沟通的那部分业务。所以待会儿，我会将负责销售的同事介绍给您认识，价格什么的，您可以同她洽谈。但钟先生，请您放心，您拿到的，一定是我们公司最优惠的价格！"姜峰坐回到办公桌后的旋转椅上，十分客气地对我说道。

在之前约见姜峰的电话中，我谎称是黄三石介绍的朋友。其实，"黄三石"是我从"天眼查"上搜来的名字。黄三石持有的贸易公司曾在姜峰公司网站的客户名录中出现，我抱着侥幸一试的心态，没想到正中下怀。

我轻轻点头，假装认真地听着，眼睛却忍不住瞄向他身后书架的最上层。

在靠近角落的位置，我看见了林娇告诉我的那个金色奖杯，可我却没在奖杯的底座上，看见她说的针孔摄像头。

大概是姜峰说完良久，我都没有反应，只顾盯着书架看，他察觉到了我的异样，顺着我的视线想要回头。

我心跳加速，责怪自己操之过急。

就在这时，姜峰放在桌上的手机响了。我们俩同时将目光收回，看向他的手机。

我看出姜峰盯着屏幕上的陌生号码，犹豫着要不要接电话。怕他挂断，我赶忙说道："姜总，要不您先接电话吧！"

姜峰愣了一下，带着歉意地朝我笑笑："啊！那不好意思，我先接一下。"

我目不转睛地盯着他将电话举到耳边，听他说了两句，就将电话挂断。

飙升的肾上腺素，在我血液里迅速蔓延，让我感觉自己像根压扁到极限的弹簧，跃跃欲试，等不及他起身离开这间屋子，就要从沙发上弹起。

"啊！钟先生，真不好意思！有我的闪送刚刚送达，快递员要我出去提供一下收件码。这……"姜峰为难地说道。

"没关系！您去吧！"我露出善解人意的笑容。

"嗯！那这样，您先在这里坐一会儿，我回来时，正好把销售部的负责人叫来，引见给您！"姜峰感激地说道。

我应声说："好！"，努力让自己看起来不要太过兴奋。

看着姜峰拉开办公室的门走了出去，我听见他站在门口，吩咐助理艾米丽给我倒茶。

知道留给我的时间不多了，待姜峰走远，我"噌"的一下从椅子上站起，来到他的书架前，伸手去够最上层角落里的金色奖杯。

在底座上仔细摸索了一阵，凸起的圆形触感，令我一阵狂喜。没费太大力气，我就将吸附在上面的针孔摄像头抠了下来。

将摄像头攥在手里，我紧张地回头看去。透过敞开的办公室门，我看见艾米丽正端着一杯茶，朝这边走来。

来不及在她进来前坐回沙发上，我从办公桌的另一侧，一步跨到了朝向户外的落地窗前。

"这是您的茶！"艾米丽的声音在我身后响起。

"哦！谢谢，谢谢！"

我装作才发现她似的，转过头来冲她微笑，伸出一只手接过茶杯。

发现艾米丽一直盯着我的裤兜看，我松开攥在手里的摄像头，掏出手，指着窗外正在飞翔的海鸟对她说道："你们这里的风景不错嘛！能从这里看到港口唉！"

这时，姜峰领着一个女孩走了进来。艾米丽看见她，很不情愿地往后退了退，给她让出路来，然后低头走了出去。

她烫着大波浪状的卷发，耳垂上戴着两颗拇指盖大小的珍珠耳钉，故意加深唇色的口红和老气的米色时装款西服套装，让她看起来略显老成。但我猜，她最多也就二十六七岁的样子。

"钟先生，给您介绍一下，这位是肖娜，我们销售部的负责人。"姜峰对我说道。

我正讶异于这女孩如此年轻，就当上了重要部门的负责人，肖娜已大方地向我伸出手来。

我连忙放下茶杯，与她握手，同时听她说道："钟先生，幸会幸会！"

"肖总，幸会幸会！"

肖娜与我一起坐回到沙发上寒暄，姜峰则立在一旁，拆他刚刚收到的闪送包裹。

也许是没想到包裹里装的东西会如此小巧，姜峰翻转包裹，试图用剪刀划开另一面时，一枚戒指从先前打开的缝隙中掉了出来。

嵌着玫瑰金边的象牙白瓷戒指，在深灰色地毯上旋转翻滚，直接滚到我的脚边停下。

我们三个盯着那枚戒指，霎时安静了下来。任谁都能看出，它与姜峰左手无名指上戴的那枚婚戒是同款对戒。

我弯腰将它拾起，递还给姜峰。他连连说着"谢谢"，却眉头紧锁。

"对了，钟先生，您这次要运的货，是要发往哪儿啊？大概要什么时候发出？"肖娜突然对我问道。

"印尼。越快越好。"我应付着肖娜，目不转睛地盯着姜峰。他依旧双眉紧皱地站在原地，全神贯注地查看着手里的戒指，脸色渐红，似有怒气酝酿其中。

"噢，那问题不大，最近到印尼的仓位不是很紧张。您要发的是什么货呢？"

"猪肉。"我随口一说，看到姜峰手中的戒指，被他狠狠地攥进了掌心里。

"猪肉？"肖娜困惑地抬眼看我，"猪肉？冷冻鲜肉吗？"她继续问道。

"对！冷冻的！"我敷衍她道。

"哦，那看来要用冷藏集装箱了。您大概要发多少吨呢？这种集装箱的内部容积是 28 立方米，最高载重 24 吨，箱重 2.8 吨，所以最多能装 21.2 吨的货……"

"等等！"我突然打断肖娜。

姜峰刚刚急匆匆走了出去。他应该是给闪送打电话，查询寄件人信息去了。

要不了多久，姜峰就会发现，寄件人的电话号码与我先前打给他的一模一样，我必须赶紧离开。

"不好意思，我突然想起还有急事要办，咱们回头再谈吧。"我边说，边站起来，大步流星地往外走。

肖娜追着我穿过工区，一直到电梯门那儿，"钟先生，那……那我要如何联系您呢？咱们俩换个名片吧！"她慌慌张张地打开印满"LV"LOGO 的名片夹，抽出名片想要递给我。

这时电梯门已经开了，我闪身进去，跟她摆手，"不用了，姜峰那有我电话，你问他吧！"

一走到停车场，我便对着停在角落里的黑色吉普按下遥控钥匙开锁。

我大步上前，一把拉开车门，飞快地钻了进去。

车门刚关上，我就看见姜峰追到了这里，他一手举着电话贴在耳朵上，神情激动地四处张望。

好在我车窗玻璃上的贴膜颜色够深，只要我不发动引擎，就不用担心会被他找到。

我紧紧地盯着窗外的他，观察着他的一举一动，裤兜里突然振动起来的手机，着实把我吓了一跳。

看清楚是姜峰的号码，我划开了接听键。等待他说话的间隙里，我的目光依旧全放在他的脸上，寸步不离。

姜峰的表情凶狠，对着耳边的电话低吼："你到底是谁？林娇在哪儿？"

我没有回答他的问题："孩子是你杀的，对吧！"我用比他还狠厉的声音说道。

之后，沉默的时间里，我可以清楚地听见他粗重的喘息，其间夹杂着愤怒和满满的恨意。他应该也能听得到我的，我的胸膛，正也因强烈的愤恨，而无法控制地起伏。

我们就这样沉默地对峙着。最后，姜峰先挂断了电话，走回我们俩先后冲出来的那栋写字楼里。

开车回家的路上，我忍不住去回想刚刚发生的一切。

我把林娇的婚戒寄给姜峰的行为，无疑是十分冒险的。局里要我严格保密此次暗中调查的行动，即便是对正在侦办此案的搭档雷斌也不能透露半句。可一旦姜峰报警，刑侦队里的同事便会轻而易举地追查到我，这势必会引起同事们对我的不解和猜疑，没准儿还会将海关那头精心设下的布局搞砸。

但我还是笃定——姜峰不会报警。

那天在地窖里，我与林娇推心置腹之后，她将握有姜峰把柄的账本和婚戒一起交给了我。那是她在地窖醒来后，身上唯一带着的两样东西。

我翻阅账本，虽然始终看不出姜峰做的是什么生意，但计算账目中记录的"毛利润"和"合同额"比，我得到了一个奇怪的发现——每笔交易的获利率都是"13%"，即便"毛利润"和"合同额"都精确到了小数点后两位,"利润率"计算出来,始终是正好"0.13"。

这令我十分不解,想不出什么生意会不随市场波动、成本变化,而始终保持一个固定的收益率。这绝非一桩正常的"生意"!

加上林娇告诉我,对于这项"投资",姜峰跟她一直遮遮掩掩,我更加确信——姜峰所做的"投资"是些见不得人的勾当。

姜峰一定是在杀婴案发生后,发现林娇复制了账本,才开始对林娇发起了疯狂的寻找。他必须在警察抓到林娇前,先找到她。所以,他不会报警。

回忆着姜峰收到林娇婚戒时的那一幕,我几乎可以确定——他不爱她,他早已对她无情。

姜峰并不在乎林娇的安危,只想知道她身藏何处;他恨她,不只是对仇人的怨恨,还有对敌人忌惮的痛恨;他不是在为死去的孩子寻仇,而是要找到逃跑的妻子,将其灭口!

将车子在车库停好,我直奔二楼工作室而去。

上楼梯的时候,妻子跟我打招呼,问我晚饭想吃些什么。我只说了句"随便",便钻进工作室,连忙将门从里面锁好,生怕妻子跟进来。

墙上挂着我为"杀婴案"绘制的分析图,相关者的照片按他们之间的关系,被我用直线相连。在我还没搞清楚妻子与林娇的关系之前,我必须对妻子提防。

坐到电脑前,我从裤兜里掏出针孔摄像头,按下启动键。

不出所料,摄像头已经没电了。

不知在它停止工作前,有没有录到有用的信息,我忧心忡忡地把内置存储卡拔了出来,用转换器连接,插到了机箱上。

在这个128G的存储卡里,最早的视频记录是十一个月前的。我浏览了大概半小时,没找到任何有用的信息。而接下来看到的画面,更是让我心灰意冷。

林娇出现在了镜头里,十分紧张地朝书架走来。她伸手扭转奖杯底座,拍摄角度就此偏移。画面不再覆盖办公室内的大部分区域,能拍到的,只剩姜峰的办公桌一角和那扇落地窗。

我无比沮丧地拿起鼠标,狠狠地摔向桌面。

林娇早在十一个月前,因为某种原因,改变了摄像头的拍摄位置。剩下的视频里,只能听见姜峰的说话声,却看不到人像,画面永远定格在了朝窗的办公桌角落。

我强迫自己耐着性子继续看下去，按照时间排序，打开存储卡里的文件，仔细聆听。

好在功夫不负有心人，在只剩下最后三个文件的时候，我有了收获。

画面上的时间显示，那是十多个月前的一个夜晚，我推算，那时林娇应该刚被查出怀孕。

画面中，放在桌角的公文包，刚被姜峰拿起，一个女人尖厉的声音就从视频里传了出来。看不到人像，我猜，她那时正站在姜峰办公室的门口。

"为什么发信息说要跟我分手？我不是已经听你的，把孩子打掉了吗！为什么？为什么我牺牲了这么多，你还要跟我分手？"

姜峰走出画面，我猜他是去安抚她了。那女声突然开始哭了起来，"呜呜……当初你担心试管婴儿不会成功，让我把孩子留下……现在她怀孕了，你又说你不想离开她，只想要你们的孩子了。我已经全听你的，把孩子打掉了，为什么你还要和我分手！"

我偏着头，用力按紧戴在头上的耳麦，想要听得更清楚些。

可这之后，他们俩说话的声音越来越小，最后彻底没声了。

看到视频里，图像变成黑白，切换到了夜晚模式，我知道姜峰已带着这个女人关灯离开。

我疲惫地摘下耳麦，仰头靠在椅背上。从他们刚才的对话，我听出：这女人曾怀过姜峰的孩子，但因为林娇怀孕，她被姜峰逼着去做了流产。

这个女人是谁，我已心中有数。虽然那天在地窖里，林娇将她的名字告诉我时，我曾惊讶万分……

"好了，该你了！我要你把衣服脱掉！我要你像我一样，把灵魂彻彻底底地暴露给我看。我要你完完全全地信任我，不要再对我有丝毫怀疑！"

那天在地窖里，我要求林娇对我不再有所保留，凝视着她渐现温柔的双眼，一字一句地说道。

"你要知道什么？"她仰头看着我，好似同意与我达成这样的契约。

"全部！我要你告诉我，你记得的全部！现在，先从你和姜峰的婚姻说起，告诉我，姜峰出轨的对象是谁？"

我问完这个问题，林娇的眼神便开始闪烁。我看得出她难以启齿。

"毛敏。"林娇终还是低下头，小声说了出来。

"毛敏？你那天让我去见的那个心理医生——毛敏？"我不敢置信地重复问她。

见林娇不再说话，只是轻轻点头，我皱眉逼问："你们，你们不是很好的朋友吗？你确定是她？"

林娇扭过身去，拉开与我之间的距离，用颤抖的声音回忆着说道："我跟踪姜峰，亲眼见到他们在开元酒店约会。我还收到过一个男人留在公司前台的两页纸，是姜峰在开元酒店的开房记录。那个男人是毛敏的丈夫。"

我十分震惊，听见她继续说道："他在纸的背面写道：你是个懦夫吗？不然，为什么任由我的妻子和你的丈夫，这样地伤害你，而无动于衷？"

说完，林娇转回头来看我，眼里是无尽的痛苦……

2.

收敛起眼中无尽的痛苦，林娇对着冯老师强装微笑。

"毛敏怎么没和你一起来？"冯老师停下夹菜的动作，忧心忡忡地又问了林娇一遍。

"她今天的咨询约满了，所以我就自己来看您啦！"林娇搪塞着冯老师，没让她再追问下去。

离开餐馆，林娇与冯老师一起回到学校。冯老师去教室给学生们上课，只留下林娇一人在校园里闲逛。

7月，早已入夏的风，没了凉意，尽是温柔，吹得林娇今早才剪短的头发，如舒展开的花苞一般，远离脸颊，微微扬起。

林娇想起，当初刚踏入这所私立寄宿高中时，也是梳着这样的短发。

高中三年，每到五一、十一这样的小长假，她和毛敏这两个"无家可归"的孩子，就会被冯老师叫到家里蹭饭。

　　林娇的"无家可归"实属迫不得已，父母常年在国外工作，住在养老院里的外婆，是她在国内唯一的紧急联系人。

　　而毛敏的"无家可归"则出于自愿，她不愿和继母，还有同父异母的弟弟妹妹相处，所以放假了也不肯回家。

　　虽然毛敏的父亲，是本市小有名气的富商，但贵为毛家大小姐的毛敏，却因不够光彩的出身，而没有笼罩上毛家太多的光环。

　　她是私生女。在毛敏十岁时，曾是父亲初恋情人的母亲，把她领到了毛家别墅，让她有生以来第一次见到了父亲。但自此之后，毛敏就再没见过母亲。

　　在这所私立高中里，身为她们班主任的冯老师，一直对林娇和毛敏这两个情况特殊的学生照顾有加。冯老师如父如母，亦师亦友。毕业后这些年，林娇和毛敏总会一起回来看望她。所以，今天林娇的独自出现，才会让冯老师倍感意外。

　　沿着学校的林荫路，漫无目的地向前走着，林娇不知不觉来到了她和毛敏最初相熟的地方。

　　高一入学，林娇和毛敏虽被分进同一间宿舍，却因为同样高傲的性格，彼此并未说过几句话。直到第一节排球课结束时发生的那件糗事，才让她们俩成为了最好的朋友。

　　"哎呀，你来月经了！"当林娇弓着身子，拾起排球，放进整理箱时，她突然听到身后的一声惊呼。

　　这引得周围的女生纷纷朝林娇看来，远处的男生也开始探头张望。

　　林娇涨红着脸，奋力扭头，依然看不全运动短裤上的情形。她不知道情况有多糟，但凭感觉，那块红色的印记，至少有半个巴掌大小。

　　"慌什么！"一个清脆的女声呵斥道。是毛敏，她主动站到林娇身后，帮她隔开了其他人的视线。

　　"像我这样，把外套脱了系在腰上！"毛敏对林娇说着，脱掉了自己的运动外衣，"你们几个也是，脱掉外套！都像我这样，系在腰上！这样男生就不会觉得怪了！"毛敏转头，又对愣在一旁的女生们说道。

　　毛敏的话，如抛向溺水者的救生圈，让原本不知所措的女生们纷纷脱下了外套。

　　发现林娇还呆站着，毛敏显得有些着急，对她说道："怎么？难不成你想在屁股上顶着这片红枫叶,大摇大摆地走回宿舍去?还傻站着干什么呢,快脱!"

毛敏的语气中带着命令,林娇却难得地乐于服从。

十月末傍晚的风,夹杂着些许寒意。只穿着短袖短裤,却将运动外套系在腰间的女生们,吸引了迎面而来老师们的目光。但由于她们成群结队,都是如此打扮,只是让老师们感叹:"年轻人火力旺!"

这次仗义解围之后,林娇和毛敏变得形影不离。她们一起上课,一起吃饭,一起散步,周末没课的时候,她们会稍作打扮,偷偷溜出校园,去闹市里捋着大众点评的排行榜,刷热门的甜品店。

两个十六岁,长相出众的女孩儿,一起走在街上总会引来旁人侧目。她们不以为意,眼中只有彼此。

高二那年的国庆节,毛敏被父亲硬逼着,与家人一起去欧洲旅行,不得不留下林娇一个人,在学校里度过七天假期。

没想到,假期进行到第五天时,从图书馆里孤零零走出来的林娇,一眼就看见了等在台阶下的毛敏。

毛敏穿着牛仔热裤,皮肤看起来比出行前晒黑了许多。

一望见林娇,她便张开双臂,戏谑地对林娇喊道:"宝贝儿,想我了没?我没在的这几天,你有没有乖乖听话啊?"

林娇又惊又喜,朝毛敏跑了过去:"怎么回事,怎么提前回来了?不是说还要再请两天假呢吗?"

"咳咳!还不是因为舍不得你!担心你孤家寡人,太过寂寞。再说,地中海的小妞儿,哪比得过你的美!说!我不在的这几天,有没有给我戴绿帽子啊?"毛敏故意把声音压得又低又沉,末了,还抬起一只手,在自己的上唇,假装有胡子似的抹了两撇。

林娇被毛敏那模样逗得"咯咯"直笑,她牵起毛敏的手,两个人嬉笑着,朝宿舍走去。

路上,在林娇的一再追问下,毛敏终于说了实话。她跟林娇抱怨起继母一路上的冷脸;小她八岁的弟弟妹妹,如何在头等舱拍打驾驶室的舱门胡闹,险些害飞机中途迫降;父亲又是怎样在餐馆里,故意刁难侍酒服务生……

"总之,就是一趟很糟糕的旅行!于是我中途装病,吵着要提前回国,继母就巴不得帮我订了张返程机票。呐!我这不就回来了吗!"毛敏说着，在林娇面前转了个圈，做出凭空出现在她面前的样子。

林娇配合着毛敏，在脸上硬挤了一个笑容出来。可那时她明白，虽然毛敏说得云淡风轻，心中却不知经历了多少苦楚，她不禁为毛敏感到心疼。

回忆至此，林娇抬头望着她们曾经住过的那间宿舍，忍不住长长地叹了一口气。她不打算再做停留，更不愿再回想起关于毛敏的一切，于是她转身，朝离开学校的方向走去。

路过游泳馆的时候，一群有说有笑的女学生刚好从馆内出来，她们甩着湿漉漉的头发，与林娇擦肩而过。

林娇望着游泳馆敞开的大门，停住了脚步。

高二那年，在这里上的第一节游泳课，帮林娇找回了空白多年的记忆。虽然找回的并不是美好，但它就像整幅拼图中不可或缺的那一块，重拾后令她终于完整。

自那之后，林娇始终认为——这泳池有着非凡的魔力，让她能看清楚自己是谁，弄明白自己到底想要什么。

这样想着，林娇鬼使神差地走进游泳馆，来到泳池边的塑料排椅上坐下。

泳池里的水依旧清澈见底，好似并没有多深的样子，这与她第一次站在这里时的感觉，一模一样。

幼年的溺水经历，让林娇害怕靠近河岸、海边，每次见到浑浊的河水和水面上涌起的波纹，她都会生出一种要被抓住拖向死亡的恐惧。

可这泳池给林娇的感觉完全不同，它平静蔚蓝，看不出一丝一毫的威胁。那时的林娇，就是被这样的假象吸引，脱离了嬉笑的女生群，一个人走到池边，探头去看这平静的水面。

之后，两个胡闹着互相推搡的女生，把林娇撞进了泳池里。

被池水吞没的瞬间，林娇终于明白，这看似平静清澈的池水，与河水一样凶狠无情，它们正拼命地往她的嘴里、鼻子里钻，抢占她仅有的呼吸空间。

林娇感觉胸腔快要炸开了，比这更糟的是——她心里装满了对死亡的恐惧。

绝望之中，林娇出现了幻觉——她看见一条披着蓬松长发的美人鱼，从池边一跃而起，卷着美丽的彩虹扎进水里，朝她游来；而她，却开始沉向池底。

濒死体验在林娇的眼前展开了一道光,从黑暗的中心照向她,让她看清了那段——被刻意隐藏的童年记忆。

天空中,下着打得她脸颊生疼的大雨;父母站在河岸边,激烈地争吵;两把由他们带来的黑色雨伞,撑开着,被负气地丢在地上,沾满黄泥……

"别再吵了!呜呜呜……

"听到没有……呜呜呜……别再吵了!

"你们再吵,我就从这里跳下去!呜呜呜……"

雨水顺着林娇的脸颊滑落,与泪水模糊成一片。她的身高不及父母的腰间,只有靠不住哭喊,才能吸引他们的注意。

可父母就像听不见似的,只顾着用手在对方涨红的脸前指指点点,甚至没有低头去看林娇一眼。

见父亲屡次扬起右手,似要对母亲动粗,林娇扑上去抱住他的胳膊,却被头也不回的父亲用力一甩,跌进河里。

"妈妈,救……咕噜咕噜……"

"爸爸,救救……咕噜咕噜……救救我!"

河水不断从她的口鼻灌进肺里,密集如子弹的雨水,拍打着河面,淹没了她呼救的声音。

雨水冲刷得林娇睁不开眼,可她还是清楚地看到,站在岸上,无动于衷的父亲和母亲。

父亲背对着她,依然陷在愤怒里,不停地朝对面的母亲挥舞着双手。可母亲好似已平静了下来,一声不吭地斜眼看着林娇在水中挣扎,面无表情……

连带着肠子被牵扯出来的呕吐感,随着林娇吐出的那口水,她清醒了过来。

林娇发觉,自己正平躺在游泳池边,毛敏伏在她身上,一双明亮的眸子,满是担忧地望着她。

毛敏的嘴角渐渐挂起了笑意;林娇的眼泪却顺着眼角扑簌流下。

劫后余生的喜悦,掺杂着记忆真相里的痛苦,令林娇止不住抽泣。

"醒啦!醒啦!醒过来了!林娇,没事儿了,你安全了,刚才是毛敏救的你,给你做的人工呼吸!"林娇听见围在身旁的女生安慰她道。

她感觉毛敏在替她擦眼泪，先前还蓬松的头发因为钻进水里救她，现在湿漉漉地贴在两颊。

"好啦，别哭了！现在后悔也来不及了，你的初吻已经归我了，以后你就是我的人啦！"毛敏努力在逗林娇笑，嘴角勾起的笑，与她身着的彩虹花纹泳衣一样，美艳动人……

林娇现在不愿想起有关毛敏的一切，却还是会不停想起。她不愿承认两人的友谊镌刻在她的青春里。

这个年纪的女孩，像春日里即将绽放的花骨朵，她们看着蜜蜂与蝴蝶在花丛中飞舞，盼着它们靠近却又难免含羞，"我爱你"这样的话，是花朵与花朵之间欣赏彼此的花语。

"欸欸欸，彭于晏，彭于晏啊！彭于晏你都舍得放下？"她们一起拿着的画册正翻到彭于晏那页，见毛敏放下杂志转过来跟自己说话，林娇忍不住叫道。

那段时间，毛敏正迷彭于晏，也许是受到她的影响，林娇对好看异性的审美标准，也朝这种长相的男生看齐。

"切，我才不信呢！欸，你喜欢他什么呀？说！是不是因为他的鼻子够大？"

听到林娇的话，毛敏把目光从彭于晏的脸上移向林娇，眨了眨眼睛，不解地问道："鼻子？鼻子大怎么了？我是挺喜欢他鼻子的呀！"

林娇坏笑着，缩了缩脖子："不是都说吗，鼻子大的男人，那个地方也大。"

发现自己中了圈套，毛敏脸颊霎时通红。她又羞又恼，嬉笑着去扯林娇的领子。

"干……干吗啊？"林娇伸手拦她，还在咯咯笑着。

"我看你发育好了没，就敢想这种事儿。"毛敏继续扑上来，与林娇闹着，被她们扔在一旁杂志上的彭于晏，很快被压得褶皱了起来。

话虽这样说，高三开学没多久，毛敏就先于林娇，与同年级的田径队长谈起了恋爱。男孩阳光帅气，在学校里有小彭于晏之称。

虽然毛敏分给林娇的时间越来越少，但林娇也没办法责怪毛敏有异性没人性。谁让小彭于晏嘴甜，巴结她这个毛敏的闺蜜，还送了她不少礼物。而且林娇心中也十分清楚——这是女孩们友谊成长的必然经历。

只是，这段金童玉女的爱情，并没有发展成王子与公主的童话；而是以男孩逃避责任出国，不堪收场。

背着毛敏，林娇赶到机场，拦下即将留学的负心男孩。在送别亲友的注视下，林娇狠狠打了男孩两个耳光，却终还是没能帮毛敏留住他。

她们俩在走廊上抱头痛哭，林娇在毛敏耳边一直重复着的话：

"你还有我，你永远都有我，我永远都不会离开你……"

泳池内的水，平静无澜；林娇的眼里，渐有泪光涌动。

她想不通，一切是从什么时候开始改变的；更想不明白，毛敏怎么会跟姜峰牵扯到一起。

毛敏明明很讨厌姜峰，从他们俩素未谋面时，便已开始。

名校毕业后，毛敏去国外继续读研深造，而林娇则入职到外资船运公司，与姜峰相识。在经历了折多山那次生死患难后，林娇与姜峰的感情迅速升温，没过多久，姜峰便跟她求了婚。

林娇第一时间，把这个消息打电话告诉给毛敏，本希望能跟毛敏一起分享这份喜悦，结果毛敏却表现得不屑一顾。

"我觉得他根本配不上你！相貌普通，家世一般，看不出哪里好。你再考虑考虑！"毛敏毫不客气地在电话那头说道。

"考虑什么呀？我本来也不是冲他这些。我看中的，是他对我好。在折多山为了我，他可以连命都不要……"林娇虽察觉毛敏语气中的冷淡，但仍美滋滋地说着，直到被毛敏打断。

"你觉得这样，就靠得住了？没有男人靠得住！"毛敏总结式地说道。她顿了顿，加重语气，"你们当时，已经困在山上八九个小时了，他肯定是算到救援就快来了，才把衣服脱下来给你的！你看不出来吗，这是苦肉计！再说，你们又不是没带其他衣物，他为什么不下车去后备箱里拿一趟？在那样极端的环境下，把身上唯一可以御寒的衣服脱下来给你，还差点丧命，然后由此来要挟你，跟他在一起。你不觉得，这男人就是一个，连自己生命都可以拿出来做赌注的亡命徒吗！他只是在搏一把，为了得到你！这样的男人太可怕了！"毛敏激动地叹息道。

其实毛敏说的这些，林娇那时不是没有想过。她知道，姜峰是一个对自己够狠，极有野心的男人。可恰恰是姜峰身上这种，带着雄性荷尔蒙味道的猛兽气息，让林娇看到了姜峰异于常人的冲劲儿，相信他在职场搏杀中，终会站到食物链的顶端。事实也证明了当初林娇的判断，姜峰凭一股狠劲，打败同期的名校毕业生，一路升到了公司中层。

童年那段险些溺水身亡的经历，让林娇在择偶上，一直以"找到一个足够爱她的男人"为标准。因为林娇觉得，只有爱得够深，那个人才会给她足够的保护，才不会在人生的危急时刻，像父母那样，对她的生死置若罔闻，让她经历被抛弃的痛苦。

而姜峰爱她，为了得到她，愿意拿性命去赌，他给了林娇需要的安全感。这一点，毛敏或许永远不会懂。

后来，毛敏学成归国，林娇带着姜峰去机场接机，初次见面，毛敏依然没给姜峰一点好脸色。

等到姜峰去停车场取车，只留下她们两人独处时，毛敏终于开口了。

"你真的都想好了？"毛敏冷冷地问道。

林娇转过头，见毛敏正直勾勾盯着她无名指上的宝格丽婚戒，便明白了毛敏话中所指。

"嗯！我跟姜峰商量把婚礼定在下半年，就是为了等你回来！怎么样，有没有很感动？"林娇难掩激动，说着抬起戴着白瓷婚戒的手，在毛敏眼前晃了晃。

"哼！看着你羊入虎口，马上要尸骨不剩了，我有什么可高兴的！"毛敏故意表现得不悦，将脸甩向一边。

看到姜峰驾着白色路虎，正朝她们驶来，林娇连忙牵起毛敏的手，哄她道："好了！好了！我爱你，也爱他。你们都是我最爱的人。不要闹了，就当为了我接受他嘛！好不好？"

见毛敏不回答，林娇撒娇似的甩着她的胳膊央求，毛敏最终叹气点头。

也许是不想让林娇为难，那之后，毛敏对姜峰的态度真的好了许多。

在筹备婚礼的那段日子，他们三个总是绑在一起。订酒店、选婚庆、试婚纱，毛敏从未缺席林娇的每一个重要决定。

当林娇穿着雪白的抹胸婚纱，从试衣间里走出来时，她第一眼看到的，是毛敏和姜峰同时朝她竖起的拇指，还有他们俩脸上赞叹的笑意。

婚礼上，司仪宣布姜峰与林娇正式结为夫妻，在与姜峰深情一吻的瞬间，林娇瞥见台下的毛敏正为她高兴地流泪，林娇的眼泪便也跟着开心地流了出来。

那一刻，是林娇觉得此生最幸福的瞬间，因为她爱的人就在眼前，且都如此爱她……

想到这儿,林娇忍不住从鼻腔里轻哼了一声,她为自己到现在还对这些念念不忘,感到十分可笑,随即抬手擦掉从眼角流下的泪。

看到泳池底有光影在晃动,林娇感叹——这看似平静的水面之下,恐怕早已蠢蠢欲动。

婚后的林娇,从未忘记对毛敏的关心。虽然毛敏男友不断,却始终没找到值得托付终身之人。林娇将身边的优质男一一介绍给毛敏交往,但最终无一例外地,都被毛敏无情甩掉。

在婚姻问题上,毛敏始终持有自己的腔调,"女人还得靠自己!男人靠不住,他们最多只能算玩物!"

林娇深知,她没法说服倔强的毛敏步入婚姻;更明白,高三毕业前的那次失恋,在毛敏心里留下了怎样的伤痕。

就在林娇打算放弃,不再为毛敏的感情问题操心时,两年前从欧洲旅行归来的毛敏,突然向林娇宣布了一个出人意料的消息——

"我结婚了!爱情一触即发!"毛敏挑眉笑着,拿起吧台上的干马天尼,抿了一口说道。

"搞什么唉!什么情况啊?"林娇惊讶得合不拢嘴,举到嘴边的莫吉托还没喝,又放了回去。

毛敏却显得很镇定:"他是我在瑞士旅行期间结识的旅伴,碰巧也是本市人,在美国工作,于是我们就飞到拉斯维加斯去注册了。"

"那他是做什么的?"听毛敏简单说完,林娇好奇地问道。

"副教授。在大学里教书。"毛敏淡淡答道。也许是怕林娇追问,她又补充道,"教经济学的。对了,他还爱玩摩托车!"

"喜欢玩摩托的副教授,那很酷唉!"林娇由衷地为毛敏感到高兴。

她兴奋地对毛敏继续"拷问",毛敏的反应却始终平淡,像不愿多说似的敷衍回答,大多时候只是勾起嘴角笑笑。

那时,她们正坐在机车主题的罗西酒吧里。抬头望见吧台墙上挂着的摩托造型装饰,有那么一瞬间,林娇甚至怀疑——毛敏在说谎。

"可她为什么要说谎呢!"那一刻刚冒出的怀疑,就像游戏机里探头的地鼠,被林娇立即敲了回去。

"给我看看他的照片嘛!"林娇后来曾几次这样央求毛敏。

"看什么看啊,长得又不是很帅,等他明年回国,见真人好啦!"毛敏总是这样应付道。

想到异地婚姻的艰苦，林娇为了不让毛敏感觉孤单，每年毛敏的生日以及各大节日，哪怕是圣诞节，她都会拉着姜峰跟毛敏一起过。

但是随着林娇在工作上的步步高升，她开始频繁开会加班，时间被工作挤满。为了不让毛敏失望，约好的见面，如果林娇不能参加，她就让姜峰前去。她将毛敏的喜好口味，统统告诉给姜峰，嘱咐他不可有丝毫怠慢。

"他们俩就是从那时候开始的吧！"目不转睛地盯着泳池底不断变化的暗影，林娇对自己说道。

"你果然在这儿！"

突然听到身后传来的声音，林娇下意识转头，看见毛敏正朝她走来，嘴角挂着她熟悉的笑意。

"回学校探望冯老师，也不叫上我，害冯老师发微信给我！你就不怕，她觉得咱们闹别扭了吗？"毛敏走到林娇跟前，语气里带着硬装出来的轻松。

林娇没回答，转身继续看着池水。

"你把头发剪了？别跟我说，你这是要断发斩情丝啊！"毛敏还在试图打趣，说着在林娇身边坐下。

林娇站起身，转身要走。毛敏突然伸手，拉住了林娇的胳膊，"娇娇！拉黑我微信，不回我短信，电话也不肯接，你这样对我，就是因为姜峰？"毛敏变得正经起来，紧张地问道。

林娇觉得不可思议，她猛然转头，瞪着毛敏反问道："不然呢？不该吗？"

毛敏没有立即回答，轻抿着嘴唇，一脸受伤地回望林娇，直到眼圈发红，才用力点着头，开口说道："没错！是我勾引他的！那是因为我想让你看看，他并没你想象中那么爱你！他并不是那么可靠的男人！你为他受那么多苦不值得！我只是……我只是不忍心，再看你为了给他生孩子，而遭那么多罪，我只是心疼你……"

"可他是我丈夫！姜峰，他是我丈夫！你知道那天在开元酒店的餐厅里，我看到你们为什么没走过去吗？因为你啊，毛敏！因为那是你啊！你怎么可以……怎么可以这样伤我的心，怎么可以这样对我！"没等毛敏把话说完，林娇就对着她嘶吼道。

"姜峰他就是个渣！我只是想要你看清楚他！我做的这一切都是为

了你！为了让你离开他啊！

"你知道吗，每次你不在的时候，他都对我大献殷勤。你第一次没来参加我们的聚会，他就买了一束玫瑰送我！后来他还故意挑你加班的时候约我，还有……

"娇娇你别走，你听我说……"毛敏着急地再次伸手，去拉林娇的胳膊。

然而，这次林娇没再给她机会。

林娇奋力地甩开毛敏的手，瞪着通红的眼睛，使尽全力，狠推毛敏肩膀，让她跌进了泳池里。

"娇娇！娇娇！林……娇！林娇！……"

毛敏在水中奋力扑腾，掀起阵阵水花。纵使毛敏最后的喊声凄厉，林娇始终没有回头。她流着泪，大步朝游泳馆的出口走去。

毛敏在她心里死了，林娇也终于弄清楚了，自己是一个怎样的人。

她无法原谅毛敏的背叛，因为背叛就是抛弃，她痛恨这种感觉——这种如溺水般，被抛弃的感觉。

第七章

1.

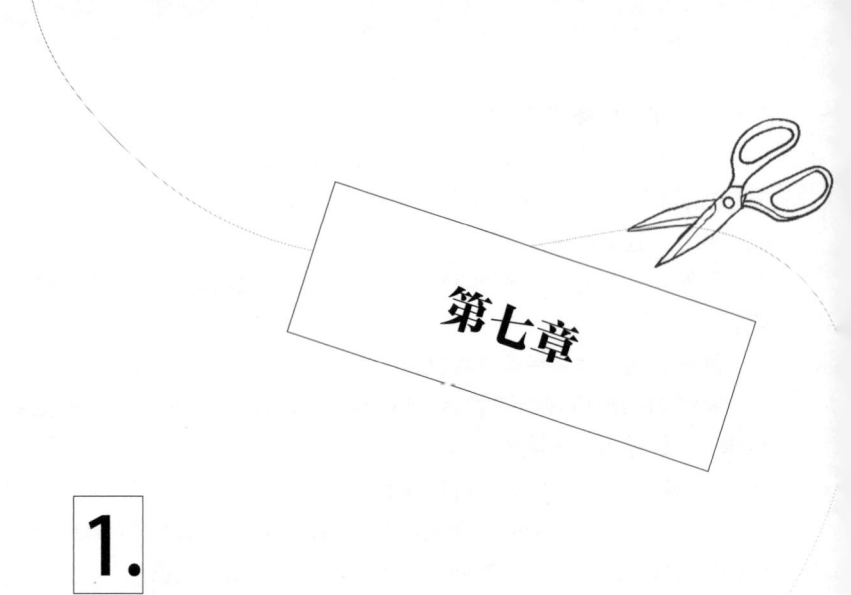

"害怕被人抛弃,所以精挑细选,却始终难逃遭到背叛的命运。"

这是上回在地窖里,我与林娇交换完彼此的秘密之后,最直观的感受,恰也是,我与她相同的命运。

姜峰曾让一个女人怀孕流产的事,我终还是没告诉林娇。因为我可以想象,她知道这件事后,会受到怎样的打击。

"到底是哪里出了问题?我们到底做错了什么,要被用心爱过的人如此伤害?"

我从心底发出这个疑问,仰起头,任凭头顶上花洒喷出来的水拍打着我的额头,却还是没有想清楚半分。

水滴冲击着我的肩膀,砸碎成细小的水珠弹起,在我眼前形成了一片水幕。从侧面玻璃透进来的阳光,折射其中,我看见了一道彩虹形状的光谱。

我盯着那七彩的半圆凝视了良久,最终把它当做彩虹,许了一个愿。愿望中有我,也有林娇,愿我们正在经历的这一切,尽快结束。

走出淋浴间,我站在浴室的镜柜前,将自己的头发仔细打理了一番。在身上喷了些古龙水,我开始对着镜子练习微笑。

再次接近毛敏之前,我决定先去见一个人。上次我留给她的印象不错,这次更加不能怠慢。

大概上午十一点左右,我如约来到了"锋人健身馆",见到了先前在电话里接待我的健身顾问——杨刚。

他个子不高,留着利落的圆寸,肌肉练得十分健硕。我盯着他雪白胳膊上的肱二头肌,无法控制地联想起冰柜里冻得梆硬的火鸡大腿。

杨刚让我在接待桌旁的椅子上坐下,说要拿些测试表格来给我填。

我对他表示,我只是从大众点评上花了9块9,购买了单次体验课程,请他不必这么麻烦了。

"不麻烦!"杨刚说道,认真地看着我,"不管您是否会成为会员,我们都会竭诚为您服务,对第一次来'锋人健身馆'的体验者一视同仁!"

杨刚义正辞严的模样让我不好拒绝。

他提议要给我做一些体能测试,还反复跟我强调,这些都已包含在那9块9里,不需要额外的花费。

想到我今日来的目的,不愿再浪费时间,我只好答应了下来,让他去拿那些表格。

杨刚一走,我的手机就一阵接一阵地响起,有消息不停地接收进来。

我划开手机查看,原来是我安在妻子车内的GPS监听设备,在向我发送车内的录音。

从前几日的监听中,我得知妻子和情人共同投资的生意,最近要有大动作。他们月初出口到香港的一批银制品,好像出了问题,商量着要尽快运回内地。听到这个消息后,我就把监听后台的"定时发送"改成了"实时发送"。只要妻子车内的声音超过三十分贝,他们谈话的内容便会像现在这样,立即发送到我的手机上。

我点开其中一条,放到耳边仔细聆听,却因为四周锻炼器械发出的声音太大,根本听不清楚。只隐约听到:"务必加急赶工","避过当班海关查验",这么两句。

本想再仔细听听,教练杨刚却回来了。我只得将手机静音,揣回裤兜里。

我敷衍着,帮杨刚填完了那些——想要搜刮走我所有个人信息的表格,又按他说的做了六项体能测试。他对我能轻而易举就完成那些台阶跳和俯卧撑,露出一脸失望。这时他对我的称呼,已从"钟先生"变成了"哥"。

"哥,我觉得你虽然肌肉表现力不错,体脂率也达标,但你的胸肌太单薄了!你这得好好练练,穿衣服才能好看!"在我急着往更衣室走的路上,杨刚跟在我身旁,对我说道。

我低头看了一眼自己的胸,又瞥了一眼他深蓝色紧身背心前的两坨肉,嘟囔道:"算了!我不打算把胸练得跟驼峰似的。"

"自己练肯定不行啊!自己练容易把肌肉练畸形了。别说练成驼峰了,还有练得一边大一边小的,那更没法看了!"杨刚一步蹿到我身前,拦住我说道,丝毫没有领悟我对他的贬损之意。

我绕开他,继续往前面走,杨刚却对我穷追不舍。

"很多人来健身房办张卡,觉得按健身 APP 里那些动作练练器械就能达到健美的效果。结果全是白费力气!正因为这样,我们才设置了私教课程,由专业的私人教练给您进行一对一的单人指导,监控您身体的各项指标,及时调整训练方案。哥!现在正赶上店庆,买私教课特合适,一节才 599……"

"行行行!我知道了,但我今天就想跑跑步,出出汗,不想举铁!要是想买你们的私教课,我会联系你的,行吧!"在走进男更衣室前,我转过身来,烦躁地对杨刚说道。

换好运动背心和短裤出来时,我发现杨刚竟然还守在门口,顿时明白了,先前的冷言冷语根本伤不到他分毫。

见他满脸堆笑地朝我迎了过来,我决定改变策略。

"哥,你刚才说,你不想依靠器械做力量训练,只想多做些有氧运动。我想了想,也还是需要我们这儿专业的私教,帮你制订一个更有效的锻炼策略。绝对比你一个人在跑步机上干巴巴地跑要强!"

"我不觉得枯燥啊!你看看你们这儿,跑步机上尽是些漂亮姑娘……"说到这儿,我故意冲他挤了下眼睛,"说实话吧,我到这儿来,主要是图个锻炼心情,和那些私教、大老爷们儿练,多没劲啊!跟这些女孩儿们一起跑跑步,没准儿还能遇到投缘的,交个朋友!我现在上去跑一会儿,跑完我找你,找你办会员!你先忙你的吧!"站在一排排的跑步机前,我对杨刚歪嘴笑着说道。

也许是我表演得过了头,杨刚的眼睛突然一亮,似乎领悟到了什么,满脸后悔:"哥!原来是这么回事儿啊!哎呀!你早说呀……哎呀!怪我怪我！怪我先前没将您的需求了解清楚。"

  我正纳闷，听见他继续说道："其实，我们这儿也有女教练。您说得对，运动需要激情！锻炼是个苦差事，异性私教更能激发会员锻炼的热情。我跟您讲啊，我们这儿的女教练身材都老好啦！长得老漂亮了……"

  杨刚絮絮叨叨地说着，而我已在前面不远的那台跑步机上看见了她。为了制造这次"偶遇"，我已悄悄跟了她两天，绝不能错过这个机会。

  "没错！你终于了解到我的需要了。那就别说这么多了，赶紧把你说的那女私教给我找来，我想跟她面对面地了解一下训练计划！"我突然睁大眼睛，对杨刚说道。

  杨刚显得很兴奋，"好嘞！我这就去！哥，你稍等一下啊，我这就给你找去！"

  "不要着急啊！我不急啊！"我对着杨刚小跑着的背影抻着脖子喊道。

  之后，我快步走向她。很幸运，她左右两旁的跑步机都空着，我一脚踏上她左边的那台跑步机，假装按下启动键前，手指悬在了那里。

  她已发现了我，所以我转过头去看她。

  "嗨！这么巧！"我对毛敏的助手说道，脸上挂着灿烂的微笑。

  两个小时后，我跟毛敏的助手一起走出了健身馆。

  我们在街对面的轻食餐厅里，靠窗的座位坐下，各点了一份塑形减脂沙拉，又要了两杯混合蔬菜汁。

  当我强忍着苦涩，将墨绿色的蔬菜汁硬咽下去之后，她看着我的脸"哈哈哈"地笑了起来。

  她是典型的北方女孩，豪爽，爱笑，落落大方，想要跟她做朋友并非难事。

  我问她是北方哪里人，她告诉我，她家在北京，大学考上本市大学的心理学专业，才来到了南部这个港口都市。

  得知我的母亲也是北京人后，她对我好感倍增，说我算是她半个老乡。

  我扒拉着盘子里——没滋没味的西蓝花、胡萝卜，还有只撒了些许黑胡椒和盐的鸡胸肉，抬头问她："怎么毕业后没回北京发展？"

"因为毛医生啊！"她弯着像月牙一样的眼睛，笑着看我，"算起来，她是大我五届的学姐。人美，在专业领域上小有成就，能被她雇佣，我哪还舍得走！再说，这里也不错啊，也很繁华，还有海岸和沙滩，待在这儿没什么不好。"她顿了顿，"就是一入夏天就时常下雨。呐！就像这几天，整日阴雨绵绵的，也不知道什么时候能放晴。"说着，她遗憾地看向窗外那如被烟熏过的阴天。

"也是！除了雨水多，没什么不好！"我点头应和着她，想着要尽快把话题引到杀婴案当天毛敏的行踪上去。

于是，我故意拿起手机，打开我先前就已准备好的微博截屏，煞有介事地念了出来："《警方追捕已达数周，弑子母亲仍然在逃》，嘿！怎么又是关于这事儿的新闻。"我假装抱怨道。

其实近段时间，林娇的热度早已从各大媒体上褪去。毕竟网民们对一个悲情母亲的同情与谴责，都没有多么执着，很容易就被流量明星的八卦，吸走了吃瓜热情。

"其实……我见过那个林娇……"她用手扶着吸管，嘬着蔬菜汁插话道。

毛敏助手的话令我惊讶："林娇？你说你见过她，什么时候？"

"啊，不！哦，对！怎么说呢，我是见过她。不过，不是最近，而是差不多一年前。"毛敏的助手连连纠正道。

我在心里捏了把汗，听她继续开口道："林娇是毛医生的朋友，以前来诊所里找过毛医生几次，所以我见过她。说实话，她真是个美人，本人比媒体上登出来的照片要好看得多。唉……"毛敏的助手惋惜地叹了口气："怎么也想不到她会杀了自己的孩子。"

听她主动跟我讲起这些，我清了清嗓子："那个……杀婴案，案发那天，毛医生一直都在诊所里吗？"怕她不记得杀婴案的案发日期，我又故意提醒她道，"就是台风'梅尔'登陆的那天。全市电力系统受损严重，有些地方还停了电。对了！同一天，郑州那边也下了场百年难遇的暴雨，地铁里还淹死了人。"

她眨着眼睛看我，"我倒是记得那天的事儿，但你问毛医生在不在诊所干吗？"

看到她警惕的眼神，我连忙解释："啊，你刚才不是说毛医生和那个失踪的林娇是好朋友吗！我就想啊，没准儿案发后，林娇来找过毛医生，求她帮忙逃跑。哈哈，推理小说里，情节一般不都是这样的吗？我也就瞎猜一下，纯属一个吃瓜群众的胡思乱想哈。"

我尴尬的模样逗乐了毛敏的助手，她突然"哈哈哈"地大笑："没想到，你还有当侦探的爱好！哈哈哈哈，你可太逗了，太逗了！"

我一脸窘态，等着她继续取笑，却听她变得正经了起来，"没！那天林娇没来找过毛医生。毛医生虽然因为台风，取消了几个预约，但是一直待在诊所里，到了晚上才让我蹭她的车一起离开。而且，林娇已经好久没来找过毛医生了，差不多一年了吧……"她挑起一边眉毛，若有所思地回忆着。

"嗯，一年没来找过毛医生，那这样说起来，她们俩也没多亲密吧？看来，案发后跑路，林娇找毛敏的可能性极小！"我一下下地点头，继续扮演侦探的角色。

"才不是呢！她们俩原来关系很好的！后来才闹僵的！"毛敏的助手否定了我的"推测"。

"哦？因为什么啊？"

"这个嘛，我也不知道唉！"她夸张地扁了扁嘴。但我敢肯定，她一定清楚原因。

"那知道林娇出事了，毛医生有什么反应吗？情绪上有没有什么变化？我的意思是，她有没有表现出，为这个好朋友担心或是幸灾乐祸什么的？"我趁机追问。

"开什么玩笑！毛医生当然是担心林娇的啦！自从杀婴案被报出来后，毛医生整日都没个笑脸！"毛敏助手不可思议地看着我，好似在责怪我——怎能问出如此诛心的问题。

虽然她的回答出乎了我的意料，但看着她埋怨的眼神，我赶忙同意地点了点头，然后把话题引到另一个人身上。

"那毛医生的丈夫呢？他什么反应？他……"

"等等！什么丈夫？"她皱眉打断我，"谁跟你说毛医生结婚了？"

她的反问让我一时语塞，想不通她是真的不清楚毛敏的婚姻状况，还是要故意替毛敏隐瞒。

毛敏的助手突然不再说话，眯起眼睛，目不转睛地看着我。我被她看得很不自在，拿起墨绿色的蔬菜汁，喝了一口。

"哈哈！我知道了！我知道你是怎么回事了！"她突然拍手，对我说道,"你一直把话题引到毛医生身上,还跟我打探毛医生是不是结婚了……你……是想追求她吧!"

听她这么说,我着实被逗笑了。

她却误以为我被她说中了,于是挑起眉毛对我说道:"兄弟,虽然你长得有几分姿色,但我劝你还是别做梦了!真的!别费劲了,毛医生不爱男人!"

看见我惊讶地睁大眼睛,她马上补充道:"别误会,我不是说毛医生喜欢女人。我是想说,她不会对哪个男人动真感情的。想追毛医生的男人多了去了,可没有哪个能征服得了她。她就是匹野马,你家有草原也没用。

"我这么跟你说吧,之前有个男病人,是个有钱的二世祖。因为得了抑郁症,毛医生给他治了三年。后来随着病情的好转,他却渐渐觉得自己爱上了毛医生,还对她发起了疯狂的追求。

"毛医生告诉他,这在心理学上叫做'移情',患者会对心理医生产生依赖,进而觉得自己爱上了她,但其实只不过是错觉罢了。

"可那个二世祖偏偏不听,对毛医生死缠烂打。结果,毛医生再也不肯见他,连心理治疗也不再给他做了,任凭那个二世祖要死要活,病情恶化,也没再搭理过他。

"她能对治了两三年的病人都这么绝情,你猜猜,她会怎么对你?

"所以啊,兄弟,我劝你趁早死了这条心!不然,不但你的童年阴影治不好,恐怕还要多得一个相思病。"

她忧心忡忡地望着我,我却忍不住笑了出来。

"提醒的是,提醒的是……我还是老老实实地看病吧!那你……明后天,能不能帮我做个跟毛医生的预约,我想再去见见她。"

她本拿着叉子,扎起她盘中最后一片鸡胸肉放进嘴里,听见我说的话,她停了下来,不住摇头。

"唉!看来你是不撞南墙不回头,劝你也是白劝!算了!"她把鸡胸肉送进嘴里,"不过真不巧!毛医生去新加坡开学术会议了,要过几天才能回来。你要见她,得等几天了。"她咽下嘴里的沙拉对我说道。

与毛敏的助手分开后,我急忙回到我的黑色吉普车上。在与毛敏助手说话的这段时间里,我的手机已经收到了 80 多条来自妻子车内的监听录音。

我猜测着，一定是有什么重要的事发生，才让妻子和情人商量了这么久。于是摇上车窗，戴上耳机，开始逐条去听。

认真听了差不多一个小时，我从中得出了一些结论。

妻子明天要出发去香港，到浅水湾去参加一个朋友在别墅里开的泳池派对。之后第二天上午，再去中环出席一个珠宝设计品牌的国际展销会。

录音里，妻子的情人一再央求与她一同前往派对，可妻子却踌躇不定，跟他解释：不知该如何同那些香港朋友介绍他的身份。

听到这儿，我为妻子叹息，她在外一向以温婉端庄示人，现在尚未同我离婚，身边却多了这么个举止暧昧的男人，不知她那些香港名流圈的朋友，以后要如何看待她了。

听到妻子最终还是挨不过情人的央求，答应带他一同前往，我摇着头乐出了声，为妻子的情人好似在与我争宠而觉得可笑；更为自己到现在还想要留住她而觉得不值。

这些天，我不止一次地挣扎——这么做，究竟有什么意义？

可是我没办法。

我是一只被执念抽打着的伤心陀螺；一只在屈辱转轮上不停抗争、奔跑着的仓鼠。纵使疲惫，却无法停下。

这是一场我与那个毁了我生活的人，我们两个男人之间的战争，我只知道——我不能输！

听到他们商量起"出货"的事，我拉回渐入深渊的思绪，打起精神，继续听了下去……

先前香港买家退货的银饰品，原计划由情人在五天后，亲自赴港运回大陆。但由于明天他们要一同前往香港，所以想要接回那批银饰品，需要模型工厂尽快赶工，提前将一批模型赶制出来。

这个消息令我感到困惑。

我虽知道，妻子除了一直打理着从岳父那继承来的泡沫模型工厂，还经营着用她名字创办的银制品设计品牌。现在，那些银饰品被香港买家退货，直接运输回来不就行了，为什么会牵扯到模型工厂。

放不下这个疑问，我打算今晚去趟工厂，看看妻子在赶制些什么模型。

我在心里盘算着时间，抬手看了眼手腕上的表——时候不早了，我还要去远郊的农贸市场，买一只现宰杀的鲜乌鸡。没有时间再留给我犹豫，我发动引擎，朝远郊的方向驶去。

一回家，我直接来到厨房，烧了锅热水，将活杀的乌鸡去毛洗净后放进砂锅，同党参、枸杞、当归一起，在炉灶上大火烧开。

想到林娇苍白的脸，我又多抓了一把红枣扔进锅里。眼看着黑色的紫砂锅口有热气不断冒出，我将炉火调小，改用小火炖煮。

没过多久，厨房里弥漫开了乌鸡汤的香味。

我掀开砂锅盖，舀了些汤出来，小心吹凉，尝了尝。我没做过乌鸡汤，现从百度上查了这个补气血的配方，本来对自己的厨艺没多大信心，没想到味道还算不错。

我满意地笑了笑，回头朝地窖的门上望去，很想知道下面的林娇是否也闻到了这股诱人的香气。

没听见门内传来任何动静，我忍不住去想象——她此时在做些什么。渐渐地，林娇的样子在我眼前变得清晰……

她面壁思过似的，对着墙壁默默发呆的模样；她百无聊赖地躺在暗室的小床上，辗转反侧的模样；她忧心忡忡地踱着步子，想努力找回记忆的模样……

我盯着炉灶间跳动的青色火苗，这样胡思乱想着，直到砂锅里的汤沸出来，浇在炉灶上，发出"嗞嗞啦啦"的声响，才慌忙回过神来，将炉火关掉。

驾车来到妻子的泡沫模型工厂，与岗亭内相熟的保安寒暄了几句之后，我开着黑色吉普直接驶进了厂院里。

绕过妻子办公室所在的两层办公楼时，我抬头朝二层的屋子看了一眼。那里亮着灯，我猜妻子应该还在办公室里，于是直接将车停在生产车间的门口。

一跳下车，我大步走进车间。灯火通明的生产线上，四五个工人正忙着给刚加工成型的模型喷漆。当我看到一排排堆放在一旁的成品后，不禁呆住。

那些并非是我先前想象的大型模型，而是一口口半人高，一臂宽的圆形大缸。

这样的模型缸我曾在地窖里见过。岳父在那里放的两口大缸，一口是他以备不时之需买来的陶缸；而另一口，则是他仿照那口真缸的外形，生产出来的泡沫模型。

初见那两口缸时，我只顾赞叹岳父以假乱真的精湛工艺，却听见他神神秘秘地对我说："这模型缸可不只是模型，它在关键时刻能保命。"

我那时就没能理解他话里的含义，现在面对这一百口排成十纵十列的模型缸，更加诧异。

"启铭？"

听见身后有人叫我，我猛然回头，看见了妻子的脸。

"启铭，你在这里干什么？"妻子一脸惊讶，瞪大了眼睛望着我问道。

"呐！看你这几天连夜加班熬得太辛苦，我来看看你。"

我提起装乌鸡汤的保温瓶，举到身前晃了晃，然后面带微笑地朝她走去。

我对妻子笑得很开心，却第一次，未发自真心。

"味道怎么样？"地窖里，我看着轻抿着乌鸡汤的林娇问道。

"嗯，不错！"她放下汤碗含笑答道。

她笑得很好看。

我发现，这是我第一次看见她笑。先前因为担心味道不够好，而一直悬着的心，也终于落下。

"没想到你还会做这个。现在肯做饭的男人就是恐龙蛋了，还做得这么好喝……呵呵，你可以啊！"

听到林娇调侃式的夸赞，我不好意思地傻笑，"啊，我这也是现学现卖，从网上查了配方，瞎做的。"说到这儿，我连忙抬头补充道，"啊，我妻子最近总在工厂加班，我看她气色不好，就煲了这汤想给她补补身子。"

"嗯，她蛮有福气！"林娇嘴角微微勾起，露出羡慕的神色，继续低头喝汤。

我看着她单薄的身子，渐渐收敛了笑容。我欺骗了林娇，这锅汤并非为妻子所煲。想着林娇分娩后没多久，就躲进这阴暗潮湿的地窖，我担心她的身体，才特意去买了这只乌鸡回来炖汤。

我不知道自己为什么要刻意说谎，是怕她发现我藏在心里的什么，还是我在逃避什么？总之，我就是不想让林娇知道我对她的好。

看见林娇碗里的汤快喝完了，我拿起保温桶，准备再给她添满，同时认真地对她说道："我要去香港三天，她也会去，到时候这别墅里就只剩下你一个人了。我明天走时，会把地窖的锁打开。不过你先不要着急出来，她的航班是12点半的，所以你要等到中午，差不多十一点半左右，才能上来。"

"你们不是一起去？"林娇顺从地把碗递给我，提问中有疑惑却没有惊讶。

"嗯。"我轻轻点头，跟林娇讲了监听妻子与情人在车内的录音所获。这与杀婴案无关，纯属我的家事，她只是默默地听我说着，没有问东问西，也没有插嘴给我建议。

只是在我讲述的过程中，林娇不停地朝摆在墙边，那一真一假的两口大缸看去。

"怎么？那里有什么玄机吗？"我挑眉，笑着问道。

这本是一句玩笑话，没想到林娇的表情却变得认真了起来。

"嗯！你过来！"林娇说着，已朝那两口缸走去。于是，我懵懵懂懂地站起身，跟了过去。

一看到林娇的发现，我便立刻理解了，岳父当年制作这口模型缸的用意，但妻子现在赶工生产这批假缸的原因，我仍然猜不出头绪。

想着，等我去了香港，一切自会有答案，我将话题又拉回赴港的事情上，对林娇继续嘱咐："哦，对了！我今天买了不少吃的，都放冰箱里了。想吃什么，你自己拿出来做。最后一天用完炉灶，别忘了把痕迹清理掉。另外，我不在的这三天，你可以睡二楼左手边的第一间房。那里被我当做工作室，有一张单人床，床垫还算舒服，早起还能看见窗外的日出……"

我发现她欲言又止，于是问道："另外，你还需要什么吗？"

林娇抬起头，认真地看着我答道："时间。你能给我留块表，或是闹钟什么的吗？让我放在这儿，好知道时间。不然，明天你走了，我更没法判断时间了，怕是不敢贸然出去。"

我这才意识到，在这个与世隔绝的地窖中，林娇早已失去了时间的概念，怪不得每次见到我，她总是先问我"几点了？"

看不见日月交替、斗转星移，这样的日子，想必很难熬吧！

我可以想象，被我发现之前，她躲在这里的日子是怎么过的——困了就窝在角落里席地而睡；渴了喝卫生间里的自来水；饿了就啃那些干巴巴的压缩饼干和罐头充饥；剩下的时间则被惶恐和不安填满。

这样想着，我突然觉得毛敏对林娇的评价错了——林娇并不是一个软弱又无助的可怜女人；相反，她既勇敢又坚强！

出于某种原因，林娇在亲眼目睹孩子被杀后逃了出来，鬼使神差地躲进了这间地窖。她大脑的防御机制为了保护她，选择将这段记忆隐藏。为了给想起真相争取时间，她不得不忍辱负重，尽力躲藏，为自己谋求一线生机。这样的磨难非常人能受，其中艰辛更非言语能达。

我联想起林娇曾对我坦白的一段童年记忆，想象着年幼的她，是如何在被暴雨拍打的河面垂死挣扎，然后抓住漂向她的浮木，游回岸边，死里逃生的……

"她那时稚嫩的脸庞上，除了劫后余生的惶茫，是否也像如今一样坚毅，柔美之中不失刚强！"心中发出这样的感叹，我看着林娇的眼睛渐渐出神。

也许是久久没听到我的回答，林娇抬起手来，在我眼前晃了晃。

"闹钟不行，万一你操作不当，弄出响声就麻烦了。这个，给你吧！"我眨了眨眼睛，回过神来，从手腕上摘下手表递给她。

那是妻子在我们结婚三周年时，送我的百达翡丽鹦鹉螺。我曾将它遗失，后来又被人悄悄寄回。

林娇接过手表，仔细端详。从她的眼神，我看得出，她知道这块表的价值。我猜她接下来要问我，怎么会把这么贵重的东西交给她保管，却听见她对着表盘背面，念着上面激光雕刻出来的英文问道：

"'To my dear husband QM.''QM'——启铭，你叫启铭对不对？我听见过你妻子这么喊你。"

我对她轻轻点了点头，调侃道："对！我叫钟启铭，很抱歉现在才跟你介绍自己。"

林娇被我逗笑了。她努了努嘴对我说道："这有什么可抱歉的，我也从来没告诉过你，我叫什么呀！"

我很想告诉林娇，她的名字早被电视、网络、各大媒体，争相报道过了，前段时间差不多家喻户晓，谁不知道她叫林娇。

可我只是微笑，没将这些话真的说出来，又听林娇说道："不过……我估计你……早知道了。"

心思被她猜中，我愣了一下。

她好似得到了确认，"看！我没猜错吧！不过……你选择相信我，相信我真的什么都不记得了，你就没有怀疑过，既然我已经失忆了，为什么会知道自己被当做杀人犯，遭警察通缉？为什么在这里一被你发现，就央求你不要报警？"

林娇目不转睛地盯着我，眼中有一抹得逞后奇异的光。

我的表情瞬间木然。

"是啊！如果林娇真的不记得杀婴案那天都发生了什么，不记得是怎么逃到这儿的，不知道自己已经成了嫌疑犯，又怎么会知道警察正在追捕她呢？"

我们对望着彼此，心事重重。咚咚的心跳，是心门被沉重敲打所发出的响声。周遭的空气仿佛突然冷却、凝滞，令我刚刚深吸的那口气，冻在了气管里，没法顺利呼出，直到她再次开口。

"其实，在你发现我之前，我曾从这里溜出去过。"林娇抬手指了指地窖的门。

"我在这里醒来，不知所措，更不清楚到底发生了什么。于是我踏上台阶，走出了那道门，看到的是你家的厨房，一下子更加迷惑。

"我想不起来，我怎么会在这栋陌生的房子里。我的头很痛，额角那儿流着血，手腕上也都是伤。我很害怕，一心只想着赶紧离开。

"我穿过走廊，只差一步就走出通往室外的大门了，但我停了下来，因为，我听见身后的客厅里，传出了我的名字。

"我浑浑噩噩地朝客厅走去，想弄清是怎么回事。那时客厅里没人，挂在墙上的电视机里，正在播放新闻。就是在那个时候，我知道自己成了杀婴案的嫌疑人，正在被警察追捕。

"虽然无比惊讶，更不知如何是好，但碰巧那一刻，我透过客厅的落地窗，看见你从花园走了过来，我就又跑回地窖躲了起来。"

林娇眼神黯然地说完这些，突然笑了，"所以啊，我对你家里的情况，已经了解过了。你大可不必为我担心，我会照顾好自己的！"

虚惊一场，在刚才的某个瞬间，我真担心自己被她蒙蔽了。看她故作轻松，我的心还是不受控制地揪了一下："你有没有想过，如果不能恢复记忆要怎么办？"我压低声音，认真地对林娇问道。

林娇苦笑："那不是你该考虑的事儿吗？"

她的回答令我一时哑然。也许是看出我很为难，林娇笑了，"你还真在犹豫啊？我早就想过了，如果两周后，到你休假结束我都无法恢复记忆，或是你查不出真相，我就会主动出去自首。不过……我相信在那之前，我一定会想起来的，不会把你拖下水的……"

　　林娇正信心十足地说着，我却将她打断。

　　"我未必会被你拖下水！也许我是块浮木呢，不但不会被你拖下水，还会带你游回岸边。我也相信，就算你想不起来，我也一定能帮你找回真相！"

　　我的语气比林娇还要坚定。

　　看见林娇的眼里好似起了层水雾，我知道不该再继续这个糟心的假设了。

　　于是我摊开双手，对她问道："好啦！手表给你了，我还有什么能效劳的吗？"

　　没想到她毫不客气，抬手指了指我们面前的这堵墙，说道："在这儿，给我开扇窗！我想每天都能见到阳光、远山、青青的草地、彩色的花丛，就像你家客厅外的院子那样。对了！还要有清新的空气……"

　　林娇说着，夸张地做出憧憬的表情。

　　虽然知道这并不可能，我们还是都笑了。

　　大概是未来三天，林娇终于可以离开地窖享受有限的自由，她的心情变得大好。而我，也被她感染，感觉到难得的轻松。

　　"现在是七月了啊，夏花都开了吧？"林娇出神地望着那面长满霉菌的墙壁，幽幽地说道。

　　"嗯，我喜欢的向日葵都开了。"我顺着她回答，目光也落在那面墙上，仿佛它渐渐变得透明，外面的风景像画卷一样在我们面前展开——雨水洗净蔚蓝的天空，阳光勾勒出金色的远山轮廓，清风吹拂过娇嫩的绿叶……

　　"你喜欢向日葵？"林娇突然歪头，好奇地看向我。

　　"对！"我回答着，想起了向日葵的花语，回望着她说道，"满目皆是你，四下再无他。"

　　见林娇露出困惑的眼神，我笑了笑，解释道，"向日葵的花语是'沉默的爱人'。它深植于地面，却总是抬头仰望天空中的太阳，眼光随着太阳流转，寸步不离，再容不下其他。这是多么深沉的凝望和忠贞的爱意。我若深爱一人，就会变成这样的向日葵……"

说到这儿，我突然停了下来，想到妻子，先前轻松的心情，像吸收了苦水的海绵，渐渐沉重……

那些幻想出来的风景最终在我眼前消失，又变回了斑驳的砖墙。我不禁摇头。"可惜，这世上，根本没有我值得仰望的太阳！"我苦笑着对林娇说道。

晚上，为了准备去香港的事，我没回主卧，睡在了2楼的工作室里。

我告诉妻子，有紧急任务要去北京三天。她说正好她明天也要去香港出差。我问她是否有人同行。她面不改色地笑着对我撒谎，说倒真希望有人陪同，好打发飞机上的无聊时间。然后，我们看着彼此微笑，貌合神离。

次日，我醒得很早。太阳刚刚升起，从云层里露出微光。

行李昨晚已被我收拾妥当，距离出发去机场还有好几个小时。我躺在床上，望着雪白的天花板，回忆着昨日对林娇的嘱咐。

忽然，我想起了一件事，从床上翻身坐起，快步来到书桌边坐下，拿出笔和纸，打算给林娇留张字条。

我将我的淘宝账号和密码都写在了上面，告诉她我的支付宝也已开通了小额免密支付的功能，如果她需要什么东西，可直接从网上订购。要是包裹能在三天内寄到，她可以趁天黑，拿进屋里拆开，包装用的纸盒留在大门外就好，会有物业每日过来清理。那些不能及时寄到的包裹，就要等我回来后，再拆出来交给她。

其实我一直就想让林娇给我列一张购物清单，把她的所需之物列出。毕竟作为男人，很多女性用品，我根本想不周全，买到的也未必是她所要。让我偷偷拿妻子的给她，也不是长久之计，所以这恰巧是一个机会，解决了困扰着我的难题。

我拿着字条来到地窖，没有看见林娇，估计她正待在暗室里。吸取了上次的教训，我站在暗室门口，没有贸然闯入。

我正想敲门，空握成拳的手还没触到门板，就悬在了那里。

想到之前见到的她的半裸背影，还有她轻轻蹙眉回过头来看我的模样，心里传来的异样感觉，令我慌张。

没在暗室的门缝中，看见屋内透出的光，我猜林娇应该还在休息。转身打算离开时，看到暗室对面斑驳的砖墙，我立即又萌生出另一个主意。

我来到车库，从里面翻出我上次作画时剩下的油彩，又返回地窖。

我搬了把椅子到那面墙跟前，踩在椅子上，先用粉笔在墙上勾勒线条。

"要一扇大大的窗……像我家客厅那儿的院子一样，那就来个落地窗吧！"我在心里重复着林娇的话，小声嘟囔道。

"要洒满阳光……"我在圈出的窗框一角，画了一个大大的太阳。

"要看得到远山……"我勾勒出了山峰的轮廓，作为前方草坪和花丛的背景。

"还要有清新的空气，这个……哈哈，有啦！"

为了表现出有清风吹过，我故意将近景的花丛设计成朝一边倾斜，绘出花朵在风中摇曳的效果。

"阳光、远山、花丛、清新的空气。"我猜林娇想要的这些，我都画进了这扇"窗"里，还附赠了蓝天白云和青青草地，可我还是觉得缺少了点什么。

"缺了什么呢？"我从椅子上下来，倒退几步，皱眉站在一旁，盯着墙面思索。

"知道了！"灵光乍现，我急步蹬上椅子，迅速勾勒出刚刚想到的那部分。

这样上下折腾了几番，用油彩上完色时，我已满头大汗。

最后，我从架子上找来应急手电筒，又把椅子搬到了暗室门口。将手电筒的光圈拧到最大，我将它架在椅子上，调整角度，对准那面墙。

昏暗中，手电筒里照出的光束，如舞台上的聚光灯一样，打在了那扇"窗"里，投影一般的风景瞬间亮了起来，好似那里真的阳光普照。

我退到暗室的门口，抬起沾满彩色颜料的手，抹掉额上的汗，欣赏起对面墙上的那扇"窗"。

整体来看，还算叫我满意。

尤其是我最后添上的那几株向日葵，我没有让它们朝向窗角的太阳，而是面向窗里，望向暗室内的人。

它们虽未被我画出表情，但我相信，看到它们的人，一定感受得出葵花脸上藏着的笑意，那是对太阳的脉脉深情。

我凝神欣赏着自己的画作，禁不住想象林娇推开门后的模样。我猜她在惊讶过后，也会像我现在这样，看着那些向日葵微笑。

她笑得一定很美,因为她本就是个美丽的女人。

我傻笑着渐渐出神,回过神儿来时,才发现时间不早了。

慌忙将纸条压在手电筒下,我便朝机场匆匆赶去。

2.

开完会,林娇匆匆赶到机场。在接机口远远地望见姜峰,她惊讶地停了下来。林娇看见——姜峰正拖着父母的行李箱,跟他们一块儿朝她走来。

三天前,父母突然通知林娇今日回国,她没把这消息告诉姜峰,想着到时候自己来机场接机。没想到姜峰还是知道了,还抢先她一步,见到了父母。

看着他们有说有笑地走在一起,林娇突然觉得自己成了一个外人。她感觉很不自在,不知一会儿在父母面前,要如何与姜峰相处。

不久前,林娇逼姜峰搬出了家。姜峰屡次求林娇好好谈一谈,都被她拒绝。在单位,她也没留给姜峰说话的机会,凡是交叉业务,林娇都安排肖娜去跟姜峰对接,对他避而不见。

她在向姜峰表明决心——她不会原谅他的决心。

"开会就不要特意赶来了嘛!有姜峰接我们就好了!"母亲与林娇有些生分地拥抱时,在林娇耳边这样说道。

"那怎么行?你们一年才回来一次嘛!"林娇僵硬地搂着母亲的后背,偷偷瞥向姜峰。

姜峰站在一旁,带着会心的微笑,没有表现出半分异样。林娇这才在心里松了一口气,她好怕父母是姜峰搬来的救兵,令她陷入两难的境地。

一回到家,父亲便和姜峰走进了书房,林娇和母亲则开始在厨房里准备午餐。

偌大的U形厨房里，林娇与母亲背对背站着，各自在一边准备着手中的食材。

"把百里香递给我……，娇娇！百里香！"正在准备意面酱汁的母亲，转身冲林娇说道，大概是发现女儿没听见，她不得不又重复了一遍。

"噢，噢！"回过神儿来的林娇，慌忙从调料台上拿起百里香，递给母亲。

"一会儿调油醋汁的时候，记得要用橄榄油啊！你知道，我对花生油过敏的。"母亲探身将调料瓶放回来时，对林娇嘱咐道。

"嗯嗯！知道了！"林娇将洗好的罗马生菜盛进沙拉碗里，下意识地看向摆在料理台上的玻璃油瓶。

"左边颜色浅一点的是橄榄油，右边颜色深一点的是花生色拉油。左边橄榄油，右边花生油……"林娇在心里反复念叨着。

"你们俩一直在闹别扭的事儿，我们都知道了。"母亲毫无预兆地开口说道。她背对着林娇，好似并不打算面对面谈论这个话题。

"你爸爸想让我跟你好好谈谈，劝你们俩和好。他觉得，都是没孩子闹的。等你和姜峰有了自己的孩子，就不会再有这样的误会了……"

"误会？你也觉得这只是个'误会'吗？"林娇停下了手里的动作，抬起头来向母亲问道。

父亲会这么想，林娇并不感到意外。她深知，父亲在学术上虽有所建树，但骨子里却刻板老旧。林娇更在乎的，是与她同为女人的母亲的想法。

厨房里一下子安静了下来。

良久之后，林娇才听母亲淡淡地说道："我怎么觉得不重要。日子是你们自己的，还得你们自己来过。不过……"

母亲顿了顿，用力搅拌着沸水中的意面，"狗改不了吃屎，猫断不掉偷腥。见一个爱一个，男人就是这种东西，没什么稀奇。计较得太多，最后痛苦的还是自己。想明白就好！"母亲最后叹了口气，捞出煮好的意面，倒进盛有酱汁的锅里。

"那你想明白了吗？"林娇在母亲身后冰冷地问道。

母亲不解地转过身来看着林娇，林娇接着说道："如果你想明白了，就不会抛下我和外婆，硬要跟着爸爸去美国！你明知道他费尽心思调到那边去工作，就是为了跟那个女人在一起。你放弃了在大学里当英文讲师,甘愿追去那边做一个家庭主妇,不就是为了守着爸爸,阻止他和那个女人在一起吗!为了拆散他们,你几乎葬送了所有的人生,你这算想明白了吗!"

见母亲被问得涨红了脸,愣在了那里,林娇背过身去,抽了抽鼻子,努力不让眼泪从眼眶中流出。

林娇心里十分委屈,她想不通,母亲为何不能感同身受,更没有体谅她半分。虽然她从未向母亲寻求过安慰,可当林娇遭受背叛,痛苦不堪时,她最想要的,依然是伏在母亲的肩头大哭一场。

林娇本觉得,不管何时,父母都该是她最坚强的后盾,可他们只听了姜峰的一面之词,就劝她委曲求全,这令她大失所望。

负气地把芝麻菜倒进沙拉碗里,林娇开始用力搅拌起来。她本知道,该结束这场对话了,可父母的态度着实让她难过,她倔强地再次转身,一字一句地继续逼问母亲道:"你也觉得,我必须!应该!给姜峰生个孩子吗?"

这一次,她很快听到了母亲的回答:"生孩子有什么用!含辛茹苦地把孩子养大了,要他们笑话你!数落你!挖苦你吗!"

母亲失望的声音像冰凌尖儿一样,扎进林娇的心上,又疼又冷。林娇很想大声质问母亲:"你有养过我吗?我九岁以后的生日,哪一年你有参加?我初中、高中、大学的毕业典礼,你什么时候来过?外婆病重,我才十六岁,就要流着眼泪,在病危通知书上签字,你那时又在哪里!"

但是,这些话到了嘴边,又被林娇生生咽了回去。这样的抱怨,除了会让母亲和她无休止地争论下去,没有任何意义。逝去的童年无法重来,回忆里的伤痛也不能复原。

发觉沙拉碗里的食材已被自己搅拌得不成形状,林娇才想起——还没有调油醋汁。她赌气地在小碗里倒了不少葡萄醋后,将手伸向了调料台上的油瓶……

急诊室门外的塑料排椅上,林娇懊悔地弓着身子,将脸深埋进双手的掌心里。

一个小时前,母亲被紧急实施了"气管切开术"。虽然生命体征恢复了正常,术后并发症却难以避免。此时,父亲正站在急救室门口,与主治医生讨论这个问题。

一切发生得太快,即便从母亲在餐桌前倒下,已经过去了三个小时,林娇依然觉得那一幕仿佛就在一瞬之前……

"当啷！"钢叉摔在盘里的清脆撞击声，惊醒了午饭中一直沉默不语的另外三个人。

林娇、姜峰还有父亲，不约而同地朝发出声响的母亲看去。

才发现母亲突然挺直了身子，面如死灰般地瞪着前方，双手箍住喉管，像是要扯掉勒在她脖子上的绳索一样，不住挣扎。母亲的嘴里，发出气流通过狭窄通道时才会有的"丝丝拉拉"的喘息声，急促而短暂。

"妈！你怎么了？"姜峰最先从目瞪口呆的三人中清醒了过来，焦急地问道。

母亲突然将右手伸得绷直，指向餐桌中央几乎被吃空的沙拉碗，想告诉他们到底发生了什么。

开餐时，林娇曾听母亲质疑沙拉的味道不对，问她是不是放错了油，那时，林娇还沉浸在厨房里那场不愉快的对话中，觉得母亲是在故意找茬，于是立即否认。

然而现在，看着母亲像融化了的冰淇淋一般，在椅子上瘫软倒下，大汗淋漓浸湿了头发，林娇才知道，自己犯了一个多么大的错误。

她的耳畔开始嗡嗡作响，父亲慌张的喊声模糊得像从水底传来。

"快！快跟你妈妈不停说话！千万别让她失去意识！我去拿预装肾上腺素的自动注射器。"

下一个画面，林娇记得她跪到母亲身边，紧紧地握着母亲逐渐冰冷的手，盯着她正在放大的瞳孔，不停地叫母亲用鼻子呼吸。

林娇知道，这对于即将窒息的急性患者很难做到，但她必须要求母亲这么做。因为过敏反应引发的喉头水肿，正疯狂抢占着母亲气管里的空间。用鼻腔而不是用嘴呼吸，能有效保持喉部的湿润，减缓水肿的速度。这是林娇在红十字会做义工时学到的急救措施。只是她从没想过，有朝一日竟然会用在母亲身上。

接过父亲从母亲行李中找到的预装肾上腺素的自动注射器，0.1毫克的肾上腺素，被林娇迅速推进了母亲的体内。

即便做完这一切急救措施，母亲的情形仍不容乐观，她的眼睑开始慢慢合拢，如水的生命正在向外流逝。

姜峰已经拨打了120。在等待救护车到来的这十几分钟里，即便林娇又对母亲实施了心肺复苏术，可重度过敏的母亲还是在救护人员按响门铃的前一刻，陷入了昏迷。

那一瞬，林娇真的以为——她就要失去母亲了。

纵使多年来，林娇与母亲并不亲近，甚至在她心底，隐藏着对母亲的诸多怨恨，可她从没设想过这样的告别——母亲会死在她的手里。

来不及痛苦，林娇更多感受到的是恐惧。

坐进救护车，前往医院的路上，林娇不止一次地回忆，伸手拿油瓶时的情景。她想弄清楚——自己当时为什么会拿错了那瓶油？是有心，还是无意？

可林娇发觉，无论如何，她也无法还原那一瞬间的真实意识。她唯一记得的，是当时心里的感觉——怨恨——清楚、强烈的怨恨。

多年来，林娇对母亲的怨恨，像爬在墙上的黑色藤蔓，不停地肆意生长。林娇从未控制，也不打算控制。

特别是她掉进泳池，找回了那段遗失的记忆后，那些由怨恨幻化成的黑色藤蔓，彻底封堵住了林娇与母亲进行情感连接的心门。

林娇怨恨母亲偷尝禁果，未婚先孕，为了保全所谓的"名声"嫁给父亲，却将这段未经深思熟虑的错误婚姻，归咎在她的出生上。

她怨恨母亲虽饱读诗书，却异常保守，面对父亲的背叛，无法果断决绝，只会隐忍迁就，却将遭受的所有屈辱，都发泄在对她的态度上。

"难道就是这些积压已久的怨恨，让潜意识，在自己将手伸向油瓶的一刻，做出了向母亲报复的决断？"守在抢救室外，等候母亲被急救的时间里，林娇不停地对自己发问。

没法从内心得到确定的答案，林娇的肩膀开始止不住地颤抖。

一直坐在身旁的姜峰，伸手将林娇揽进怀里。他用宽厚温暖的手掌，轻轻摩挲她的肩膀，试图给她安慰。

自那次争吵爆发以来，林娇再没允许他们之间有过如此亲密的举动。

但现在，林娇却没法推开姜峰，她太需要一个温暖的怀抱，帮她驱散从心底里散出来的寒冷。

在病房里陪了母亲一夜，快天亮的时候，林娇和姜峰被父亲劝回了家。

林娇没让姜峰把车开进地下车库，而是在小区门口停了下来。即便一起经历了这惊心动魄的一天，即便刚才接受了他的安慰，林娇依然保持着自己的倔强，并未打算原谅姜峰。

虽然显得很失望，但姜峰也没再坚持。他跟林娇说了一句："待会公司见！"便将车开走了。

上午十点左右，在家稍作休息的林娇来到了公司。还没走进工区，她就听见里面爆发出一阵欢呼。不需多加思索，林娇也猜得出，这欢呼声为谁而起。

半小时前，还在路上开车的林娇，收到了公司内网发来的邮件，是人事部公布的"员工绩效考核成绩"。

等红灯的间隙，林娇点开邮件，又看了一遍部门下属的评分。这些分数都是由林娇亲自打出，她早已了然于心，再看一遍，只是为了分散精力，好从担心母亲的心绪中抽离出来。

然而林娇没想到的是，当看到其中一个人的评分时，她又陷进了另一场困惑。直到后面的车辆不停按响喇叭，林娇才恍然发现，前方的交通灯早已变成绿灯。

走进公司里，林娇冷眼看着因为有人要请客而其乐融融的下属们，气愤地穿过工区，敲开了人事总监办公室的门。

"林总，您这是……"也许是看出林娇进门时的脸色不好，人事总监尹东，立即从椅子上站了起来。

林娇即将出任南方区副总的消息，早已被人事得知。尹东面对她这个未来的上级，不敢有半点怠慢。他下意识地抬手捋了捋额前的刘海，盖住额角上的青色胎记，林娇知道，这是尹东紧张时常做的动作。

"尹总，我想再看看我们部门的绩效考核表，麻烦你帮我找一下！"

林娇的请求听起来更像是命令，可尹东却没有一点抵触。

他推了推架在鼻梁上的黑框眼镜，笑着说道："嗐！这么点事儿，您给我打个电话，我给您送过去不就得了，还特意跑一趟！"

说完，尹东转身拉开椅子后的档案柜，从整理好的黑色文件夹里，一张张地抽出标有销售部的绩效考核表，整理成一摞，递给了林娇。

接过文件，林娇直接翻到肖娜那页。果然如林娇先前所料，"职业操守"那一栏的评分，被人为改动过。林娇先前写上去的"70"，被人用黑色的签字笔重新描摹成了"90"。

林娇的眉头渐渐紧锁，尹东赶紧试探性地问道："林总，这……有什么问题吗？"

"没什么，就是再确认一下。辛苦你了，尹总！"

林娇转而微笑，不动声色地将表格还给尹东，转身要走。忽然，她像想起了什么似的回过头来，对尹东说道："哦，对了！还有件事！上次你跟我提起，公司要在港口码头那设置一个临时办事处，要我们部门派一个人过去，我想我有人选了。"

"哦？林总犹豫了那么久，终于肯割爱了，呵呵，谁啊？"尹东打哈哈道，黑瘦的脸上露出好奇的表情。

"肖娜！你觉得怎么样？"

"肖……肖娜？"听到林娇的决定，尹东显得十分意外。

林娇明白尹东的困惑——被调离业务安稳的公司写字楼，去琐事繁多的港口办事处工作，无疑是一件苦差事。这样的名额，部门负责人一般只会将其留给绩效考核最差的员工，而非像肖娜这样得分最高的职员。

于是林娇收敛笑容，毫不客气地回答道："是的！你没听错，就是肖娜！"

"可咱们公司今年新招来的这批毕业生里，就属肖娜最优秀了。前些天，我还听总经理夸奖肖娜聪明勤勉，让他想起了您刚入职时的样子，未来可期……"尹东似有所不甘地替肖娜辩解道，可林娇越发阴沉的脸色，让他没再敢说下去。他话锋一转，"也好！调到办事处锻炼锻炼也好！"

"那下个月就让她去报到吧！你们人事直接发邮件通知她！"林娇说完，瞥了一眼愣在那里的尹东，转身离开。

对于平级同事，林娇很少会这么不客气。但那分数，任谁看了都能发现，明显有改动过的痕迹，人事却装作视而不见。这令林娇不得不怀疑——尹东跟这件事也脱不了干系。

新晋职员与人事总监串通一气，修改主管上级的考核评分，听起来像是天方夜谭。但自从林娇发现姜峰与毛敏的事情后，她不再相信任何人，更不会轻易排除任何可能。更何况，林娇早已见识过肖娜的野心。

上个月，林娇安排肖娜参与了一项重要投标。一家世界五百强的央企，打算将未来五年的出口货运业务，交由一家货运代理公司执行。

国际货运价格，受诸多因素影响，别说五年，就是未来一年的报价，都很难完全确定。但面对这个实力雄厚的客户，以及金额可观的订单，总经理要求林娇无论如何都要拿下这一标。

通常在央企的招投标中，被邀请参标的供应商们，公司资历基本处于同一起跑线上，技术标上无明显差距，唯一比拼的就是商务标，也就是最为敏感的报价。

同等条件下价低者得，成了央企审计部门核标的黄金法则。封存在商务标书里的报价单，就像赌桌上打出的最后一张牌，起着决胜的作用。

从央企办事人员那领了《招标邀请函》出来，林娇看见，肖娜正在与另一家货运公司的男业务员交换名片。

同竞争对手寒暄，借机打探对方公司实力，在林娇看来，只算雕虫小技。林娇没有干涉肖娜，更想借这个机会锻炼她一下。于是，林娇安排肖娜来做这次投标报价，自己则在幕后协助把控。

肖娜得知后欣喜若狂，更是拍着胸脯向林娇表达了不成功便成仁的决心。

可这之后，肖娜的行为越发让林娇不解。

林娇发现，肖娜在同那个男业务员约会，便提醒她：投标在即，即便能做到公私分明，也要有所避讳。可肖娜对林娇的话不以为意，还总是颇有深意地一笑了之。

这使得林娇不得不对肖娜处处防备，从成本核算、风险评估、报价确认，一直到标书封存，最后都由林娇亲自操刀完成。

可即便如此，开标时，林娇还是倒抽了一口凉气。他们竟然以几千元的微弱差距，赢了竞争对手的报价，拿下了这价值上亿的一标。

可当林娇看到，竞争对手盯着肖娜的眼神时，她瞬间明白了一切。那男业务员的眼中，由惊讶渐渐变得不甘，先前半张着的嘴也紧紧抿在一起，满脸都是被欺骗后的愤恨。

林娇不知道，肖娜为了让对方输掉这场竞标，究竟付出了怎样的代价；更不知道，这件事已成定局之后，肖娜要如何解决；她只看到，肖娜回望对方时的狡黠一笑，那笑容里，充满了年轻人的自负和无所畏惧。

这之后，林娇开始为这个女孩的道德底线分外担忧。林娇担心若不对肖娜有所警醒，未来在公司内部的职场竞争中，她不知会怎样地不择手段。

所以在绩效考核评定时，林娇找肖娜严肃地谈过这件事后，在肖娜的评分表上，"职业操守"那一栏里，打出了"70分"。

林娇记得交考核表的那天，她将部门所有下属的评分，封存进一个档案袋里，吩咐肖娜送到人事部去。或许就是在这个过程中，让肖娜有机会修改了她自己的评分。

想到肖娜又一次辜负了她的信任，一回到自己屋里的林娇，用力地摔上了办公室的门。

午休过后没多久，门上传来了小心翼翼的敲门声。

"林总，有重要的事情向您汇报，您方便吗？"

林娇正站在文件柜前，想把刚用完的档案盒放回去。听见门外肖娜试探性的声音，她故意对着门口，不慌不忙地说道："进来吧！"

肖娜一进门就显得很着急："姐！您怎么把我调到港口办事处去了？到那就是跟单、打杂，跟核心业务一点不沾边儿，什么也学不到，我不想去！"说最后一句话时，肖娜像个赌气的小姑娘似的嘟起嘴，将脸甩向一旁。

"不想去也得去！"林娇将文件盒用力地塞进柜子，"啪"的一声关上了柜门。

"为什么呀？"肖娜委屈地看向林娇，但只跟林娇对视了几秒之后，她便心虚地低下了头。"就……就因为我改了绩效考核的评分？"肖娜结巴着问道。

"不然呢？"林娇提高声音反问道，"你好大的胆子！"她走回办公桌后，在椅子上坐下，狠狠地瞪着肖娜。

肖娜站在原地试图辩解，"是！我不该耍小聪明偷改评分，是我不对！可是您有没有想过，其他项都打了95分的高分，只有'职业操守'一栏是刚刚及格的70分，这会让同事们怎么看我？您这不就是在告诉别人，我的职业操守有问题吗！一个道德有问题的人，能力再强能怎么样？哪个公司敢用？哪个领导敢提拔？"

说到这儿，肖娜已经变得眼泪汪汪的了。她负气地抬手抹了抹眼角的泪珠，"从我进公司您就很照顾我，在那么多实习生中，唯独挑了我做您的助理，教会了我很多东西，够我受益终身。这份恩情无论我将来走到哪里都不会忘记！谢谢您，林总！"

肖娜说着，对着林娇深深鞠了一躬，"您今天会收到我的辞职报告，以后不会再给您添麻烦了！"肖娜最后说道，转头要走。

"站住！"林娇对着肖娜的背影吼道。

肖娜停下，满脸是泪地转回身来。

林娇继续教训她道："你也知道这样的评分不好看，是吧？那你更该知道有所收敛,而不是偷改评分!本来只是给你一个小小的警告,你就受不了啦?现在犯出更大的错来,我能不给你一个更大的教训吗!"林娇越说越气,最后干脆拍起了桌子。

肖娜没再反驳,只是低着头哽咽流泪。

见她这副模样,发够了火的林娇轻声叹气,最后松开了一直板着的脸。"你偷改评分的事,我没告诉任何人。这件事只限于你我之间,以后也只有我们俩知道。"

肖娜抬起了头,有些意外地看着林娇。

林娇深深吸气,"但是,你知道,我绝不给人第二次机会!再有下次,不是你要走,而是我必须让你走!"

肖娜默默地点了点头。

"好啦!出去把脸洗干净吧!我今天很累,没什么重要的事,不要让其他人进来找我!"

看见肖娜依然站在原地没动,林娇对她问道:"还有什么事儿吗?"

"那个……港口办事处那儿,我能不能不去啊?上午还高高兴兴地跟同事们说要请客,下午就被发配到港口,多丢人啊……"肖娜有些不死心地央求着。

"不行!人事已经发了通知,大家都看着呢,就算摆样子,你也得给我去!下个月,从下个月开始,你就到那边去报到!"林娇不容置疑地说道。

肖娜缩了缩脖子,畏畏缩缩地问道:"那……那您什么时候调我回来呀?"

"等到我觉得,你该被调回来的时候!"

看着肖娜把门彻底关上,林娇两手撑着额头,合上双眼,在心中感慨这糟糕的一天。

她不知道对肖娜的挽留,是错还是对。这么一个野心勃勃,几乎没有底线的女孩,把她下调,就真的能让她吸取教训了吗?还是埋下了一个更深的祸患呢?

这些疑问就像山顶上的雾气,在林娇心头萦绕开来,直到下班都未能散开。

晚上九点多,刚洗完澡穿上浴袍的林娇,被突如其来的撞门声吓了一跳。

走到门口，她听见有人正在门外尝试用密码开锁。

突然提高的警觉，令她全身紧绷，随手抓起放在餐桌上的手机，既想贴到门镜去查看究竟，又不敢离大门太近。

"谁？谁在外面？"林娇冲着门外喊道。她随后在手机里输入了"110"，拇指悬在通话键上，随时准备将电话拨出去。

林娇知道，如果是姜峰，他会用指纹开锁，绝不会像现在这样，一遍遍地试着门锁上的密码。

被恐惧席卷全身，林娇下意识地抬手抓紧领口，护在胸前。她用力吞咽下唾液，对着门口呵斥道："不管你是谁，再不走我就报警了！"

林娇话音刚落，电子锁就传出了清脆的开锁声，门随即被人从外面拉开。

她本能地后退，想躲进浴室报警，却看见两个男人搂抱在一起，跌跌撞撞地扑倒在地上。

"我擦，累死我了！姜峰，你真该减肥了！我腰都要折了！"高伟龇牙咧嘴地坐在地上，对一旁醉得如一摊烂泥的姜峰抱怨道。

发现林娇正举着电话呆站在浴室门口，高伟冲她嚷嚷道："还打电话呢！赶紧过来帮我一把，把他扶到床上去呀！你们俩闹别扭，我招谁惹谁了……"

高伟嘟囔着从地上爬起，胳膊架在姜峰两侧腋下，使劲把他往上提。

"你把他送到这儿来干吗！"林娇虽帮高伟搀扶着姜峰往卧室里走，嘴里却没好气地问道。

高伟反驳道："他都喝成这样了，我不把他送回家，你让我把他送哪儿去？难不成，你让我把他送他妈那去？让老太太看看，她儿子正在为情所困，而她的儿媳妇是多么绝情绝义，顺便在心里给你记上一笔？"

"你以为我还会在乎这些吗？我马上就要跟他分开了！再也没有任何关系！"让姜峰平躺在床上，林娇直起身子来，瞪着高伟说道。

见到高伟扁嘴轻笑，林娇蹙眉问道，"怎么，你笑什么？你以为我是在开玩笑呢吗？"

高伟端着肩膀，摆了摆手。"没有啊！我不是不相信你的决心，只是我觉得你们俩……"他停下，咂了咂嘴，"分不开！闹成这样，不只姜峰一个人有错，你也有责任，只是你没意识到罢了。你是个聪明的女人，终会想明白的。"

若是在平时，林娇绝不会再同高伟争论下去，只会用冷得能冻死人的眼神，让他知趣地离开。但这两天她过得极不痛快，现在恨不得找人撒火。

于是，林娇弹开皱紧的眉毛，扬起脸来对高伟问道："哦？你想说什么？想说我没给他生一个孩子，所以他就可以背叛我们的婚姻，背叛我，在外面……"林娇在脑中闪过了很多个难听又解气的词，但想起毛敏，她没办法再说下去，而是咬紧牙关，几乎低吼，"你想说，就因为这个，这都是我的责任了吗！"

高伟不说话，只是用莫名其妙的眼神打量林娇。

林娇变得更加恼怒，"说啊你！"她终于吼了出来。

可没等高伟回答，林娇干脆抬起一只手指着姜峰，对高伟说道："算了你别说了！现在赶紧带上他，一起滚出去！"

发现真的惹恼了林娇，高伟赶忙示弱："别别别！你消消火！我刚刚只是奇怪你怎么会这么想，没别的意思！"

高伟变得正经了起来："林娇，你在我心里一直都是一个既独立，又有能力的高知女性。我刚刚只是没想明白，你怎么也会被这些世俗的偏见牵绊。再说了，你知道佳慧奉行丁克主义，如果我是个只想着传宗接代的老顽固，那我就不会想要和佳慧在一起，想要和她结婚，还被人家爱搭不理。"说到自己的事，高伟显得很泄气。

之前，林娇和姜峰在与高伟的四人约会上，见到过宋佳慧。这个女人比高伟长几岁，却不知有何魔力，让高伟这个浪子对这段感情认真了起来，甚至开始谈婚论嫁。

虽听出高伟话里的真诚，但林娇仍不依不饶。

"那你想说什么！我有什么责任？"

"好吧！"高伟放下掐在腰间的双手，瞥了一眼床上醉得不省人事的姜峰，说道："要是你真想听我说，咱们到外面去聊吧！"

与林娇在餐厅坐下，高伟直接开口，"自打你把姜峰赶出门，他怕老太太问起你们俩的事儿，都没敢回他妈那儿去住，一直住在酒店里。这事儿你知道吗？"

林娇听完，眼神突然起了变化。高伟见状，连忙强调："他一个人住酒店啊！一个人！"

"那又怎么样？又能说明什么？"林娇双手交叉抱在胸前，坐正了

119

身子反问道。

高伟瞪大了眼睛:"说明他一直在乎你,还爱你,还舍不得你啊!姜峰从没觉得跟你会真的分开,所以才怕老太太,怕周围人知道你们俩在分居,努力维护着你的形象。你想想,他要不是实在没办法了,也不会去向你父母求助啊!这些日子,他一下班就拉着我去喝闷酒,醉生梦死的,天天都是你刚刚看到的那副模样!你难道就一点不心疼吗?"

本以为还要与高伟继续争辩下去,突然听到他说的这番话,林娇难过地把脸扭向一边。

高伟接着说道:"林娇,姜峰跟那女的真的没来往了。姜峰跟我说过,他就是那段时间太孤独,太寂寞,才会跟那个女的一起打发时间。他们俩真的没走到那一步,不是你想象的那样。

"而且,姜峰现在已经知道错了,知道给你造成的伤害有多大,你就不能再给他一次机会吗?

"你有没有想过,要不是你太忙,一心只扑在工作上,对姜峰的关心太少,还一点没心眼儿地,给那个女的创造机会。自己抽不出空来,就安排姜峰去给她过生日,陪她过节,让她有机可乘,哪会走到今天这一步?你真的觉得,你一点责任没有吗?"

"别说了,你走吧!"不想再听高伟说下去,林娇仰起脸,极力控制着,不让眼泪流出来。

高伟刚刚说的那些话,像探进她心底的针,确实扎到了最柔软的地方。

林娇也曾不止一次地问过自己,不正是她创造的那些机会,才让姜峰和毛敏一起背叛了她吗?

羊圈没有补牢,牧羊人难辞其咎。那么干脆把羊圈大敞四开,不是更脱不了责任吗?

高伟走后,林娇听见姜峰一直嘟囔着要水喝,于是端了杯温水回到卧室。

她扶起他的头,将水杯送到他嘴边,看着他狼狈地灌了自己满身满脸,以及蓬乱的头发和下巴上青黑的胡楂,她知道,他今天过得也很糟。

父母回来的那天,母亲代父亲跟林娇说的那些话,让林娇异常气愤,甚至恼羞成怒。

在林娇的心底,最不愿承认的,便是因为没有孩子,没让姜峰有一个"完整"的家，他才背叛了她。可父母的话，无疑又像撞开城墙的攻城锤，让林娇的那些"不愿承认"，瞬间土崩瓦解，不得不去面对旁人眼中她的"失职"。

如今冷静下来，林娇不想再逃避，她很想听姜峰亲口告诉她，在这场闹剧之中，她究竟占了多少责任？

就在这时，姜峰缓缓睁开了眼睛，如梦初醒一般地望着她："娇娇，原谅我吧！你知道我爱你，甚至愿意为你去死！如果五年前，我知道我们会变成今天这样，我宁愿死在折多山上。求求你，别离开我！求求你……"

望着他憔悴的模样，林娇颤抖着双唇，默默流泪。可还没来得及让眼泪掉下，林娇已被姜峰扯进怀里。

姜峰翻身压在她的身上，开始解她的浴袍，如烙铁般的吻，不断地落下，在她肌肤上灼出焦痕。

"别这样！姜峰，别这样！你知道我不喜欢你这样。你知道我不喜欢每次吵完架，你都想靠这样跟我和好。不要！姜峰！不要，……"林娇挣扎着，试图推开姜峰，可他的力气太大，而且没等她把话说完，嘴就被姜峰的吻堵得死死的。

林娇闻到一股难闻的酒气，却无力摆脱，在撕扯中，她的浴袍被他撕烂，身体最终也被他占据。

林娇强忍着眼泪，别过脸去，想忽略身上男人沉重的喘息。窗外的月亮在重影中一下下地晃动，像极了闪着银光的圆形亮片。

第八章

1.

　　闪着银光的圆形亮片，像极了重影中，不停晃动着的月亮。

　　那是妻子亲手设计的一对银饰耳环，如今正垂在她的耳下，与她身上黑色的露肩晚礼服格外相配。

　　妻子于这香港中环偌大的会场里，熠熠生辉，端着金色的香槟，优雅地穿梭在衣着时尚的设计师之中，与同行们应酬寒暄。

　　而我，此时正站在无人的角落，悄无声息地盯着她脸上明媚的笑容，渐渐想起，与她初见时的模样……

　　那天，我和雷斌跟踪着诈骗多名中国女性的嫌疑人来到一家外语培训机构。发现嫌疑人是这里的外教，我们怕打草惊蛇，决定先假装咨询培训课程，再伺机将他抓捕。

　　我站在报名室的门口，眼光扫过对面时，不知不觉被那边玻璃教室里的景象吸引住了。

　　在孩子们牵手围成的圆圈中心，一个留着干练短发的女老师，带着明媚的微笑，半蹲在那里。

　　她神情夸赞地弓着食指，在一个男孩的脸蛋上轻轻一刮，那男孩就像中了仙女魔法似的，开怀大笑；

　　她不厌其烦地为一个头发松散的女孩梳头，当发卡上的五色花瓣重回到女孩头顶正中时,女孩便像被天使加冕过一般,满眼骄傲。

游戏中,孩子们将她团团围住,争抢着钻进这位可爱老师的怀里。她脸上的慈爱表情如万有引力般,让人无法抗拒,恨不得向她靠近。

我隔着玻璃目不转睛地看着她。

当她抬起头来,与我四目相对时,我知道——我的目光再也无法离开她半分。

我坚信初识妻子时的亲眼所见。一个对孩童如此温柔有爱的女人,必定会是个温暖善良的人。在我们七年的婚姻里,我对此深信不疑。

直到今天,我才知道我错得多么离谱!

关于生儿育女,我一直觉得那是一件顺其自然的事,刻意强求,未必会有好的结果。

这个结论,与我的真实经历有关。

我曾探访过母亲的亲友,想通过他们了解父母当年的婚姻状况,进而弄清楚母亲产后抑郁的原因。

虽然仅有只言片语,我还是知道了——相貌出众的父母也曾两情相悦,是令旁人羡煞的一对璧人。但婚后不久,母亲便由于先天疾病,不得不摘除一侧卵巢。医生告诉父亲,这之后,母亲恐怕很难再孕。起初,父亲信誓旦旦地对母亲许诺"永不相弃",可没多久,被奶奶反复劝说,"要养儿防老"的父亲,开始逼着母亲离婚。

八十年代的国营工厂领导,还会去管工人们的家庭琐事。悲愤欲绝、卧轨不成的母亲找到了厂领导,父亲才不得不在外人的压力下与母亲"重归于好"。

可这件事,就像是砸在完整花瓶上的锤子,将他们曾拥有过的美好,砸得粉碎。

虽然母亲后来很快就生下了我,但那件事对她造成的伤害,让她与我的父系家庭永无可能真正重归于好。她与父亲的口角不断,与奶奶的矛盾一再升级,把日子过成了炭火中煎熬的沸水,直到无法挽回。

然而讽刺的是,父亲突然离世时,我这个在闹剧中诞生的儿子,由于求学在外,并未能及时赶回去,为他养老送终。

汲取了父母的教训,我对婚姻里是否一定要有个孩子,并没有普通人的执念。

倒是岳父,对我们婚后一直未能生育,耿耿于怀。他对这个独生女儿虽十分娇纵,却也并非毫无条件。

婚前,妻子为难地告诉我,岳父希望由我们将来生下的男孙继承他的家业,言外之意就是要我们的孩子随妻子的姓。

最初,我虽有抵触,但想想,我与妻子的结合是因为爱,只要这个孩子是我们爱情的结晶,要跟随谁姓,又有什么关系呢。

我答应了岳父的条件,婚后没多久便跟他一起,将一间朝东的客房重新粉刷,布置成了婴儿房。我还自学了墙体彩绘,把我的处女作——一只踩着云朵,伸手摘星的卡通小熊,画到了那面墙上。

我和岳父一直满怀期待地等着好消息的到来。但是,一年、两年、三年过去了,妻子仍没能怀孕。

一天晚饭时,坐在主人位上的岳父,突然问了我一个耐人寻味的问题。他笑呵呵地问我:"有没有杀过自己的孩子?"

还没等我悟明白他话里的意思,妻子已率先反应过来:"爸!"她皱眉朝岳父喊道。

"怎么了吗?我们刚才不是在聊学生早恋的事嘛。那我就顺便问问启铭,做学生时,有没有让哪个女孩儿意外怀孕,开开玩笑嘛!"岳父狡辩道。

我这才弄明白,他们父女俩话里的意思。仔细回想,我虽交过两任女友,偶尔也有不采取措施的时候,但确实没让她们怀过孕。

那晚,在得到我否定的回答后,我们三人陷入了沉默。

没过多久,我便主动提出要去医院检查。岳父对我的决定十分支持,妻子只得顺从安排。

我们一起来到妻子朋友开设的私立医院。我仍记得,独自坐在取精室里,拿着色情杂志时的心情,那是一种从没有过的忐忑。好似这是一场针对我的审判,而我预感到——等待我的裁决,不容乐观。

果然,结果出来了——是我的问题。

我失落地回到别墅,随后听见妻子和岳父在书房里爆发出来的争吵。

我不知道岳父说了什么,让一向温婉的妻子开始肆无忌惮地大吵大闹。

"……你威胁我也没有用!我不会接受别人的捐精,更不会离婚!如果不是钟启铭的孩子,我不会要!

"……搬出去就搬出去!我们一直经济独立,没有依靠你一分一毫。

他不是你的上门女婿，从没接受过你给的施舍恩惠！

"……你以为启铭他不想走吗？他肯住在这儿，无非是不想让我为难，无非是为了方便照顾你！

"……爸！你怎么可以说话这么难听！你有没有想过，要是让启铭知道了，他会有多么难过……"

我站在走廊上，听着这一切，心如刀割。

扭头回到卧室，我把自己关进了卫生间里。我坐在马桶上，无法控制地流下眼泪，为自己的没用和无能。

脑海中，那些与妻子和孩子在一起的憧憬，被绝望的泪水冲掉颜色，原本五彩斑斓的画面，晕成模糊的一片，变成了印迹斑驳的白墙，分外凄凉。

我没有在妻子推门进来时，擦干眼泪，我需要安慰，需要她知道——我有多么的难过和抱歉。

她跪到我身前，脸颊紧紧贴着我潮湿的侧脸，在我耳边温言软语。她说她永远爱我，向我保证，即使我们没有孩子，也会一直幸福下去。

那一夜，我翻来覆去，无法入眠，盯着妻子鼾睡的侧脸，不禁疑问——她怎能睡得如此香甜？

直到今早，我才终于为她那一夜的安睡找到了答案。

离开下榻的酒店，来到这中环会场之前，我点开了昨天没有听完的车内录音。

原来妻子一直都知道——我的生育能力没有问题。

早在当初检查的时候，妻子就伙同她的医生朋友，一起欺骗了我！

这些年来，妻子经常服用的白色药片，并不是她告诉我的日本美白丸，而是避孕药。

她奉行丁克主义，只想过对自己负责的自由人生。这样的想法，遭到她父亲的强烈驳斥，并以剥夺她的财产继承相威胁，逼她不得不将真实的意愿隐藏。

我见识过岳父的固执，能理解妻子的假意让步。可我不能明白，她可以对情人如此坦白，却为何从未试着对我明说，而是苦苦地欺骗着我，看着我为此受尽折磨。

冷眼看着一袭黑裙的她朝情人走去，我终于看清了妻子真实的面目。

她步态袅袅，笑容如花，宽大的裙摆宛若倒扣着的百合。但这世上压根儿没有黑色的百合，那株像极了百合的黑色花朵，叫作曼陀罗。它有着百合的清香和优雅，却深藏剧毒。

传说，每一株黑色曼陀罗里，都住着一个邪恶的精灵。她可以帮你实现心中愿望，代价是你要用自己的鲜血去浇灌她，因为她享受极了，这种炽烈且致命的感觉。

妻子就是这样的精灵，她从来都不曾对我真诚，却要我对她无比赤诚；她满足了我被爱的渴望，却隐藏了蚕食我生命的欲望；她贪婪地享受着我的真心，却让我默默承受着难熬的伤心。

昨夜，我还在她和情人下榻的酒店外不停徘徊。仰头望着那些灯火通明的房间，如被铅笔涂黑的格子，一间间陷入幽暗，只感觉，心也跟着沉进了深渊。

如今，看着她凝望情人的眼神，我再没了半点嫉妒。

"她是一株致命的毒花，那就留给他去呵护吧！"

冰冷的声音从我心底传来，我知道——我再也找不到想要留住她的理由。

看着妻子躬身站在情人面前，记忆里相似的画面，不受控制地在我眼前浮现……

我同 Silver 处在无人的教室里，她朝我一步步靠近，躬身站在我的面前，投以我这样深情的凝望。

那时，我们在心底里深藏着对彼此的渴望，却在表面上，为我到底是不是一个"懦夫"，而争得面红耳赤。为了避开她灼热的目光，我低头盯着她胸前名牌上的中文名字，却因心底与她相同的悸动，始终没法将它叫出口。

"佳慧，你为什么会变成这样？"我难过地看着妻子，在心里问她。

从会场里追着高伟跑到街上，眼看着他钻进一辆黑色商务车，扬长而去，我心急如焚，不停地左右张望。

百米外，一辆停在道边的红色计程车正在下客。看见下车的乘客已经离开，计程车即将重新启动，我朝它飞奔了过去。

车头前，我双手抵着前机盖，迫使司机猛然踩下了刹车。

被突然出现的我吓了一跳，司机目瞪口呆地看着我绕过车头，坐进了副驾驶。

我指着已经行驶了一段距离的黑色丰田，焦急地跟他说道："麻烦你，跟上前面那辆车！"

"警察？"司机瞪着一双地鼠一样的小圆眼睛，上下打量着我问道。因为错愕而挑起来的八字眉，让他看起来十分滑稽。

可我现在并没有想笑的心情。刚才在会场里，高伟匆匆挂断来电，朝佳慧使了个眼色，佳慧便默契地朝他点了点头，应允他先行离开。

据我之前监听得知，那晚我在工厂里见到的那批模型缸，将于今日运抵香港。我猜，高伟极有可能是去接货。为了搞清楚，这些模型缸和被退货的银饰品之间的联系，我绝不能跟丢了高伟。

"快开车！"我红着眼睛，对司机吼道。

他被我吓了一跳，之后顺从地启动车子，踩下油门。

"跟紧一点儿！"我双眼紧紧盯着与我们相隔了三辆车的黑色丰田，命令司机。

他斜瞥了我一眼，没有说话。

这时，我们右边的车道出现了空当，如果此时并道，就能超过前面的三辆车，追上高伟。可司机好像并不打算抓住这个机会，依然紧跟前车，有条不紊地行驶。当我提醒他时，空当早被后面追上的车占据。

眼看着我们的计程车被交通灯截停在十字路口，而黑色丰田在信号变换前驶进面面的街区，我不甘地握紧拳头，狠狠地砸在大腿上。

"警察？"司机看着我愤愤的模样，歪过头来，再次向我提问。

"对！"我带着怒气回答他道。

"你早说嘛！你早说我们就不用等红灯了！我看你这样子，就知道你是在追歹人啦……"

我没心思听他在一旁嘟嘟囔囔，盯着前方越开越远的丰田车，不知该如何是好。

"喂！你把安全带系上！"司机突然说道。

就在这时，交通灯变成了绿色。

还没等我反应过来，他已猛踩油门冲了出去。我感觉到强烈的推背感，从车窗灌进来的风，吹得我额前的头发飞了起来。

我这才发现，这司机的驾驶技术超好。幽暗的西九龙海底隧道里，他超车变道，哪怕只有半个车身的空当，也能斜插进去。这引得后方受惊的车辆纷纷急停，乌乌泱泱地按响喇叭，被隧道放大了的混响，比摇

127

滚乐的演奏现场还要震耳欲聋。

开上葵涌高架桥后,转弯处他几次甩尾,车胎在地面摩擦出像老鼠被踩住尾巴的"吱吱"声。看着他一脸兴奋地加速踩下油门,我下意识地抓紧了车窗上方的拉手。

下了公路后,车道明显变窄,加上汇入的车辆越来越多,我们被长长的车队阻隔在最外侧,跟丢了高伟的车。

看出司机打算越过实线,借逆向车道超车绕行,我连忙伸手按住他紧打着的方向盘。他猛踩刹车,身子不受控制地猛然前倾,随后被安全带拉回,重重靠向椅背。而我,要不是提前预判,右脚死死蹬着脚下挡板,头必定撞破了前挡风玻璃。

"干什么?不追了?"司机惊魂未定,喘着粗气问道。

"我知道他们要去哪儿,往国际货柜码头方向开。"我边对他说着,边长记性地扣上了安全带。

我并非香港警察,在本地没有执法权,若他违反交规,我无法保他不吃罚单。更何况,我早从监听中,大体得知高伟今日的去向,没必要再去冒险。

我们刚赶到码头,便看见黑色丰田从对面车道朝我们迎面驶来。透过前车窗玻璃,我看见高伟已换到了副驾驶的座位上。黑色丰田后,紧跟着一辆厢式货车。

看样子,高伟已从码头接到了模型缸。接下来,他要去哪,要拿那批模型缸干什么,才是我绝对不能错过的。

"继续跟着他们,跟着那辆货车。"

我们在转弯处掉头,加速追上了他们。大约又行驶了九公里,我们跟着货车来到旺角。眼看着高伟的车驶进了钵兰街,速度变缓,最终停下,我也吩咐司机在路边停车。

我多给了司机一百港币作为小费,虽然他拼命推托,说是在尽香港公民的责任,我还是硬塞给了他。

之后我下车,走进厢式货车停靠的街道,在离它几米之隔的小吃摊前站下。

"麻烦!一份咖喱鱼蛋!"我瞥了一眼泡在金黄酱汁里的鱼蛋,对套着黑围裙,头发扎得十分松散的老板娘说道。

之后,我就将全部的注意力都放在了高伟的身上。

他下车，走到街尾把角的店铺前，谨慎地四下张望了一阵后，伸手在银色的卷帘门上"哗啦啦"地拍了拍，卷帘门便从里面被人抬了上去。

四个古惑仔模样的年轻人，从黑压压的店铺里走了出来。他们个个手臂上都有文身，牛仔裤花衬衫，最靠近脖颈的两粒扣子敞开着，故意露出小指粗的金链子。

打头的胖子跟高伟说了几句话，便招呼着其他人，朝那辆黑色丰田走去。

这时，后面厢式货车上下来的人，已经在高伟的指挥下，打开了车尾处的货厢门。

不出我所料，货车上装的正是那晚我在工厂里见到的模型缸。虽然体积大，但是材质轻，我看见有两个脖子上系着白毛巾的工人，毫不费力地一手拎起一口，把它们运进那间店铺里。

"先生，鱼蛋好啦！你要淋哪种酱汁？"

听见老板娘喊我，我不得不将头转了回去，"这个吧！"我随意用手指了指不锈钢台面上放着的红色酱料。

"这个酱是辣的哦！我们家的秘制辣酱很辣的呦！"她好心提醒我道。

"没关系！"我冲她笑笑，只想尽快结束对话。

就在这时，黑色丰田那边传来了争吵的声音，我和老板娘不约而同地朝那边望去。那四个古惑仔，不知为什么事，发生了争执。打头的胖子与黑瘦的矮个子互相推推搡搡，另外两个则站在一旁观望。因为听不懂粤语，我只听出他们管那个黑瘦的矮个子叫"肥波"。

"他们在吵什么？"我盯着他们，向老板娘问道。

"搬东西喽。呐！矮个子那个，说要找一个推车来，其他人好像觉得直接搬就好了。这么点儿小事，啧啧啧，一群烂仔！"

说话间，我接过她用白色泡沫碗盛着的鱼蛋，将钱递给她后，朝那边走去。我打算假装经过，好看看那间店铺里的情形。

可才走了两步，就听见身后老板娘追着我喊道："先生，找钱给你欸！"

她的叫嚷声引得那群古惑仔朝这边看来，怕被高伟认出，我只得连忙转身，走回小吃摊前。

不想打草惊蛇，接过零钱后，我只得继续拿小吃摊做掩护，低头吃着鱼蛋，偷偷抬眼看着终于达成共识的那四个人。

他们纷纷戴上棉线手套，一人钻进黑色丰田，费力地将一个长条木箱往车厢外推，其他三人则站在车门处接应。

肥波双手托着木箱尾端，晃晃荡荡地抬着长条木箱一点点往后退。他们的样子让我联想到——从灵车里往外拉棺材的情景，不禁揣测那木箱里到底装了什么。

我看出肥波就快承受不住木箱的重量了。他的身子开始打晃，后退的步子磕磕绊绊。果然下一秒，肥波两腿一弯，木箱也跟着倾斜，摔在地上。

木箱一角被摔得散了架。当我看见从里面掉出来的东西后，刚放进嘴里的鱼蛋再也尝不出滋味，整个人像被冻住了似的，目瞪口呆地鼓着腮帮子愣在了那里。

那些正在地上打转的银质圆盘，与我家玄关柜上摆着的那个一模一样，是佳慧在意大利获奖的得意之作，一直在以她名字命名的银饰品牌下销售。

据我所知，这款装饰银盘作为艺术品一直售价不菲。因其制作工艺复杂，每一道工序都需手工完成，一件成品至少要耗掉半月人工，所以制作成本很高。这样一件精美的艺术品，佳慧为了衬托它的价值，还曾在外包装上费尽心思。

可它们现在，都被除去了精美的木漆包装，像一堆不值钱的地摊货一样，散在地上，远远看去，跟普通的银盘没什么两样。

"难道这些就是被香港买家退回的货？"

怀着满心疑问，我看见高伟从店铺里跑出来查看究竟。他脸色铁青，转身朝搬运模型缸的几个工人招了招手，所有人便都聚到摔散的木箱周围，蹲在地上，收拾那些散落的银盘。

他们不时四下张望，生怕那些银盘被人看见似的，鬼鬼祟祟。

我皱眉看着发生的这一切，却始终找不到答案。直到我抬头看见那店铺门头上的招牌，和门口放着的两口陶缸，才恍然大悟，心情顿时跌入谷底。

"福升器皿行"，白底黑字的招牌上赫然印着这几个大字。门外放着的陶缸，与那些模型缸一模一样，被装在木制的货架中保护着。我猜，它们才是这器皿行对外出售的，真正的容器陶缸。

名为店铺，实为仓库，混在一起的真假陶缸，即将被运回大陆的出口银盘，当我将这些联系在一起时，我只能得到一个结论。

——他们是在走私。

他们要利用这家器皿行，向大陆"销售"陶缸的机会，将那些装饰银盘走私回大陆。

虽然还没想明白，他们这样运回那些银盘究竟如何获利，但我已推断出，那些模型缸被运来香港的真正用途：真缸与模型缸之间相差的配重，将由那些银盘的重量来补充。在向海关提交申报文件时，他们会谎报那些假缸的材质，这样夹带在其中的银盘就不会超重。

之后，他们将真假陶缸混在一起发往大陆，让海关误以为他们运输的全部是真正的陶缸，并不知其中藏了银盘。

而且，我猜海关查验这一环节，他们早已买通了相关人员。不然，这桩铤而走险的"生意"，绝不可能无风无浪地做了一年多。

我为佳慧感到难过，想不明白，衣食无忧的她，到底受到了怎样的蛊惑，才会贪婪地走上这条犯罪的道路。

不知是不是被嘴里咖喱凌厉的辣劲辣到了，望着远处黑黝黝的店铺，我只感觉心中有火在烧……

我再回到钵兰街附近，已是晚上10点。不只夜上浓妆，穿梭不停的人群，也被这五光十色的街灯和招牌映照着，脸上不停地变换着颜色，好似涂了彩妆一般。

我在弥敦道与山东街相交的十字路口停下，站在交通灯旁，等待过街。头顶上不住传来为引导视障人士通行而设计的"铛、铛、铛"声，酷似铁锤一下下敲打着硬物，同时也敲乱了我心跳的节奏。

我抬起头，注视着这片全世界人口密度最大的旺角街区，心中莫名地压抑。

这里每平方公里就有13万人口，四周虽高楼林立，老街却破旧不堪。看不见星星的夜空，被高大的建筑和店招，裁剪、分割成碎片。纵使现在已接近午夜，依然30℃左右的气温，仍闷热得令人心烦。

这时，随着街对面的绿灯亮起，积压已久的人群，大步地朝这边走来。

看着扑面而来的人流，我眉头紧锁地走上斑马线，在其中小心穿行。

感到嗓子干渴难耐，望着灯火通明的街道上那些不知疲惫、不愿回家的人,我知道,现在回高伟藏货的器皿行,还为时尚早。

于是,路过翠华茶餐厅时,我打包了一杯冻柠茶,带到离钵兰街不远的一处公寓楼前喝了起来。我打算在此待到午夜,再采取行动。

这杯冻柠茶快喝完的时候,从公寓楼里走出来一男一女。年轻的女人有一头港风十足的蓬松卷发,黑色紧身上衣和红色包臀皮短裙,凸显出她傲人的曲线。

被她银色细高跟踩在台阶上的"嘎嗒"声吸引,我目送着她,挽着中年男人的胳膊,走到路边的黑色轿车旁。

我看见,那男人一上车离开,她就转身收敛起如花的笑容,露出了一脸疲惫的模样。

她从黑色的小拎包里拿出香烟,抽了一根,衔在嘴上。抬头瞥见我正在看她,便摇曳着身姿,朝我走了过来。

她对我上下打量了一番,用两指夹着从唇间取下香烟,用粤语对我说了句什么。我冲她摆摆手,告诉她,我听不懂她在说什么。

"有火吗?"她改用普通话对我问道。

我盯着她指间——沾了红色唇印的香烟过滤嘴,摇了摇头。

她勾起一侧的嘴角,从黑色小拎包里,掏出火机将烟点燃。深吸了一口之后,朝我噘嘴,吐出长长的烟雾。纵使我屏住呼吸,还是闻到了混合着她身上劣质香水味的焦油味道,忍不住咳嗽了两声。

她"咯咯咯"地笑了起来,挑着眉毛问我,"你真不会抽烟?"

这时,我已大体猜到她是做什么的了。

在这条声色犬马,鱼龙混杂的钵兰街上,到处都是麻雀馆、时钟房、夜总会,想要凭借一个女人的穿着和举止猜出她的职业,一点儿都不难。

"要不要我陪你?一千块,就可以让你上楼过夜。"她抬眼从眼角看我,深黑色的眼线加重了她眼波里的媚态。

见我依然只是面无表情看着她,她似乎对我失去了兴趣,转身要走。

"两千!"我在她离开前,急忙叫住了她。

她歪着头看我,满眼不解。

"两千块!我只要你给我一个钟就好!"我认真地看着她,一字一句地说道。

凌晨一点,我又回到了钵兰街上,高伟藏货的器皿行附近。

此时街上已鲜有路人,只有一个干瘦的身影坐在那处店铺前,倚着关闭的卷帘门打瞌睡。那是肥波，下午从这儿离开前，我听到高伟怒气冲冲地罚他今夜留下值守。

看着肥波孤寂的身影，我对着身后的女人使了个眼色。她顺从地点点头，用手撩了撩蓬松的卷发，自信满满地从我身边走过。

她走到肥波身旁，摩挲着他的脸颊，弄醒了他。睡眼惺忪的肥波被吓了一跳，半张着嘴，似要破口大骂。

我看见她故意扭捏腰身，低头在他耳边说了些什么。肥波就像变个人似的，渐渐眉开眼笑。最后肥波被她拉着站起，与她一起朝刚刚的公寓楼走去。

他们一走远，我就快步来到店铺门前，从外套里掏出先前准备好的工具将卷帘门撬了开来。随着卷帘门"哗啦"一声向上卷起，我迫不及待地打开手电筒走进去查看。

如我先前料想的那样，那些银制圆盘被分散装在泡沫模型缸底，假缸与真正的陶缸混摆在一起。

望着眼前的景象，我痛苦地闭上了眼睛……

离开仓库，我来到街角的公用电话亭，拨打了"999"。我以一个普通路人的身份，举报了那处仓库可能存有预备走私的赃物。

我相信，若这些都只是我的杞人忧天，那么香港警察一定能查个水落石出，不会对佳慧造成影响。但若并非如此，我则不能看着佳慧再错下去，至少可以阻止她将这批银盘走私回大陆。

"这件事，佳慧到底参与到什么程度？"

走过弥敦道上的一家家奢侈品店铺，我的心中仍在煎熬。

终于等到了不再爱佳慧的这一天，却并没有料想中的轻松。

此时，警车从我身旁呼啸而过，红蓝警灯交替闪烁，晃得我睁不开眼。

侧头面向橱窗玻璃，我忽然在上面看到了一张因痛苦而扭曲的脸——它是如此阴冷，就像我被佳慧伤透了的心一样。

2.

  医院狭长的走廊里异常阴冷，快报废的吸顶灯，闪着晃眼的白光，忽明忽暗。
  "这都坏了几天了，后勤怎么还不来给换个新的？"
  "能省则省！又不是坏到无可救药，那就给这灯泡个继续发光的机会呗！"
  坐在B超室门口的等候椅上，林娇听着路过的护士开玩笑似的对话，回忆起今早在机场送别父母时的情景。她记得母亲那时替姜峰求情，也说过类似的话……
  "我来吧！"站在饮水机前，林娇看见母亲鼓弄了半天，仍没有开水流出，于是伸出手来想要接过母亲的纸杯。
  "不用！"母亲抬手挡开林娇伸过的手，拒绝了她的好意。
  盯着母亲固执的背影，林娇无奈地抿紧嘴唇，深深地叹了口气。
  自母亲苏醒过来后，她从未质问过林娇，为什么会放错沙拉里的油。这反而让林娇觉得，母亲虽然嘴上不说，心里却一直都在责怪着她。纵使林娇怀着强烈的愧疚，却不知该如何表达。她与母亲之间，仿佛永远隔着一道墙，被冰封住，被霜冻住，找不到可以融化的缺口。
  "你这样反复按来按去，是接不到的！要先按下解锁键！再按下开水键！水才能出来！"听到机场里发来登机提醒，林娇抢下母亲的纸杯，边给她演示，边不耐烦地说道。
  "行啦！我自己来！"母亲不甘示弱地说着，与林娇争夺起纸杯来。
  "小心！啊！"见水流了出来，林娇急忙提醒母亲，可自己却被开水烫到。
  母亲一把拉过林娇的手，"哎呀！娇娇！疼不疼？没事了啊，妈妈吹吹就好了啊，……"母亲心疼地嘟囔着，不断向烫红的那块皮肤吹着凉气。
  被母亲突然当做小孩子似的对待，林娇看着母亲不知所措的模样，惊讶之余，眼圈渐渐发红。

在林娇的记忆里，母亲从未与她有过如此亲密的举动，她们能好好相处的时间甚少，更别提如此宠爱了。

抬头看见女儿的表情，母亲也跟着湿了眼眶，"娇娇！对不起！我不该……"母亲突然开口说道。

"妈！该说对不起的人是我！那天我不该说那些话伤害你，更不该放错了色拉油，害你进了医院。"林娇打断母亲，望着母亲锁骨正中，因实施过"气管切开术"而用方形纱布包着的伤口，哽咽着说道。

"不，娇娇，是妈妈对不起你。你让我说完，我要让你知道，妈妈到底是怎么想的……"母亲坚持要说下去，好似错过眼前这个机会，她便再难跟女儿吐露心扉。

林娇不再说话，听母亲继续说道："当年，我发现你爸爸有了外遇之后，很难过，一心想着，要和他离婚……"

对视上林娇惊讶的眼神，母亲轻轻点了点头，"没错，我想过离婚，还想过要报复他，甚至也想给他戴顶绿帽子回来！没有哪个女人遭遇这种事后，还能够泰然处之，除非她压根儿就没爱过这个男人！"

母亲重重地叹了口气，"可你爸爸却表现得很冷静，他承认自己对那个女人的情感失去了控制，但同时坦承，自己从没想过要离开我，离开这个家。

"他为自己的三心二意，既抱歉又痛苦，他想过要远离那个女人，但又不想失去美国实验室的工作机会。

"于是，他提出：要我跟他一起去美国，陪在他身边，陪他渡过这场情感难关，也给我们彼此一个重新开始的机会。

"他跟我说：婚姻就像一场靠两人合作，发现真理的科学实验。其中，必然会遇到很多问题，经历重重考验。遇到困难，首先想的，应是修正实验方法，调整实验方向，然后展开新一轮的尝试，而不是更换搭档。

"因为人生很短，建立长久默契所花费的时间很长，我们耗不起，也无法保证，换了搭档就不再遇到相同的问题……"

说到这儿，母亲顿了顿，"我那时并不完全认同你爸爸打的这个比方，但我还是决定陪他去美国。因为要结束与他的婚姻很容易，但要彻底了断与他的这段感情，对我，却很难！"

说到这儿，母亲含着泪，认真地看着林娇，"娇娇，对不起！妈妈对不起你！我选择了守护爱情，却牺牲了你！让你与外婆相依为命，在没有母亲的陪伴下长大，妈妈很对不起你！"

林娇别过脸去，眼泪再也无法控制地流了下来。

"娇娇，我们这次回来，不是为了姜峰，而是为了你！你才是我们的孩子，爸爸妈妈只是怕你因为一时冲动，后悔一辈子。

"妈妈没能在你童年时，给你足够的呵护，心里全是后悔和遗憾，只希望，能有个爱你的人，能让你依靠，能代替我们好好照顾你，不要让你再孤苦伶仃。

"姜峰不止一次地打电话告诉我们，他知道错了，他很后悔，恳求我们回来，帮他挽回你。妈妈看得出，他是真的很爱你，很怕失去你。我知道你好强，倔强，所以更怕你因此做错决定。

"若你真的什么都想好了，不管你怎么做，爸爸妈妈都会支持你！但如果你们的婚姻还没坏到无可救药，娇娇，再给自己和姜峰一次和好的机会吧！就像当年我给你爸爸的一样，相信你们终能破镜重圆……"

"下一个！林娇！"

医生从B超室里传出的喊声，打断了林娇的思绪。

"躺下吧！"幽暗的屋子里，医生指了指身边的铁床，对林娇说道。

林娇脱掉裤子，赤裸着下半身，仰躺在床上，随着阴道B超探头从两腿间进入体内，她下意识地将脸撇向一边，用力皱眉。

虽然在接受试管婴儿治疗的过程中，林娇已记不清，经历过多少次阴超检查，但她还是无法习惯这侵入性的冰凉触感。即便出于自愿，也明知负责检查的医生毫无恶意，她心里还是隐隐地会有一种被侵犯的感觉。

阴超探头在医生的控制下倾斜，推拉，旋转。她用力咬紧下唇，只希望时间可以过得快一点，尽早结束这一切。

这种想法似曾相识，就在姜峰酒醉后将她压倒在身下的那个夜晚，林娇期盼的，也只是尽早结束这一切……

姜峰是她的丈夫，林娇却觉得她好像根本不认识这个男人。他的鼾声，不知从何时起，再难让她有一种安心的感觉，反倒会将她从梦中惊醒，再难入眠。他们之间的一切，好似早已变了滋味。

"是从什么时候开始变成这样的？"梦醒时分，林娇会对着漆黑的空气发问，之后便会向记忆的深处探寻。

从结婚之初，林娇和姜峰便渴望要一个孩子。到了还没有好消息传来的第三年，他们一起去专科医院做了各项检查。结果既乐观又无奈——林娇与姜峰的身体都十分健康，未检查出任何可能导致不孕的问题。

于是，他们一起做出接受试管婴儿的决定。可林娇没想到，这之后，能否生育，却成了她一个人的责任和负担。

三种药剂带来的副作用，让林娇的情绪喜怒无常，时常感到头晕恶心。可即便如此，姜峰却从没有放弃疗程的打算。为此，他们争吵不断，所有的热情都在语言的暴力里逐渐冷淡……

"好了，起来吧！"医生扯下套在探头上的乳胶套，对林娇说道。

从床上坐起，林娇接过医生递给她的纸巾，擦掉残留在大腿内侧的耦合剂。

"卵泡发育得不错，下次来的时候，叫上你先生，可以进行取精取卵了。"

走出B超室，林娇蹙眉掐算时间，取精取卵结束后的第三天，医院会通知她来进行胚胎移植。要反悔，林娇最多还有七天的时间。

毫无疑问，如果这次林娇能成功怀孕，不但能圆了她长久以来想要做母亲的愿望，还能解决他们婚姻中最根本的矛盾；如果放弃这次胚胎移植，就意味着她决定放弃与姜峰的婚姻。但林娇还在与姜峰的合与分之间徘徊，所以她现在才会踌躇不定。

"你总说，你绝不会给人第二次机会，可你为什么连一次机会都不肯给我？"姜峰红着眼睛，央求的声音又在林娇的耳边响起。

这几天，她虽然允许姜峰搬回家住，却也只许他睡在客卧，对他的态度依然不冷不热。

姜峰一直不肯承认有过肉体上的背叛，坚称林娇收到的那些开房记录，只是他需要冷静时，一个人去开的房间。

"为什么你就不肯相信我呢？你看看那些日期，是不是我们每次吵完架后的那几天？我只是想找个地方静静，不想我们的感情就这样坏下去。为什么你就是不肯相信我呢！"

面对旁人的劝说和姜峰一次次坚决的否认，林娇也开始怀疑，或许他跟毛敏之间，真的只是暧昧而已。但对于那些被姜峰转移了的共同财产和他正在做的"投资"，姜峰始终遮遮掩掩，让林娇看不到他的一点真心。

"真心？不告诉你这些事就是没有真心吗？所以这几天你才对我挑三拣四，处处看不顺眼吗？"姜峰咽下嘴里嚼着的早餐麦片，委屈地看着林娇问道。这之前，坐在餐桌对面的林娇，曾提醒他，不要在嘴里发出"咔嚓咔嚓"的声音。

见林娇不说话，直接起身收拾用过的碟碗，姜峰追到厨房，"我转移咱们的财产，是怕万一投资出了问题，受到牵连。我这么做，也是为了保护你啊，娇娇！我只是不想连累你变得一无所有，那些资产依然还在咱们俩的名下，只是由高伟帮着投资到境外去了而已，其他什么都没变！"

林娇不为所动，依旧背对着姜峰，把餐具一件件摆进洗碗机里。

见林娇冷淡得像一座无法融化的冰山，姜峰十分泄气，"好吧！既然你一定要知道，那我告诉你。我跟高伟还有佳慧，一直在做银制品的出口生意，虽然合法合规，但是你知道，要获取更高的利润，难免有的时候要打些擦边球。我是怕哪天受到牵连，虽不至于有牢狱之灾，但也可能被罚得损失惨重。防微杜渐的意识，我总得有吧！"

说到这儿他顿了顿，犹豫着又说道："当然我承认，为了不告诉你这些，骗你签了《授权委托书》，不只是怕你担心，还因为，我不想让你知道我赚了多少钱。"

听见林娇不屑地叹了口气，姜峰舔了舔干涩的嘴唇，下定决心，"婚前你提出经济各自独立，无非是怕我占了你的便宜，我现在秉承着一直以来的约定，这么做也不算过分吧？"

林娇拨开堵着厨房门的姜峰，朝主卫走去。她听见姜峰依然在身后穷追不舍，"但是你知道吗，娇娇，我虽然这样说，可投资挣的每一分钱，现在都写着咱们两个人的名字……哎呦！"姜峰撞在林娇猛然关上的卫生间门上，惨叫了一声。

林娇冷着脸，对着镜柜开始化妆。

"好吧！我会让你看到我的真心！"姜峰最后隔着主卫的门，笃定地说道。

从医院出来，一路上回忆着这些，林娇已经回到了公司所在的写字楼。一走进大堂，她就发现，通行的三部直梯有两部敞开着，门口立着"正在维修"的黄色栅栏。唯一能用的那部，电梯前已围了不少等待的人。林娇径直朝安全通道走去，打算爬楼梯回到六楼的公司。

快爬到五楼半的时候，她隐隐约约闻到楼道里，有一股燃烧的烟草味，像是从公司那层飘下来的。

林娇皱着眉，抬头与楼上正倚着墙壁抽烟的肖娜，对望了一眼。

肖娜连忙将还没抽完的半根烟扔在地上，用脚踩着碾灭，未燃尽的火星挣扎着从她鞋跟底冒了出来。

见肖娜不自在地低下了头，林娇走到她跟前淡淡说道："给我来一支！"

眼睛里掠过了一瞬的惊讶，肖娜顺从地从白色烟盒里，抽出一支细烟递给林娇。

林娇接过，熟练地捏爆过滤嘴儿前端的薄荷弹珠，又从肖娜手里拿过打火机给自己点上。深深地吸了一口久违的烟草味道，林娇微眯双眼，向一边吐出长长的烟雾。

"怎么？还是因为要去港口办事处的事儿？"林娇看着肖娜红红的眼睛，冷冷问道。

肖娜低头避开林娇的目光，半晌后才轻轻点头。

林娇看得出，肖娜这是在敷衍她不要再追问下去。肖娜并不想被人知道她在为何事伤心，所以才躲在楼道里抽闷烟，还把眼睛哭得又红又肿。

烟雾和沉默，在两个女人之间弥漫开来，可她们俩谁都没想将其驱散。

"半个月！"林娇率先开口，这时手中的细支香烟已被她抽掉一半，"你去码头待半个月，之后会调你回来。"说完，她将烟掐灭，随后推开了通往公司前台的金属门。

也许，承诺肖娜"半个月就调她回来"，并不能解决肖娜现在的问题，但林娇觉得，这至少会让肖娜好受点。纵使肖娜犯过错，于工作上，林娇依然器重她，想好好培养她，更何况于情感上，林娇对肖娜也早已超越了上下级。

"林总，您可回来了！"看见林娇从安全通道里走了出来，前台女孩笑盈盈地迎了上来。

"怎么了？"不知发生了什么事，林娇对她问道。

前台女孩露出一脸羡慕的神情："您快回办公室看看吧，姜总的一番苦心!"

怀着满心疑问,林娇走进工区,发现看到她进来的同事,无不带着前台女孩刚刚的那副神情,朝她微笑。林娇心中更加不解,她懵懵懂懂地穿过一排排格子间,在推开自己办公室的门后,愣在了门口。

林娇的办公室被数不清的鲜花覆盖,除了办公桌椅所在的那片区域,几乎没有下脚的地方。

林娇轻轻蹙眉,打算去质问姜峰:在她办公室里乱搞什么。但转身的瞬间,她瞥见桌上放着的粉色信封,于是迈过地上堆满的鲜花,走到办公桌前,拿起信封查看。

信封上是姜峰的字迹,写着:"结婚周年快乐!这里面,是你想要的真心!"

看了一眼桌上放着的日历牌,林娇这才想起——今天是她与姜峰的结婚纪念日。

她拉开椅子,安静地坐下。将粉色信封里的东西倒在手掌上,林娇看到了一个红黑相间的U盘。好奇里面的内容,她将U盘插在机箱上,随手打开了电脑。

等待电脑开机的时间里,林娇辨认着汇成花海的花朵打发时间。她看到了郁金香、天堂鸟、洋桔梗、紫罗兰……,却没有她最喜欢的向日葵。她并不为此责怪姜峰,因为她从未把喜欢向日葵的事告诉过任何人,更没把那个少女时代常做的梦说给他听过。

这时,电脑读取了U盘中的数据,在屏幕上以图片的形式显示出来。林娇收回停在花间的目光,仔细看着那些图片——它们是地契、股票持有证明、联名卡存款信息。就像姜峰今早说的那样,全部署了林娇和姜峰两个人的名字。

看着姜峰的"真心",林娇松开鼠标,靠在椅背上长长地叹了口气。虽然这些远隔千里的财产,依然牢牢地掌握在姜峰手里,但至少在这件事上,姜峰确实没有骗她。就像律师说的,姜峰转移财产是以家庭移民的名义,并没有打算独吞财产。

望着落地窗前,那些被午后阳光轻轻抚照着的彩色花瓣,一个念头开始在林娇的心间和眼间流转。

"要不要问问他,结婚纪念日的晚餐定在了哪家餐厅?"

这样想着,林娇拿起手机给姜峰拨了过去。几声忙音过后,电话中提示无人接听。于是,林娇打开了针孔摄像头的实时监控界面,想看看姜峰正在干些什么。

手机里,姜峰正蹲在黑色保险柜前,像是要按下密码。

来不及多想,林娇迅速从桌角撕来一张黄色便签。她拿起笔,随着姜峰手指按下的数字,在上面逐字写下:"8127"。

第九章

1.

"您所乘坐的航班CA8127，已顺利抵达本次航程的目的地，感谢您一路上的陪伴！祝您生活愉快！"

随着机舱里空乘人员的播报声结束，我所乘坐的飞机，缓缓地停在了停机坪上。

透过机舱玻璃朝窗外望去，我发现，只离开了两天，这座城市就像换了个掌管天气的主人似的，结束了我走之前的阴雨绵绵，变得阳光晴好。

走出机场，刚坐上接机的网约车，我便收到佳慧发来的微信。她说："因有突发事情，需留在香港处理，要晚几天才能回来。"

我很清楚，是我昨夜在钵兰街打的那个举报电话，给佳慧和高伟惹来了"麻烦"。我不在乎高伟，但我依然担心佳慧。于是，我发微信试探着问她："发生了什么事？你还好吗？要晚回来几天？"

一连三个问题，佳慧只回答了最后一个，"至少两三天吧。"

我重重叹了口气，将手机揣回裤兜里。

我在心中探寻，自己现在对佳慧的感情，想起了与林娇那次推心置腹的谈话……

"你那时一定还爱着姜峰吧，不然为什么没有离开他？"当我听林娇讲述完她发现姜峰出轨的经过后,忍不住问道。

"那你还爱她吗?"林娇反问我。见我不说话,她突然苦笑,"什么爱不爱的,只是习惯了生活中有他,一想到要彻底戒掉一种习惯,一想到生活要发生巨变,难免会畏缩害怕。大概就是这样吧,我那时觉得自己原谅了他,说服自己再给他一次机会……"

"觉得?"我捕捉到了林娇话里的弦外之音,打断她问道。

她抬起眼来,无奈地看着我,半响后才说道:"是的,很多时候,感觉这东西并不牢靠,即便感知的对象是我们自己。我后来才弄清楚,我从来没有原谅过姜峰,爱,早就从发现他背叛的那一刻,消失不见。所有感觉上的放不下,都只是怨恨和不甘,积累起的执念罢了。"

那天,听林娇说完,我开始在心中反省,同时得出了一个结论:我先前对佳慧的不舍,又何尝不是一种,早已与爱无关的执念呢!

行李箱里装着我在飞机上拟好的《离婚协议》,我坐在疾速行驶的轿车里,目送着车窗外一栋栋超出视野的建筑,最终想明白——并非是那些高楼大厦离我而去,而是我将它们远远地甩在了身后,就像我与佳慧再不可能回去的过往。

拖着疲惫的身心回到家,进门前,我先在门口检查了一番。没有未签收的包裹,也没有拆出来的纸箱,我知道是林娇按我留下的字条,把一切都已处理妥当。

我去香港的这三天,队长抽调了两名特勤便衣一直守在我家门外。用他的话来说,一是代替我继续保护林娇,二是正好验证林娇是不是真的失忆。

我理解队长的意思——如果林娇是凶手,她的失忆是装出来的,那么自她发现我的警察身份后,一定会想办法继续逃亡,而我去香港的这几天,恰是留给她的绝好机会。

我十分赞同队长设下的这次试探,因为我很怕是自己与林娇相似的人生经历,让我对她过分怜悯,进而导致误判。

好在,林娇这些天的表现并没有让我的担心成真。特勤便衣反馈,林娇除了在昨夜悄悄出来,拿走了放在门口的两个快递包裹,再没靠近过院门。看出她并没有逃走的打算,队长也认为——林娇可能真的什么都不记得了。

拉门走进客厅，屋里安静无人，我站在屋子中央，试着对空旷的四周喊道："是我回来了！"

没听见回应，我估计林娇已掐着时间回到地窖。我想进去告诉她，佳慧晚归的消息，但看了看手里拎着的行李，还是打算先上楼去放好，再下来叫她。

打开 2 楼工作室的门，扑面而来了一股柑橘香气。我循着味道走进屋里，最后在床上拿起林娇睡过的枕头，果然，在上面闻到了同样的柑橘清香。

这让我的心中升起了一丝好奇——林娇到底用我的淘宝账号都买了什么；但察觉到这房间的变化，我决定还是回头再查看电脑。

书桌上，我走前随意堆放的书籍，已被林娇一一分类，插回书架；我的睡衣睡裤，被她洗净叠好，板板正正地摞在床尾；床头柜上的陈列摆件，被擦得一尘不染，房间的每个角落全都干干净净。

惊讶之余，我瞥见窗台好像多了什么东西，于是走了过去。

窗台一角，摆着一个卡通向日葵盆栽。塑料花盆底座上，立着一株棉质的向日葵玩偶；褐色的葵花盘上绣着大大的笑脸；金色的花瓣如火焰一般朝四周舒展；嫩绿的叶片，仿佛张开的小手，在拥抱窗外的太阳。

我挑着一边眉毛看它，想起了临走前，在地窖墙面上为林娇画的那些向日葵，立即心领神会，猜到这是林娇对我的回应。

"这算什么？用我的淘宝账号投桃报李吗？"

我在心中谑笑她道，同时将这盆"向日葵"举到眼前，仔细端详。

看见花盆侧面有个凸起的红色按钮，下面印着"Press me"，我按了下去。

含笑的向日葵，开始美滋滋地摇晃起脑袋；与它节奏相符的吉他伴奏和温柔的女声，也徐徐传了出来。

听着歌词里那深情的诉说，我抬头看向窗外被大雨洗过的天空，脸上露出了久违的笑容……

> You are my sunshine , my only sunshine
> 你就是我的阳光，我唯一的阳光
> You make me happy when skies are gray
> 乌云密布时你令我开怀
> You'll never know dear, how much I love you

亲爱的，你不会知道，我是多么地爱你
Please don't take my sunshine away
求你不要带走我的阳光
The other night dear as I lay sleeping
那天夜里我渐入沉睡
I dreamed I held you in my arm
梦境之中我拥你入怀
But when I awoke, dear I was mistaken
可当我醒来后，发现梦是假的
So I hung my head and cried
我便只能抱着头痛哭流涕
……

收拾好行李，我下楼去叫林娇。

想起冰箱里有我新买的 M9 和牛，我便告诉林娇，晚饭我来煎牛排。

林娇不放心地提出要帮忙。我开玩笑警告她："休想跟我争夺展现厨艺的机会，若真想帮忙，就到时帮忙来吃就行。"

之后，我到厨房里准备晚饭用的食材。因为牛排和焗饭都要用上不少洋葱，我从冰箱里拿了三头洋葱出来，打算把它们切成洋葱碎。

在切第一头的时候，林娇从地窖里出来，从我身后经过，跟我打招呼说，要去客厅外的院子里待一会。

我那时，正被碎洋葱里挥发出的蒜胺酸酶，熏得涕泪横流。不便回头，应付着说了声"好！"

切到第三个洋葱，我实在忍受不了洋葱的辣味了，冲出厨房，想去院子里呼吸下新鲜空气。

我一边掀起围裙抹着眼泪，一边往客厅走。刚走进客厅，泪眼婆娑的我，就看见了窗外的林娇，才想起她在院子里。

怕她撞见我狼狈的模样，我本想转身，却又忍不住驻足。

林娇微仰着头，背手站在花园里的七色雏菊间。阳光洒在她精致的五官上，像是在亲吻她的脸。她满足地闭着眼睛，弯弯的长睫毛上泛着温润的光，朱红色的唇角微微扬起，笑得恬静而惬意。

她无疑是这花丛中最耀眼的一朵。有几只蝴蝶不停围着她飞舞，把身穿印有褐色圆点，亮黄色连衣裙的她，当作向日葵一般围绕。

被一只蓝色的蝴蝶打扰，林娇缓缓睁开了眼睛。

看到蓝色的蝴蝶，她的眼神变得雀跃，像个小女孩似的，竖起食指举到身前，等着它慢慢落下。

"这样能逮到才怪呢，得用网子网！"我在心里替林娇着急。

然而那只蓝色的蝴蝶，在林娇的头顶上盘旋了一阵儿，之后竟毫无戒备地朝她竖起的手指飞去，最终在她的指尖上合拢了翅膀，好似那里有它渴望的花蜜，令它无比眷恋。

而我，则被这青青草坪上的奇异景象吸引住了，呆呆地站在那里。若不是看见含笑的林娇即将转头，我都差点忘了要溜回厨房。

在厨房里腌制牛排的时候，我脑中仍不住回想刚刚那一幕，不知不觉中，心底泛起了心慌般的异样。

幸好，按食谱添加香料，足够让我手忙脚乱，那种心跳漏拍的感觉，很快被我平复了下来。

"真的是第一次？"林娇用叉子来回翻了翻盘中的牛排，隔着长长的餐桌对我问道。

"嗯。"我坐在餐桌的另一端，沮丧地回答道。

她用力抿了抿嘴，一副没有胃口的样子："嗯！第一次就只煎煳了一面，没把两面都煎煳。不错了！"

"喂！别那么刻薄好不好，尝尝再说嘛！"我假装生气，重重地撂下手里举着的刀叉，用鼻孔看她。

林娇浅笑着，切下一小块肉，送进嘴里仔细品尝。她眯着的眼睛突然睁大，然后朝我用力地点了点头。

我不知是真是假，连忙拿起刀叉，切下一块尝了尝，虽然略微有些焦味儿，汁水还算丰盈。心里甚是得意，我端起红酒杯朝林娇示意，喝了一大口。

之后，我们随便闲聊，像两个认识了一阵，突然奔现的网友似的，努力地寻找着共同的话题，又好奇地打探对方的底细。

我们聊到了小时候，才发现，林娇先前跟外婆一起住的地方，与我儿时的家只隔了一个街区，都在临港的海边。

"没准我们小时候见过！"

"嗯，很有可能！"她也为这种巧合感到惊奇。

"我比你大三岁……嗯！你去上寄宿高中时，我正好也去念大学了。算起来，我们几乎是同时离开那块地方的。"盘中的牛排被我吃完，我拿起餐巾，擦了擦嘴，继续盘算。

林娇举着红酒杯，斜眼看着天花板回忆，"我小时候经常去有白色灯塔的那片海域玩。退潮时，那里的沙滩上总会留下很多好看的贝壳，你去过吗？"

"当然去过！还分外难忘呢！"发现酒杯空了，我给自己满上，继续说道，"我上小学的时候啊，经常到那边去捡小螃蟹。也不是为了吃啦，就是想拿回来玩，跟同学们炫耀炫耀。结果有一次，为了躲开离岸流，凉鞋被海水卷走，脚又踩进螃蟹刚钻进去的沙洞里，结果被螃蟹夹破了脚趾。

"怕被奶奶发现，以后不让我再去那边玩了，我就一直忍着疼，没敢吭声。最后伤口化脓，脚包得像个猪蹄似的去上学，被同学们笑了好久！"说完，我有些后悔，一定是酒精上了头，不然我怎会开始自曝糗事。

就在这时，我听见林娇小声嘟囔道："原来果真是你！"她抬眼看我，一副不可思议的模样。

不知为何，我在她眼中看见了含水的柔情，刹那间在心里泛起的异样，比此时喝到嘴里的酒还要浓烈。

"什么……什么是我？"我放下酒杯，问出来的话也结结巴巴。

可林娇却不打算再说下去了。她轻轻摇头："没什么，只是突然想到了一件往事……算了，没什么。"

我被她搞得莫名其妙，着急地纠正道："啊，当然啦！我可并不是因为这件事，才对那个地方印象深刻的。让我难忘的，是那个白色的灯塔。每次看见它，我都会很害怕，尤其是在夜晚的时候。"

"哦？因为它很高、很大，在夜里看起来像个漆黑的巨人吗？"一瓶酒已快被我们喝完，林娇的脸颊也开始微微泛红。

我盯着她像熟桃子似的脸蛋儿晃了晃脑袋："不只如此！我觉得它的样子很孤独，孤独得令人害怕！"

我盯着酒杯里被我摇起的红色漩涡，思绪沉进了海边的黑夜里。"每次在夜晚看到它，看到它孤独地守望着寂静的海面，就像是在等一个它永远都等不到的人，那种绝望的感觉令我害怕。"

海浪拍打灯塔的声音仿佛就在我耳边，我看见海面蒸腾起的白雾渐渐将它包围。

"我看着它时，常常在想——如果约好了，那人为什么不来？如果没约好，那它为什么要等？那人可知，它一直在苦苦地守望？"

回过神来，我停下摇杯的动作，趁漩涡消失前，一饮而尽。

林娇盯着我看了半晌。

"那只能说明它的心还不够诚。"

"嗯？"我微醉地抬起了头。

"我说是那灯塔的心不够诚，情不够真，所以相约的人才一直没有出现。"她认真地答道。

"嗯！有道理！"我在嘴边附和着她，心里却窃笑我们俩一定是都喝多了，不然怎么开始讨论起一个灯塔的"真心"来了。

我想起放在烤箱里的焗饭还没有按下开关，站起来对林娇说道："对了，还有焗饭呢！你留着点儿肚子，再尝尝我做的焗饭！"

回来时，我拎了瓶新开好的红酒。我把酒瓶举起晃了晃，她立即明白了我的意思，笑着点头，让我又倒了一些在她的酒杯里。

难得有人陪我如此放纵，一坐下，我就高兴地对林娇问道："刚刚说到哪儿了？"

"灯塔！"

"哦，对，灯塔！"我的脑袋有些混乱，屋里所有的景致看起来都朦朦胧胧，暖洋洋的一片。

"我记得，总有人在那上面乱写乱画，净是些煽情的句子，什么……我对你的思念，是暗夜里的灯塔，纵使我爱得迷茫，却始终指引我靠向你的岸边。啧啧啧！酸得牙疼！"

我边说边笑，眼泪差点儿笑出来，"你知道吗？还有人在那儿许愿，大多是盼着跟某个人相见，写下自己和对方的名字。呵呵呵，以为这样就能愿望成真！"

"也许真的会灵验呢！"

听到林娇不同的见解，我不禁抬眼看她，她认真地继续说了下去，"传说，心里想着思念之人的模样，在灯塔下默默倒数，只要心意够真，灯塔就会代替了你的等待，睁开眼，便能看见对方。"

"哦？你也相信这种传说吗？"我不再傻笑，从冷拼盘里拿起一片干酪，放进嘴里嚼了起来。

林娇含笑低头，"嗯！有时难免会想要相信一下这样美好的传言，不然，生活里就只剩下残酷的现实。"

我轻抿下唇，同意地点了点头。

"后来上了寄宿高中，我还蛮怀念那片海滩的……"林娇轻捻着杯梗，盯着空空的酒杯出神，"我时常会梦到那座灯塔，总会做一个相同的梦。"

"噢，什么样的梦？"林娇的话勾起我的兴趣。

见她突然紧闭双唇，不好意思地笑了，我更加好奇，"快说！是什么样的梦？"

林娇脸颊绯红，眼神变得闪烁迷离。我渐渐发觉，她的眼睛比今夜的星辰还要美丽，便更加紧盯不放，舍不得离开。

"我梦见……"林娇害羞地垂下眼睛，"在那座白色灯塔下面，总有一个人站在那里等我。他穿着白色的西装，海蓝色的衬衫，左手握着一束花，远远地冲着我微笑。"

我故意张大了嘴，像发现了大秘密似的说道："哦！原来是这么一个梦！哈哈，少女怀春！"

林娇躲开我的目光，笑着摇头，那样子像是求我不要再继续这个话题。

可她越是这样，我越是兴奋，逗她道："我精通《周公解梦》，对弗洛伊德的《梦的解析》也颇有研究。你梦里的男人不是右手拿花，而是左手，说明……"说到这儿，我故弄玄虚地眯起眼睛偷看林娇。

她被我糊弄住了，很认真地等着我说下去。

"说明他是个左撇子！"

以为我能说出什么高见，林娇失望地白了我一眼。她把我逗乐了，我煞有介事地继续分析下去，"至于那花……对了！他手里拿的是什么花啊？"

听到我的问题，林娇好似被吓了一跳。她吃惊地抬头看我，之后更加用力地笑着摇头，就是不肯说。

我哪肯就这样放弃，胡闹着拎起一片干酪，假装要丢过去，吓唬着她叫道："喂！有什么不好意思的？都说了这么多了，快告诉我，他要送你的是什么花？不然我真丢过去了啊！"

149

"不要!"林娇笑着抬手,挡在我跟她之间。看着我咄咄逼人的模样,她最终妥协,"好啦!好啦!告诉你啦!"

"这就对了嘛!"听林娇这么说,我得意地把干酪扔进嘴里,津津有味地嚼了起来,准备洗耳恭听。

"向日葵。"

林娇的声音很小,但我还是听得清清楚楚。在我嘴里嚼着的干酪,就此停在了两齿之间。

我目不转睛地看着她,她同样一动不动地回望着我,我们被彼此的目光锁住,像两个久别后再度重逢的人……

暧昧的氛围在屋子里蔓延,时间却仿佛停止了一般。

我们就这样对视着,不知过了多久,林娇率先挣脱了我的目光,看向别处。我像要重新将她捉回似的,毫不犹豫地站起身来,朝她走了过去。

她看着我向她逼近,眼中有紧张,却没有退缩。

她那样子,让我彻底失控。我扶着她的椅背,躬下身去想要吻她。

在我们鼻尖接触上的瞬间,我又闻到了那股柑橘的清香——我变成了落向林娇指尖的那只蓝色蝴蝶,像渴望花朵般渴望她温软的嘴唇,即便我知道,一旦吸食过甘甜的花蜜,就此将会不受控制地为她沉沦。

"滴滴滴……",烤箱如叫醒梦中人的闹铃,突然响了起来。

她的长睫毛,在我眼睑上划过,留下痒痒的触感。我们俩不约而同地睁开了眼睛。

我盯着她美丽的眸子,那里面没有拒绝也没有诱惑,她在等我做出决定。

"焗饭好了!"我如梦初醒般地直起了身子,背过她,打算朝厨房走去。

"我先去洗澡了。"林娇在我身后失望地说道。

我带着如鼓的心跳来到厨房,听着她挪动椅子,一步步上楼。

我把焗饭从烤箱里端出来,放到料理台上,呆呆地看着焗饭逐渐变凉,沸腾的心绪却丝毫不见冷却。

记忆里柑橘的清香再一次钻进鼻腔,在眼前制造出林娇的模样,我不敢面对般地,闭上了眼睛。

我感觉到强烈的酒精后劲,整个人像发烧了一样,晕乎乎的。关掉一层的灯，我浑浑噩噩地踏上楼梯。幽暗之中，二楼主卧透出的微光，像一条朝我伸来的柔软丝带，牵引着我一步步地走向那里。

伴随着花洒在光滑肌肤上冲出的"沙沙"水声，我透过卫生间的磨砂玻璃门，看见了里面若隐若现的倩影……

窗外，月色迷离，薄如白纱的云朵将圆月紧紧拥入怀中。纵使气流涌动，云与月，始终缠缠绵绵，不眠不休。

清晨，我被重物摔倒在地上的声音惊醒。动静是从一层大门那传来的。

心惊肉跳地猜测着——可能是佳慧回来了，我慌忙从床上坐起。来不及穿拖鞋，我几步冲出主卧，赤着脚，朝楼下跑去。

下楼梯时，我被一处破损的台阶边缘划伤了脚底。顾不得查看伤情，我踮着脚继续往下走，只想确认佳慧在不在楼下。

果然，佳慧站在门口，正试图扶起倒下的行李箱。看见我光着脚下来，她显得很惊讶。

"把你吵醒了吗？"佳慧盯着我的脚问道。

"你怎么回来了？不是说有事要处理，过几天才能回来吗？"我忍着痛，若无其事地走向她。

"香港的事让朋友去帮忙处理了，所以我就先回来了。"佳慧一脸疲惫，将行李箱直接递给我，往屋里走去。

我接过行李箱，随便往楼梯上一放，紧紧跟着她来到厨房。

也许是我的举动太不寻常，佳慧边开着冰箱门，边回头看了我一眼。之后，她从冰箱里拿了瓶矿泉水出来，背对着站在厨房门口的我说道："你不用管我了，我在飞机上吃过早餐了。为了赶一早的飞机，昨晚没睡好。我喝点水，就上楼去了，你……"佳慧说着，忽然停下。

见她扶着敞开的冰箱门，一动不动地望着旁边的水槽。我顺着她的目光，在里面看到了我跟林娇昨晚用过的餐具。

即便看不见佳慧脸上的表情，我也能感受到她此时的震惊。

看着她走到水槽边，一声不吭地拿起其中一只红酒杯查看，我紧张得像个等待接受调查的罪犯。

"昨晚有朋友来？"佳慧依然背对着我，沉声问道。

"嗯！隔壁独栋的刘先生来找我借除草工具，正好他夫人和儿子没在家，我就留他一块儿吃的晚饭，一起喝了点酒。"虽然知道佳慧看不见,我还是心虚地朝她挤出一个生硬的笑容。

佳慧瞥了眼垃圾桶里的两个空酒瓶,不再说话。

突然,她放下酒杯,转身朝我走来。不知道她要做什么,我呆站在原地。

她与我擦肩而过,我慌忙转身追了上去。佳慧的反应令我措手不及,着急地在她身后问道:"你去哪儿?不是要喝水吗?我帮你做点热的怎么样?"

佳慧没有理我,大步朝楼梯那儿走去。上楼时,她碰倒了我先前放在台阶上的行李箱。

"哎呦!"我来不及躲闪,被滚下来的行李箱砸中脚面。

眼见佳慧头也没回地,踩着细碎的步子"噔噔噔"地上到2楼,我的心,像沉进了漂浮着冰川的深海般,凄冷绝望。

剧烈的疼痛,拖慢了我上楼的步伐,等我一瘸一拐地爬到2楼,佳慧已推开了主卧的门。

我看见她站在门口环顾四周,之后,朝双人床走去。她在床边坐下,伸手轻抚她的枕头和那半边的床单。

我知道她在干什么,她在检查那里有没有新压出来的褶皱,寻找别的女人躺过的痕迹和在枕头上留下的头发。

但,她什么都不会找到。

佳慧如释重负地叹了口气,转回头看我,脸上带着尴尬且勉强的笑容:"好啊!那就帮我做点热的吧,谢谢!"

听见佳慧迟到的回答,我板着脸帮她把主卧的门关上,然后跛着脚来到厨房。

等着水开的时间里,我才得空去查看脚上的伤。右脚掌正中,被台阶边缘划出了一道伤口,有血渗出。更糟糕的是,被行李箱砸中的左脚,脚面已经隆起,又青又肿。

再回到卧室,佳慧已经睡着。我把水杯轻放在床头柜上,看着她的睡脸,心里有股说不出的滋味……

"如果佳慧真的还在乎我,在乎我是不是有了别的女人,又怎会亲手毁了我们之间的一切。或许,她只是希望能将我捉奸在床,这样就可以心安理得地同我离婚了。"

可惜,我让佳慧失望了。

昨夜，客用卫生间的淋浴坏了，林娇不得不借用主卧的淋浴。不小心撞见她在磨砂玻璃后的倩影，我赶忙转身离开，重回到一层漆黑的客厅里默默等待，直到听见她离开主卧，才回去睡觉。

安静地退出主卧，我迫不及待地来到旁边工作室的门口。

怕敲门声吵醒佳慧，我故意左右扭动工作室的门把手，让林娇知道我即将进来，之后才将门打开。

然而，令我惊讶的是，林娇并没在屋里。

我立即猜到——她一定是听到我和佳慧在楼梯上的那番折腾，趁我们进到主卧的间隙，悄悄溜了出去。

看着掉在地上的被子，来不及收拾的床单，还有床下没来得及穿上的鞋，我可以想象，林娇匆匆离开时的狼狈。

我拎着林娇的鞋来到地窖，她正蜷缩在椅子上，望着对面的空椅发呆。她下巴抵膝，两手环抱小腿，光脚踩着椅座的边缘，看起来既委屈又可怜。

我走到她跟前，蹲下，将鞋轻轻放在她脚下的地面上。

林娇默默地看着我做完这些，始终没有说话。

"对不起！我没想到她会这么快回来。她原本跟我说，至少需要两三天，所以我才……"

"你的脚怎么了？"林娇盯着我拖鞋下青肿的脚面，打断我问道。

"砸了一下，没什么。你听我说……"我急于向林娇解释，"让你吓了一跳，我很抱歉，但我真的……"看见她脚踩着的地方有一道血痕，我不再说话。担心她的脚底与我一样被楼梯划伤，我下意识地伸手，想看看她的脚。

林娇发现了我的意图，与我作对般地缩脚躲开。

"没什么可抱歉的，是我不该上去。这里是她的家，她想什么时候回来，就什么时候回来，没人有资格埋怨。我只是个被警察追捕的逃犯，在我摆脱嫌疑前，我不该奢求阳光……"她突然说道。

"别这么说！"这次换我打断了林娇。听她说出那些泄气的话，我变得有些着急，"我们又没做过什么！我们又不是他们！"

林娇目不转睛地审视着我，像法官盯着一个不肯认罪的犯人，这让我更加急于辩驳。

"我是说，你不是佳慧，我也不是姜峰！我们不像他们，没有任何底线地放纵自己的感情。我们不会变成他们！我们没有……，我们不会……"

渐渐地，我再也狡辩不下去了。

我和林娇确实没做什么，可我们真的没有在心里越界吗？如果是这样，餐桌前那个只差一点的吻，又算是什么呢？

我依旧蹲在地上，抬头看着林娇的眼睛，渴望能从她眼中看到认同。那种我们俩都愿意接受的，自欺欺人的认同。

可我只在她眼中看到了失望。

她突然松开抱着的双腿，负气地穿上鞋站了起来。

"你走吧！如果不是非来不可，不要再下来了！"林娇说着朝暗室走去，把门彻底关了起来。

我不知所措地缓缓起身，盯着紧闭的门，呆站了良久。

晚上，我与佳慧一同在餐桌前吃饭。她破天荒地同我聊起工厂的事和她在香港见到的朋友，还夸赞我昨天做的焗饭好吃。可不管她说什么，我都只是勉强地笑笑。

从地窖里出来七八个小时了，我却好似还留在那个阴暗潮湿的地方，站在林娇那扇紧闭的门前。

就这样魂不守舍地熬到临睡前，我走进主卧告诉佳慧，因为最近常常失眠，所以今天起，打算一个人睡在工作室里。

佳慧好像有话要说，我却没留给她追问的机会。我来到隔壁的工作室，把自己锁了起来。坐在不开灯的房间里，我如在雾霭中穿行，恍恍惚惚，理不清头绪。

"为什么佳慧今天回来时，我要如此狼狈慌张？仅仅是因为，我依上级命令藏了一个杀婴案的嫌疑人吗？还是因为，我藏了一个即便我极力克制，却还是不知不觉动了心的女人？！"

我走到看不见云和月的窗前，望着前院的空地发呆，那下面是地窖的暗室所在，隔着厚厚的地层，我仿佛看到了林娇孤坐在那里的身影。

脚底没有及时处理的伤口已经发炎，传来难忍的疼。然而，让我觉得更加痛苦的，是我此刻内心的彷徨……

早上，毛敏助手打来电话，我掐算着毛敏归国的时间，迫不及待接起电话，对她问道："怎么？是毛医生从新加坡回来了吗？"

"是啊！前天回来的。昨天在家休息，没接受咨询。想着你着急见毛医生，她今天一来上班，我就把你等了她好几天的事跟她说了。"

"太好了！今天吗？几点？"我打断她问道。

"兄弟，你先别急，听我说完。我把你迫切想见她的事，告诉了她。本以为毛医生会很自然地接受你的约诊，可谁成想，她一听到你的名字就告诉我，不见！"毛敏的助手沮丧地说道。

我皱眉，忍不住问她："不见？毛医生说了吗，为什么不肯见我？"

"没说啊！我也没敢问！总之，她一听见你的名字，脸就冷得跟冰雕似的，拒绝得十分干脆，还立即问我，下一个预约的病人是谁？很明显，直接跳过你，一点缓和的余地都没有啊！我哪还敢问原因呐。"

说到这儿，毛敏的助手叹了口气，安慰我道："兄弟，我劝你还是放弃吧！先前就跟你说过了，毛医生很难搞的！你征服不了她，别给自己找不痛快了！有功夫，去健身房出出汗，很容易就把她忘了。呐，能帮你做的我都做了！"

毛敏的助手认定——我正处于对毛敏的相思之苦中；而我则满心疑虑——毛敏为什么不肯见我？

听出她即将挂断电话，我赶忙对电话里喊道："等等，再帮我一个忙！"

晚上八点半左右，我按毛敏助手告诉我的地址，来到了这家位于市中心附近的酒吧门口。

这家以意大利摩托车赛车手——"瓦伦蒂诺·罗西"名字命名的"罗西酒吧"很显眼。还没到跟前，我就看见店门口停着十几辆造型夸张的哈雷摩托。看样子，今天有车友聚会在这儿举行。

也许是时间尚早，推门进去后，我发现酒吧里大部分的座椅都是空着的，只有最靠墙角的那张桌子旁，坐满了一群穿着机车夹克的男男女女。他们重机范儿十足，故意做旧的牛皮外套上，绣着各种彩色徽章，头发梳得油光瓦亮。

我环视四周，墙壁上贴满了瓦伦蒂诺·罗西，在世界锦标赛MotoGp夺冠的海报；吧台后的背景墙上，挂着罗西在2009年MotoGp上驾驶的雅马哈战车1∶1模型。任谁都看得出，这家店的老板是个十足的罗西粉。

这时，我看见了坐在吧台旁的毛敏。她正端着一杯酒，朝身旁穿着机车服的男人脸上泼去。

毛敏今天的打扮与我那日在诊所里看到的大不相同。她没戴眼镜，取而代之的，是加重强调眼部轮廓，眼角处上扬的深色眼线和桃粉色眼影；如黑色瀑布一般的长发，从一边分开，全部披到了另一边，挡住她小半张脸。若不是她此时带着愠怒的神色，看起来一定媚态十足。

我看见被她刚刚泼了一脸酒的男人，用力抹了下脸，愤愤地转身离开。与迎面走来的我擦肩而过时，我听见他嘴里嘟囔着："臭娘们儿！不想跟老子去兜风，也用不着泼我啊！"

他在靠墙角的那桌坐下，那里随即发出了一阵哄笑。

大体明白刚刚发生了什么，我来到吧台，在毛敏身旁的高脚凳上坐下。她看着我不说话，脸色变得更加难看。

"你怎么找到这儿的？"毛敏皱眉对我问道。

正巧这时，酒保将一张摩托车头盔形状的酒单递给了我，我看都没看，直接说道："苏打咸柠七。谢谢！"我开了车，所以不能喝酒，便点了印象中这里该有的饮料。

毛敏见我不回答她，站起来就要走。我伸手拦住她，便看见她下意识地去拿自己的酒杯。我猜她想要泼我，可那酒杯里的酒，早被她先前泼到了另一个男人的脸上，里面已是空空如也。

而这时，我的咸柠七恰巧端了上来。毛敏盯着我，像牛仔决斗中，子弹用尽的一方，绝望地盯着弹药充足的对手。

"为什么拒绝见我？"我不慌不忙地拿起咸柠七喝了一口，对她问道。

也许是我的模样让毛敏觉得，现在离开，更像落荒而逃。不想在气势上输给我，她又坐回到先前的高脚椅上。

"为什么不肯见我？"见毛敏不说话，只是瞪着我，我又问了一遍。

"你的报道呢？你上回假装病人来我诊室，挖走了不少林娇的料。可我们的约定呢？说好要给她写的正面报道呢？在哪呢？"毛敏终于爆发出来，对我嚷道。

我不打算回答她的问题，因为那本身就是一场敷衍的约定。

"你今天看起来心情很不好。怎么，跟林娇闹掰之后，就只能一个人出来喝闷酒了？姜峰怎么没陪你？"

"切！"毛敏对我表现得很不屑，转回去坐正，歪头对我说道："你们这些狗仔,连哄带诈的,就这点本事吗?直说吧!你到底想问什么?"

大概是为了表示出她不打算走了,毛敏敲着吧台,跟酒保重点了一杯酒。

我看着她问道:"你和姜峰还在一起,对吧?"

听到我的话,毛敏刚刚端起的酒杯停在了嘴边。她转过头来看我,像看着一个得了失心疯的人。"谁?姜峰?你说我和姜峰什么?有病吧你!"接着她夸张地甩了甩头发,满脸不可思议地说道,"这样的故事你都能编得出来!真是病得不轻!或许我不该推掉你的预约,该给你好好治治才对!"

我在心里也佩服着毛敏的演技,决定不再与她周旋下去:"姜峰出轨了,对象就是你!你睡了你闺蜜的老公,还怀了姜峰的孩子,被他逼着打掉,这些事我都知道。相信用不了多久,警察也会知道。所以我希望,你最好对我坦诚一些!"我直截了当地说道。

毛敏终于不笑了,她认真地看着我,好似在用她的专业眼光评判我的精神状况:"你从哪儿听来的这些胡言乱语?我睡了姜峰?还怀过他的孩子?姜峰告诉你的?"

她没从我眼里得到答案,于是继续说道,"姜峰这个人渣,他想干什么?想靠编造这些,来转移公众视线,让别人觉得,就是因为遭到了这么多背叛,林娇才杀了他们的孩子吗?这个王八蛋!混蛋!"

我看着毛敏陷入推论而闪烁不定的眼睛,开始变得糊涂。她的表情太真实,好似真的受到了冤枉,又替林娇感到担心似的咬紧了下唇。

不想再被她迷惑,我搬出了杀手锏:"你的丈夫,一年前曾找到林娇,把你和姜峰在开元酒店的开房记录给了她。也许你丈夫没告诉过你这件事。但你应该记得,正是从那个时候开始,林娇和你决裂,不再来往了。这你怎么解释?!"

"我丈夫?我根本没有丈夫!"毛敏瞪大了眼睛看着我。

毛敏的回答不像是在说谎,这完全出乎了我的意料。我呆呆地回望着她,满脑子想的,都是我跟林娇当初在地窖里的对话,想不出是哪里出了问题。

我记得林娇曾对我说过:毛敏的丈夫在一年前回国工作,虽然林娇在与毛敏决裂前,一直没见到人,但这是毛敏亲口告诉过她的。

也是基于这个原因,林娇才觉得那个送剪刀给姜峰,送开房记录给她的人就是毛敏的丈夫。

但现在看来，好似哪里出了问题。

正这样想着，我听见毛敏急迫地对我问道："你怎么知道我跟林娇说过我有丈夫的？不对！你不是从姜峰那听来的，姜峰知道这个谎话是我编来骗林娇的，只有林娇一个人相信我结婚了。你……"

毛敏边思索边说着，突然她抬起眼来盯着我，"你从林娇那听来的对不对？你见过林娇？没错，一定是这样！林娇在哪儿？她现在在哪儿？"

她伸手拉住我不停追问；我则因弄巧成拙不住退缩。

知道不能再继续待下去了，我甩开毛敏的手，快步朝酒吧的出口走去。

"告诉我林娇在哪儿？她失忆了对不对？不然你上次不会跑来问我那个问题。告诉我她到底怎么了？到底发生了什么？"

听见毛敏紧跟在我身后不停地追问，我加快了脚下的步伐，在她抓住我之前，用力推开了酒吧的铁门，冲了出去。

门外，原先坐在墙角那桌的哈雷车友们，此时正驾驶着那些造型夸张的摩托，聚集在一起准备出发。排气管里发出的阵阵轰鸣，震耳欲聋；机油燃烧化成的青烟，弥漫四周。

我灵巧地绕着他们的车头和车尾，从他们嚣张的气焰之中穿行而过。

可毛敏就没那么幸运了。

先前被她泼了一脸酒的男人，故意拦住了毛敏的去路。他喊来同伴围成了一个圈，将毛敏困在其中。

我听见毛敏一边焦急地对我喊着："别走！"，一边怒斥他们："让开！"

但毛敏的声音，很快淹没在如雷般的音浪之中。

我急匆匆地走到马路对面，立刻坐进了我的吉普车里。这是个摆脱毛敏的好机会，只要我踩下油门，扬长而去，她就不可能再追上我。

可看着酒吧门口，被哈雷摩托团团围住，惊慌失措的毛敏，我又纠结——不能就这样离开。

最后，我狠狠皱眉，终于下定了决心，猛踩油门，朝前方加速行驶。

我在路口猛打方向盘，急速掉头，不停鸣笛，飞一般地朝酒吧门口撞去。

被我冲散了的摩托车群，使先前他们围成的那个圈，露出了缺口。

我抓住机会，急刹在那，探身推开副驾驶的车门，朝毛敏大喊："上车！"

回到家时，已过了凌晨。

毛敏在车上对我说的那些话，让我将信将疑，却找不到丝毫破绽。

为了解开心中的疑问，纵使我已经疲惫不堪，一回到工作室，我还是直接打开了电脑。

我调出针孔摄像头里的视频，找到姜峰和女人对话的那一段，与今晚用录音笔偷偷录下的，毛敏说的那些话，仔细做比对。

由于视频里女人说那番话时，一直带着哭腔，我无法单凭声音判断她是不是毛敏。于是，我听了又听，通过个别字的发音方式和结尾处的口音进行详细比对，最终得出了一个结论——视频里的女人果真不是毛敏。

"那这个女人到底是谁？"

带着巨大的疑问，我一遍遍地点击视频播放，试图寻找蛛丝马迹。

上次看这段视频时，我一直专注于视频里的声音，按着耳麦低头仔细聆听，没有认真地去看画面。这一次，在盯着静止的画面看到第五遍之后，我终于找到了自己先前的疏忽。

姜峰和那个女人所站的位置，虽然已经超出了拍摄范围，只看得到他办公桌的一角和落地窗。但拍摄时，夜幕已经降临，窗外漆黑一片，那落地窗俨然成了一个镜面，隐隐约约地投射出姜峰和他对面女人的镜像。

我暂停视频，截取图像，将画面中的人像一再放大，用 Photoshop 分层，锐化，调亮，反复处理……

直到看清那女人在玻璃镜像中的侧脸后，我惊讶得无法形容。

"是她！"我忍不住惊呼道。

2.

"是她?"

听到林娇说出的,优秀员工人选时,坐在她办公桌对面的尹东,忍不住惊呼道。

"怎么?尹总觉得肖娜不合适吗?"林娇对他问道。

"不是,不是,没那个意思,没那个意思。"尹东满脸堆笑,慌忙摆手。

"那就好!看尹总刚才那反应,我还以为选了肖娜,人事觉得不妥呢!"林娇朝尹东笑笑,拿起笔,郑重地在《优秀员工推荐表》上写下了肖娜的名字。

"选优秀员工是您销售部的家务事,我们人事只是负责收集决定,不参与意见。不过,您会选择肖娜,我确实没想到。"

"怎么?"听出尹东欲言又止,林娇抬眼问道。

"这个,嗯……"尹东探头探脑地瞥着林娇的评语,接着说道,"林总,恕我冒昧哈……不久前,您不是刚把肖娜调到港口办事处去了吗?现在又把关乎晋升的优秀员工名额给了她?您对这小姑娘,演的到底是哪一出啊?我,我真有些看不明白了。"

林娇微微一笑。此时表格刚好填完,林娇合上笔帽,抬起头来,看着尹东困惑的眼睛说道:"不经历千锤百炼,难以成器。我调肖娜去港口,只是为了敲打敲打她。不是我自夸,咱们公司招的这批新人,我最看好的,就是我这个助理。你上回不也说了吗,总经理似乎也这么认为。所以啊,对待肖娜,要好好培养。以她现在的能力,从主管升到见习经理,还是蛮妥当的。只要她好好努力,未来可期!"

尹东听完,先是恍然大悟似的用力点头,然后不忘奉承道:"唉呀!林总,您可真是个爱才惜才之人啊!能做您的部下,着实是一种幸运啊!"

接着,他突然压低声音,露出一脸苦笑,"说到总经理……唉!前几天，集团人事跟我说，董事长已经签批了您的任命，用不了多久，就会在公司内网里公布出来。这不，我这两天就想着，先把副总办公室给您收拾出来……"

尹东说着，开始委屈地叹气，"结果因为这件事，挨了总经理一顿批！他说我身为人事总监，不该在员工中散播尚未落实的人事变动。您说说，这叫什么事儿啊？"

林娇脸上不动声色，心里却讪讪一笑。自她上次拿下央企招标，董事长对她赞赏有加，总经理对她的态度就起了变化。林娇明白，在这功高盖主的尴尬处境之下，不能再生事端。

于是，她装作没听懂似的问尹东道："要换办公室吗？不必麻烦了吧！在选好接任的销售总监之前，销售部的工作我还会继续担着。这儿离工区近，跟大家沟通起来也方便。我想，我还是在这里办公就好。"

尹东突然瞪大了眼睛："林总，您真是，真是太出乎我的意料了！您怎么一点儿架子都没有呢！我知道您是在体恤下属，怕我为难。好！那我就等您的任命正式公布后，再着手副总办公室装修的事。哎呀！倒是要您在这间办公室里再委屈一阵子了！"

林娇被他奉承得直笑着摇头，尹东则接着示好，对林娇问道："对了，林总，下午的公司团建，您确定不参加了吗？这次两天一宿的活动，总经理破天荒批了很高的预算。餐饮标准，酒店房间，都是按最高规格定的。我特意给您和姜总在度假区留了一个套房，你要是不去，怕是姜总他要成孤家寡人了。"

"我不去了。恰巧今天有些私事要办，而且我也跟总经理请过假了。你们好好玩吧！下次有机会，我一定参加！"林娇边说边抬起手腕看表。

尹东识趣地站了起来："好好！那就请林总，下次再来检验我们人事部的团建工作了。"

尹东离开之后，林娇也拿起拎包，走出了办公室。

林娇十分清楚，在她即将升任副总之际，总经理却要人事大费周章地搞这次团建，其意是在拉拢人心。所以，她才不会去碍人家的眼。更何况，林娇今日确实有要事要办，而且，绝不能让公司里任何一个人知道。

两个小时后，躺在 B 超室床上，再次接受阴超检查的林娇，从医生那听到了一个好消息——

上次取卵后，残留在卵巢里的卵泡，在屏幕上都已看不到了。这说明，那些卵泡已经发育成熟，排出了卵子，进入子宫，今天的胚胎移植，可以顺利进行了。

"杜医生，我需要再想想，可不可以给我点时间考虑一下，再做决定？"林娇幽幽地说道。

坐在无菌室门外犹豫的半小时里，林娇想起，上次与姜峰一起来医院取精取卵的经历……

当毛衣针般粗细的取卵针扎进她的腹腔，即便已进行过局部麻醉，林娇还是感受到了难以承受的疼。姜峰一直在外守候，看到从取卵室里走出来的林娇时，他表现得十分心疼。

"老婆，让你受苦了，不管这次能不能成功，我都不会再让你遭这个罪了！有你，我这辈子已经圆满，有没有孩子都无所谓了！"姜峰信誓旦旦地说着，眼里好似含着泪。

那时，想起姜峰从前对要孩子的执着，林娇为他的突然转变感到惊讶，却也实实在在地被他感动了。

"怎么样？想好了没？"主治医生轻轻柔柔的声音，传进了林娇的耳朵，打断了她的思绪。

"嗯！"林娇抬头望着笑呵呵的医生，最终下定决心。

"对嘛！前面那么多苦都吃了，哪能就这么轻易放弃了！放心吧，这次一定会成功的！"

虽然主治医生，并不真正了解林娇先前的挣扎，但医生的话，却也说中了她决定接受这次胚胎移植的原因。

关于是否继续这段婚姻，林娇很清楚——决定权在于她。想起这些年，与姜峰一同走过的风风雨雨，一起患难与共的经历，林娇不甘心就这样轻易放弃，心终究还是软了下来。

在感情上，林娇不是恋爱脑，但也并非薄情人。她终究还是舍不得过去的那些情义，决定再给姜峰，再给他们的婚姻一次机会。

虽说，让孩子成为维系婚姻的纽带并不牢靠，但林娇还是想要去尝试一下。如果这次胚胎移植能让她成功怀孕，这就是天意，是上天要他们冰释前嫌，要她和姜峰且行且珍惜地继续走下去。

胚胎移植花费的时间并不长，痛苦也比上一次有创取卵过程轻很多。大约躺在床上休息了半个小时，林娇被医生告知：胚胎实验室已对移植内管做完检测，两颗胚胎被完完整整地移植进了她的子宫内，非常成功。
　　"接下来，一定要好好休息，48小时内，尽量不要下床，千万不要剧烈运动！之后行动也要小心着点，保持清淡饮食！两周后再来做HCG测试，看看有没有怀孕。"主治医生边送林娇离开，边嘱咐她道。
　　走到户外，林娇仰头望着阴郁的天空，想起今早广播里的"暴雨橙色预警"。预见到这场大雨的来势汹汹，就算没有主治医生的反复叮咛，林娇也知道该立即回家，但她还是把车开到了公司楼下。
　　林娇望向姜峰停在车场里的车，又看了一眼表。估算时间，姜峰现在应该已经出发，跟同事们一起去度假区团建了。
　　这个时机，林娇绝不能错过，否则，姜峰很快就会发现，他保险柜里的账本不见了。
　　电梯在六层停下，伴随着轿厢门向两侧打开，林娇走了出来。
　　前台空荡荡的，熄了灯的工区内也一片漆黑。
　　林娇刷开门禁，进入工区，直接来到了姜峰的办公室门前。推开紧闭的磨砂玻璃门，她一闪身，钻了进去。
　　不能开灯，否则就会被路过的保洁发现。好在姜峰的办公室朝东，借着落地窗的光亮，林娇快步走到黑色的保险柜前蹲下。
　　她小心翼翼地在密码锁上按下"8127"，保险柜如早上一样，"咔"的一声打开了。
　　正想把今早从这里偷走的账本放回去，林娇想起，身后书架上的针孔摄像头，刚触碰到账本的手，又从挎包里缩了回来……
　　姜峰今天一早赶去海关办事，林娇便也趁机提前来到公司。在顺利拿到账本去复印的时候，却不成想，被同样早到的肖娜撞个正着。
　　因为早上已经出现过一次纰漏，所以现在身后的摄像头，让林娇感觉似有一双眼睛盯着她般，如芒在背。这让她忐忑难安，于是林娇站起身，朝书架走去。
　　旋转奖杯，改变摄像头的拍摄方向，确认再也拍不到她在保险柜那边的情形后，林娇才回到保险柜前，将账本放回到原来的位置。
　　就在这时，门外传来了一阵躁动，林娇屏息，侧耳倾听。是保洁拎着清扫工具，开始挨屋打扫发出的声响。

姜峰的办公室处于中间位置，用不了多久，保洁就会打扫到这里。

不能再耽误时间，随着保洁的脚步声越来越近，林娇的心跳也越来越重。

最后，她毫不犹豫地拉开门，在对视上保洁惊讶的目光后，她举着手机，若无其事地朝自己的办公室走去，同时对着手机嘟囔道："什么？你把我落你屋的文件，给我放回去了？怎么不早说？害我在你桌上找了半天！"

天空中乌云密布，林娇六神无主地走出写字楼。

虽然才下午4点多，室外却已全黑，除了亮起头灯的车辆偶然经过，再看不到一丝光亮。黑压压的云朵布满天际，仿若锅盖一般将整个城市扣在下面，真空般的压抑。

林娇恍恍惚惚地上车，打火。车子刚驶离停车场，豆大的雨点就"噼里啪啦"地在车身上跳个不停，电台里同时"吧啦吧啦"地播报着"暴雨橙色预警"。

盯着前挡风玻璃上疯狂甩动着的雨刷器，林娇眼前浮现出离开姜峰办公室后的情景……

为了不让撞见她的保洁怀疑，林娇回到自己的办公室后，又待了一会儿。

其间，她开始翻看复制来的账本，想搞清楚——姜峰和高伟他们到底在做些什么"生意"。因为林娇始终想不明白，如果真如姜峰所说"合理合法"，他们为何又要这般遮遮掩掩。

可林娇看了半天，也没找到一点头绪。只有账本里明明白白记录着的阿拉伯数字，告诉了林娇一个事实——姜峰的生意已经做到上亿，利润总额早已突破千万。

"他哪来这么多本金周转？什么银制品生意能在一年内赚这么多钱？"

努力集中精神，把车在地下车库停好，林娇带着这些疑问朝单元门的电梯走去。

刚刚，她收到了姜峰发来的语音微信，询问她胚胎移植进行得是否顺利。

林娇无心立即回复他，走进家门才敷衍着回复："很累，先睡了。"

之后，她将手机扔到一边，脑中一片混沌。林娇发觉——她才刚刚下定决心，要与姜峰重新开始，却又被他拖入了惶恐的深渊。

腹中突然传来的一阵绞痛，让她想起了医嘱。她倒在床上，强迫自己去睡一会儿，可纷繁的思绪像一张网，将她死死纠缠……

就这样，她在半梦半醒之间挣扎了好几个小时，最终猛然坐起，决定跟姜峰问个明白。

现在是晚上十点多，姜峰应该已经结束聚餐，回到了自己的房间。但视频拨过去，用了很长时间，姜峰才接通。

"娇娇，怎么啦？不是说，想睡一觉吗，怎么又突然打视频过来了？"姜峰虽然在笑，但却难掩声音里的慌张。

"你在干吗？"察觉到异样的林娇对他问道。

"没干吗啊！"姜峰回答得很痛快。

"你没在酒店？"

"你说什么呢？这都几点了，我不在酒店还能在哪儿？"为了证明自己没说谎，姜峰举着手机来到窗前，切换成后置摄像头给林娇看，"呐！你看看吧，是不是度假村的夜景？你看那桥上的灯光，还有河对面远山的轮廓，没骗你吧！唉唉唉！等等！有人放烟花哎！快看快看！"为了让林娇看清窗外的景象，姜峰倒退着，拉回镜头，使整面窗户入画。

林娇突然瞪大了眼睛，不是因为窗外如花朵般绽放的烟花，而是因为玻璃上反射出的屋内景象。

上半身穿戴整齐，下半身赤裸的姜峰，举着手机站在床边，而他身后的双人床上，坐着一个一丝不挂的女人。姜峰正在进行的视频电话，好似完全没有影响到她的心情，她百无聊赖地倚在床头，等待着姜峰结束通话，好立即拉他再投入到先前的那番云雨里。

看到她那张再熟悉不过的脸，林娇只觉得心口重重地挨了一拳。

果断挂掉视频，林娇拿起车钥匙，夺门而出，任凭姜峰不停地打来，最后关机。

他，又一次辜负了她！

第十章

1.

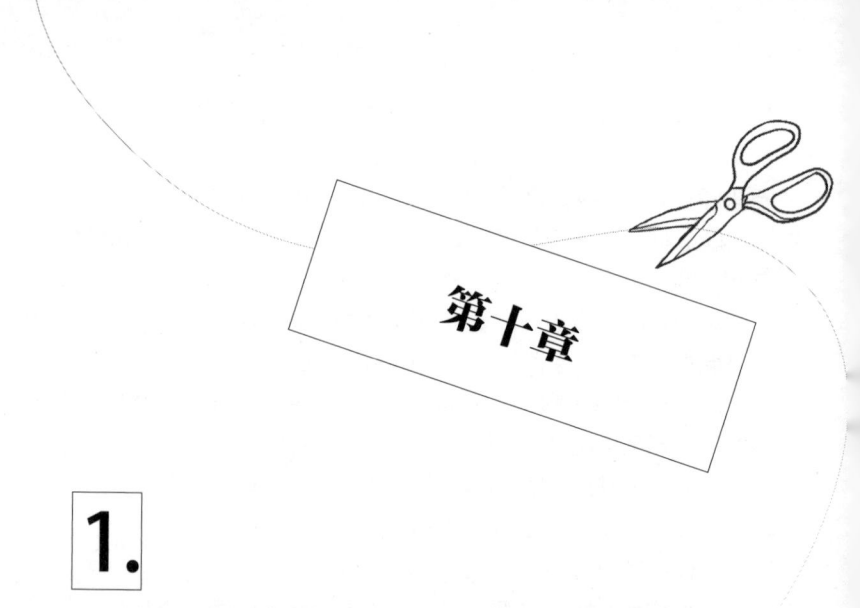

"她又一次辜负了我!"

我一把扯下贴在墙上的关系图,怒气冲冲地来到地窖。

先前,为了找出视频里与姜峰对话的女人,我不知看了、听了多遍这段视频,花了多久时间,才把肖娜的脸处理到能看清的程度。

这些事情本可不必做。因为我发现,林娇早就清楚,姜峰曾出轨过肖娜。可不知什么原因,她却没有直截了当地告诉我,害我白费了这么多力气。

我故意把下楼的木台阶踩得"咚咚"作响,想让林娇知道,我是多么地生气。

一见到林娇,我就指着被我揉捏的关系图上,她画在姜峰与肖娜之间的那条红线,质问她道:"原来你早就知道他们俩的关系,为什么不直接告诉我?你以为我们是在干什么,在玩剧本杀吗?你把线索像挤牙膏似的发给我,然后再等着我自己去发现其中的蹊跷,你觉得这样很好玩,是吗!"

听我说完,林娇的眼神由刚看见我时的冷漠,一下子变得愤怒了起来。

"你还想让我怎么直接告诉你!让我亲口承认——我的丈夫背叛了

我,我最好的朋友背叛了我,连我最信任的下属也背叛了我?

"我是一个眼睛瞎了,耳朵聋了,脑袋昏了,一个活该被所有信赖过的人背叛,一个不值得被善待的人吗!"

她用手指狠狠点着自己的胸口,恶狠狠地瞪着我,"还有,现在身陷囹圄的人是我!我为什么要跟你玩什么无聊的游戏!难道我喜欢活在这暗无天日的地窖里?喜欢过着这寄人篱下的日子?喜欢等着你随时提审,质问我为什么不向你老实交代这、交代那的吗?"

林娇的"解释"不足以平息我的怨气,可一看到她难过的神情,我变得再没办法对她发火。

"你不觉得你很可笑吗?"我们俩沉默着对望了良久之后,林娇突然开口说道。

"什么?"我不解她话里的意思。

林娇微微颔首,轻哼了一声,然后抬起头来,像看着一个无法理解的人似的看着我说道:"你是个警察,却冒着窝藏逃犯的风险,留我躲在这里,不就是想弄清楚弑子母亲的心理吗?可你现在,却又费尽心思地想证明,我不是杀害孩子的凶手。你不觉得,你这个人很矛盾吗?"

我霎时间哑然,不能将上级的部署泄露给林娇,这是我先前编出来的帮她藏在这儿的理由,现在反被她抓住质问。

"为什么?既然你已经认定我不是凶手,知道我即便想起来一切,也没法给你答案,为什么还不把我交出去?为什么还要铤而走险?为什么还要费尽心思?"林娇说着,来到我面前,强迫我与她对视。

我为难地叹了口气,绕开她,走到椅子那儿坐下,以为继续沉默,她就会放弃。

"你为什么不说话!我问你呢,你现在做的这一切,究竟是为什么?!"她转回头来对我咆哮。

我终于被她逼急了,对她回吼:"你想要我说什么,说我对你不只是同情,说我就快控制不好这份出格的感情!所以我才会拼了命也要证明你的清白!说我……"

一时找不出理由敷衍,我只得逼迫自己说出不敢也不愿面对的真心,可林娇却无情地将我打断。

"那你就该好好控制自己,控制好你那份出格的感情!而不是怪在我头上,然后,找借口发难于我!让我清楚我的处境,有多么地苦闷,多么地卑微，多么地无可奈何！"

　　她倔强地别过脸去，即便地窖幽暗，我也能看见含在她眼里的泪水。

　　不想让她察觉到我眼中的失落，我默默走回椅子那儿，将录音笔轻轻放在上面，"你没有被所有人背叛！也不是一个不值得被善待的人！"我低着头对她说道。之后，我头也不回地离开了地窖。

　　疲惫地倒在工作室的小床上，我盯着天花板发呆，满腹委屈，却又无法控制地替林娇担心。

　　她刚说的那些话，始终在我耳边回荡；她含泪的眼睛，一直在我面前出现。

　　我知道，我必须尽快找到真相，只有这样，才能帮她脱离困苦。但在那之前，我只能寄希望于留给林娇的录音笔，但愿她听了那里面的对话，能感觉好受一些。

　　那晚，在罗西酒吧外，为了帮毛敏摆脱那群哈雷车友的骚扰，我让她上了我的车。之后，我将车开到一处安静的地方，继续了我们先前在酒吧里的对话，并用录音笔偷偷录了下来……

　　"你说你根本没有结婚，那你为什么要骗林娇？"我不解地对副驾驶座上的毛敏问道。

　　"因为我不想再让她失望……"毛敏叹息着答道，已没了酒吧里那副盛气凌人的架势。

　　"林娇一直希望我能有一个好的归宿，用她的话来讲，踏实下来！所以，她总会把她觉得不错的男人介绍给我。"

　　说到这儿，毛敏苦笑，"可在我看来，天底下根本没有能靠得住的男人啊！再说，女人为什么非得结婚，不跟男人结婚，不生几个孩子，就得孤独终老吗？"她转过头来看着我问道。

　　我知道，毛敏并不在乎我的答案，但我还是说道："在我听起来，林娇只是在关心你……"

　　"我知道，我知道！"毛敏将我打断，继续说道，"所以，为了我们在这件事上不再有分歧，也为了不再辜负她的好意，我才特意为她编造了一个'旅行中遇真爱'的故事。"

　　我报着嘴，表示理解地点了点头，然后问道："那你跟姜峰又是怎么回事？"

　　"什么怎么回事？我不知道林娇为什么会觉得我跟姜峰上过床，如果真有什么开元酒店的开房记录,那也跟我一点儿关系都没有!"毛敏负气地答道。

见我不置可否的模样,她继续说道:"我承认,我主动勾引过姜峰,给过他希望,好让他对我大献殷勤。我是想让林娇知道,只要有机会,姜峰连他妻子的闺蜜都不会放过!他是一个自私、贪婪、无耻的混蛋!只有让林娇看清楚姜峰,她才会离开他!我这么做,都是为了林娇!"

"你说,你引诱了你闺蜜的老公,是为了她好?"毛敏的理由让我瞠目结舌。

"是的!你理解不了!你不知道,林娇对我有多重要!她不只是我的朋友,她还是我的家人,是我在这个世界上唯一还在乎的人!那时候,她为了做试管婴儿,为了给那个不值得的男人生孩子,不知道遭了多少罪……我不忍心,不忍心就这么眼睁睁地看着她继续伤害自己的身体,每天在药物的作用下郁郁寡欢。我必须让她离开姜峰,必须离开他!"

毛敏越说越激动,眼里泛着泪光。

虽然不能真正理解毛敏,但那时,我还是相信了她的眼泪。也许毛敏的做法很偏激,但我看得出,她对林娇的感情很深很深。

后来,毛敏开始逼问我林娇的藏身之处。我虽承认与林娇保有联系,却始终不肯告诉她林娇在哪儿。

"你不能就这样藏着她!"毛敏急得对我嘶吼。

她突然抓住我的胳膊,急迫而认真地说道:"还记得最初你来找我时,我给你举的那个例子吗?卡住的记忆,就像被夹子夹住的手指,如果血液一直无法流通,手指就会坏死。时间拖得越久,坏死的部分就会变得越多,到最后,她会彻底丧失掉那段记忆!到时候,如果你没找出杀婴案的凶手,林娇以后要怎么办?你要让她藏一辈子吗?"

"怎么办?"黑暗里,我盯着天花板叹息发问。

回想着毛敏说过的话,我决定天亮之后去一个地方。

我驾车来到位于市郊的流浪犬收容所。黑色吉普刚一靠近紧闭的铁门,里面就传来一阵接一阵的犬吠声。

跟门口的工作人员说明来意后,他让我把车停在铁门外,带我步行走进了院子里。

走过寸草不生的空旷院落,他指着一片三间相连的破败瓦房告诉我:那里就是流浪犬们生活的地方。见我皱眉,他边走边将收容所目前的状况告诉了我——

  在这里，总共收容了一百多只无人认养的流浪犬。它们有的是不慎走失，有的是被主人遗弃，最后都被好心人送来了这里。照料它们，每年要花掉不少经费和人力，虽然有义工和志愿者出钱出力，但收容所早已入不敷出，强撑到现在，已经是奇迹了。

  "你再晚来几天，这个地方就要拆了。"我们走过院中心时，他对我说道。

  "那它们怎么办？"我随他疾步走着，地面上被我们踏起的黄土，挂了我一裤脚。

  他没说话，只是无奈地摇了摇头。

  这时，我们来到最边的那间破瓦房前。透过残缺玻璃的窗框，我看见被分性别饲养在这里的，二十多条雌性流浪犬。它们有大有小，毛色各异，唯一相同的，是肮脏不堪。它们中，没有一条是纯血狗，大多品相不好，有些还落有残疾。

  看见我们站在窗边，有几只从黑乎乎的被褥上站了起来，摇着尾巴向这边跑来。

  我掏出手机，对比着林娇微博里的照片，在这些流浪犬里仔细辨认，可看了半天，都没找到她做志愿者时，一直照顾的那只。

  "怎么？没有？"一旁的工作人员问道。

  我着急地舔了舔发干的嘴唇，然后不肯放弃地朝狗舍里大喊林娇给它取的名字，"雁雁"。

  终于，在墙角，我看到了窝在那里的它。它缓缓站起，从暗影里走了出来，带着十分警惕的眼神。

  它应该是一只边牧与拉布拉多生下的杂交犬，通体发黑，唯独后背的毛发上有一块白色，形状酷似展翅飞翔的大雁。

  "就是它！"我惊喜地对工作人员叫道。

  他打开狗舍的门，将雁雁牵了出来。

  "带它走吧！"他对我说道。

  "不用办什么手续吗？"我正俯身轻抚着雁雁的后背，听见他的话，我抬起头来诧异地问道。

  "这里就快不存在了，能有人收养，是它的运气，还办什么手续。"他说着将狗绳塞进了我的手里。

我牵着雁雁走出收容所的大铁门，它却死活不肯上我的黑色吉普。

我蹲下，笑着轻拍它的头。它没有反抗，棕色的眼睛里却也没表现出愿与我亲近。

我拿出事先买好的香肠引诱它，可它依旧坐在地上一动不动。

无奈之下，我打开林娇的微博，把它与林娇的合影给它看，它却把头转向了一边。

就这样，我们俩大眼瞪小眼地在地上蹲了半天。

"你到底还想不想看见林娇了？"我着急地挠了挠后脑勺，对雁雁问道。

也许是听到了林娇的名字，它的耳朵突然竖了起来。

见雁雁有了反应，我赶忙重复道："对！咱们去找林娇好不好？我带你去找林娇！"

它很聪明，眼睛里带着将信将疑的神情，在我又说了两遍"去找林娇"后，它"噌"的一下，跳上了吉普车。

看到这情景，我更加觉得这件事办得没错。

毛敏那晚说过，如果无法让情景重现，就要想办法让林娇处于熟悉的情感环境中。

"潜意识受情感驱动，熟悉的情感能让她的神经放松，不再处于高压的紧张状态，有助于恢复记忆。"

想到这儿，我回头看着趴在后排座上的雁雁，对它说道："靠你了！希望你的陪伴能让林娇放松下来！"

我把雁雁送到宠物医院检查身体，顺便洗澡美容。之后，我们便回了家。吉普车刚在车库里停好，雁雁就好像认识这个地方似的，兴奋地挠着车窗。

我拉开后排座的车门，让雁雁跳了下来，牵着它走进屋里。

佳慧没在客厅。听见厨房那边传出佳慧与人说话的声音，我解下拴在雁雁项圈上的绳环，任它在屋里自由探索，独自朝厨房走去。

"他一会儿就回来了，我叫你快走，你听到没有！"佳慧对人焦急地吼道。

"怕什么？反正他什么都知道了，我们干吗还要躲躲藏藏。"回答佳慧的男人，语气里带着戏谑，他的声音，我听起来似曾相识。

满心疑问，我站到了厨房的门口。

当我看见他的脸时，心里的疑问瞬间消失不见，取而代之的是刀尖儿一样的冰冷。

高伟正一手端着咖啡，斜倚着料理台的边缘，另一只手悠闲地插在裤兜里，一脸无辜地望向正对他怒目而视的佳慧。

我紧紧地盯着佳慧和高伟，他们很快也发现了我。

刹那间，佳慧的脸色变得无比灰暗；而高伟的表情却没有丝毫变化，好似我的到来早在他的意料之中。

"启铭，这，这是高伟。我之前跟你提过的，银饰品生意上的合伙人。"佳慧强颜欢笑，声音里藏着心虚。

我带着厌恶的眼神看了佳慧一眼，之后继续与高伟四目相对。

高伟的表情起了微妙的变化，他嘴角下沉，故意抿紧双唇，用怜悯的眼神向我传达——我是个只会拿女人撒气的可怜虫。

接收到他的挑衅，我垂在大腿两侧的手，不自觉地握成了拳。

如果空气有形，我和他之间的这部分，想必早已被我们散发出的气场压扁、扭曲、碎裂一地。

"啊！这……它是……"

顺着佳慧惊讶的目光，我和高伟不约而同地看向一点点走进厨房里的雁雁。

雁雁探着头，鼻尖贴在地板上，像推土机一样不停地嗅闻。它看起来十分专注，像是在寻找什么。

"我刚从收容所里收养回来的。"我斜眼观察着雁雁的一举一动，对佳慧冷冷地说道。

"怎么不提前说一声，吓了我一跳。"佳慧松了口气，看着我埋怨地说道。

我不会让高伟看见我眼中的难过，可我却要让佳慧知道，我心里是怎么想的。于是我皱眉回望着她，愤怒中带着质问。

佳慧很快读懂了我的心思，分开的嘴唇欲言又止。

然而，就在我这么一分神的时候，雁雁不知何时走到了地窖门口。它在门上嗅了嗅，立即兴奋地一跃而起，不停地抓挠起地窖的木门来。

它对着地窖狂吠不止，还又蹦又跳，用后腿支撑着身体，狠抓门板。单薄的木门，很快被它强有力的前爪，抓出数不清的划痕，木屑跟着掉落了一地。

"雁雁！回来！"

我朝雁雁大吼，它才不情愿地走回我腿边。

可一切都太迟了，雁雁刚才的举动引起了高伟的注意，他走到了木门那，将耳朵紧紧贴在门板上。

"这下面有人！"高伟突然转过身，对佳慧说道。

"怎么可能？"佳慧紧张地说着，快步走到高伟身旁。她趴在木门上听了一会儿，立即抬起头，用眼神向高伟求助。

高伟握住地窖的门把手，用力拧了起来。锁上的木门被他晃得"咣咣"作响。发现墙上本该悬挂钥匙的挂钩那是空的，佳慧转回头来看我。

我的心跳如鼓，极力在脸上保持着如冰的冷漠。

"启铭！快过来！钥匙！这下面有人！"佳慧焦急地对我说道。

我知道没法再推托，紧张地吞咽下含在嘴里的全部口水，朝他们走了过去。

在用钥匙开门前，我反复按着墙上的开关，想通过控制地窖里吊灯的明暗，给林娇提醒。

我的行为引起了高伟的警觉，余光中，我看见他试图用眼神给佳慧提醒，而佳慧却只顾盯着我手里的钥匙。

"启铭，快把门打开！"佳慧催促道。

我旋转球状把手，将门拉开一条缝，立即侧身挡在高伟身前，先于他挤进了地窖里。

高伟紧紧跟在我的身后，佳慧则走在最末。我故意拖慢下楼的速度，不堪重负的旧楼梯，被我们三个人踩出似要断裂的"咔嚓"声。

一踏到地面，高伟就迫不及待地绕过我，朝里面走去。不习惯这地窖里的霉味，他抬起手臂掩在鼻前。

佳慧则来到地窖的正中，只留我站在楼梯口那，目不转睛地盯着他们。

佳慧好像对我在墙上画的那扇"窗"更感兴趣，呆呆地站在吊灯下，一动不动地盯着那面墙上的画看。

此时走到她身后的高伟，似乎已发现了暗室所在。他推开暗室的门，摸索着墙边，拉下灯绳。

散发着情色意味的朦胧粉光，立即点亮了暗室的黑暗。看见躺在雪白床单上的橡胶人偶，高伟一下子愣在了门口。

他勾起一边嘴角，回头瞥了我一眼，之后就像要与我对赌似的，一步跨进暗室。

掐腰站在暗室里巡视了一圈，他再次把目光投向床上躺着的人偶。突然，他单膝跪地，猛然俯身，探头朝床底看去。

高伟是在白费力气，从我的角度，可以对床下的情形一览无余，那里除了黑暗什么都没有，是光照不到的地方，却也不足以让一个人藏身。

我看见高伟站起来，失望地拍掉沾在膝盖上的尘土。他最终放弃在暗室内继续搜找，朝地窖最深的地方走去。

高伟来到我最初发现林娇藏匿的角落，一无所获后，又去了岳父改造过的卫生间。看着他沮丧地从里面走了出来，不甘地抬起头来与我对视，我已知道他今天来这儿的目的——他不是来同佳慧幽会，而是为了寻找林娇。

就在这时，高伟似乎有了新的发现，他转身看向身旁靠墙放着的两口陶缸，很笃定地朝它们走了过去。

见此情景，我再也站不住了，冲到高伟身前，赶在他揭开缸盖之前按住了他的手。

"你干什么！"我对他厉声喝道。

"你怕什么？"高伟笑着反问我道。

再无法压抑心中一直藏着的怒火，我伸手拎起高伟的衣领，可就在这时，我听见了佳慧的声音。

"启铭，这是怎么回事？"她站在暗室门口，指着里面对我问道。

就在我分神的时候，高伟掀开了右边陶缸的缸盖。

讶异之后，我挥起拳头，狠狠地朝高伟砸去。

"启铭！"佳慧哀求的声音，在我身后响起，"求你了，别这样！"

瞥见她小跑着朝我这边赶来，我咬紧牙，悬在高伟脸前的拳头，终还是放了下来。我松开他的衣领，将他用力向后一推。

高伟跟跟跄跄地后退几步，瞪着我，负气地向下扯了扯被我抓得褶皱了的衬衫。

"你们俩干什么？"佳慧苦着脸隔在我和高伟之间，朝我们俩各看了一眼。

"那里面藏了一个人，所以我想打开看看，可钟警官却好像不太愿意。"高伟抢先说道，伸手指了指左边、盖着盖的陶缸模型。

佳慧转过头来看我，眼中满是不敢置信。我知道她刚去过暗室，一定对我误解颇深。我很想向她解释，但现在并不是解释的时候。

我苦苦地回望着佳慧，希望能在她眼中看到半点信任，可佳慧终究还是让我失望了——她选择了相信高伟，毫不迟疑地掀开了缸盖。

而我，则难过地闭上了眼睛……

2.

林娇痛苦地睁开了眼睛。黑暗中，酸水一股股地从胃里涌向食道，即便再用力吞咽，腹中翻江倒海的感觉也丝毫未获减轻。

宿醉后的酒精作用仍在继续，头晕目眩之中，她感觉身下的双人床，仿佛化做雾霭中的小舟——它浮在漆黑海面，摇摇荡荡，这酒店房间里的景象，也像蒙了一层白纱般，在她眼前晃晃悠悠。

强撑着身体，林娇艰难地从床上坐起，"我这是在哪儿？"她眯着眼睛，对着黑暗里的空气虚弱发问。

扶着沉重的额头，她瞥见了被丢在床头柜上的车钥匙。随即，她想起了昨晚愤然离家前的情景——

玻璃反光中，下半身赤裸的姜峰，还有床上一丝不挂、等待着姜峰的肖娜……

反胃的感觉再度上涌，比前几次都要强烈。

来不及穿拖鞋，林娇捂着嘴，踢散地上的空啤酒罐，跌跌撞撞地冲进卫生间。

她跪在马桶前剧烈呕吐，涌出的热泪，被她一次次倔强地揩掉。

抹着嘴角重新站起，林娇不允许自己再为昨晚的事，掉一滴眼泪，哪怕是呕吐造成的生理反应也不行。

将脸浸入盛满冷水的洗手池中，林娇强迫自己清醒过来。刹那间，儿时在河水中挣扎的画面，如水下升腾的气泡般，在她眼前涌现。

恐惧袭来，她险些被水呛到，猛然抬起头，林娇从水中挣脱，剧烈咳嗽着，看向镜中头发散乱的女人。

林娇瞪着通红的眼睛，想着把她折磨得如此狼狈的姜峰，恨意便像不断泼在伤口上的酒精，疼得她将手中的毛巾越攥越紧，直到指尖失去血色。

从昨晚到现在，她满脑子想的，都是要如何报复姜峰，可她始终找不到能伤他分毫的办法。这令她感到灰心丧气。

然而，比这更糟糕的，是后悔。她责怪自己先前对姜峰的心软，才给了他又一次伤害她的机会。

被这些痛苦的情绪纠缠着，林娇感到快要窒息。她仿佛再次沉入记忆中的河底，拼命挣扎着，急于找到能够拯救她的"浮木"。

于是，她用酒精麻醉自己，可烂醉只能帮她探出水面，喘息片刻，之后，又会沉下去，依然是一阵又一阵的窒息。

大口喘着粗气，林娇将毛巾负气地丢进洗手池里。她回到卧室，从枕头缝里翻腾出手机，想看看时间。可盯着姜峰数不清的未接来电和微信提醒，林娇又将手机狠狠地摔回床上。

她抱紧双臂来到落地窗前，听着雨点儿疯狂拍打着窗面，像被追杀之人拼命求救的叩门声般，凄凉又绝望。

虽还不到晚上8点，楼下的街道却已空无一人。只有默默忍受暴雨捶打的路灯，还站在街边，低头吐露着微光。除了雨滴，这世上的一切，都如死了般，静止了下来。

无助地将头靠在玻璃窗上，林娇不甘心地咬紧牙，低声自语，"要怎么办？要怎么办，才能得到喘息？要怎么办才能平复心底的痛恨！"

正对着窗外的死寂发问，楼下突然闪烁的红光引起了林娇的注意。

被雨水浇得快短路的霓虹招牌，挣扎着，发出抖动的微光。拼着上面的英文字母，林娇认出，那是罗西酒吧。

昨晚浑浑噩噩入住酒店时，林娇并没有留意对面的建筑，没想到，竟不知不觉来到了这里。

决定继续借酒消愁，林娇毫不迟疑地朝房间外走去。穿过酒店大堂，她被站在旋转门旁的女服务员喊住。

接过女服务员递来的雨伞，无视她对恶劣天气的提醒，林娇头也不回地迈进旋转门里。

大颗的雨滴像落下的鞭炮，在林娇头顶的伞面上炸裂出"噼里啪啦"的响声。

大步穿过积水的街道，林娇奋力推开了罗西酒吧的铁门。

"来一杯梦特斯鸠白兰地！"林娇说着，匆匆收起雨伞，扔进伞筒里，迫不及待地朝吧台走去。

"呦！我说谁刚开门就来了呢，是你啊！雨这么大，都在家猫着了，我还以为今晚没生意了呢！还是你给力！"老板躬身伏在吧台上，探头笑着对林娇说道。

坐在吧椅上朝四周望了一眼，林娇发现，平日里热闹非凡的罗西酒吧，今晚确实只有她一个客人。来不及惆怅，她听见老板跟她确认道："今天喝这么烈的啊？"

"嗯！天冷。"林娇回过身来淡淡地答完，便不想再说话了。她用胳膊肘拄在吧台上，两手撑着额头，揉起了酸胀的太阳穴。

老板却好像意犹未尽，笑着将盛着小半杯白兰地的酒杯放到林娇跟前，继续对她说道："前两天晚上，我在这儿看见你那个朋友了！对了！我记得你跟我说过，她是心理医生，对吧？她叫毛什么来着……毛……毛敏！"

听到毛敏的名字，林娇的眉毛霎时间皱到一起，挤得她眉心生疼。然而比这更痛苦的，是她想起了被毛敏背叛的感觉，心底泛起一阵阵恨意，如一下下的电击般，震得她心脏收缩抽搐。

对于姜峰和毛敏是否有过肉体关系，纵使姜峰死不承认，林娇却一直将信将疑。后来，她好不容易说服自己，不要再去探究他们到底发展到了什么程度，就当是给自己，给婚姻，给曾经的友情，一点喘息和余地；可现在，当林娇见识过了姜峰赤裸着下身，还在睁着眼说瞎话的无耻嘴脸，她已无法再奢望——姜峰与毛敏之间所谓的"清白"。

林娇不愿再掩耳盗铃，否则她就会看不起自己。于是，毛敏与姜峰媾和的画面，无法控制地在她脑中出现……

"骗子！都他妈的是骗子！"负气地将杯中酒一口喝完，林娇低吼着骂道。

"什么？"老板一头雾水地看向林娇。

"再来一杯！"没回答老板，林娇强忍着烈酒在喉咙里留下的灼烧感，敲了敲空酒杯说道。

"嚯！看来今天晚上兴致不错嘛，好！再来一杯……"老板高兴地拔出瓶塞，又倒了些酒在林娇的杯中，之后继续跟她寒暄探问，"欸？我说，你们俩最近怎么都不一起来了啊？不是单独看见你，就是看见她……"

"把酒瓶放下，你可以走了！"不想再听老板说下去，林娇猛然抬起头来，用通红的眼睛瞪着他。

原本说笑着的老板一下子怔住，他端着小半瓶酒，有些不知所措地看着又被林娇一下子喝空的酒杯。

好在这时，门口传来了推门声。老板赶忙将酒瓶放到吧台上，去迎接来人。

将酒瓶拉向自己，林娇把瓶中酒一滴不剩地倒进杯中。她苦着脸，像吞下毒药似的猛喝了几口，接着闭起双眼，继续揉着疼痛的眉心。

低头听着老板在同刚进来的人寒暄，林娇听出老板跟那男人说话的语气恭敬有加，判断他应该也是这里的常客。

这时，一股夹杂着雨水味道的潮湿气息，从旁边飘了过来，林娇感觉到男人似乎坐到了她的身边。

"骑摩托了吗？今天想喝点儿什么？"老板笑着对坐定的男人问道。

"骑了。不喝酒了！来杯咸柠七吧！"浑身散发着浓重酒气的男人，沉着声音答道。

林娇不知道男人为什么要说谎，但她听得出，他的心情也跟这天气一样糟糕。

睁开眼，林娇端起矮脚酒杯，仰头将残余的琥珀色液体一饮而尽。

打算掏手机付账，她在身上摸索了几遍，眉毛渐渐皱了起来……想起将手机扔在床上的情景，林娇懊恼地咬住嘴唇。

这时，她听见身旁男人突然说话了，"老板！把她的账单给我吧，我一起来付！"男人敲了敲吧台，对老板说道。

"不用！我的手机在酒店里，一会儿取回来就能……"林娇冷冰冰地说着，转头看向身旁的男人。瞥见他放在吧台上的黑色头盔，又与他目光交汇，林娇的声音戛然而止，再也说不出半句话来。

在林娇的记忆里，首先浮现出的，是第一次见到他时的场景……

那时，她正坐在公司六层的会议室里，忧心忡忡地朝楼下张望，生怕错过跟踪姜峰的时机。而他，则身着黑色的皮质骑行服，骑在黑色的摩托车上，仿佛能看见林娇一般，满是恨意地与她对望。

此刻，她再度与他四目相对，他的眼神虽没了那时的凶狠，却仍令她不寒而栗。他正定睛看她，如猛兽盯紧猎物一般。

彷徨错愕之中，林娇想起了第二次见到他时的情景……

因发现了姜峰与毛敏的私情，她躲在车里哭泣，抬眼看向后视镜的瞬间，他如夜晚中提着人头行走的鬼魅，朝她走来。那时她呆坐了片刻之后，匆忙发动引擎，猛踩下油门，眼看着后视镜里的他，在暗巷里拼命追赶……

而如今，在这间封闭清冷的酒吧里，她已无处可逃。他正对着她笑，眼睛里满是猛兽捕获到猎物的喜悦。

比前两次更加强烈的恐惧，从林娇的毛孔里散发出来，与冷汗混杂在一起，激得她猛然站起，朝酒吧门口跑去。

冲出铁门，林娇在雨中狂奔。可打得她睁不开眼的雨滴，令她辨不清方向，最终被身后紧追不放的男人，逼进了死胡同里。

"别过来！"不甘地拍了两下胡同尽头的砖墙，林娇绝望地转过身去，朝男人大吼。

雨滴摔碎在地面掀起的"沙沙"声，淹没了林娇的声音。黑暗中，她无助地打着哆嗦，看着男人模糊的身影，一步步地朝她逼近。

轰隆作响的雷声过后，一道闪电劈开天际。林娇猛眨着双眼，撇开睫毛上的雨水，刹那如白昼的夜空下，她看见了眼前男人阴沉的脸。

本能地后退，她的双肩终还是被男人用力捉住。她听着他像公牛一样喘着粗气，不住地质问："你知道我是谁，对不对！那你为什么还要躲着我！为什么拿到我给你的开房记录，还要……"

"放开我！姜峰的事与我无关！放开我！……"她奋力挣扎，胡乱在男人的身上脸上捶打。

他手里拎着的摩托车头盔，被她打向一边，落在水坑里，溅起肮脏的泥花。

"与你无关？你是这样想，才装聋作哑的吗！"男人对着林娇暴吼，两手紧紧箍住她的手腕向上提起，彻底控制住了她。

他将林娇扯向自己，咬牙切齿。"所以！你就眼睁睁地看着你的丈夫和我的妻子，不停地伤害着我们，也一声不吭？你跟我一样，也是个懦夫吗？回答我！"男人对着她咆哮。

"不然呢！不然又能怎么样！你有什么办法吗？啊？"林娇瞪圆了眼睛，雨水混合着泪水模糊了整脸。

她突然变得歇斯底里，"你告诉我啊！不然我们能怎么办！我们能拿他们怎么办！你告诉我啊！……"

丧失掉最后一点儿理智，林娇肆无忌惮地发泄着心中的愤懑。她痛苦地用额头磕着男人坚硬的胸膛，直到脑袋发昏，嘴里仍不住质问。

突然，林娇被男人拉进了怀里。他用下巴抵着她的侧脸，阻止林娇进一步伤害她自己。

"求求你，帮帮我！求你帮帮我！跟我一起，报复他们！报复他们……"他在她耳畔，一字一句地痛苦哀求。

林娇感觉到，一股热流从他们紧贴着的脸颊之中滑下，流进嘴里，她尝到了苦涩的滋味。

不知是因为酒精的后劲起了作用，还是刚才的那番缠斗耗干了她的所有力气，她不再挣扎。被男人缓缓地松开，她与他在雨中悲伤地对望。

恍惚中，她盯着男人被抓出血痕的脸，看着两行热泪不停流下……

侧卧在双人床上，林娇缓缓睁开了眼睛。窗外云隙间展露出来的微光，正在将房间染成淡青色，破晓的天空，已被大雨洗得干干净净，整个世界仿若重生了般清新。

听到关门声，林娇这才彻底清醒了过来。她蹙眉，扶着发晕的脑袋从床上坐起，发现自己一丝不挂，又猛然缩回到被窝里。

"怎么回事？我怎么会……怎么会……"惊慌地抿紧双唇，林娇拼命地想回忆起昨晚到底发生了什么。可七零八碎的记忆，似昨夜暴雨下的景致，就在眼前，却又模模糊糊。

她被男人搀扶着，摇摇晃晃地走在酒店通道烫金的地毯上；她费劲地从裤兜里掏出房卡，将它递到男人的手上；虚弱无力地平躺在床上，她借着床头灯的微光，眯眼看着从男人衣襟边缘滴下的雨水，像被做了慢速处理一般，缓缓落下，而男人的手，似乎正在一粒粒地解开湿答答衬衣上的纽扣；朦胧的暖光中，他被冷雨浸过的皮肤，通体发红，正赤裸着上身朝她缓缓靠近……

"咔嚓"一声，台灯被林娇拉下，所有的画面就此归于黑暗之中。

大体猜到昨晚酒醉后可能发生的事，林娇懊悔地紧闭着双眼。

下床走进卫生间，她站在淋浴下仔细冲洗，想要洗掉他留下的所有痕迹。

裹着白色的浴巾，林娇伸手在挂满水雾的镜面上擦了擦。她左右转身，对着镜子看了又看。没在身上找到吻痕，她像卸下了些许负担似的，双手撑着水池边缘，深深地叹了口气。

无法想起，昨夜自己有几分是出于自愿，几分是被强迫，她现在能责怪的只剩下自己。

"噗嗤"一声，林娇哭了出来。接着，她又对着镜子笑了。她弯下身子，伏在洗手池上又哭又笑……许久才直起腰来。

看着镜中，被她强迫勾起的嘴角挣扎着颤抖，她最终露出了泪干后决绝的眼神。

她告诉自己，没什么可后悔的。不管怎样，她报复了姜峰——用自己的忠贞和过去的所有美好，还有可能破镜重圆的未来。

她跟姜峰再不可能回到从前，这正是她想要的——无法挽回。

这时门铃"叮铃铃"地响了起来。穿上浴袍，林娇走出卫生间，打开了房门。

昨夜在酒店门口给她递伞的女服务员，出现在林娇面前。

"您好！您昨晚换下的衣服，已经干洗好啦！"女服务员笑着，将先前捧在胸前的一摞衣服递向林娇。

想到这应该是那男人的安排，林娇立刻露出了不自在的表情，她故作镇定地将衣服接了过来，淡淡答道："嗯，谢谢！"

正要关门，又听女服务员好心提醒道："房费和干洗的费用，那位先生临走时已经结算完，您离开时，直接把房卡放到前台就……"

"砰！"女服务员还未说完的话，被林娇重重合上的房门，关在门外。

她迅速扭转门把手，让锁栓插进锁库，好似这样，便可将同那男人有关的一切，彻彻底底地挡到心门之外……

第十一章

1.

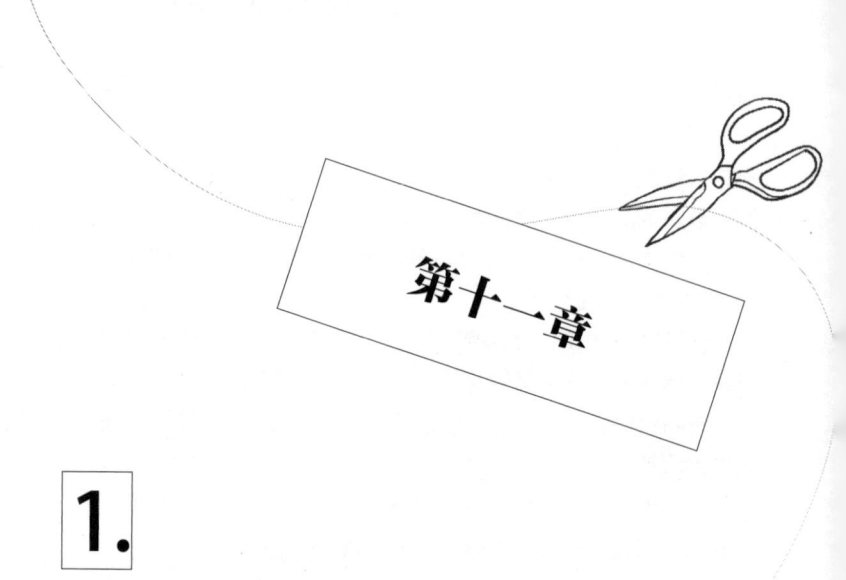

从扭动门把手，拉开地窖木门的那一刻，我就已知道——佳慧和高伟什么都不会找到。

后来，我们三个先后走出地窖，只将雁雁留在了里面。看着我重新将门反锁，佳慧提出了异议：

"干吗把门锁起来？你可以让狗睡在客厅，或是院子里，怎么也不能把它关在地窖里呀！那下面又冷又潮，会生病的……"

我瞪着佳慧的眼睛打断了她："你不是说那下面有声音吗！既然没人，那就是有老鼠！让它待在里面，老鼠就不敢来了！"我还在生佳慧的气，所以不顾理由多么牵强地回怼她。

见佳慧还要争辩，我提高声音对她嚷道："还有！你看不出来吗！它很乐意待在里面！用不着你多管闲事！"

"钟警官！恐怕狗拿耗子，才是多管闲事吧！"高伟突然插嘴，为佳慧打抱不平。

我盯着他，听着他接着嘲讽我道："当然！钟警官的想法一直与常人不同，不然，也不会在地窖里设那么个'娱乐室'了，对吧？"他看向佳慧，等待着她的认同。

高伟似笑非笑的模样，十分欠揍，可想到林娇还藏在地窖里，我不得不遏制住这股冲动。

就在这时，佳慧突然冷着脸对高伟说道："好啦！不要再说了！你走吧！"她说完便转过身去，背对着我和高伟，假装低头热起了咖啡。

不愿再多瞧他们一眼，我独自回到客厅，在沙发正中坐下，心中仍然气愤难平。

"你怎么还不走？"我瞪着还站在大门口的高伟吼道。

高伟目不转睛地回望着我，突然朝我走了过来。他在我正对面坐下，跷起二郎腿："朋友交代我办的事，我还没有办到，不想就这么走了。"

我冷眼看着高伟，听他继续说道，"我哥们儿的老婆失踪了，我正在帮他找这个女人！那个丧心病狂的女人杀了他们的儿子后，逃跑藏了起来。你肯定知道这个案子，她就是杀婴案的弑子母亲，林……"

"所以你就到我家来找？"我怒吼着打断高伟。

与我表现出来的愤怒截然相反，高伟突然笑了，"你怎么会这么觉得呢？"他反问我道。

不等我回答，他改用劝慰的语气接着说道："好吧！我承认，今天我来，并不是来找佳慧，而是为了等你！我听佳慧说，你是个经验丰富的刑警。所以……就想请你来帮忙分析这个案子，你觉得这样一个女人，会逃到哪儿去？什么样的人敢收留她，把她藏起来？这个人，不怕事情败露，办案警察找上门来，他自身难保吗？！"

高伟的话字字诛心，却没有一句能恐吓到我。很显然，自上次同姜峰见面后，他利用我打给他的手机号码，通过某种渠道，查到了我的真实身份。现如今，姜峰不但没有通知办案民警，反倒是无所顾忌派人找上门来，让我更加怀疑——姜峰急于找到林娇的用心。

我没有回答高伟的任何一个问题，而是反驳他道："警方都尚未明确他妻子就是杀害孩子的凶手！他这么肯定他妻子弑子，难道他当时在场？"

"他当然不在！姜峰被林娇用花瓶砸破了头，有急诊记录可以证明！这点办案警察也认可了！"高伟放下了一直跷着的二郎腿，笃定地说道。

"那不能说明什么！孩子的死亡时间，法医无法精确到几点几分。姜峰的急诊证明，虽处在案发时间里，但他仍有作案时间，只要证明他有杀婴动机，他就脱不了干系！"我厉声对高伟吼道。

高伟不再说话，我们俩互相瞪着对方，陷入了僵持。

"好吧！"高伟软了下来，尴尬笑笑，重新开口，"我听说你最近一直在休病假，我猜……有些案件细节你并不清楚。不过听我说完，你可能就不这么认为了。"

"哦？是吗？"撒够了火，我不屑轻哼，"那你不妨说来听听！"

我像等着看戏似的，无聊地鼓捣起无名指上的婚戒，想看看高伟怎么诡辩。

高伟倒是配合，如登台般变得认真了起来："其实，警方在案发现场，还检测出了第五个人的指纹。除了先前通报的，林娇、姜峰、月嫂、孩子奶奶，在案发当天，还有另一个人，于案发时到过现场！"

我正低着头，本在旋转戒指的手，霎时停了下来。

"警方在一只玻璃杯上，提取到一副全掌指纹。从掌纹的长度以及宽度判断，大概率属于一个成年男性。"说到这儿，高伟似有深意地顿了顿，"有趣的是，在这个玻璃杯上，还有林娇的指纹。这是不是很出人意料？"

我讨厌极了高伟这副对我循循善诱的模样，抬起头怼他道："你到底想说什么？"

高伟抬眼看我，似笑非笑："案发当天，林娇对姜峰大打出手之后，又趁丈夫去医院的空当，把一个男人叫到了家里。这不出人意料吗？"

我正想替林娇辩解，却被高伟伸手打断，"当然，林娇也不是第一次这么让人出乎意料了！去年这个时候，她曾无缘无故地消失了两天，不管家人朋友怎么联系她，她都短信不回，电话不接！

"后来，林娇说她一个人在酒店里住了两天……呵呵！鬼才相信呢！姜峰那时候，就怀疑她在外面有了情人……"说到这儿，高伟故意压低声音，"那个案发时到过现场的男人，那天到底干吗去了？有没有可能，就是她的那个情人？"

来不及分辨高伟说的是真是假，更顾不得猜测那个男人是谁，我探身向前，冷冷地盯着他："怎么？家里来了客人，倒杯水，难道不是普通的待客之道吗？

"是不是所有做惯苟且之事的人，总会盼着别人跟他们一样肮脏不堪。好似自己出轨，就一定要找到配偶在婚姻里不忠的证据，才能心安理得地活着？

"对了，你不是想要我帮你朋友分析案情吗？那么你不妨转告他，在我看来，一个不忠的丈夫，杀害孩子，然后嫁祸给无辜的妻子，这样的杀人动机，更让人信服！"

听我毫不客气地说完，高伟便不再说话。他知趣地从沙发上缓缓站起，看样子是准备告辞。

我盯着他的背影，强迫自己冷静，手中捏着的戒指几乎快变了形。

"对了！"快走到门口时，高伟突然又转过身来，轻敲额头，"我猜，还有一个细节你也未必知道。地下停车场里的监控，在案发时段，拍到了那个男人的模样。警方已根据指纹和视频线索，开始对比调查了。相信过不了多久，这个男人的身份就会浮出水面。到时候，你就不会再针对姜峰了！"

高伟推门而出，消失在了门口。

皱眉回味着他最后的话，我盯着敞开的大门发呆。待缓过神儿来，我朝楼梯快步走去，打算去2楼工作室，翻看当初李政给我的U盘。

在我和他吃饭那天，李政把它装在信封里给了我，告诉我价值千金。U盘里存储着案发当天小区内的摄像，那是仅剩的，几个没被台风刮坏的摄像头，所拍下的内容。

看见佳慧适时地从厨房里走了出来，拦在楼梯口那儿等我。我一把捋下左手无名指上的戒指，攥在手里，朝她走了过去。

"启铭，我想我们该好好谈谈……"佳慧满眼祈求地对我说道。

"拿着！你自由了！"走到佳慧身前，我一把拉起她的手，将婚戒塞到她的手里。接着，我头也不回地朝楼上走去，把楼梯踩得"咚咚"直响。

"启铭！别这样！咱们谈谈！"佳慧几乎带着哭腔，在我身后喊道。

再无法压抑心中的愤懑，我猛然回头，瞪着通红的眼睛，对她吼道："够了！佳慧！够了！"

重重地摔上工作室的门，我将自己反锁了起来。打开电脑，我迫不及待地从黄色的信封里取出U盘。

我屏息盯着屏幕，生怕错过任何一帧案发时段的画面。

终于，在地下停车场通往林娇所住单元门的那个摄像头中，我看到了一个可疑的黑影，正从远处走来……

他身着黑色的皮质骑行服，戴着全黑的摩托车头盔，像一个幽灵般出现在画面之中。

为了看清他的脸,我探头凑到屏幕前,瞪着眼睛仔细查看。

突然,他像发现了我似的,猛然抬头,朝斜上方的镜头看了过来。

他的脸,被结满水雾的面罩遮着,我无法看清他的眼神和五官。

可即使隔着屏幕,我依然能感受到——他藏在黑色面罩之下的紧张与彷徨。

2.

紧张又彷徨地在医院的走廊上来回踱着步子,林娇隔着重症监护室的窗户,时不时向内张望。

见白门被人从里面缓缓拉开,她快步上前,拦住医生,焦急地问道:"大夫,我外婆怎么样了?"

医生说话声音很轻,好似生怕里面的人听到:"病人已经 87 岁高龄了,又患有糖尿病。虽然生命体征暂时平稳,但这么一摔,可能会引起一系列并发症,情况不容乐观啊。她快要醒了,你可以进去看看她了!"

林娇同医生道完谢,忍着眼泪,走进布满各种复杂仪器的 ICU 病房。她轻轻坐到外婆病床旁的椅子上,对着床上满头银发的枯瘦老人含泪端详。

外婆鼻梁上扣着透明的氧气罩,呼吸间,会在上面结出浅浅的水雾。外婆的面容看起来很安详,好似她根本感觉不到骨折的痛苦一般……

三个小时前,林娇接到养老院打来的紧急电话。他们告诉林娇,外婆上卫生间的时候,在厕所里摔倒了。因为外婆住的是单人房间,护工中午去敲门送饭时,才听见卫生间里传出的异响。在那之前,外婆已躺在冰冷的地砖上,独自挣扎了两个小时。其间,她试图用拖鞋去够马桶边上的紧急求救按钮,结果造成的骨折更加严重。

说到这儿,工作人员开始不停地跟林娇道歉,可林娇明白,这并不全是他们的责任。

外婆生性好强，从不肯向岁月低头。即使行动不便，她也从不愿麻烦别人，所以才会遭遇如今的状况。

看见外婆放在被褥外的手动了一下，林娇将那只苍老的手紧紧地握了起来。

外婆的手依旧温热，那是她还活着的证明。感受到外婆生的气息，林娇的眼泪便再难控制地从眼角流了下来。

泪眼婆娑中，林娇看见外婆缓缓地睁开了眼睛。她费力地摘下氧气罩，露给林娇一个慈爱的笑容。

"娇娇，别哭……生老病死是难免的事……要坚强……要好好的……"刚说了一句，外婆便开始剧烈地咳嗽。赶过来的护士急忙制止住她，不让她再说下去。

相顾不能言，外婆只得颤巍巍地抬起另一只手，去帮林娇擦掉眼泪。

不想再让外婆如此辛苦，林娇探头，主动将脸埋进了外婆的手心里。

脸颊上温暖又粗糙的触感，立即帮林娇勾起了很多回忆……

她想起，正是这双苍老的手，代替了母亲，担负起养育她的责任。它们曾给林娇做出美味佳肴，在她童年记忆里，留下独一无二的味道；它们曾帮林娇拭去思念父母的眼泪，在数不清的夜晚，安抚着她酣然入睡；它们曾为林娇热烈地鼓掌，在她人生中每一个重要的时刻，鼓舞她坚定前行。

这双苍老的手，曾给过林娇无穷的力量；可现在，它们却连支撑外婆坐起来的力气都没有了。

不想让外婆再为她担心，抬起头来时，林娇强迫自己在脸上露出笑容。

她抽了抽哭得通红的鼻子，勾起大大的嘴角："我不哭了啊！咱们都要坚强！你也要乖乖的，要好好的哈！"望着满眼担忧的外婆，林娇像哄小孩似的，笑着对她说道。

沿着海边公路行驶了好长一段，林娇回到她小时候和外婆居住的那片老旧小区。

从一群坐在树下说话的邻居身旁经过时，林娇被其中一个阿婆喊住。

"唉！你是住在二单元，许老师家的外孙女吧？"胳膊上戴着红袖标的阿婆，停下摇着的蒲扇，伸着脖子对林娇问道。

"啊，嗯，是啊！"一直沉浸在担忧外婆的思绪里，林娇回过神来，慌忙答道。

"看吧！我说的没错吧！长得多像！"阿婆像打赌赢了似的，转回头去对其他人说道。

林娇愣愣地看着其他点头赞同的邻居，听见阿婆继续说道："许老师年轻时啊，就是个美人坯子！你简直是跟她一个模子刻出来的！咦？许老师还好吗？还住在养老院吗？"

"啊，外婆她……还不错！"瞬间的犹豫过后，林娇对老邻居们说了谎。为避免继续寒暄，她决定不告诉他们实情。她现在人累、心累，只想尽快回家休息。

"啊，那就好！有好多年没见你回来过啦，最近天天看见你，是搬回来住了？"

"哦，嗯！"林娇强挤笑容，轻轻点头。

"我看有个小伙子没事就来找你，他是你……"

"婆婆，我想起来了！晾着的衣服还没有收呢，先走了哈！"林娇硬打断阿婆，转身走向单元门，结束了这场对话。

暴雨夜之后，林娇从酒店退了房。次日，她像什么都没发生过似的，出现在公司。

她用存了一年的加班、调休和年假，申请了二十天的假期。她回到家，将《离婚协议》举在姜峰面前，拎着收拾好的行李，告诉目瞪口呆的姜峰，不要再来找她，除非是讨论离婚的细节。

那之后，林娇来到这个自打外婆住进养老院后，就再没回过的老房子里，用了一整天时间，晾晒好浆洗过的被褥，打扫完沉积在家具上的灰尘，她疲惫地倒在了床上。

结果天还没亮，林娇就被姜峰按响的门铃声惊醒。姜峰依旧死缠烂打，不停地劝林娇跟他回家。纵使林娇无动于衷，他仍然软磨硬泡，每隔三五天就要来求她一次。

快走到二楼的时候，林娇的视线里出现了一双熟悉的男士皮鞋。见它们正在不安地踱着步子，无须抬头，林娇也知道站在那儿的是姜峰。

她不慌不忙地走上台阶，像不认识他似的，与他擦肩而过。从挎包里翻出钥匙，插进锁孔，再旋转开门，林娇的眼神没有丝毫游移，好似紧紧跟在她身后的男人，如空气一般透明。

于林娇眼中，她对姜峰视若无睹；于林娇心中，他也早已荡然无存。

只有姜峰自己还不明白——其实爱与恨一样，都只是一种浓烈的情绪，当他的存在，再也激不起她的半点兴趣，便也无所谓爱恨了。

"娇娇，等等！你不肯告诉我，为什么要离婚，那你至少应该知道，现在不是我们该吵架的时候啊！这期的试管成功了，对不对？"姜峰伸手，猛地拽住即将合上的门板，对屋里的林娇喊道。

听到一楼传来叽叽喳喳的说话声，辨认出正是那帮树下的邻居在上楼，林娇果断松开了门把手。

"进来吧！"她对姜峰说道，转身朝屋里走去。

姜峰迫不及待地钻了进来，一脸兴奋。"娇娇，咱们终于要有自己的孩子了……"

"把门关上！"林娇冷冷地打断他道。

顺从地关上了门，姜峰像被灭火器喷灭的火盆似的，灰头土脸。

林娇朝他瞥了一眼餐桌旁的圆凳，"坐吧！"她缓和了语气，对姜峰说道。

"你是怎么知道的？"林娇平淡地问道，从茶盘里翻开一只倒扣的玻璃杯，放到姜峰跟前。她拿起保温壶往杯里倒水，像对待客人一样对待姜峰。

"娇娇！你到底是因为什么事在跟我生气啊？那天，你去医院做胚胎移植，走的时候，不还好好的吗？怎么到了晚上，就突然变样了呢！你是不是怪我没陪你去医院啊？"

说到这儿，姜峰又捶胸又顿足，"怪我！老婆为了怀我的孩子遭这么大的罪，我却因为怕老板责怪，去参加什么该死的团建！你一定认为我特没心没肺吧，视频时，还给你看外面的烟花？可我那时只是想哄你开心啊！你是因为这个，才离家出走，关机不理我的吗？

"你知道吗，当天晚上，我就赶回来了，但那时你已经不在家了！我后悔死了，后悔没陪你……"

"我问你！是怎么知道的！"林娇失去了耐性，她突然抬起眼来瞪着姜峰，一字一句地问道，用眼中的怒气告诉姜峰，若再不回答这个问题，就会被赶出门去。

姜峰心虚地错开了林娇的目光，拿起她倒的水，喝了一大口。

"好烫！啊……嘶嘶嘶……烫死了！"姜峰叫着，把水又吐回到玻璃杯里，烫红的嘴唇无法合拢，噘得像喇叭一样。

189

林娇丝毫没有动容,只是狠狠地盯着姜峰,等着他回答。

把杯子重重地撂在桌子上,姜峰皱眉叹了口气,"我为什么不能知道!再说,你凭什么不让主治医生告诉我?我掐算过日子!知道你前几天该去医院验血了!上午,我就给医院打了电话。我告诉主治医生,我是孩子的父亲!我有权知道!她必须告诉我!"

听姜峰理直气壮地说完,林娇无奈地点了点头,咬着牙对姜峰问道:"那她有没有告诉你,我打算做流产?"

林娇并不是在吓唬姜峰,当主治医生笑呵呵地告诉她检查结果时,她惊讶不已,心中更是五味杂陈——

原以为放纵买醉和雨夜里的那番报复后,这次的试管不可能成功,可那个在前一天移植的胚胎,却奇迹般地活了下来,开始在她的身体里孕育生命。

姜峰一下子愣住了,缓过神儿来后,慌忙问道:"你说什么?流产?为什么要流产?"

"因为我不想要你的孩子!"林娇瞪着姜峰,决绝地说道。

"不可能!不可能!你不会这么做的!我们好不容易才有的这个孩子,你怎么可能?怎么会……"姜峰一边摇头,一边盯着林娇的眼睛。

他"噌"的一下从桌边站起,狠拍桌面:"你不能这样!这孩子是我的!你没有权利决定他的生死!不行!我说不行就不行!林娇,我告诉你!你要是敢杀我的孩子,我绝不会放过你的……"姜峰的吼声震天,林娇却像看着一个撒泼哭闹的孩子似的,冷眼凝望着他。

也许是看出,再怎样威胁也只是徒劳,姜峰改变了策略。他一步来到了林娇身旁,拉着她的手央求她:"娇娇,求你了!不要打掉我们的孩子,他是你我爱情的结晶啊!是我们……"

"噗嗤!"林娇扬起脸,笑了出来,她深深吸了一口气,才消化掉这极大的笑话。

姜峰无趣地从地上站了起来,越发变得恼羞成怒,"我知道了!你还是因为毛敏和我赌气,对吧!都怪那个贱女人!我叫她跟你解释,她死活不肯,她就是想看着咱俩最后走散!妈的!这个贱女人!活该她孤独终老,活该没人愿意娶她!活该……"

"什么!你说毛敏什么?"听着姜峰对毛敏的咒骂,林娇猛然打断他问道。

姜峰恍然大悟似的解释道："对了！你还不知道呢，毛敏一直在骗你！她跟你说，她已经结婚了，只是怕你再给她介绍男人相亲！什么旅行中认识的本市人，什么在美国教金融的副教授……那个男的，根本就不存在！都是她编出来的！她嫉妒你！嫉妒我们的婚姻！嫉妒我们曾经患难与共的经历！这些都是她得不到的！所以，她想尽办法破坏咱们的感情，想把咱们搅和散。娇娇，你不能中她的计啊！你要相信我！我是清白的啊！"

　　姜峰还在说着，林娇却恍恍惚惚地从桌边站起。心中的惊讶与不解，像遮天蔽日的浓雾，让她睁大的眼睛里写满了迷茫。

　　姜峰乘胜追击，"现在你知道，毛敏是一个多么恶毒的女人了吧！她编这套谎话，只是为了骗你！这些年，你从没觉得奇怪吗？为什么她的丈夫一直没露过面，每次你问毛敏，关于她丈夫的事儿，她总是支支吾吾敷衍？因为，这世界上，压根儿就没有这个人！"

　　林娇已六神无主地来到了门口。她旋转把手，推开大门，"你走吧！"林娇转回身来，对姜峰说道。

　　"娇娇，你是相信我了吗？你不会去医院做流产了，对吧？"

　　见林娇紧绷着嘴唇不说话，姜峰仍不死心。"我现在可以走，但我要你答应我！向我保证！不会拿掉我们的孩子……"

　　"姜峰！"林娇突然提高声音，喝住了姜峰，"你是要我现在就做决定吗！你是在逼我吗？要我明天就去医院……"

　　"好了好了，我走，我走……"看着林娇通红的眼睛，姜峰朝门外倒退。

　　姜峰一走，林娇就把门赶紧反锁了起来。她背靠着门板，大口地喘息，心中的慌张，像记忆里灌进嘴里的河水，令她感到窒息……

　　如果毛敏没有丈夫，那么雨夜里，与她一样手足无措，在她脸上流下热泪，求她一起复仇，与她共度一夜的男人——又是谁呢？

　　这样想着，越发沉重的心跳，坠着她顺着门板下滑，仿佛要沉进河底一般……

　　"他到底是谁？"

　　早晨，当林娇手下的业务经理过来敲她办公室的门时，她还在苦苦思索着这个问题。

　　雨夜里，男人含着泪的目光，在她脑海中挥之不去，像捆在溺水之人身上的绳索,将她紧紧缠绕。

"林总,您该去开例会了!"业务经理站在门口,恭恭敬敬地提醒林娇道。

"嗯,知道了!下半年的业绩目标都送过去了吗?"林娇回过神儿来问道。

"嗯嗯,各部门负责人那儿都送到了!总经理那儿,我是最先送过去的。"

"好,他们什么反应?"林娇边问,边拿起手机朝门口走来。

"嗯……脸色很难看。"业务经理犹豫着说道。

林娇刚想说话,手机亮了起来,是姜峰发来的微信:"怎么回事,业绩指标增长50%?我知道你新官上任三把火,但这么个烧法,是要烧出森林大火的呀!"

调至静音,熄灭屏幕,林娇对业务经理继续问道:"哦?那总经理呢?他的脸色也不好看吗?"

业务经理这次回答得十分干脆:"嗯!总经理的脸色最难看,一直阴沉着脸。"

一问一答间,林娇与业务经理一前一后地走进了工区。

林娇看见员工们纷纷停下手中的工作,带着七分敬意,三分畏惧,对她投以注目。销售部的老部下们更是齐刷刷地站了起来,让出更加宽敞的过道,让她通过。

今早坐电梯的时候,林娇就听见唐蕾附在她耳边告诉她,她升任副总的消息已通过内网在全公司公布。她如今的身份已不再是公司中层,作为仅比总经理低一级的公司高管,员工们会将她视作老板一样礼遇。

纵使有心理准备,林娇仍不习惯被人这样瞩目。她目视前方,刻意避开了下属们的目光,快步朝会议室走去。

就在快走出工区时,林娇还是缓缓停下了脚步。她最终转回身去,朝正在目送她的员工们点了点头,对他们说道:"未来,还有很长一段时间,我仍会在这片工区里,跟大家一起办公!所以,一切还和从前一样,不必见到我如此客气。大家继续安心工作吧!"林娇的语气平稳,大方中不失威严。

见众人信服地恢复到之前的忙碌,她歪过头去,对身旁的业务经理问道:"马士基船运公司的合同,拷进会议室的电脑里了吗?"

"拷进去了,您就放心吧!"因为与有荣焉,还在望着工区傻笑的业务经理,赶忙认真地答道。

"好!那你一会儿看我的眼色行事!"林娇话正说着,手机突然振动了一下。

"待会儿,我会在其他中层提出异议之前,先质疑你。到时候,你狠狠批我没关系的!总比其他人跟你针锋相对,不好挽回局面的强!先给我个下马威,让他们知道,你是他们的老板!娇娇,为了你,我真的什么都愿意做!"

林娇低头读着姜峰发来的微信,不屑轻哼,看见业务经理帮她推开了会议室的门,她大步走了进去,将手机彻底关机。

林娇在总经理的左侧一坐下,秘书便开始按照会议流程,请各部门有序汇报起上周的工作来。

当幕布上的投影,播放到倒数第二页的时候,林娇发现,会议室里一下子安静了下来,所有人的脸色,突然变得比下雨前的天空还要阴郁。

"嗯!'下半年业绩指标'!"总经理看着幕布上的标题,故意加重语气念道。他转回头来,十分为难地抿紧下唇,"虽然,主要承担'销售额'指标考核任务的是销售部,但'销售额'在各部门的业绩考核中,都占有一定的权重比例。"

说到这儿,总经理看向长条桌对面的唐蕾和尹东,"我没记错的话,连财务和人事这样的后勤部门,'销售额'这项指标,也占到了部门业绩考核的百分之十……"

林娇抬眼,看见唐蕾和尹东用力地朝总经理点了点头,总经理便似得到了支持般,双手交叠抱在胸前,板着脸继续说道:"可以说,这项KPI与公司所有部门都息息相关,甚至直接影响到大家年底能拿到多少奖金!现在,一下子增长了这么多……"说到这儿,总经理负气地看向与会众人,"下半年的业绩指标确定下来后,这周就要上报给集团!大家看看吧,有什么想法?"

听着总经理慷慨激昂地煽动众人,林娇虽面无表情,却在心中不齿暗笑。她早已看出,自央企招标之后,总经理就因她受到了董事长的赏识,而对她有所忌惮。现如今,在林娇正式升任副总的第一天,他就迫不及待地挑拨离间,想让她在副总的位置上还未坐稳,就失去人心。

发觉身旁的业务经理已替她倍感委屈,正跃跃欲试地想使出"杀手铜"，林娇用眼神示意他按兵不动。她正想听听中层们的想法，想辨辨这些人中，谁是忠，谁是奸。

"我相信林总制订的这个业绩目标，一定是经过深思熟虑的。但，她可能是对公司的运营现状有些过于乐观了。"突然说话的姜峰，笑着望向林娇。

林娇从眼角瞥他，冰冷的眼神让姜峰瞬间收起了笑容，咳了咳说道：

"我们都知道，自疫情暴发以来，全世界的进出口业务，都受到了巨大冲击。许多港口说关就关，有些航线说没就没。虽然，现在看起来，我国的进出口贸易正处于恢复增长的阶段，但供给端，船公司资源的价格仍然在波动。这必然会影响到咱们销售端的揽客能力呀！

"船公司运输成本上涨，咱们货运代理的价格自然不能低了！可对于企业主来说，一旦出口成本超过了利润，没有赚头了，谁还做出口生意呢！

"所以，现在，很多做出口外贸的制造业主，已经将市场由境外转向国内，甚至关停啦！这种形势下，将销售额增长50%，我觉得……根本不可能完成！"姜峰顿了顿，摇摇头，"说实话，我并没有信心，能不辜负林总的厚望！"

见没有人再发言，也看出众人皆在隔岸观火，林娇对姜峰冷冷地问道："说完了？"

姜峰正要笑着回答，林娇已将目光从他那儿移开。她转头与身旁的业务经理交换过眼神，业务经理便按下遥控器，将投影切换到最后一页。

林娇看向围在长条会议桌旁的众人，"这份'马士基船运公司'发给我司的意向合同，或许可以给在座的各位，打上一剂强心针！"

她说着拿起激光笔，圈下图像上的一组数字，"大家应该看出来了，马士基现在给到咱们公司的报价，比原先低了不止两成。"

林娇的话音刚落，会议室里一片哗然。她听见，很多人开始窃窃私语，其中有人小声轻叹："这怎么可能！"

林娇不予理会，继续说道："没错！正如刚刚姜总所说，受疫情影响，当前的国际进出口生意并不好做，有些小企业主已将出口转为内销。

"然而，恰因为此，国际船公司的业务，也受到了巨大的打击。这种形势下，能与一个长期稳定的货代公司合作，是当下，每一个船公司，迫切的需求。

"于是,休假之前,我主动找马士基在中国区的董事,同他见了一面。把我对扩大内需后,中国内陆港口之间,船运业务的预期向他做了一番展望。说服他相信,我们公司有能力抓住内陆货运增长的业务机遇,精准把握客户的需求,给马士基带来更稳定的仓单。条件是,他们要给到我们,具有市场竞争力的更优惠的价格!

"现在,就有了这份意向合同,我相信在座的各位,应该有足够的信心,服务好更多的内需客户。而我,仍然在负责的销售部,也已做好了挖掘、拓展更多客户的准备!

"所以,将销售额提高百分之五十,也许有一定的挑战,但也并非像姜总所说,是一个不可能完成的任务!"

已在众人眼神中看到了佩服的目光,林娇微微歪头,探向总经理,问道:"您觉得呢?"

原先还眉头紧皱的总经理,先是一愣,之后突然笑着说道:"没想到林总一上任,就给公司送来这么一份厚礼啊!但……你怎么没提前通知我呢?"

林娇看得出,总经理脸上在笑,语气里却带着不甘的埋怨,于是,她也还以他一个意味深长的笑容。

片刻的僵持过后,也许是不想失了大体,总经理转而望向大家,"既然这样,大家都要好好支持林总的工作,年底给董事会交出漂亮的业绩报表来。相信到时候,董事长一定不会亏待大家的!"

听见有人迫不及待地鼓起了掌,林娇端着笑,迎向众人敬佩的目光。

她从他们的脸上一一地扫过,落到姜峰那儿时,她直接跳了过去。

从前,她很在乎姜峰的目光,而现在,她连他的鼓掌都不再需要。

林娇觉得,现在能搅乱她心思的,只剩下外婆的安危,当然,还有那个男人到底是谁!

第十二章

1.

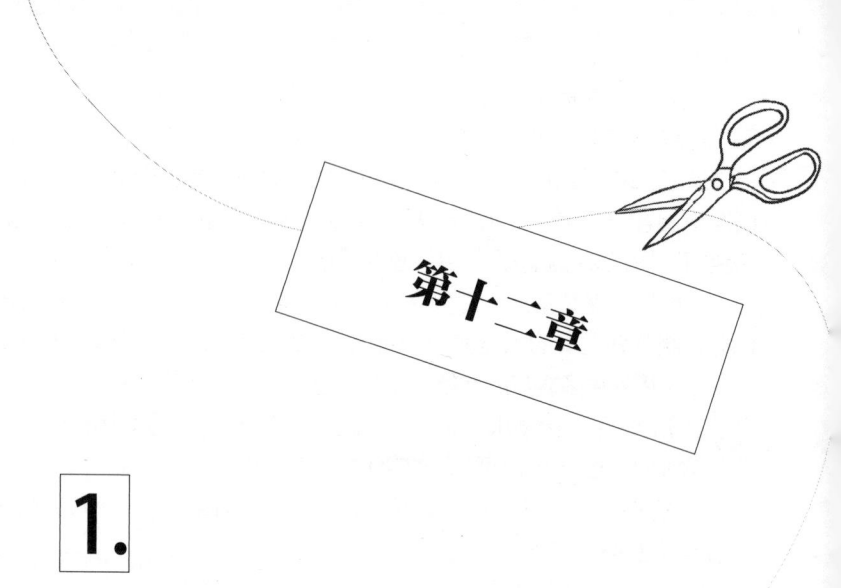

关于那个男人是谁，通过这两天的调查，我已稍稍有了些头绪。

依高伟所说，这个男人在"杀婴案"的案发当天，曾到过林娇家里，接过她倒的一杯水，所以在玻璃杯上留下了他们两人的指纹。

高伟随后向我暗示——林娇与这个男人的关系非同一般。虽然我当时怒怼了高伟，但仔细想想，这男人曾顶着台风到过林娇家里，与她单独相处，我的心里，又难免生出了一股难言的疑惑来。

但凭直觉，姜峰仍是我心中的头号嫌疑人，所以我决定还是按照原计划，查清楚姜峰是否有作案动机。

于是，今天我又来到了肖娜家所在单元楼下。从我确定肖娜才是姜峰的出轨对象后，我就开始跟踪她。令我意外的是，肖娜和姜峰好像早已没了牵扯，这两天一直陪伴在她左右，与她共同出入小区的，是一个长相黑瘦的男人。

为了弄清楚究竟，我今天特意将车停到肖娜所住的单元门附近。坐在车里，我目不转睛地盯着楼栋口，想看看肖娜与那男人只是碰巧住在同一小区，还是已经同居。

早上的通勤时间刚到，肖娜和男人便一起从一楼正对楼栋口的 101 室走了出来。肖娜等着男人关好门，便挽着他的胳膊，有说有笑地走出了单元门。

目送着他们俩渐远的背影,我验证了心中的猜测,同时觉得那个男人有些眼熟,他额角处那块青黑色的胎记,我总好似在哪儿见过。

我正低头思索,突然听见车窗被人"当当"敲了两下。抬起头来,我看见了肖娜笑盈盈的脸,她身旁的男人已不知去向,而她正得意地望着我。

"欸?肖总!这么巧!"我装作偶遇她似的寒暄道。

肖娜翘起一边嘴角,"不巧了吧,钟先生!这辆黑色吉普……我最近在小区外都看到过好几回了,那时坐在车里的人,应该也是你吧!"

我本想否认,却听见肖娜抢着说道:"我早就想买这么一辆吉普去川西旅行来着,所以一看到这车型就会仔细看看……"她说着,将头探进了车窗里,"你跟踪我有一阵子了吧?这样吧,要不你下来,咱们找个地方聊聊,要不,我打电话报警!"

无奈之下,我跟着肖娜,走进她家附近的一间咖啡厅,她要了一杯卡布奇诺,而我则什么都没点。

"相信吗?自上次你像做贼似的,从我们公司落荒而逃,我就知道,你一定会回来找我的。"肖娜率先开口,好似对一切了然于胸。

我才不会被她的虚张声势吓唬到,"是吗?那你,那时候还像百米冲刺似的,紧追着我要名片!没崴着脚吧?"我毫不客气地回怼她道。

既然被肖娜捉到,和她坐在了这里,我不能让她一直占上风。

"你男朋友看起来有点眼熟啊,如果我没记错的话,上次在你们公司前台等姜峰的时候,他恰好从我身边经过,应该也是你们的同事吧!肖总好本事啊,打麻将,凑牌局,都没你这么迅猛!这么快就找到下家了!"

我"啧啧啧"地晃着脑袋,突然抬起头来,看着她问道:"但不知道,他清不清楚,你曾在别人的婚姻中,充当过不光彩的角色,还为那个男人堕过胎?"

听到我的话,肖娜瞬间睁大了眼睛,险些被刚抿进嘴里的咖啡呛到。

"你听谁说的?"她放下杯子问我,眼里已没了刚才那股嚣张劲儿。

见我不说话,肖娜变得担心起来,"你到底是干什么的?为什么要跟踪我?"

我并不打算跟肖娜暴露身份,于是回答她道:"猜不出来吗?我是自由撰稿人，专门报道女性犯罪的记者！"

"你会把我和姜峰的事儿写进去吗？"肖娜紧张地问道。

已然知道肖娜害怕什么，我轻抿嘴唇，一副很为难的样子。

"看得出来，你们新婚不久，我对破坏别人的婚姻毫无兴趣。这样吧！你老老实实地告诉我，你和姜峰现在是什么关系？杀婴案发生时，你们是不是还在一起？我再考虑，要不要把这个秘密永远埋在心里。"

听我说完，肖娜突然"咯咯咯"地笑了起来。

我被她笑得莫名其妙，听见她接着说道："原来你是怀疑，我是杀婴案的凶手啊！这么狗血的剧情，标题想好了没？嗯……《小三为上位，杀死情夫亲子》怎么样？呵呵呵……"

"那我倒未必这么觉得。据我所知，杀婴案当天，你在外地出差，并不在本市，有充分的不在场证明。不过，我难免会联想——《情夫为取悦小三，谋害亲子》，这个标题好像也不比你那个差！"我在肖娜的笑声中挖苦她道。

肖娜突然止住了笑容，恶狠狠地看着我："那看来要让你的联想，成为空想了！我和姜峰，早在他逼我堕胎之后，就再没有任何关系了。我跟他，一年前就分手了！之前，他不确定林娇的试管婴儿是否能成功，而我那时，却恰巧怀了孕，于是他就哄着我，要我把孩子留下来，说生下孩子之后，会给我一个交代。可没多久，林娇就怀孕了。姜峰又出尔反尔，逼着我去拿掉孩子，最后还跟我分了手。"

说到这儿，肖娜顿了顿，眯着眼睛看我，"还有，你不要觉得自己很聪明，好像什么都知道似的！其实，你蠢得要命！"

她提高了声音，继续数落我道："你装作客户来公司试探姜峰，话没说两句，你就露馅儿了！你自己还不知道呢吧，印度尼西亚是穆斯林国家，超过80%的国民都是穆斯林。你当时跟我说，要出口冷冻猪肉到印尼，还不如说向中东出口石油来得靠谱！那时，要不是姜峰把注意力全放在林娇的婚戒上，你当场就会被他逮到！我要是你，绝不会冒那么大的险，把林娇的婚戒送到姜峰的手上，就为了看看他的反应。你真是，既自以为是，又愚蠢至极！"

肖娜一股脑儿地嚷嚷完，周围的人全在看着我们。

我被她贬得体无完肤，却不得不装起了糊涂："什么婚戒？什么送到姜峰的手里？"我嘟囔道。

"别装了！我伺候林娇，做了她一年助理，每天不知要从她戴着戒指的手上，接过多少她签了字的文件。那戒指是不是她的，我一眼就能认得出来！"

肖娜完全无视旁人的目光，越发激动地对我叫嚷："还有，如果不是你叫的闪送，那天你走后，姜峰为什么慌忙去追？我猜，他一定是没追到你，所以回来之后，才对着你坐过的地方，又踢又踹，咬牙切齿。你还敢说，那婚戒跟你没关系？"

肖娜这副在公共场合张牙舞爪的模样，着实让我觉得难堪。我在心里推测——她并非出身于家教良好的富裕家庭，与姜峰在一起，也可能只是为了满足年轻女孩对物质追求的虚荣心。我最初在他们公司，见到肖娜时的模样，多半是她模仿林娇装出来的。

这时，一个服务生来到了我们的桌边，询问我们是否需要帮助。我很不好意思地朝服务生笑笑，告诉他，我们很快就会离开。

服务生走后，肖娜终于恢复了平静。见我沉默不语，只是满眼埋怨地定睛看她，肖娜突然又神经质般地笑了，"说到那枚戒指，林娇曾告诉过我，当年看出姜峰要跟她求婚，戒指盒还未打开，她就猜到——那里面装的会是那款宝格丽婚戒。因为她喜欢那戒指螺旋造型的设计，觉得那象征着过去、现在、未来的和谐相承，更意味着全新的开始。所以事隔多年，林娇说起那段她和姜峰心意相通的回忆时，脸上依然带着兴奋的神情。可见那时，她有多爱姜峰！虽说如今物是人非，但我猜，有些美好，终还是无法忘怀的吧！"

说这话时，肖娜不住打量我的表情变化，我知道——她正在试探我与林娇的关系。

我轻哼叹息："可惜呀！日防夜防，家贼难防！再好的感情，也禁不起身边之人的破坏。我猜林娇做梦也没想到，她如此信任、重用的你，会这么对她。她一定很后悔，跟你分享过这么美好的回忆。"

说完这些，我就站起身来，想要离开，却被肖娜硬拉着衣袖坐了回去。

她收敛笑容，反唇相讥："我说过，不要自以为是、自作聪明！你从林娇那儿，听到、看到的，未必就是事实！不然，等有一天，你发现林娇并不像你想象的那么无辜、纯良，怕是要后悔得拿头撞墙了！你知道她是怎么离开我们公司的吗？又是怎么去到竞争对手公司的吗？等你搞清楚这一切，你就会明白，林娇是一个多么不择手段的女人。我给她造成的伤害，与她报复我的相比，简直是小巫见大巫！所以对于林娇，我心里没有一点儿愧疚！"

我早已搞清楚——肖娜与姜峰现在的关系，达到了此行的目的。现在仍被肖娜苦苦纠缠，我厌烦至极。正打算再次起身离开，我听见她说道，"也就是你这样的蠢男人，还在为了林娇四处奔走，之后，恐怕还要被她连累坐牢。不过也难怪哈！她那张漂亮的脸蛋，那副高不可攀、倔强又坚强的模样，哪个男人能不心动、不着迷呢？别说是你啊！就连久经商战、老谋深算的王鹏，也被她迷得不轻……"

"王鹏？"听到这个男人的名字，我不禁重复了一遍。

依这两天的调查，我知道王鹏与林娇之间存在一定联系。先前我也曾怀疑过——那个在案发当天，顶着台风，到过林娇家里的男人就是他。现在，从肖娜嘴里也听到了这个名字，我心里变得更加不是滋味。

"对啊！林娇的情人——王鹏。怎么？她没告诉你吗？……哦！她当然不能告诉你了！不然，你还怎么为她卖命呢？呵呵……杀婴案还有一个更靠谱的标题《母亲为奔赴新良缘，杀死视为累赘的孩子》。欸？我给了你这么大的启发，你怎么看着一点儿也不高兴呢？呵呵！你对林娇不会是……"

我眼里流露出来的不悦，让肖娜变得甚为得意。

"既然你那么确定，我和林娇现在有所牵扯，为什么还不报警！"我压着火气，抬眼敲打肖娜。

"咱们终于说到点子上了。"肖娜突然收敛笑容，变得无比认真，"因为，有一样我一直在找的东西，现在应该在你手里！"

肖娜的要求出乎我的预料，她向我要的东西，竟然是林娇偷偷复制的账本。

肖娜告诉我，她还与姜峰在一起的时候，就知道姜峰把那账本当命一样看待。那时，肖娜就动了偷账本的心思，但苦于不知道保险柜的密码，一直没有得手。

后来，肖娜在复印机旁，撞见过正在复印那个黑色本子的林娇。她由此断定——现在与林娇牵连紧密的我，一定知道那个复制账本的下落。

我不能向肖娜否认——那东西不在我手里，不然，我对于她来讲，就会变得毫无价值。

以肖娜泼辣的性格，她当即就会毫不犹豫地报警，这将影响到我之后的行动，更会破坏掉上级的布局。

被肖娜咄咄相逼，我不得不敷衍她，复制的账本确实在我这儿。但要我交给她，我需要考虑几天。

肖娜这次倒是大方地答应了我，同意再给我四天时间。

"不要试图拿我为姜峰堕过胎的事吓唬我，我告诉你，就算你报道出来，我也要拿到账本！如果四天后，我拿不到那个账本，你知道后果！"肖娜最后笑着威胁我道。

我拖着一身疲惫回到家，脚刚踏上通往2楼的楼梯，就被坐在餐厅的佳慧喊住了。

"启铭，麻烦你过来一下！"她说话时语气沉重，让我觉得好像有大事要发生。

我退一步，下了台阶，朝佳慧坐着的地方看去。

她正端坐在餐桌旁，一脸严肃，好似已等了我很久。

"你能过来一下吗？"佳慧望着我，有些不耐烦地又问了一遍。

我无奈地叹了口气，朝她走了过去。

自打前天摘下婚戒，我再没跟她说过一句话。昨晚，看见她端着碗筷，想坐到我身边一起吃饭，我直接站起身来，把我碗里刚吃了一口的米饭，倒进了垃圾桶里。今早，我出门去肖娜家前，佳慧试图拦下我，求我跟她谈谈。我则拨开她，头也不回地出了门。

我并不是在逃避什么，我只是突然发觉，我不愿意……不愿意再跟这个浪费掉我七年真情的女人，多待一秒。

远远的，看见餐桌上摆了一份文件，我的眉头不自觉地皱了起来。

来到餐桌旁，看着文件上印着的"离婚协议书"，我松开了眉毛，勉强地勾起嘴角。

虽然早想过会有这么一天，虽然我的手机里也装着拟好的《离婚协议》，但当我拿着佳慧已经签好名字的文件时，心中还是起了波澜。

不想被她看穿，我几乎没有迟疑地拿起她为我准备的笔，在上面签好我的名字。

之后，我合上笔帽，抬手把那几页纸，潇洒地丢到佳慧的面前。

见我转身要走，她又一次喊住了我，"等等！你就不想知道，协议里都约定了什么吗？你就那么着急吗？"

佳慧的声音颤抖，我听不出来是因为难过，还是兴奋。

"不需要！你想怎么分就怎么分吧！"我负气地说着，恍然大悟似的敲了敲脑袋，"哦！放心！我明天收拾完行李，就会……"突然想起还躲在地窖里的林娇，我不得不硬咽下已到了嘴边儿的话。我深深吸气，强忍心中怨气，改口说道："我会，尽快搬走的！"

说完，我一动不动地站在那儿，只盼着佳慧不要提出异议，不要让我为难。

"你不需要离开。父亲过世后，这栋房子重装的费用都是你出的，早已超出当初购买它时的一半市值，要离开的人是我！"佳慧望着我说道。

大概是错觉，我竟在她眼中看到了对我的不舍。

没再推辞，我轻轻点了点头。本以为佳慧还要跟我讨论财产分割的问题，却听见她突然说道："你爱上她了，对吗？"

"谁？"我不解地反问。

"那个被你带进过地窖的女人。那面墙上的画，你是为了逗她开心才画的吧？"佳慧对我说话的模样，显然已经变成了质问。

"我不知道你在说什么。"丢下这句话，我愤愤转身，朝楼梯走去。

"你这算什么？否认吗？你在墙上为她画的那些向日葵，虽然没有五官，却也看得出笑意和期待。就算你可以骗得了我，你也骗不了你自己！"

听见佳慧哽咽着在我身后嘶吼，我又走了回来。我对着她咆哮，在我们七年的婚姻里，第一次对她咆哮。

"你想说明什么？你想说是因为我，而不是因为你，我们才走到今天这一步的吗！你想说，这一切都怪我，对吗！"说到这儿，我心底又泛起在香港发现真相时的那股心酸，声音也变得哽咽，"佳慧，我们为什么没有孩子啊？啊？你告诉我，为什么啊？"

她不说话，只是流着泪，不住摇头，而我却在一下下地点着头。

"好吧！如果你觉得这样，能让你好受点儿，你就尽管都赖在我头上吧！这下你满意了吧！"吼完这句，我便走出了餐厅。

"你对她动了真心！就像你当初对我一样！你的眼睛骗不了我，刚刚我问你的时候，它们已经替你回答过了！"

伴随着佳慧的哭喊，我没有回到二楼，而是从楼梯旁经过，一把推开了通往室外的门，冲了出去。

来到院子里，我像是要去救火般地跳上了车，然后恨不得把钥匙拧断似的，发动引擎，逃离了这里。

我驾驶着黑色吉普，像满弓射出的箭，在沿海的大道上一闪而过。

我摇下全部的车窗，让带着咸腥味道的海风，尽情地抽打着我的双颊，以冷却我沸腾的心绪。

通常，超高速下的驾驶，会强迫我停下全部思考，集中所有精力在即将被我冲破的前方。所以，我才会对速度如此痴迷。可现在，即便油门已被我踩到了底，仪表盘上的数字已无法再向上攀升，我却仍无法摆脱心脏被撕扯着的痛苦。

就这样，不知过了多久，我将车子在路边缓缓地停了下来。

阴郁的天空与幽暗的海面混成一片，看不出界限在哪里。只有前方，那座白色的灯塔，还孤独地站在岸上，苦苦地守望。

"原来果真是你！"

从香港回来那晚，餐桌前的林娇，听我讲完年少时在白色灯塔那处海滩被螃蟹夹伤的糗事，嘟囔着抬起眼来看我，一副不可思议的模样。

那时，我并没有立即明白她话里的意思，差点儿越过心底的那道界限，吻了她。之后我以"焗饭好了"为名，慌张躲进厨房冷静，反复品着她那句"原来果真是你！"，遥远的记忆便像飞花般，开始在我眼前呈现……

原来林娇就是我年少时，在海滩上拉住的那个女孩儿。我被螃蟹夹伤脚趾，其实是为了在汹涌的离岸流到来前，救下她。

那之后有几年，青春期的我们曾多次相遇。一想到先前为了逞英雄，脚趾化脓，包得像个猪蹄的糗样，一定被同一所小学的她看到过，所以每每与她擦肩而过，我都装作不认识般看向别处；待她走远后，又会忍不住回眸去看她的背影。

回忆起少年时的这份悸动，我惊讶于宿命般地与她再次相遇，而对她的情感，也从那一刻起变得越发难以收拾。

佳慧说得没错，我对林娇动了真心，我试图隐藏，极力克制，却还是暴露出来的真心。

然而，林娇终究会想起我们之间曾发生过的一切。我与她之间，注定只会是一场没有结果的付出，没有终点的独行……

这样想着，我痛苦地将头抵在了方向盘上。

车窗外，海鸟们凄凉的鸣叫，仿佛是在一遍遍地提醒我，无论如何，我必须将这份真心，独自收藏！

2.

听到头顶海鸟凄凉的鸣叫，林娇抬起头，望向阴郁的天空。

一只海鸟孤独地翱翔着，很快消失在了天际线。在那里，有几艘渔船，如海鸟抖落的羽毛般，在灰蓝色的海面上，无主游荡。

被渔船掀起的海浪，涌回岸边，撞碎在林娇踩着的这片礁石上，化作风中飘散的细腻浪花。

海风吹乱了林娇的头发，吹起了她白色的长裙，却吹不散她心中的悲伤。

外婆去世了，她没能躲过骨折后造成的动脉栓塞，于昨夜在病房里，与世长辞。

外婆走得很安详，那留给林娇的最后微笑，仿佛是告诉林娇——要坚强！

眼泪被悲伤怂恿着，在眼眶里打转，林娇却控制着，不让它们流下。她从不会让外婆失望，现在要做的，就是学会更加坚强。

闻久了咸腥的海水味儿，林娇突然很想呕吐，她知道——那是腹中的小生命在作怪。虽然还听不见他的心跳，但他已迫不及待地提醒林娇——他是个活生生的存在。

忍着差点呕出的孕吐，林娇深深呼吸，靠在了身后的白色灯塔上。她从胸口轻抚到小腹，给自己和腹中的孩子以安慰。

就在今晨，林娇终于做了决定——要留住这个生命。虽然她与孩子的父亲已形同陌路，可他并不是姜峰一个人的血脉，也是林娇的骨肉。

也许正是外婆的离世，让林娇感悟到了生命的无常，体会到了失去亲人的痛苦，所以，林娇终还是不忍心放弃这个生命。更何况这孩子是她的至亲，她理应给这孩子最坚实的守护，就像林娇幼时，外婆给她的一样。

将目光投向脚下的沙滩，记忆里的画面便如投影一般，在她眼前回放……

外婆默默地站在这片沙滩上，含笑望着幼小的林娇，拥抱海风，追逐海浪，同海鸟对话。

外婆牵起她的小手，指着那条海天相接看似尽头的横线，告诉林娇：那后面还有更美的风景，等着她去领略、体味。

外婆用她对这世间万物，始终不渝的爱，帮年少的林娇建立起了强大的内心堡垒。

所以，当林娇决定同姜峰离婚，独自抚养这个孩子时，她已作好了去面对一切难堪的准备——

或许成为单身母亲，她会在育儿与生计之间艰辛地挣扎；或许需要处理人际关系的尴尬，也会无法避免地遭受周围人的闲言碎语；或许她再也无暇顾及新的感情，除非那个男人能将这个孩子视如己出……

可即便如此，林娇还是想好了——要付出全部。

她会成为一个坚强的母亲，守护着他慢慢长大。就像外婆曾牵着她的手一样，在未来，她将牵着这个孩子的小手，给他讲述天的高远，海的广阔，陆地的无垠，然后在晚霞的映衬下，再牵起他的手一起回家……

这样想着，在林娇的心中，升起了一股像钢铁般坚硬，又似春水般温柔的情意，眼中的雾气也跟着渐渐消散。

就在这时，一只青色的小螃蟹闯入林娇的视线，它吐着透明的泡泡，从她脚边爬过，留下一连串菊花状的印记。

林娇跟随着它移动，最后看着它钻进了椭圆形的沙洞里。再抬起头来时，林娇才发现，自己已离海岸越来越远，汹涌的海浪近在咫尺。

林娇下意识地向后退去，多年前在这里差点儿遇险的情景历历在目……

那时，她正上小学二年级。趁外婆不在家的一日下午，林娇独自来到了这片海滩，打算与心中的恐惧做一番较量。

自六岁那年，险些溺死在河里后，林娇就不敢再靠近大海。纵使那些躺在沙滩上的漂亮贝壳，泛着彩虹般的光泽，向她发出诱人的邀请，林娇也只敢站在灯塔前的礁石上，远远地观望，从不敢走下去捡。

年幼而倔强的林娇，受够了这种被恐惧挟持的感觉，她用眼睛挑选着海岸线上最汹涌的浪花，鼓起勇气，迎着它走去。

眼看着半腰高的海浪朝她扑来，林娇紧紧地闭上了眼睛……

可还没来得及感受到海水的湿凉，她就被一双温热的手，硬拽着朝一旁倒退。

被紧追其后的海浪推倒，林娇和拽着她的男孩，一起跌坐在了沙滩上。他们浑身湿透，男孩儿的凉鞋也丢了一只。

男孩气喘吁吁地告诉林娇，她刚刚站着的地方，正是"离岸流"所在，是这片海滩最危险的区域。

看见贝壳从沙滩上消失不见，还有男孩正被海浪吞没的凉鞋，林娇才意识到刚才的凶险。

她转过头来，正想跟男孩道谢，却发现，他们好像似曾相识……

男孩与林娇念同一所小学，似乎比林娇高三个年级。男孩给林娇留下的印象很深，因为他从不像其他男生那样，在操场上疯跑，或是抱着树干，像野猴子一样攀爬。他常常坐在那处种满向日葵的花坛边，安静地看书。他时不时会露出多愁善感的模样，好似在为书中的人物动容。他身后那片金色的向日葵，总是如火焰般地簇拥着他，好像他也是它们中的一员，只不过，他是最耀眼的那一枝。

"谢谢你啊！咱们好像是一个小学的，我叫……"

认出男孩，林娇正想介绍自己，却看见他龇牙咧嘴地抬起脚来，大脚趾上，还挂着一只青色的小螃蟹。

被螃蟹夹得"呀呀"直叫，他在嘴里不住喊着"疼！"

情急之下，林娇摸到身后的一块碎礁石，抡起胳膊，就要朝螃蟹砸去。

"别，别砸它！它也有生命，老师说过，要尊重生命，热爱生命……"

他痛苦地一边抖脚，一边按着林娇的手说道。

随后，他把脚伸进了一旁的浅水坑里。重归水中，小螃蟹奇迹般地松开了钳子，朝边上的洞口爬去……

不久后的一天，当早上第一节上课铃响起时，坐在教室窗边的林娇，又看见了他。

他背着沉甸甸的书包，正一瘸一拐地往学校里走。他身上穿的，还是那天救林娇时的海蓝衬衫和白色短裤，脸上依然是那副龇牙咧嘴的痛苦模样。唯一不同的，是那只被螃蟹夹过的脚，如今已被纱布包得像个猪蹄。

在去寄宿高中上学之前，林娇又在路上碰见过男孩几次，可他们只是擦肩而过，好似男孩早已忘记，那年海边沙滩上，他曾救过她的事。

林娇曾觉得，或许就是这个相逢却一直未能相识的隐隐遗憾，让男孩在自己的梦里长大，变成了一个穿着白色西装，海蓝色衬衫的男人。虽然梦中始终看不清他的脸，但林娇却知道——他在对自己微笑。

大概是又搬回到海边的缘故，昨夜，在接到外婆过世的电话前，林娇又做了那个旧时的梦……

在橙色的夕阳下，他站在白色的灯塔前，左手握着一束向日葵。

只是这一次，林娇梦中男人的脸，不再模糊，而是突然变得清晰起来……

他不再冲着林娇微笑，而是流下行行热泪。

与那晚，他站在暴雨中，望着林娇时，一样。

例会快结束的时候，林娇放在会议桌上的手机"嗡嗡嗡"地振动了起来。

正在给林娇做工作汇报的客服部总监，顿时停下，等待她进一步的指示。

林娇看都没看，就将电话拒接，之后她抬了抬手，示意会议继续。

林娇从不在会议进行中接听电话，以示对与会人员的尊重。况且，今天总经理不在，会议由林娇主持，她更不能让下属们等着她接完电话，再继续会议，以免留下新官摆谱的嫌疑。而且，对方若真有急事，自然会再发短信给她。

果然，"嗡！"的又是一声振动，手机里收到了一条陌生号码的短信，与刚刚那通来电的号码一致。

"林总，您好！我是猎头何乐儿，现在有一份条件极好的工作机会，向您发出诚挚邀请。请您在方便时给我回电，十分感谢！"

像这样的猎头电话，林娇常常接到。对于他们的好意，林娇总是委婉拒绝，今天也不例外。于是，她给陌生号码回复道：

"我正在开会。感谢诚邀！但我暂时还没有换工作的打算。谢谢！"

会议一结束，林娇就被几个部门的负责人簇拥着走出会议室。他们有的，是要跟林娇继续探讨工作中待解决的问题；有的，则是趁总经理不在，借机向林娇示好。

在会议室门口一一应付完他们，林娇朝自己的办公室走去。还没进屋，她就听见里面传来一阵阵的座机铃声。

拿起座机听筒，林娇"喂"了一声，一个清脆的女声立即传进她的耳朵。

"喂？您是林总吗？我是何乐儿啊！"

"啊！何……？"林娇边回忆着"何乐儿"这个名字，边抻着电话线，坐到了旋转椅上。

"对！何乐儿！刚才您开会时狠心拒绝的那个女猎头，想起来了没？"何乐儿声音里一点也听不出被拒绝的沮丧，反倒是有几分调皮。

"噢！是你啊！你不会是一直在打我办公室的电话吧？"对这女孩的坚持，平添了几分好感，林娇放松地靠在椅背上，对着电话问道。

"是啊！是啊！您在开会，我只能用这样的办法'测算'您散会的时间咯。千万别被我的执着吓到，因为要猎聘您的这家公司，开出的条件真的很好！我只是怕您错过了，会后悔得指尖抠墙！"何乐儿语气夸张地说道。

"哦？这么好的机会啊！"林娇被何乐儿逗笑了，打趣道。

不想再让何乐儿白费功夫，林娇顿了顿，还是正式拒绝道："很感谢哈！但我刚刚在这家公司升了职，所以……"

何乐儿急忙打断林娇，"委托方知道您升职的事儿！跟您这么说吧！这不是一次普通的猎聘，而是针对您的，狙击式猎聘！"

"针对我的……什么？"林娇轻轻蹙眉，狐疑地问道。

"狙击式猎聘。"何乐儿认真地重复了一遍，马上补充道："当然！并不是真的要用枪狙击您！通常情况下呢，如果有客户委托我们，替他们寻觅像您这样的高端人才，我们至少会将三位以上的候选人履历，交给委托我们猎聘的甲方公司，让他们挑选。但这次，客户直接指定了您，作为唯一的猎聘目标！您前不久，在达远公司升任副总的消息，客户十分清楚！他已聘请我们，对您的职业履历以及薪资待遇，进行过充分的调查后，才开出了这样极优的条件！林总！相信我！您只要去面试，一定会心动！"

"哦？哪家公司？什么样的条件？"

何乐儿的话勾起了林娇的好奇，却听何乐儿十分认真地回答道："这个恕我不能向您如实相告。客户要求，在见到您本人之前，不能透露他们的身份。但我可以用我的职业信誉向您担保，这家货代公司从规模到实力，绝不会比您现在的公司小！"何乐儿在电话里信誓旦旦地说着，林娇仿佛都看见，这女孩宣誓一般举在耳根的右拳。

挂断何乐儿电话的转天下午，林娇坐在五星级酒店的咖啡厅里，等待约她来"面试"的神秘人。

林娇并非真的动了跳槽的心思，但她确实在何乐儿的怂恿下，对这位"客户"产生了强烈的好奇。而且，何乐儿留给林娇的印象还不错，她便想着来会会这个神秘人，顺便帮这个女猎头交上差。

转头望向街对面，尚未开门的罗西酒吧，林娇深深叹了口气。她没想到，对方会把"面试"地点，约在她负气离家后，入住的这家酒店里。

盯着罗西酒吧禁闭的大门，林娇仿佛看见，自己从那扇门里仓惶冲出的模样，身后，拿着摩托车头盔的男人尾随着她，穷追不舍……暴雨夜里经历的一切，又一次不受控制地，在她的脑海里自动回放。

自从林娇知道了——那男人并非毛敏的丈夫，林娇几乎每晚都会去罗西酒吧，只为弄清楚——他到底是谁。

回忆暴雨夜那晚，老板同男人的对话，林娇判断——他是罗西酒吧的常客，老板应该与他相识。于是，林娇决定去跟老板打探，可一连等了几晚，老板都没有出现。虽然林娇急于弄清真相，也可以通过店员要来老板的电话，但林娇不想打草惊蛇。在还没搞清楚这一切究竟是怎么回事之前，林娇不想让那男人发现，自己在找他。

正这样胡思乱想着，桌对面的椅子被人向后拉开了。

抬头看见正对着她微笑，西装革履的儒雅男人，林娇从似曾相识的疑惑，到心中一惊的意外，再到面露不悦的愠怒。她已明白——这次所谓的"狙击式猎聘"，为何进行得如此神秘。

来人正是——先前与林娇竞争央企招标项目，和旭公司的那个男业务员。

虽然货代行业里，大大小小的公司不计其数，但由于各地域码头业务，存在一定的排外性，各家割据一方，常有一山不容二虎的态势。就本市港口的船运货代业务，林娇所在的达远与对方所在的和旭，无疑是这片市场里，竞争力最强的两家公司，也是名副其实的"死对头"。

"林总，又见面了！"男人带着极有亲和力的笑容，向林娇伸出一只手来。

见林娇坐着不动，并不打算同他握手，男人不羞不恼，"我是和旭货代的王鹏，很高兴，能再见到你！"他微笑着说完，才在椅子上坐了下来。

听他介绍完自己，林娇才知道，自己之前误会了他的身份，坐在对面的这个人，正是和旭货代最大的股东，也是公司的实际操控人——王鹏。

只是那时，在央企会议室外初见他时，他穿着极为朴素，而且林娇也没想到，和旭的大老板会亲自去拿投标项目的标书。

但即便如此，林娇还是直言不讳："王总，如果是因为上次输了央企竞标的事，怀恨在心，打算招我过去，挖达远的墙脚，那我恐怕是要让你失望了！就像我和猎头说过的那样，我近期，并没有要换工作的打算！还有，……"见王鹏要张嘴说话，林娇伸出一根手指，拦住了他，"上回那次投标，不管肖娜使了什么手段，给了你怎样的误判，那都是她的个人行为，并非达远的公司战略决策，希望王总明白！"

听林娇一股脑地说完，王鹏这次不再着急接话。他朝服务员招了招手，点了和林娇一样的伯爵红茶，又要了些茶点，才转过脸来，笑着说道："林总误会了。想挖达远的墙脚的确是事实，不然，我也不用费尽心思找猎头邀你见面了。不过！并非像你说的那样，我是因为输了央企的招标，怀恨在心……啊！不不不……"王鹏也似林娇刚才的模样，竖起一根手指，然后左右晃动着，继续说道："怎么说呢，我是因为输了那一标，但并非像林总说的那样，是我怀恨在心。那一标，我输得确实很意外，却不是因为你手下的肖娜……"说到这儿，他抬起眼来，定睛看着林娇，"而是因为你！"

林娇看得出来，王鹏是在有意拉近与她的距离。先前拿着水单的时候，他本想点咖啡，但瞥见林娇喝的是红茶，便翻页点了红茶。现在，他又有意无意地模仿林娇的手势，无非是想引起她的共鸣，让她卸下防备。想到之前肖娜与他的瓜葛，林娇不禁在心中唏嘘，这个男人对待女人确实很有办法，只可惜，林娇并不吃这一套。

就在这时，她听见王鹏又说话了："开标结果公布后，我从甲方那儿，要来了你们的投标书。"

这种明显违反了保密条款的行为，被王鹏说得明目张胆，林娇顿时露出了诧异的眼神。

王鹏却轻轻一笑，"看来林总，对我的了解，远不如我对林总的多啊！"他帮林娇续上茶水，不慌不忙地说道："九年前，在成立和旭之前，我曾在央企经营的货代公司里工作了十几年。你知道，自改革开放之后，进出口贸易频增，货代行业也跟着如雨后春笋般，在中国港口城市成长了起来。那些国际航运公司，就像你前一阵子搞定的马士基，也是在那个时候来到中国大陆的……"

林娇轻抿了一口茶，脸上不动声色，心中却明白，王鹏没少对她做背景调查。

"……他们来到中国后，和他们原先就有合作关系的外资货代，也陆续在华开设了分部，就像你现在所在的达远。但就中国市场来说，具有体制优势的央企、国企货代，则为这些船运公司带来了更多的客户资源。我也算是在那时，依托着公司优势，积攒了不少上下游的资源。但所谓，成也萧何，败也萧何，央企的体制特点，在后来的市场竞争中，越来越表现出机构臃肿、流程复杂、人员散、效率低的劣势。这给民办企业，带来了分盘的机会。我就是在那个时候，和几个同事一起出来创业的。上次，我们竞标的那家央企，碰巧有我几个老朋友在里面，反正已经完成开标，你们也中标了，我把竞争对手的标书'借'过来看一看，也没有损害到任何一方的利益嘛，对不对！"

说着，王鹏探身向前，直勾勾地看向林娇，"但是，看了你们详细的报价之后，我真是，真是……"他不住摇头，最后提高了声音说道，"我真是输得心服口服啊！"

林娇却不似王鹏这般激动，她放松地靠向椅背，随后淡淡挖苦他道："那只能怪，王总求胜心切，错信他人。但我想，你也不吃亏，毕竟肖娜付出的也不少吧！"结尾处，林娇加重了语气，意有所指。

"不不不！我都说了，这与你们那个肖娜没关系！在开标前，她的确向我透露过你们封标的报价，但我从来就没相信。想给我假消息，让我掉以轻心，哪这么容易。她的这点儿小手段，反倒是给了我一个锚点，让我知道了你们的报价，绝不会比她告诉我的那个数字高！这反而有利于，我对你们可能报出的价格，提前进行判断！而且事实也证明了，我的预判很准！咱们两家提交的亿元报价单，相差，仅不过千元！就差那么一点点儿，一点点儿……"

王鹏说着，拿捏着右手拇指和食指，几乎合拢在了一起，又遗憾地继续说道："当我拿到你们详细的报价书后，我才知道，并不是我的运气不好！对于甲方指定的几条航线报价，你们测算得有理有据。不但对当前疫情下，复杂的国际形势进行了分析，还将由此引发的航线成本风险也囊括了进去。这绝非肖娜，这个只在行业里打拼了一年多的小姑娘，能做到的，哪怕她是你的助理！这么有含金量的报价书，一定是一个从业经验丰富，还独具慧眼的资深人士做出来的。在达远，我能想到的——只有林娇你了！所以，我说我输给的是你！我猜的没错吧？"

看着王鹏满是钦佩的眼睛，林娇这才想明白——那日开标之时，王鹏面对肖娜透露出来的愠怒，并非愤恨，而是厌弃。

也许从那一刻起，肖娜对于王鹏来讲，已没有了实际的利用价值，所以肖娜才没攀上王鹏这棵大树。这样想着，林娇忍不住轻哼了出来。

见王鹏不解，她随即说道："虽然，对于我这个不争气的前助理，她的诸多做法，我倍感不齿，所以才会让她远离核心业务。但，王总你利用女人，利用感情，妄图达到商业目的。说实话，我对你也没什么好感。我看，今天就这样吧！感谢你的邀请，但我并不……"

"别说出来！"王鹏突然双掌合十，着急地朝林娇央求着喊道。

被这位大老板的举动吓了一跳，林娇霎时愣住。

也许是意识到自己的失态，王鹏从开始到现在，第一次露出了尴尬的表情，他小声嘟囔道："真是的，我跟我前妻求婚，都没这么紧张！"

他抬起头，认真地看着林娇："肖娜是一个年轻，有活力，又很有野心的女孩子。像我这样地位的男人，不乏会遇到她这样的追求者。我是个正常的单身男性，自然懂得怜香惜玉。

"大家是成年人，都是你情我愿，也十分清楚界限在哪里。我从没有利用她，去打探达远的内幕；更没有主动要求她，付出什么；竞标之后，我与肖娜也是好聚好散，并没有亏待过她……我想，我并非林娇你口中，不齿的那一类男人！"

王鹏说得十分诚恳，林娇也知道自己刚才的话言重了。她用力抿紧嘴唇，挤给他一个微笑。

王鹏试图拉回正题，"刚刚说了这么多，无非是想消除林娇你的疑虑，另外也想跟你表达，我对你的敬佩和诚意邀请。我知道你先生也在达远工作，邀你到竞争对手的公司，势必会让你和你先生都为难。所以，只要你愿意过来，你先生那边，我也可以在和旭给他安排一个和原来相当的职位……"

"准前夫！"林娇突然打断王鹏道。

见王鹏露出疑惑的眼神，林娇叹了口气，垂下眼睛解释道："我跟他马上就离婚了。所以无需考虑他的感受，更不需要对他做出任何安排。"

王鹏理解地点了点头，"好吧！那我接着说！我打算给到你的条件是……薪资及绩效分红都不变。"王鹏说着，抬眼看了一眼林娇，为了让林娇继续听下去，他轻拍了下手，"但是！我跟几个股东商量过了，只要你愿意加入，肯为和旭奋斗五年，我们愿意分给你5%的股份，这些股份，会在你加入的当年年底兑现！你知道的，和旭一直有上市的打算！邀你来，自然是为了提升公司业绩，为成功上市做准备。公司一旦上市，你手中5%的股份，到时将会变成一个怎样庞大的数字，相信林娇你，心中一定有数！"

王鹏说完这些，显得比刚才还要紧张。他拿起杯中放凉了的红茶，一饮而尽。在林娇开口前，又抢着说道："不要现在回答我！虽然我十分渴望听到你说愿意加入，但为了防止你现在就拒绝我，我要你回去好好想一想。彻底想好了，再给我打电话！任何时候都可以！我等你！"

林娇望着王鹏不再说话。她发觉，也许是出身于满眼都是领导的大央企的缘故，王鹏身上并没有私企老板那股嚣张跋扈的劲儿。王鹏肢体语言丰富，是个说起话来很有魅力的男人。再加上他开出的条件既有诚意，又十分诱人，要说林娇对这份邀请，没有一点心动，那是不可能的。

但林娇始终懂得饮水思源，她觉得是达远培养了她，而她对这个自毕业后，就未离开过的公司，也存在很深的感情。

为难地叹了口气，林娇瞥见，暮色下的罗西酒吧已亮起了霓虹店招。

她转回头，望着王鹏那张写满诚意的脸，勉强地，点了点头。

"你做梦去吧！"

随着这声怒斥，林娇从椅子上愤然起身。她将尹东刚刚交给她的钥匙，丢回到总经理跟前。

"你，你什么意思？……林娇！你给我说清楚了再走！"林娇拉开总经理办公室的门，势要扬长而去，听见身后失了面子的总经理，拍着桌子，对她的背影吼道。

尹东赶忙跟着附和道："是呀，林总！有事好商量嘛，您干吗发这么大脾气……"

"嘭！"林娇摔门而出，将尹东假意规劝的声音隔绝于身后。她此时的感觉，比吃了苍蝇还要恶心，不想再听见那两个虚伪又阴险的男人说一句废话，她已顾不得大家的体面。

负气地离开总经理办公室，林娇快步走在高管办公区的走廊上。经过新装修好的副总办公室时，她被唐蕾从里面传出来的喊声叫住。

"林总，林总！快进来！"唐蕾站在明亮的屋子里，朝林娇兴奋地招手。大概是见林娇只是站在门口一动不动，唐蕾含着笑走了过来。

她挽起林娇的胳膊，拉着林娇就往屋里走，"看看！布置得怎么样？满不满意？说是尹东操办的，其实这内设，都是我帮他弄的。怎么样，还行吧？"唐蕾说笑着，打量着林娇的反应。

林娇松了先前轻蹙着的眉毛，朝四周看去。设有独立卫生间，足有三十多平米的副总办公室内，窗户和门都大敞四开着，看样子是在通风。极具流线设计的宽大办公桌，时尚而不失厚重。其对面，颇有简约风格的现代座椅，将区域就此分割，使钢琴漆面的黑色茶几和靠墙摆放的漆皮沙发形成独立的会客区域。

看着看着，林娇轻抿着嘴唇笑了。总体来讲，这间办公室的布置，气派非凡，可她知道，她再也不可能搬进来了……

就在刚才，林娇本在会议室给销售部的下属们布置工作，却被走进来的总经理秘书贴耳通知，总经理请她过去一趟。

敲开总经理办公室的门，林娇第一眼看见的，是坐在会客区沙发上的尹东。尹东表情严肃，全然没了往日里见到林娇时的谄媚。

"坐吧！"总经理坐在办公桌后，抬手指了指他对面的椅子对林娇说道。

当时，林娇正打算跟尹东一样，在沙发上坐下。听到总经理的话，她不得不起身，又坐到了椅子上。

林娇突然觉得，不管是她在这屋子里所处的位置，还是这屋子里的气氛，都很不对劲。

在林娇正对面，如主审官一样端坐在椅子上的总经理，正在对她审视；而在她斜后方，沙发上坐着的尹东，也向她投来窥探的目光。好像这里即将要进行一场针对她的审判，且蓄谋已久。

果然，总经理用冷冷的声音问道："听说，和旭那边要挖你过去？"

心中虽有惊讶，但林娇很快镇定了下来。她回头斜瞥了一眼尹东，见他立即躲闪，便猜到消息是怎么传出来的了。

猎头要对她进行薪资调查，势必会通过关系联系到公司人事。这本是司空见惯，但这次很明显，总经理是要拿这件事小题大做。

"没错！但我还没有答应。"心里的那股倔强劲儿上涌，林娇理直气壮地回答道。

总经理若有所思地看着她，板着脸点了点头，接着说道："隔壁的副总办公室已经装修好了，这两天你就搬过去吧！"

总经理的话音刚落，尹东赶忙欠身，把一串钥匙递到了林娇的手里。

不知道总经理和尹东葫芦里卖的什么药，林娇瞥了眼手里的钥匙，对总经理说道："这件事我跟尹东说过了，我现在还掌管着销售部的工作，办公室离销售部同事们的工位近些，沟通起来也更方便。所以，我打算，在新的销售总监选定之前，还在原先的办公室里办公，这样……"

"新的销售总监已经定了！"林娇的话还没说完，就被总经理打断。

"哦？谁？"总经理的话让林娇倍感意外。现今的销售部，是林娇一手带出来的队伍，她不明白，选择继任总监的事，总经理怎么会事先没跟她商量。

"肖娜！虽然她来公司才一年多，但从你那学到了不少东西。我觉得，暂时让她做代理总监……"

"不行！肖娜绝对不行！"

没等总经理说完，林娇已坚决否定。她控制着不让自己继续失态，深吸了一口气说道："这一年多的苦心培养，确实让肖娜进步了不少。但，作为一个部门的负责人，要带领一个团队开展工作，没有让下属信服的资历和德行，怎么服众？再说，肖娜已经被我调到港口办事处去了，我还没有让她回来的打算！"

反复提及肖娜的名字，林娇真有一股想漱口的冲动，但是大局为重，她必须强压下私人恩怨，客观地告诉总经理——这个决定有多么地错误。

这时，身后的尹东笑嘻嘻地说话了："林总，呵呵，您看您说的，

215

怎么都扯到德行上来了呢!这是不是有点儿……言重了啊!况且,您不只是调肖娜去港口那边学习半个月吗!算起来,她下周就应该被调回来了呀……"

"装什么装!肖娜的德行怎么样,你不知道吗!非要我挑明了说出来吗?"林娇猛然转头,对替肖娜辩解的尹东骂道。

林娇是在暗指肖娜窜改绩效考核评分的那件事,她相信尹东不可能听不出来。果然,尹东不再说话,朝总经理看去。

"我已经调她回来了!不用等到下周,明天吧,明天就让她回公司报到!"总经理抬起下巴,向尹东吩咐。

"哦,哦,对!"看懂了总经理的眼神,尹东连连点头,应声附和。

见总经理与尹东一唱一和,林娇正想反驳,却听总经理突然变换成关怀的语气,对她说道:"既然已经怀孕了,就不要把自己搞得那么辛苦。压力太大,对胎儿的发育不好。"

不知总经理从何处得知了自己怀孕的消息,林娇抬眼看他,见总经理正得意地冲自己微笑,嘴里还在念念有词。

"咱们公司又不是不通人情,如果你想提前休产假,我肯定会批。虽然董事长那头,对你的期望很高,但你怀孕的事儿,还有和旭想挖你过去的事儿,我也同他打过招呼了。他也同意,让你先放下销售部的业务,过渡一段再说。"

林娇终于明白,她现在为什么会坐在这里了。早在林娇可能升任副总之初,总经理就感到了十足的威胁。杀人诛心,他先是利用这次和旭猎聘林娇的事危言耸听,在董事长跟前,还不知道怎样地诋毁过她。如今,他又以照顾林娇怀孕为名,找到了十足的借口,借机让她远离核心业务,进而架空她,想让她做一个没有实权的空头副总。

看懂了总经理的如意算盘,林娇愤然起身抛下那句"你做梦去吧!",然后,决绝离去。

大概是见林娇只是抿着嘴微笑,却不说话,唐蕾显得有些着急,"怎么样吗?说说嘛!满不满意?"她拉长声音又问了林娇一遍。

自打林娇正式升任副总后,唐蕾总是会有意无意地刻意接近林娇。写字楼下的咖啡厅,员工区旁的洗手间,连电梯轿厢也会成为唐蕾"偶遇"林娇的地方。她不断讨好林娇,势要逼着林娇成为她的闺蜜。

"不错!挺好!"林娇笑着说道。接着,她看见唐蕾从背景书柜上,抱起一件雌鹿摆件朝她走了过来。

"看看这个！这叫'一鹿繁花'！哈哈，我选的！怎么样？"唐蕾眉开眼笑地举到林娇眼前问道。

不等林娇回答，她又像背诵课文似的，念叨了起来，"《史记·淮阴侯列传》有云——'秦失其鹿，天下共逐之'。自古，便以'鹿'寓意'帝位'。再看这鹿角上盛开的梅花造型！梅花五瓣，代表五福降临！哈哈，现在知道这'一鹿繁花'是什么意思了吧？"说到这儿，唐蕾冲林娇眨了眨眼睛。

"什么？"林娇没心情猜谜，敷衍问道。

"哎呀！我的林总呀！一路繁华啊！"唐蕾边说边靠近林娇耳边跟她低语，"上次参加董事会，我就感觉董事长对总经理并不满意！我估计啊，用不了多久，前面那个办公室就是你的啦！"唐蕾说着，悄悄指了指总经理办公室的方向。

林娇笑着，不住摇头，听见唐蕾继续卖好："我跟你说啊，这个摆设花了大几千呢！这也就是为了林总你，要是布置别人的办公室，我们财务可舍不得批……"

"送你了！"林娇打断唐蕾说道。接着，她留下目瞪口呆的唐蕾，大步流星地走出这间——她从未在乎过的副总办公室。

"喂！王鹏吗？我想好了，决定接受你的邀请。但，有两件事，我想你需要提前知道。所以，咱们见个面吧！"

拨通了王鹏的号码，林娇举起手机贴在耳畔，对着话筒认真地说道。

第十三章

1.

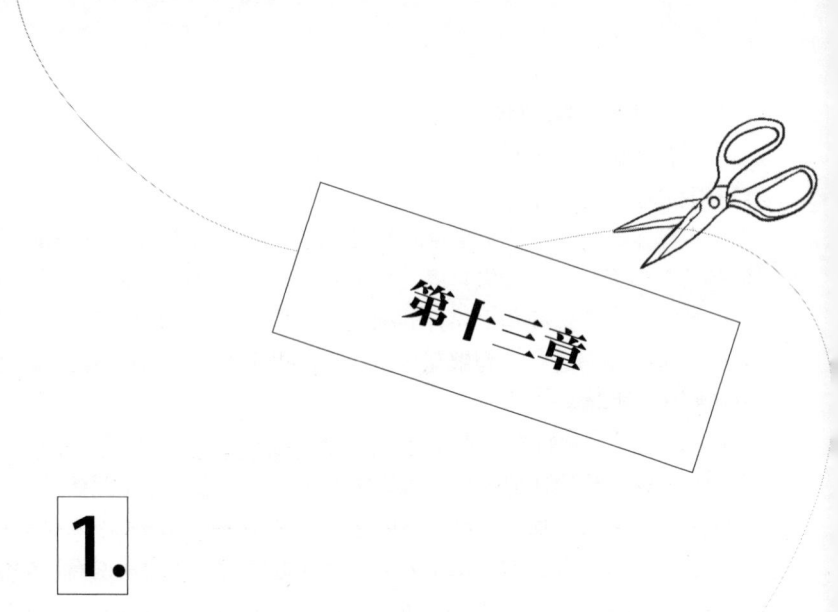

满腹狐疑地挂断了王鹏的电话,我开始在心里盘算——待会儿见到他后,要如何让他向我坦白,他与林娇的关系。

虽然我并不相信肖娜诋毁林娇的那些言论,但坐在电脑前,翻着和旭官网上的年会照片,看着王鹏与林娇站在一起时的模样——他看她的眼神,她给他的笑容……我好似渐渐陷入了难分敌我的三人牌局,越发变得不安。

再加上这两天,我调查分析了林娇的社会关系后,几乎可以断定——杀婴案当天,顶着台风前往她家,留下全掌指纹的男人,只可能是王鹏。我果断将这个情况汇报给了队长。王鹏立即被队里传唤。指纹比对的结果如我所料,王鹏正是那个案发当天到过现场的"第五人"。

于是,我以刑警的身份直接联系了王鹏,提出要对他进行走访。在电话里,王鹏爽快地将见面时间约在了一个小时后,好似对于这次会面,他比我还要心急。

一小时后,我如约而至。跟着王鹏的女秘书,走在这栋写字楼顶层通往王鹏办公室的走廊上。

女秘书引我在一扇门前停下。她在门上轻叩了两下,里面立即有人喊道:"进来!"

女秘书微笑着推开门，请我先进。

王鹏见到我，笑着从气派的老板桌后走了出来，伸手请我坐到临窗的沙发上。

女秘书走过来给我们倒水。坐在我对面的王鹏，含笑看着她做完这一切，对她说了句"谢谢"，女秘书便退出了办公室。

我默默打量着这位事业成功，外表儒雅的男人，发觉他极具亲和力，举手投足间有股说不上来的男性魅力。

"林娇或许，会喜欢上这样的男人吧！"我忍不住在心中猜想，立刻泛起一股酸溜溜的感觉。

"启铭，在接受你提问之前，我想先问你个问题……你认为林娇是凶手吗？"王鹏的提问，帮我回过神儿来。我发现，他竟然没有喊我"钟警官"，而是很自然地用我的名字称呼我，好似我们根本不是初次见面，而是相识好久的老友。

我不露声色地审视着他，想知道，他刻意与我拉近关系，又问出这么颇有深意的问题，到底意欲何为。

见我一直不回答，王鹏假装恍然大悟似的笑着说道："喔，对了！你是来问我问题的……那么，请问吧！"他靠向沙发背，抬起一只手，示意我可以开始提问了。

我对他开门见山："我想知道，林娇当初是怎么从达远跳槽来和旭的？"

"嗯！这个问题不难回答。她当初来和旭，是因为我看上了她！于是花重金，让猎头给我们创造了一次见面的机会。"

王鹏歪头顿了顿。"说来还蛮曲折的。我看得出，她当时本想拒绝我的，于是我请她回去考虑好了再说。没想到两天后，她竟主动给我打来了电话，说愿意接受我的邀请，但有两件事，必须让我提前知道。"

说到这儿，王鹏停了下来，好似在等着我发问。

我推算着林娇入职和旭的日子，随即问道："她告诉你，她怀孕了，对不对？"

王鹏笑着眯眼，对我点了点头，"对！她怀孕了！那时她刚检查出来怀孕不久，觉得有必要把这件事说出来，让我权衡。她就是这样，说起话来直截了当，从不遮遮掩掩，总是出其不意！"

王鹏说话时笑容里满是欣赏，"其实，有什么好权衡的呢！那时，为了能挖她过来,我连她前夫都打算一起安排了,更别说她要生孩子了……"

"前夫?"我敏锐地打断他道。

"对呀!这就是林娇那时,要我提前知道的'第二件事'!林娇加入和旭不久,他们就正式办理了离婚手续。林娇告诉我,她打算独自抚养这个孩子。她说,她有信心平衡好育儿和事业之间的关系,但还是要我在决定是否雇佣她前,就她的情况,进行权衡。你说,她是不是十分勇敢?"

王鹏并不是在问我,我却低头陷入了沉思。他刚告诉我的一切,令我很是吃惊。据我所知,案发时,林娇与姜峰还住在同一屋檐下,我怎么也想不到,他们早已离婚。一直"休假"在家,我没法登录"居民登记系统"查询信息。不知队长是忘了,还是认为林娇他们已经离婚这件事,与杀婴案关系不大,才没将这个信息及时告知于我。

"既然林娇在怀孕之初,就已经同姜峰离婚了,那他们后来为什么还住在一起?"我抬起头来对王鹏问道。

"离婚的事,除了我之外,林娇没有告诉过别人!她一直戴着婚戒,就是不想让外人知道,他们已经离婚!还住在同一屋檐下也是基于这个原因。"

王鹏说得淡然,可不知为什么,我觉得他是在故意暗示我——他与林娇的关系亲密。

"看来王总很欣赏林娇,想必她加入和旭之后,一定也没让你失望吧?"我将话题重新引回林娇在和旭的工作上,进一步试探王鹏。

"那当然!自打林娇加入和旭,整个销售团队都斗志昂扬。只用了半年的工夫,林娇就把我们同期的销售额翻了一番。在与达远争夺客户的几次正面冲突中,她也是捷报连连,没有一次城池失守。你说,她厉不厉害?"

王鹏习惯性地对我反问。他的神情告诉我——他正陶醉在对林娇的佩服当中,好似在那满是硝烟的战场上,林娇正英姿飒爽地站在他的面前。

"嗯!厉害!这么说来,林娇的离去,确实让达远损失惨重啊!"我不只回答了他,还不解风情地把王鹏重新拖回现实。

"可以这么说!不过,林娇可没从达远带走过一个客户!"王鹏对我特意强调。

"噢?"

"她这个人很重情义!她觉得是达远培养了她,所以即便离开时不欢而散,她也没把那些老客户带走一个。我这么说,你一定好奇,那我们之后是如何在竞争中,赢了达远的?"

关于林娇的任何情况,我当然都想了解。但这一次未等我回答,王鹏已得意地自顾自答道,"是靠一款软件!林娇劝我投资的,一款软件!"

"仅仅靠一款软件吗?"我心中不解,脱口问道。虽然我对货代行业并不了解,但也着实想不到,一款软件如何帮林娇力挽狂澜。

"是的!'Super Economical Container'——'超省集装箱'。当初,她让我投资开发'SEC'的时候,我跟你现在的反应差不多,也是半信半疑。听她给我讲完,这款软件在节约货运成本上,可能实现的巨大突破,我便立即决定,对它投资!"

说到成功的投资,王鹏的眼睛变得炯炯有神,"在传统的货运流程中,都是由工人按照实操经验,尽量多地将货品码进集装箱里。但有了这款软件,系统会根据材质、重量,以及扫描得出来的尺寸,先模拟货物在集装箱内的装配流程,计算出最优的摆放方法和步骤,实现用最少的箱子装最多的货,大大节约了货运成本。就同一批货物而言,我们的货运报价能够做到比达远低,而利润却丝毫不比他们少!"

王鹏探身看向我,越说越起劲。"你知道吗,最让达远吃瘪的,是这款软件的原始开发者,还是林娇在达远时,一个不受人重视的同事。哈哈,是林娇的独具慧眼,让那小伙子的才能得以发挥,让这款软件得到了大力应用。你说,她是不是很棒?"王鹏笑着赞叹道。

"嗯,听起来她确实很棒!王总这么欣赏她也是情理之中!"我轻轻点头,回想着初见林娇时的情景,她一身职业装,眉间的英气令我至今难忘……

王鹏突然不笑了,他回望了我良久,之后,突然一字一句地对我说道:"我对她可不只是欣赏,还有很深很深的爱慕!她是个独立、果敢、优秀的女人,她身上那股有情有义又敢爱敢恨的劲儿,让人无法抗拒!不瞒你说,我一直在追求她!"

盯着王鹏的眼睛,我终于确定——无论是刚才还是现在,这些话他都是故意说给我听的。王鹏从一开始就在引导我发问,想告诉我——他与林娇无论在工作上,还是生活中,是多么地亲密默契。

正揣测着王鹏这么做的目的,他叹了口气,戏谑我道:"其实,你绕了这么多弯弯道道,无非就是想套出我和林娇的关系,进而判断我那天去林娇家都干了什么,对吧?关于这一点,我已经跟之前问过我的那些刑警都说过了。没错!那个印在玻璃杯上的全掌指纹,是我的。案发当天,我去过林娇家,因为那之前,孩子病了,林娇从出差途中赶回本市后,就一直没回我电话。我十分担心,所以才顶着台风,到她家去看看。但她只是请我在客厅坐了一会儿,给我倒了杯水……像这样,我就在上面留下了指纹。"王鹏说着,握住茶几上的玻璃杯,示意给我看。

"那你为什么不在案发后,主动把这件事告诉警方?你知不知道,警方一直都在追查这'第五人的指纹'!"我不悦地说道。

王鹏急忙向我解释:"因为我去的时间并不是案发时间啊!我行车记录仪里也录到了新闻的整点报时,可以为我作证!所以,就算我当时说了,也给不了这案子多大帮助。况且……我是和旭的法人,我不希望,被媒体借此胡乱炒作,给企业声誉造成不良的影响。但你们一找到我,我就把那天去林娇家的经过一五一十地都说了。"

我听王鹏说着他那些"合乎情理"的顾忌,心里越发明白——王鹏终究是个商人,与林娇的清白相比,和旭的企业声誉,对他更为重要。他的那些对林娇"很深很深的爱慕",也抵不过他自己的羽毛。他的隐瞒,浪费掉了侦查杀婴案的大量警力,这让我此时瞪着他的眼神,充满了愤怒。

王鹏避开我的目光,转而问道:"对了!我听说,你们不是还从停车场的监控里,发现了一个戴着摩托车帽的可疑人吗?那人现在被找到了吗?"

我冷冷地盯了会儿王鹏满是关切的脸,自觉再没什么需要知道的了。于是,我站起身,向他告辞。

没想到王鹏却不打算让我走,"等等,启铭,先别急着走!你的问题问完了,可我心中一直有一个疑问,只有你能帮我解答!"王鹏也跟着从沙发上站起,按着我的肩膀,着急地说道。

我终于明白,他为何这么火急火燎地邀我前来。

"坐下!坐下啊!"王鹏认真地看着我,语气里略带央求。

决定听听他到底想问什么,我又坐回了沙发上。

王鹏如释重负，叹了口气，开口说道："几个月前，林娇曾拜托我，帮她做一件事。在那之前，我就撞见过，她时常举着一块百达翡丽的鹦鹉螺发呆。"

说到这儿，王鹏将眼光瞥向我左手戴着的腕表上，"后来有一天，我忍不住问她，这块男士手表到底有什么特别。没想到，她缓过神来，直接请求我，要我去帮她调查那块表的主人。"

王鹏目不转睛地看着我，不再说话了。

沉默良久后，我皱眉问道："哦？林娇让你去调查谁？调查他什么？"

"就是一些基本的背景调查，比如婚姻状况、个人经历、联系方式、社交账号等等。不过，纵使我有资源，最隐秘的部分，我也是查不到的；因为，它都藏在我们的心里！"

王鹏似有深意地看着我，拍了拍他左边的胸脯。之后，他仔细观察着我的表情，最终问了出来，"那么启铭，你能告诉我，林娇为什么要调查你吗？"

"我不知道。"

我强装镇定，简短而干脆地回答他道，之后站起来，仓惶结束了这场对话。

背负着巨大的震惊，我来到地下停车场，刚走到黑色吉普跟前，就在前挡风玻璃上，看见了一个黄色的牛皮纸袋。

我把它从雨刷器下抽出，边解着缠在纸袋扣上的细棉绳，边四下张望。可看了半天，除了一对正在不慌不忙下车的男女，我再没看见其他人。

我取出袋中的两张照片和一张字条，仔细端详——发现照片上偷拍的，都是同一个男人的侧脸。他剃着圆寸，满脸胡茬儿，拇指般粗细的浓眉下，眼神异常凶狠。

"他是谁？"我皱眉盯着男人脖颈后的蝎形文身，在记忆里苦苦搜寻。

突然，我想起了与李政喝酒时的对话。李政曾告诉我：在杀婴案发生的前一天，有人故意破坏掉了林娇单元楼里的主要监控。那人戴着眼镜、口罩、帽子，只在摄像头中留下了脖颈后的蝎形文身。

恍然大悟过后，我慌忙拿起字条来读。那上面写了时间和地点，告诉我，只要今天按时到达字条上的地址，就能见到照片上的人。

这条从天而降的线索，无疑为我寻找真相带来了新的转机。至于是谁给我留下的这条线索，我也心中有数。有能力办到这件事的人，我能想到的，只有这写字楼顶层办公室里，那位"擅长"做背景调查的王鹏了。

这样想着，我决定先回家一趟，因为还有一个疑问，只有林娇能给我解答。

我推开了地窖的门，走下楼梯的过程中，雁雁早已飞奔到楼梯口等我。

自从我将雁雁留在地窖里陪伴林娇，每天早晚，我都会下来，带它出去遛遛。但这些天，我和林娇却没有说过一句话。我来接雁雁时，她总是待在暗室里，故意不与我碰面。

但此刻，她却站在地窖中央的吊灯下，抬头看着我一步一步地走下台阶，好似等着我先开口。

脚一落到地面，雁雁就扑到了我的怀里。我笑着搂住它的脖颈，轻抚它背上的毛发，安抚它说道："早上有急事出门了，现在才回来带你出去玩儿，等急了吧！"

雁雁好似听懂了我的话，变得更加兴奋。我左躲右闪，还是被它湿漉漉的舌头舔了一脸口水。

看着我皱眉又无奈的样子，林娇对我露出了久违的笑容。她走到我们身边，弯腰给雁雁的项圈上系牵引绳。

"我今天见到王鹏了。"我趁机试探，屏息观察着她的表情。

林娇低着头，垂下来的头发，让我无法看清她的眼睛。等她将系好的狗绳递到我手里时，她一脸茫然地对我问道："王鹏是谁？"

我望着她的眼睛，凝视了许久。

"他是你现在和旭的老板。"我最终叹气答道，把原本想要质问她的话，都吞了回去。

"我现在……在和旭工作了？"林娇满脸疑问。

"对！你不记得了也正常。那是你怀孕之后的事儿了。"我说着，从林娇手里接过狗绳，扭头带着雁雁往楼梯上走。

"那王鹏有说我什么吗？"林娇在我身后问道。

我扭过头来看她，心里有股说不出的滋味。

"他说你离婚了,但只告诉了他一个人。"说完,我便带着雁雁离开了地窖。

我牵着雁雁来到后院的草坪上,跟它玩起了丢球游戏,看着它欢快地在花草间狂奔,不知疲惫地将红球一次次地送回到我手里,然后又跃跃欲试地后退,等着我再一次把球抛出……

我机械地配合着它,满脑子想的,都是林娇让王鹏调查我的事。

我曾经一直以为,林娇之所以会出现在地窖,是因为佳慧,但现在看来,并非如此。

"她是因为我,才来到这里的吧!"盯着不安跳向远处的红球,我无法遏制地这样想道……

2.

"不是,不是,我不是为了找他才来这里的,我只是……"

罗西酒吧的吧台前,林娇对调侃她的老板,慌忙摇头,生怕暴露了此行的目的。

没想到老板却笑着将她的话打断,"行啦!别遮遮掩掩的啦!他这么酷的赛车手,喜欢他的女车迷多的是,有什么不好意思的啊!"

"他是赛车手?"林娇恍然大悟般地问道。

"对呀,业余摩托车赛车手啊!在圈内很有名气的!但……你管我要他的电话,这可是难倒我了!他这人特别酷,每次来,总是坐在同一个地方闷头喝酒。呐!就是你现在坐的这把椅子……"隔着吧台,老板一边用擦杯布蹭着酒杯,一边扬起下巴,跟林娇示意。

"对于主动来找他搭讪的女孩儿,他最多也就抬头看看,很少跟人聊天。不加微信,不留电话,没人有他的联系方式!不过,你要是真想找他,可以去这个地方碰碰运气……"老板说着,转身将擦得锃亮的酒杯放回杯架上,随手在旁边的墙上扯下一张蓝色便签,递给林娇。

"这是……"蹙眉盯着上面的地址,林娇糊里糊涂地问道。

"赛车练习场!他那辆黑色的杜卡迪,炫酷无敌,在车队里一点也不难找!想见他,你不妨去那里看看,祝你好运!"见有新客人进店,老板冲林娇挤了下眼睛,拿起酒水单过去招呼。

林娇将便签叠起收好,拿起吧台上的咸柠七,猛喝了一口。

她埋怨自己,为什么早没想到——他可能是一个赛车手。更不该单凭他骑着摩托,穿着骑行服,戴着头盔,就将他与毛敏的丈夫联系在一起,从而在那个暴雨滂沱的夜里,对他没有丝毫怀疑。

可他究竟是谁?先前跟踪她,又欺骗她,难道只是为了在雨夜里乘人之危?

这些疑问,如节拍器上晃动的摆锤,拽着林娇的眼球不安地游移,也在她的心里始终摇荡,这让林娇急于喝上一杯,好压下心头的不安。

极力摆脱掉酒精的诱惑,林娇起身,打算离开。

忽然,她瞥见身旁男人的可疑举动,便又若无其事地坐了下来。

一个浑身潮牌的年轻男人,正在鬼鬼祟祟地往一杯长岛冰茶里倒着白色粉末。之后他用吸管搅拌均匀,又把先前用来装粉末的空胶囊揣回了裤兜,最后他拿起那杯下了药的长岛冰茶,匆匆往场内走去……

林娇顺着他的背影,看见他最终走到一处圆桌旁坐下。那里已坐有一男一女,女孩微醉,长发顺着低垂在胸前的脑袋,遮住了多半张脸。

年轻男人与女孩身旁的光头互换了下眼神,便将桌上的长岛冰茶推到女孩跟前。光头立即拿起长岛冰茶,连哄带劝地就要往女孩嘴里灌。

女孩边躲边推,难受地扬起了脸。

看清楚了女孩的面容,本就不打算袖手旁观的林娇,毫不迟疑地走了过去。

"站起来!"林娇对着女孩训斥道。

"林……林总!"仰头看着面前的林娇,艾米丽觑着迷离的双眼喃喃道。

"艾米丽,站起来!跟我走!"林娇说着,架起艾米丽就要往外走。

"哎哎哎!你谁呀你?"光头一把抓住艾米丽的胳膊,对林娇嚷嚷道。

"呦!遇见熟人啦!别急着走呀,一块儿坐下来喝一杯嘛!"年轻男人也从座位上站起,拦在艾米丽身前,不怀好意地对林娇上下打量。

知道撕扯不过他们,林娇怒目而视,突然,她像看到了曙光似的,对着他俩身后招手,同时喊道:"警察同志,是我报的警!这边,这边!"

光头赶忙松开了艾米丽,与年轻男人一起紧张地朝身后看去。

"妈的!敢骗老子……哎呀!"发现上当了,光头骂骂咧咧地转回头来,面门却突然遭到重重的一击。

年轻男人看见同伴被林娇抡起的挎包砸伤,正痛苦地捂着眼睛,也本能地后退,抬手挡在脸前。

"走!"林娇趁机抓紧艾米丽的手,对她喊道。

她们绕过一张又一张的圆桌,在周围人诧异的目光中,朝大门口跑去。

林娇边跑边回头,她看见缓过神来的光头,带着年轻男人,气冲冲地在她们身后紧追不放。好在酒吧老板察觉到了场内的异样,快步从吧台后走出,拦住了那两人的去路。这时,林娇也撞开了酒吧的铁门,拉着艾米丽冲了出去……

"这边!"见艾米丽慌不择路,要往灯火通明的大道上跑,林娇猛然拽住她,带着她躲进了黑暗的后巷。

仰头靠在转角的墙壁上,艾米丽好似被人掐住气管般,惊恐地喘着粗气。

"嘘!"与艾米丽并肩贴墙站着的林娇,小声提醒她道。发觉不管用,林娇只得伸出一只手捂住她的嘴。

小心探出头去,林娇借着砖墙的遮挡,查看酒吧门外的情况。

光头和年轻男人相继夺门而出。他们俩气急败坏地站在门口张望了一阵,光头便指挥着年轻男人,一同朝大路的方向追去。

将头缩回来抵在砖墙上,林娇紧闭着双眼,重重地叹了口气。"没事儿了。"她抬手揩掉额角的汗水,对红着眼圈惊魂未定的艾米丽说道。

之后,林娇让艾米丽上了她的车,又开车去最近的咖啡店,买了杯热美式,帮艾米丽解酒。

"对不起,林总!嘤嘤嘤……害你跟我一块儿被坏人追……嘤嘤嘤……"坐在白色路虎里,艾米丽捧着热美式,抽泣着说道。

"别跟我说对不起!你对不起的是你自己!一个女孩子,深更半夜地跑出来跟两个陌生男人喝酒,你知不知道,这有多危险!"单手扶着

227

方向盘开车,林娇对身旁副驾驶上的艾米丽教训道。

从后视镜里确认身后再无人追赶,四周绝对安全,林娇将车停在了一处路灯下。

"说说吧,怎么回事?为什么喝那么多酒?"林娇拉上手刹,蹙眉对艾米丽问道。

见艾米丽不说话,只是大颗大颗地往下掉着眼泪。林娇叹了口气,伸手从中央扶手盒里,抽出两张纸巾递给了她。

"谢谢!"艾米丽哽咽着接过纸巾。抬起头来对视上林娇关切的目光,最终把弄丢客户提货单的事,跟林娇讲了出来。

艾米丽告诉林娇,她最近操作了一单肖娜客户的业务。现在货物已到达美国目的港,却由于提货单被肖娜寄丢,客户将面临无法提货的窘境。

"我明明把三联提货单都给了肖娜,可她硬说我没给她!我当初大意了……呜呜呜,信任她,没让她签接收单……呜呜呜,现在空口无凭,这个黑锅我背定了……呜呜呜呜……"艾米丽越说越伤心,被泪水浸透了的纸巾,在她手里被捻成条,攥成团。

"所以,你就跑出来喝闷酒?"

见艾米丽点头,林娇坐正身子,无奈地摇着头,一副恨铁不成钢的模样。

片刻过后,林娇冷冷地问道:"美国哪个港口?"

"休、休斯敦港。"艾米丽抽噎着答道。

林娇看了眼手腕上的表。她拿起手机,翻开通讯录,拨通了一个号码。

林娇微笑着用英语跟对方讲话,由于语速太快,她看得出艾米丽听得一知半解。

跟美国的同行确认完休斯敦港口的提货要求后,林娇将手机从耳畔拿下。

"帮你问完了,这次算你运气好,休斯敦港可以无单放货。只要让客户证明他是提货单上的指定提货人,就可以拿到货物了。"说到这儿,林娇挑着眉毛,对艾米丽不放心地问道:"提货单你应该扫描了吧?"

"嗯!"艾米丽抽了抽哭得发红的鼻子,用力点头。

"那就把扫描件给肖娜,让她传给客户。记得,这回要用公司邮箱发给她，在发件箱里保留好痕迹！"林娇盯着艾米丽的眼睛嘱咐道。

"嗯嗯嗯嗯！"艾米丽感激地望着林娇，像是被她从捕猎夹上救下的小鹿。

"好啦，走吧，我送你回家！"林娇说着，开始给汽车打火。

结果，艾米丽却"哇"的一声，又哭了出来。

"林总，我对不起你……哇啊啊……那天，我听见姜总给医院打电话，问你是不是怀孕了……我，我就把这事当成八卦，告诉了肖娜，……没想到，没想到她……哇啊啊啊……竟然跟人事说了！是我害得你辞职！是我对不起你！我很抱歉，对不起，对不起……"

得知一切都是肖娜在背后搞的鬼，林娇心中那团从未熄灭的怒火，像被泼了汽油似的，又熊熊燃烧了起来。

她强忍着心中的愤恨，面无表情地转过头去。看着再度哭到崩溃的艾米丽，林娇轻轻扶起了她的头："我不怪你，你和我一样，都是信错了人。但有件事，我要问你，你一定要如实回答！另外，我要你帮我一个忙！"

林娇对视着艾米丽缓缓抬起的眼睛，越发坚定地说道。

夜幕降临，如镜的玻璃窗上，映着林娇和姜峰争吵的身影。

"你今天回来，就为了逼我签这个？"姜峰站在客厅的中央，指着茶几上的《离婚协议》，对站在阳台上的林娇咆哮道。

林娇双手插在白色的西裤兜里，背对着他不说话。从玻璃的反光中，她看着姜峰负气地踱开了步子。

"林娇！你太自私了！你说辞职就辞职，不跟我商量也就算了，可你竟然跳槽去和旭！"姜峰苦着脸停了下来，用手背拍着另一只手的掌心，"你有没有想过我的处境？啊？你要我以后，以后怎么在公司待下去？同事们会怎么看我？我……"

"我跟你，马上就没有任何关系了，我为什么要考虑你的处境？"林娇转回身，打断姜峰，轻描淡写地说道。

"你别做梦了！我不会跟你离婚的！你想让孩子一生下来就没爸爸吗？你打算让他生活在单亲家庭，要老师、同学在背后奚落他吗？你做梦！"姜峰越说越气，一把抓起茶几上的《离婚协议》撕得粉碎。他将碎纸揉成团，摔在地上，又狠狠地朝空中胡乱挥了两拳。

即便这样，姜峰仍不解气。他突然伸出两手，祈求般地冲着林娇呐喊:"为什么啊?娇娇,究竟是为什么啊?你要离婚,总得给我个原因吧!这些日子,我还不够对你百依百顺吗?你叫我不要去打扰你,我有去纠缠吗?可现在,你冷静完了,给我的,就是这个结果吗?你到底为什么要跟我离婚啊!"

看着姜峰像个撒泼的孩子似的在地上跺脚,林娇深深地叹了口气。她对着姜峰勾了勾手指,冷冷地说道:"来!过来!"

迟疑了一秒,姜峰警惕地走到林娇身旁。

"看看!"林娇微微抬了抬下巴,指着前方说道。

顺着林娇的目光,姜峰看向窗外。他对着前面几栋楼宇间的万家灯火望了半天,稀里糊涂地转向林娇问道:"你让我看什么?"

林娇深深吸气:"倒影!玻璃上的倒影!"她耐着性子继续说道,"还记得公司团建那晚吗?视频通话里,你举着手机,让我看你窗外的烟花。我那时在玻璃上,看到了你房间里的倒影……"说到这儿,林娇停了下来,她不愿再去回忆,更不愿再想起——她那时感受到的屈辱和愤恨。

"扑通!"姜峰在林娇身旁跪了下去。也许是知道再没法狡辩,他哑着嗓子,不住哀求:"娇娇,我知道错了!你听我说,只有那么一次,真的就只有那么一次啊!"

姜峰因为急于狡辩,而变得气喘吁吁。"那天我喝多了啊!啊……不,我该死!"他猛然抬头,"是她勾引我的啊!但我对她一点感情都没有啊,她在我心里什么都不是!真的,真的就那么一次啊!娇娇!"姜峰仰着头,带着哭腔央求。

"姜峰,你知道我从不给人第二次机会。我为你伤过心,也给过你机会了。现在,一切都结束了。"林娇低头看着姜峰,眼神中没有一丝一毫的心软。

"不!我不相信!我不相信你会对我那么绝情!"姜峰直起身子,狠狠抓着林娇的手,"在折多山上,我为了你连命都可以不要!我们这么多年,从一无所有,到拥有现在的一切,经历了多少风风雨雨,那些美好你怎么舍得……"

姜峰跪在地上不甘心地说着,却再一次被林娇打断。

"够了!姜峰!你能不能,不要……不要再消费我们的过去了!如果你不再反复提起这些,不拿这些来绑架我,我可能还会觉得,那些记忆有些许的美好。但现在，它们对于我来说，只是错付了人的噩梦！"

林娇厌烦地甩开姜峰的手，走回客厅里。她两手交叉，抱在胸前，一边咬紧嘴唇，一边用力摇头，好似姜峰刚刚说的那些话，还萦绕在她耳边，令她厌恶至极。

感觉到姜峰擦着她的肩膀从她身边走过，林娇本能地抬起头去看他。

她看见姜峰从厨房拿了把水果刀回来，走到她跟前，再次给她跪下。他解开左腕的袖扣，撸起袖管，露出整个小臂。没等姜峰把刀扬起，林娇已知道他要做什么了。

"没用的，姜峰。没用的……"林娇强装镇定，冷冷地劝他道。

"噗嗤！"没等林娇说完，姜峰已在左手臂上扎下一刀。血瞬间流了下来，顺着他的指尖滴在地上，摔成红色的斑点。

"原谅我！"姜峰抬起头来，红着眼睛对林娇命令道。

林娇深深吸气，别过脸去。

"原谅我！"姜峰咬着牙，在手臂上扎下第二刀。

"没用的！没用的！我跟你说了，你听不懂吗！"面对着正打算再扎一刀的姜峰，林娇低下头来对着他歇斯底里地吼道。

她猛然松开先前紧抱着的双臂，狠狠指着地面上的点点血迹，"今天！就算你死在这儿！我也只会给医院打电话，叫他们把你抬走！你终究什么都挽回不了，你还不明白吗！"

林娇的双眼通红，眼神却异常坚定，她猛然捡起被姜峰撕烂的《离婚协议》，杵到他眼前，狠声说道："把这个签了，滚出这间屋子，把属于我的财产，在三个月内给我转回来！这样！你还能听到孩子叫你'爸爸'，还有探视他的机会，还可以在每年他的生日，你的生日，各个节日，跟他一起度过！否则！你休想再见到这个孩子！我不会让他认你的！你听到了没有！你这个混蛋！"她愤怒地说完，将纸团摔在了姜峰的脸上。

"啪嗒"一声，水果刀从手里掉落，姜峰也跟着垮了下来。他捂着被纸团砸过的眼睛，绝望地坐在地上。

就这样不知过了多久，姜峰颓丧地从地面上爬起，终于妥协，"好吧，我签！"这四个字从他嘴里挤出的模样，就像是拔掉他四颗牙一样难受。

"但是三个月太短了！当初转移这些资产，我差不多用了半年的时间。现在要转回来，也不可能那么快！还有……"姜峰顿了顿，继续跟林娇谈条件，"我可以搬走！但在孩子满百天前，你不能对外公开我们离婚的消息！我不能让我的孩子，还没生下来，就被人指指点点！"姜峰抬眼偷看林娇，"另外，等孩子出生后，我还要再搬回来住三个月，直到孩子满百天！"

林娇依旧瞪着姜峰，听见他试图解释道："你现在怀孕了，又要到新公司重新开始，孩子出生后，很多事需要有人照顾……这样，你坐月子时，我妈也能来伺候你，多少也能有个照应……"

"行！"不想再听他找理由，林娇冷冷地答应道。

她看得出，姜峰并没想到她会答应得这么痛快，一直半张着嘴愣愣地看着她。

"《离婚协议》我没有备份，你把它一个字一个字地打出来，签好，今天给我！"

不等姜峰回应，林娇已转身走进主卧。她听见姜峰在她身后，扯着脖子喊道："好！都听你的！你说怎么办就怎么办！我们可以暂时先把婚离了，我会好好反省，你也得消消气。我保证，不会再跟别的女人有任何牵扯，我……"

"砰！"林娇重重地摔上了主卧的门。

卸下所有伪装出来的勇敢，林娇倚着门板，慢慢地滑坐在了地板上。她双手抱膝，将头抵在膝盖上，身子仍在不住地颤抖。

刚刚有很多个瞬间，林娇都无法预知，下一秒，姜峰是不是要伤害她。

姜峰咬着牙，对着空中挥拳的样子；姜峰握着刀，气势汹汹地朝她走过来的样子；姜峰红着眼，在胳膊上扎下一道道口子的样子……

这些画面，如今就像一张张硬插进她头脑里的幻灯片，定格在林娇眼前。

尝到唇角边缘冷汗的咸味，林娇抬起冰凉的右手，按住胸口，强迫自己镇定下来。

刚才她没有在姜峰面前表现出半分畏缩，一会儿再出去的时候也更加不能。在比自己强大的个体面前退缩，是野兽的本能。林娇必须让姜峰看到她的强大、她的果决，姜峰才会放弃对她的纠缠，才会同意离婚。

用力呼出刚刚深吸的那一大口气，林娇双手撑着地面站起，彻底重拾平静。她走到窗前，看着窗外的夜景，在心中复盘所做的决定——

林娇知道，姜峰绝不会轻易放弃，即便他现在同意离婚，也依然抱着跟她复婚的幻想。所以，姜峰才要求她在孩子百天之前，不得对外公布他们离婚的消息，又以照顾林娇为由，提出在孩子出生后搬回来住。姜峰以为这样就能争取到时间，等着林娇消气，等着她再给他一次机会。

出神地盯着对面灯火通明的高架桥，林娇轻蔑地笑了，她嘲笑姜峰的痴心妄想。

她刚刚答应了姜峰的条件，仅仅是因为两点——

林娇受够了姜峰对她的纠缠，想要他立即滚出她的视线。只要能让姜峰签下《离婚协议》，一年不去公开他们离婚的消息，又有何妨？她并没打算去面对新的感情，无名指上的婚戒，或许还能帮她挡掉很多不必要的麻烦。

她允许姜峰在孩子出生后，搬回来住上三个月，是因为，她也不想让孩子一出生就见不到爸爸。

想到这儿，林娇突然感到一阵鼻酸。若说现在，她唯一觉得对不起的，就是腹中这个孩子。父母的错误，注定要让他用一生去承受——在缺失完整的家庭中度过童年，在生命里留下长长的阴影……

被泪水模糊的视线中，高架桥上一辆辆飞驰而过的汽车，在林娇眼中拉出丝线般长长的光影。她强忍着心中的苦涩，突然觉得更恨姜峰，好似已等不及看着他美梦破碎的那天。但在这之前，林娇决定——让姜峰把白日梦做下去。因为，林娇十分清楚——给姜峰希望，姜峰就会让肖娜绝望！

从罗西酒吧救出艾米丽的那晚，曾让林娇耿耿于怀的几件事，都从艾米丽口中得到了验证。

什么姜峰出差订票，一定要订旁边无人的座位；什么近几个月来，姜峰突然有很多去开元酒店吃饭的发票……这些肖娜曾告诉林娇，说是从艾米丽那儿打探来的消息，全部被艾米丽拼命摇头，矢口否认。

林娇瞬间明白——肖娜，这个她用心良苦栽培的下属，这个她视如闺蜜对待的助理，早就觊觎她的生活、她的职位。她曾经允许肖娜走近她的生活，但这却让肖娜的羡慕，在越过了嫉妒的界限之后，滋生出了深深的恶意来。

想明白了这一切，林娇没有后悔，她并没有做错什么，该后悔的人是肖娜，因为她很快会让肖娜为先前的所作所为，付出应有的代价……

"唰"的一声,林娇决绝地扯上窗帘,将一辆行驶在高架上的黑色吉普,盖在了夜色里。

第十四章

1.

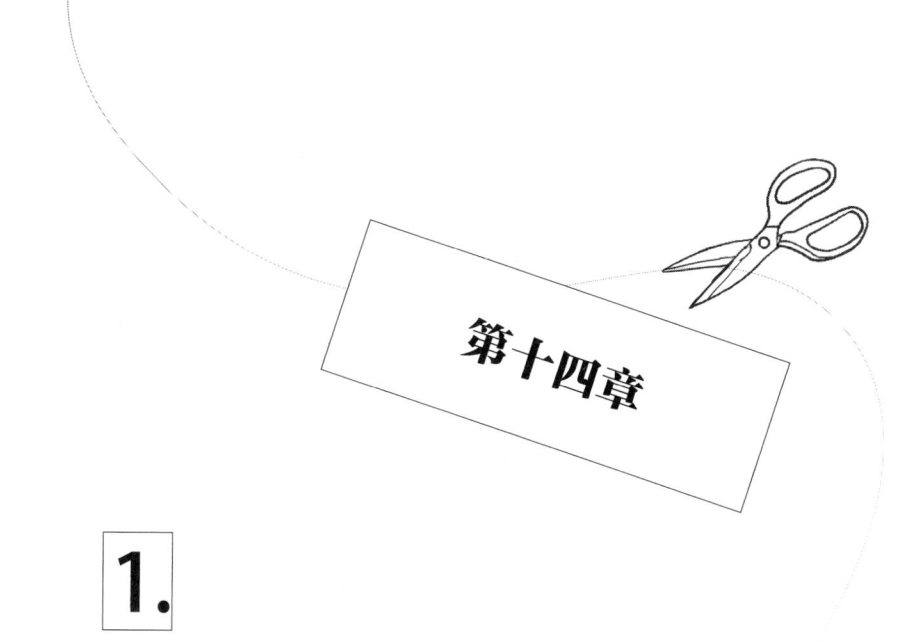

坐在黑色吉普里,我听着窗外熙熙攘攘的叫卖声,目不转睛地观察着前方包子摊儿那边的情况。

按照上午在王鹏办公楼地下车库里拿到的线索,根据字条上的时间和地址,我提前赶来蹲守。

到了才发现,这里竟是一片自发形成的农贸市集。没有规划好的固定摊位,小贩们一个挨一个地推着三轮车,在灰土地上铺块方布,便将各式商品倒在上面叫卖。

此时已临近傍晚,不少摊贩开始收拾东西,陆续撤摊儿离开。这让我的黑色吉普,在这群卖瓜果梨桃、五金杂货的小摊贩间,变得越发显眼。

我正犹豫着——要不要下车找个更隐蔽的角落,一辆灰色的尼桑突然驶过我的车窗,停在了包子摊儿前。

我看见"蝎子男"和两个跟他差不多精壮的男人,大摇大摆地从车上下来,买了三兜包子,又拿回车上去吃。

意识到目标人物已经出现,我收回差点儿推开车门的手,目不转睛地观察着他们的一举一动。

又过了一会儿,一个女人走到尼桑车前。她左右张望了一会儿,便拉开后排车门坐了进去。

正疑惑这个女人是谁,我看见蝎子男下车,也钻进了后排座。他跟同伙将女人挤在中间,情绪激动地说着什么。由于我的角度无法看清楚女人的脸,我只得下车,走到一处离尼桑更近些的转角处。

没过多久,我就看见,他们在车里大吵了起来。女人双掌合十,苦着脸,跟蝎子男不住地哀求,而蝎子男跟他的同伙们则不为所动,凶着面孔对女人推推搡搡。

我躲在转角处,仔细打量着这个六十岁上下的瘦弱女人,回想着杀婴案关系图中的嫌疑人照片,最终惊讶地发现,她竟是姜峰的母亲。

此时,姜母正将一个厚厚的信封递向蝎子男。

蝎子男用手掂了掂信封的重量,抽出里面装着的纸钞,又立刻恢复了刚才那般凶神恶煞的模样。

我看见姜母赶紧抬起手,蜷缩着护住了头。她哭丧着脸,又从上衣里怀掏出了几张纸钞,将它们哆哆嗦嗦地递给蝎子男。蝎子男抢过纸钞,仍然不满意地摇着头……

我拉近手机中的画面,紧张地记录着姜母同"蝎子男"进行的这场交易,生怕错过其中每一个细节。

头脑里飞沙走石,"买凶杀人!"四个字却清晰地矗立于脑海之中。虽然尚未想清楚,姜母为什么要找人合伙谋杀自己的孙子,但所有将她和蝎子男联系在一起的线索,都汇聚成箭头,将结论指向了这一点。

我为自己的发现感到十分激动,在人群喧闹的市场里,甚至可以清楚地听到自己的心跳。

忽然,我看见有人正在敲蝎子男那侧的车窗,我赶紧将镜头调整,对准了那个戴着黑色摩托车帽,骑在摩托车上的男人。

看见他跟摇下车窗的蝎子男指了指身后,我瞬间愕然,因为他指的正是我所在的位置。

蝎子男和他的同伙们立即朝我投来了凶恶的目光,纷纷下车,朝我大步走了过来。

我突然意识到——自己被人算计了。

以一敌三,怕是凶多吉少。来不及回到吉普那去,我只得扭头地朝人多的地方冲去,希望借此甩掉他们。

稀稀拉拉的人流,并不能阻挡住拼命追赶我的蝎子男和他的同伙们。

我也被迎面而来的行人冲撞着，拖缓了奔跑的速度。

知道再这样下去，用不了多久我就会被他们追上。四处张望了一圈，我在斜前方远离市集的空地上，看见了一处被蓝色围挡包围着的废弃建筑，便朝那里狂奔了过去。

我毫不迟疑地钻过破损的围挡，跑到四周堆满建筑废料的两层楼前。这楼体四下通透，没有窗框和玻璃遮挡，好似正在重装的农贸市场。

发觉蝎子男和他的同伙们也从围挡那钻了进来，我不得不躲进这栋建筑里。

在一楼找不到任何隐蔽之处，我飞奔上水泥楼梯，只踏上几阶，我又被转角处，横在楼梯上的半人高铁栅栏挡住。

皱眉看了眼栅栏外挂着的破木牌，和它上面用红油漆写着的"禁止翻越"四个大字，我两手猛撑楼梯扶杆，奋力一跃，翻了过去。

几个箭步冲上二楼，我大口喘着粗气，看着二楼的景象灰心至极。这里比一层好不了多少，除了散落在各处的低矮货柜，依然是一片通透，没有一处适合藏身的地方。

听见楼梯上的铁栅栏，正被人用蛮力晃荡得"咣咣"直响，我知道——它们替我撑不了多久了。

焦急地寻找着逃脱的出口，我像个断了天线的遥控汽车似的到处乱撞。绕了一圈又一圈，我终于确认——刚上来的楼梯，是回到一层的唯一通道。绝望之余，我听见了栅栏断开的清脆声响。

别无选择，我就近藏到一处紧挨承重立柱的海鲜货柜后。

蜷腿坐在地上，我仰头紧紧地靠着金属柜门。后背处的衬衫早已被汗水浸透，因为紧张，更感觉柜门冰冷异常。

从柜子里散发出来的鱼腥臭味，让本就在急促喘息的我，分外想吐。我屏住呼吸，仔细听着"蝎子男"和他两个同伙越来越近的脚步声。

他们粗暴地掀翻了一个又一个货柜，骂骂咧咧地踹倒挡在跟前的障碍。

我跪在地上，缓缓直起身来，透过头顶上的玻璃缸，小心张望。

看到蝎子男手里拎着的半截铁棍，我闭上眼睛，重新坐回到地上，心脏像是要独自逃亡似的，在胸腔里胡乱冲撞。

我把手伸进货柜里摸索，想看看能不能找到什么东西当作武器。

我摸到一个拖布杆粗细的木棒，立即把它拉出来看——是一把捞海鲜的木柄抄网，柄身已经裂开，根本扛不住铁棍的重击。

但此时，蝎子男已走到了我藏身的货柜前，他背过身去跟远处的同伙说话，只要转回来，就能发现我。

生死一线，我从货柜后一跃而起，扬起手中的抄网，朝他头上扣去。双手扭转木柄，我拖着罩在他头上的抄网，奋力将他拽倒。

随着他的一声闷哼，被蝎子男撞翻的玻璃缸，"哗啦啦"地碎裂一地。

蝎子男痛苦地躺在玻璃碴子中挣扎，一时半会儿，没有了再爬起来攻击我的能力。

抬头看见蝎子男的一个同伙正朝我扑来，我松开抄网，闪身躲开，接着对着他的后背，就是狠狠的一脚。

就在蝎子男的另一个同伙赶来支援他们之际，我已跑回了楼梯口那儿。可看到楼梯上，横七竖八倒着的铁栅栏还有故意压在上面的沙袋，我这才意识到，蝎子男他们比我更清楚这栋建筑的情况，早知道这是逃出去的唯一出口，所以故意把那些铁栅栏放倒在楼梯上，堵住我的退路。

我已无路可逃，而蝎子男也在他同伙们的搀扶下站了起来，满脸是血地向我走来。

我被他们逼到了没有遮拦的楼板边缘。虽然只有二层楼高，但恐高的心理已让我感到头重脚轻，身体更不受控制地摇摇欲坠。

"把手机给我！"蝎子男伸出一只手来，冲我大吼。

"我是警察！现在要求你们立即后退！"情急之下，我对他们怒喝道，已顾不得暴露身份会不会打草惊蛇。

蝎子男放慢了朝我逼近的脚步，上下打量着我，像是在分辨我话里的真假。

我将手伸进裤兜，想掏出警员证亮给他看，却想起证件并不在身上，而是被我放在了吉普车里。

"少唬人了！警察行动最少两人，没有一个人出任务的！只要你把手机交出来，我们就放你走！跳下去，你最轻也得摔断腿！"蝎子男的一个同伙好似看出了我对高度的恐惧，边说边朝我慢慢靠近，离我的距离已不足五米。

我不知道把手机交给他们，是不是真的能逃过一劫；我只知道，这相机里装着的，是能帮林娇洗脱罪名，寻回真相的希望。

没有时间再留给我犹豫，我保护着手机揣进怀里，然后，纵身一跃……

刹那间，幼时被母亲带着从高楼顶跳下的模糊记忆，又在我脑中重现……

呼啸的风声，失重的感觉，带着我坠入深渊，重重落向地面，砸进沙坑里，溅起黄土漫天……

2.

刚拂掉头发上的黄土，又一阵卷着机车轰鸣声的狂风，从林娇耳旁呼啸而过。霎时间，黄沙漫天，遮住了她的双眼。

林娇抬起手，用力在眼前扇了扇，蹙眉听着身旁女孩们尖叫着发出欢呼，感觉耳膜都要被她们震破了。

下午，林娇特意腾出时间，驱车来到这片城郊的赛车练习场，只为找到雨夜里的男人。可如今，已在烈日下心烦意乱地站了一个多小时，依然没有等到他的出现。

"加油啊！你是最棒的！"

听见身边的女孩兴奋地朝前方呐喊，林娇架着胳膊，无奈地朝空中翻了个白眼。她无法理解这些赛车迷们的热情，却也好奇地顺着女孩的目光看去。

黑色骑行服，黑色头盔——男人和雨夜里出现在林娇面前时一样，正拎着头盔走过来。

林娇用冰冷的眸子望向男人带着些许忧郁的眼睛，她已在心里准备好，被他认出后，可能发生的正面交锋。

可男人却始终没有看向林娇这边，他面无表情地从雀跃的人群前走过，接过助手推来的黑色摩托，骑了上去。抬腿跨在摩托车上的瞬间，他就像换了个人似的，露出刚毅的神情。即便未能与他对视，林娇也感受到了，他那深邃眼眸里的专注。

扣上黑色的摩托车头盔，他俯身向前，熟练地启动车子，捏离合，

239

挂低挡，油门到底。松开离合的瞬间，他像泛着黝黑光泽的合金弹头一般，弹射了出去。

"哇！帅啊！"伴随着震耳欲聋的音浪，人群为他爆发出欢呼。

他如猎豹一般矫健地转弯，似满弓之箭，又似黑色闪电，他飞驰过的地方，还留着他上一瞬的影子，连成一串黑幽幽的灵动曲线。

看呆了的林娇，眼光无法控制地随着他的身影一圈圈流转。忽然意识到——自己正与周围人一样，露出着迷的表情，她慌忙合上了半张着的嘴。

林娇出神地看着他驾着摩托，在这片场地里一遍遍地练习，不知不觉，已太阳落山，红霞满天。

人群陆续散去，看见他最后也驾着摩托驶出了练习场，林娇这才跑回车里，发动引擎，追了上去……

他的车速太快，车技太好，有几次，林娇觉得就快追上他了，可下一秒，又被他远远地甩在了身后。

就这样，他们一前一后，沿着城郊公路驶进城里。此时，天色差不多已全黑，只有西边的天空，还剩下一抹嵌着金色的紫晕。

林娇紧盯着摩托车上他的背影，却在一处由黄灯转红的信号灯前，不得不慌忙踩下了刹车；而他，则像划过夜空的流星般，一闪而过，消失在了林娇的眼前。

就这样错失了良机，跟丢了他，林娇不甘心地抿紧唇，握拳砸向方向盘。

可就在她安慰着自己，大不了明天再去一趟练习场的时候，出乎意料的状况却出现了……

不知为何，男人又驾着黑色摩托，逆行回到了纵向斑马线上，把那些本该通行的横向车辆，生生地截停。

他掀开面罩，竖起食指，比在唇前，对着头车司机做着噤声的手势。

林娇看见，头车司机也正露出跟自己一样迷惑的神情，原本伸出拍向喇叭的手，瞬间悬停在了方向盘上。

火红的落日逆光打在他的身后，像在他身后披了一件红袍般，衬得他骑在摩托车上的身影愈发高大修长。盯着男人骑士般的模样，林娇正努力揣测着他的用意，忽见一个手持盲杖的老人，从他身后缓缓走了过来。

视障老人用红白相间的盲杖,一下下地敲击着前方的地面,好似并不知道交通灯已经变红,更没有察觉——身旁骑在摩托车上的男人,为了他的安危,冒险截停了本该穿行往来的车辆。

林娇看着老人安全地走过马路,又看着摩托车上的男人,微笑着朝头车司机们竖起了大拇指,心里渐渐感受到一股温暖……

但她马上又强迫自己,给这股渐生出来的好感降温。

"伪君子!"

隔着车窗玻璃,她对着前方男人的身影下结论似的骂道。

之后,林娇告诫自己——绝不能再被他的表象欺骗。若不是雨夜里,他流下的行行热泪,让她心软,就此卸下了防备,她怎会酒醉后被他乘人之危。

看见红灯转绿,林娇重新打起精神,猛踩油门,朝着他离开的方向追去……

跟着他来到一片静谧的别墅区,见他驶进一处独栋别墅的院子里,林娇远远地将车停了下来。

虽然迫不及待地想要抓住他、质问他,但林娇还是冷静地决定——先摸清他的家庭状况再说。

月色下,林娇下车,沿着上行的坡道步行了一段后,她来到了那处独栋别墅外。

铁栅门前,她透过栅条的间隙,观察着院子里灯火通明的三层房子,只觉得这房子的主人,好似十分惧怕孤独般,将所有房间的灯火统统点亮。

这时,大门被人从里面推开,知道有人要出来,林娇慌忙躲到围墙高的绿篱后。

小心拨开纵横交错的叶片,偷看院子里的人。通过身形,林娇判断——那人并不是他,而是个女人。

"等一下!我走远点儿再说哈!"

女人优雅地举着电话,袅袅走来。她的影子,被身后房子里溢出的光,映得狭长,但由于背光,林娇无法看清楚她的长相。

"才刚分开多会儿啊,你又给我打电话!铃响时,他刚好进门,你知不知道我有多紧张啊,讨厌!"女人在离林娇不远的地方停下,对电话里的人撒娇似的嗔怪道,"哦!想我啦!嗯……那你说说吧,都想我什么啦?"女人娇滴滴的声音变得无比温柔,"好啦!好啦!我也想你啦,恨不得每分每秒都和你在一起,行了吧……"

听着女人渐渐远去的柔声细语,还有流着蜜的笑声,林娇觉得十分耳熟……

忽然,她想到了一个人,一个算不上是她的朋友,却在高伟身边见过几次的女人。

林娇瞬间睁大了眼睛,不管不顾地走向铁栅门。但她并没有一下子看见女人,而此时站在二楼窗前,男人的落寞身影,却闯入了林娇眼帘。

他的眼神,同雨夜里,央求林娇时一样,痛苦而悲伤。

这令身处他目光之中,此时正站在门廊灯下的女人,看起来,笑得是那么残忍。

看清了女人的脸,林娇心中的猜测也得到了验证。

瞬间,她似乎明白了一切……没再做片刻停留,林娇恍恍惚惚地回到了车上。

"原来,一切都只是个误会!"呆呆地望着满天星斗下的幽暗前方,林娇在心中反复念着这句话。

她双手掩面,深深吸气,好似这样,便可按下心中还在持续发酵着的惊讶和尴尬。

雨夜酒醉,林娇无法记起——自己究竟有几分是出于自愿,几分是被强迫,但她一直试图为自己的行为辩解——再度遭遇姜峰的背叛,她险些溺死在仇恨的汪洋里,那晚与男人做过的一切,就当做是对姜峰和毛敏的一场报复,是那时漂向她的浮木,被她抓住,带她重回岸上。

从姜峰那得知毛敏并没有丈夫后,林娇惊讶万分,也更觉得自己无辜。一切都是那个——设下圈套欺骗她,然后又乘人之危的男人的错!

可林娇怎么也不会想到,事实竟然是——她和男人错认了彼此。他确有妻子,但却不是伤害过林娇的毛敏。他也并非要对林娇存心欺骗,只是错把她当成了高伟的妻子。

这让林娇觉得——那晚的经历彻底变得不堪,她成了错敲进他婚姻里的楔子。

仰头闭上双眼,林娇蹙眉咬紧下唇。她宁愿是被他骗了,这样她还能怪他,恨他,把一切责任推给他,而不是像现在这样,要由自己默默承担。

头抵着方向盘,林娇不住叹息,一时间竟不知如何是好。

"该告诉他吗,告诉他这一切都只是个误会?"

就这样不知反问了自己多少遍,林娇猛然抬起了头。将车子重新打着,林娇在心里做出了决定——不!不能再接近他的生活,他的身份,还有那个下着暴雨的夜晚,都会变成秘密,被她藏进——心隐之地。

纵使,这一切,林娇永远都不会忘记!

第十五章

1.

纵使一切难以忘记,噩梦始终挥之不去,我还是克服着记忆里的恐惧,从二层楼高的废弃建筑跳下,直直地摔进地面上的沙堆里。

虽然没有摔断腿,我却扭伤了脚踝,眉骨处也被硬物划出长长的口子。

无暇顾及伤势,我忍着剧痛,从黄沙中挣扎着坐起,掏出一直保护在怀中的手机。见它完好无损,我不胜欣喜。

抬头看着蝎子男和他的同伙们站在二层边缘,向下张望,却没胆量跳下,我艰难地爬出了沙坑,一瘸一拐地朝进来时的围挡那走去。

……

强撑着快散架的身体,我跌跌撞撞地推开了地窖的门。右眉骨处的伤口,已连带着上眼睑,迅速肿胀隆起,挤得我几乎睁不开眼。

我扶着楼梯扶手,蹒跚着,艰难下行。

大概是看到我骇人的模样,原本蹲在楼梯下等我的雁雁,突然警觉地站起,朝我不停地吠叫。

它的叫声引来了林娇,"怎么会伤成这样?"林娇迎着我冲上楼梯,在我险些跌倒前扶住了我。

"让我去床上躺一会儿。"我虚弱地说道。

刚与蝎子男和他同伙们的那番缠斗,差不多耗尽了我全部体力,再加上浑身是伤,我现在已是疲惫不堪。

被林娇搀扶着,走进暗室,我一头栽倒在她干净的床单上。意识到自己浑身是土,我又试图挣扎着坐起,却听林娇着急地对我说道:"别动!让我看看你脚上的伤!"

"我今天……在远郊的农贸市集那儿……拍到了些东西。"我喘着粗气,强打起精神对林娇说道。

林娇脱掉我的鞋子,用手指在我受伤的脚踝上轻轻按压,小心试探。

"这样疼吗?"她扳着我的脚掌一点点儿旋转着问道。

"不疼。你绝对想不到我都拍到了些什么……"

"这样呢?"她变换了扭转的姿势,干脆坐到床边,将我的脚垫在她的腿上。

"不疼!我拍到了蝎子男在和姜峰的妈妈做交易!"急于告诉林娇,我今天的意外收获,我难掩兴奋,对着她的背影说道。

见林娇没什么反应,我又补充道:"啊,对了!你可能不知道我说的是谁!还记得我之前跟你说过的吗,案发前一天,有一个蒙面男人,到你家楼道里破坏掉了主要的摄像头,监控也只拍到了他脖子后面的蝎形文身。那个人就是'蝎子男'!我今天拍到他在和姜峰妈妈……嘶……疼!"

终于被林娇转到了扭伤的部位,我疼得叫了出来。她把我的脚放回床上,边往暗室外走,边说道:"骨头没事,应该只是伤到了外侧韧带。"

再回来时,林娇手里多了个急救箱。

"我现在要处理一下你额头上的伤口,看样子需要缝两针。没有麻药,你只能忍着点。"她抬眼看向我,平淡地说道,然后继续低头在急救箱里,翻找着缝合伤口要用到的工具。

有那么一瞬,我在她故作冷静的眼中,看到了掩藏不住的心疼。为了确认并非是我自作多情,我紧紧地盯着她的眼睛,看着她朝我走来,却听到她冷冷地说道:"闭上眼睛,不然我怎么缝合?"

乖乖地闭起眼睛,我感受着林娇用酒精为我认真地清理着伤口。伴随着灼烧般的剧烈刺痛,我忍不住皱起眉来。

无法看到眼前的景象,我只感觉林娇腾出一只手,伸进我的掌心里,与我十指相扣。她柔软的手掌给了我些许安慰,我细细体味着掌心间传来的温热,眉骨上的伤似乎也不那么疼了。

"一会儿缝合的时候会更疼,要忍住,不能皱眉。"她将我的手放回床边,帮我握住床板,轻轻柔柔的声音,好像是在和惧怕扎针的小孩子说话。

心里淌过一股温流,我微微点头算是答应,接着便感受到了圆形弯针,刺穿我皮肉的痛感。

林娇的动作很麻利,缝合起来并没有花太多的时间。再加上我将全部的注意力都集中在了她的身上,痛苦比我想象的轻了许多。

她离我如此之近,发间久违的柑橘清香,指尖留下的温软触感,无不让我心跳加速。感到缝合线在伤口尾端打成了结,不等她说好了,我便睁开了眼睛。

与我目光交汇,她慌忙躲开,低头去收拾急救箱里的工具,我却还是捕捉到了她眼里泛起的潮湿。

我掏出一直保护在怀里的手机,对她喊道:"过来!我要给你看看我拍到的照片!只要把这个线索交到队里,相信我的同事们很快就能顺藤摸瓜,查出真相!"

林娇顺从地走到我身边,却不是来看手机里的照片,"别白费力气了。"她小声说着,将纱布一圈圈地缠在我刚缝合好的伤口上。

"什么?什么白费力气?"不解她话里的意思,我抬头朝她问道。

林娇朝我举给她看的照片上瞥了一眼,淡淡地说道:"你拍的这个蝎子男,是姜峰母亲的债主,姜峰他妈一直在赌博,欠了这个人不少钱,我还曾帮她还过钱。他妈嗜赌的这件事,姜峰一直不知道。"林娇用胶布将我头上的纱布粘好,轻轻按了按。

惊愕之中,突然感受到了疼痛,我猛然抓住了林娇的手:"什么姜峰他妈一直在赌博,什么债主,到底是怎么回事?"我急不可耐地质问林娇,把她拽到我的眼前。

就在一个小时前,为了保护好这些可能帮她洗脱冤屈的照片,我不顾安危,从高楼上跳下。可现在,林娇却告诉我,这都是白费力气……心中无法形容的焦急和苦闷,让我似按住猎物的猛兽般,死死地盯着她。

林娇不躲不闪,任凭我抓着她的手腕。之后,她缓缓张口,跟我解释道:"有一次,我替姜峰送东西去他妈家,撞见她被一个男人堵在楼道里扇耳光。我上前阻拦，掏出手机要报警，却被姜峰他妈抢走手机摔在了地上。

"接着，她对这个脖子后有蝎子文身的男人跪地央求，求他再宽限几天，我那时才知道，她赌博，欠了这男人的高利贷。

"那一次，我帮她还了钱，也答应她不会告诉姜峰。可后来，她并没有戒赌，反倒是越借越多，还屡次要我瞒着姜峰帮她还钱。

"最后，我们因为这件事闹翻。姜峰只知道我和他妈关系不合，却不知道是这个原因……"

不想再听林娇说下去，我用力摇头，心中失望透顶。"又是这样！你为什么不在我当初跟你提到他时，就说出来？你到底不记得什么？又都记得什么？"我几乎是咆哮着对林娇问道。

"你希望我记得什么？"林娇突然反问我道，她的声音冰冷，好像我才是做错事的那个人。

我一下子无法回答，痛苦地咬着后槽牙。

我从没有像现在这样纠结，既希望她想起一年前的一切，又希望她什么都不要记得。

闭上眼睛，我无奈地用力吸气。之后，我猛然甩开了她的手，忍着脚踝处的剧痛，穿上鞋子，一瘸一拐地走出暗室。

"你要去哪？你这样上去，佳慧看到了怎么办？"林娇追出来，在我身后焦急地说道。

"我跟她离婚了！她管不着！"我负气地踏上楼梯，头也不回地吼道。不等林娇再说话，我已使尽全力拉开了地窖的门。

回到2楼的工作室，我倒在小床上，握着拳头狠狠捶打身下的床板，折腾着坐起，在黑暗中痛苦地挥拳，却怎么也打不散心中的烦躁。直到精疲力尽平躺回床上，我依然像漂浮在漆黑的海面上一样无助。

飘进屋子里的咸湿海风，唤起了我记忆中海边的模样。我仿佛又看见了那座白色灯塔，它依旧伫立在黑夜里，对着那毫无希望的前方，默默忍受着等待的煎熬……

2.

会客室内,林娇正端着胳膊,观赏着墙上装饰画框内的白色灯塔,听见身后有人推门进来,林娇将头转了过去。

看到是甲方的女负责人正朝她走来,林娇知道——刚刚甲方领导们在会议室里进行的讨论,已经有了结果。

沟通完相关事宜,女负责人起身相送,林娇让两名下属先回车里等她,自己又同女负责人站在电梯门前寒暄了几句,才坐电梯下楼离开。

走过一楼大堂时,林娇看见肖娜和达远的两名前下属,从对面走了过来。

"林总!"走在肖娜身后的两个男人看见林娇,恭恭敬敬地跟她打招呼道。

"嗯!"林娇两手插在黑色的西裤口袋里,勾起嘴角,朝他们点了点头。

看见肖娜回头狠狠地瞪了他们两人一眼,不想再让前下属们为难,林娇没再停留,继续朝大门口走去。

"林娇!"

听见肖娜在身后毫不客气地直呼自己的名字,差点儿迈进旋转门里的脚,又被林娇收了回来。

她缓缓转身,看向肖娜,凌厉的目光,盯得肖娜瞬间没了刚才那股嚣张的气焰。

大概是被林娇的气势震慑到,肖娜强装镇定地眨了眨眼睛,扭回头去,吩咐两名下属留在原地,便独自朝林娇走了过来。

肖娜咂着嘴,来到林娇跟前,挑衅道:"啧啧啧,你对男人还真是有两下子啊,能让王鹏支持你,把报价压到这么低……"

肖娜挑眼看着林娇,晃着脑袋,一副不可思议的模样,接着说道:"但是,你就不怕到了年底,王鹏赔得血本无归,没法跟其他股东交代吗?到时没了他这个靠山,我看你明年要怎么办!"

林娇不屑哼笑:"呵!你有空多为自己操操心吧!丢了这么多项目,我看你现在就该好好想想,年底要怎样完成我离职前在达远定下的业绩目标!"

林娇话虽不多,但她十分清楚——自己所说的每一句,都如飞刀般,扎进了肖娜的心上。

从林娇离开达远加入和旭,至今已半年有余。其间,林娇所带领的和旭团队在同肖娜挂帅的达远一方进行的数场客户争夺战中,无不是捷报连连。刚刚也不例外,当甲方的女负责人推开会客室的门,笑意盈盈地走进来告诉林娇:他们决定放弃达远,选择与和旭合作时,林娇并没有表现出过度的惊喜,因为一切都在她的意料之中。

"别走!"见林娇扭头要走,肖娜气急败坏地追着林娇喊道。

她小跑着拦在林娇身前,叉着腰,对林娇指指点点,"你不就是要开发那个破软件吗!别以为我不知道,是艾米丽帮你们搭桥牵的线!哼!一个软件就能降低货运成本,我才不信呢!别忘了,我手上有你走之前,谈成的马士基船运合同!你要是再敢这么压价,就算赔个底儿掉,我也要跟你奉陪到底!"

林娇看着肖娜这副伸脖子瞪眼睛的泼妇模样,只觉得她原形毕露,十分好笑。

"你信不信的,能怎么样?不赚钱的只会是达远!还有,你跟我奉陪到底?"林娇忍不住歪头,朝一边笑了出来,"好啊!可你陪得起吗?"转回脸来,林娇定定地看着肖娜,一字一句地问道。

"林娇!你别以为这样,你就赢了我,我才没有输给你!"肖娜不甘地叫嚷着,又往前上了一步,她红着眼睛,压低声音,"没错,姜峰是回到你身边了,但你知道吗,我跟他曾有过一个孩子!为了跟你和好,他逼着我去堕胎……凭什么……凭什么……"

肖娜紧盯林娇微隆的小腹,声音逐渐哽咽,"凭什么你的孩子活下来了,却要逼着我的孩子去死!你这个杀人凶手!"肖娜最后的语气里满是恨意,令林娇不得不相信,这并非肖娜编出来故意气她的谎话。

努力压抑着心中的震惊,林娇微仰着头,深深地吸了一口气。在和姜峰离婚后才好不容易卸下的那份屈辱,如今又像浸过冰水的袍子,重新披到了她的身上,让她感觉又重又凉。

即便林娇为姜峰制造的复婚幻影,已让肖娜腹中的生命付出了代价,但她还是无法原谅肖娜,也更加痛恨姜峰。

这样想着,林娇无法控制地在脸上表现出痛苦来。

似扳回了一局的肖娜,眯眼打量着林娇。充满挑衅的眼神,在林娇宝蓝色的时装款西服和玫红色的开领衬衣间游荡。

"还有啊,你的品味真是越来越差了!这朵花真俗气,你真该……"肖娜轻蔑地笑着,伸手去捏别在林娇胸口上的镂空胸针。

"啪!"

还没等肖娜的手碰到胸针,林娇就给了她一记重重的耳光。

肖娜惊讶地捂着迅速肿胀的脸,回过神儿来正想还手,却被赶过来劝架的下属们,按住了胳膊。

看着肖娜发疯般挣扎的模样,林娇叹出了先前憋在胸口里的那股气,淡淡地对肖娜说道:"我早就教过你了,不要觊觎你不配得到的东西!今天我就再教你最后一课!不是你的东西,不要碰!"

林娇说完,转身离开,刚走出去几步,又掉头回来,她指着自己西服上的卡地亚胸针,对披头散发的肖娜纠正道:"这不是花!是金钱豹!象征优雅、果敢与独立。你身上没有,当然看不出来!"

收回嫌恶的眼神,林娇再次转身,优雅而从容地走进了金色的旋转门里。

"嘭"的一声,随着香槟塞的弹出,顶着奶白色泡沫的金色液体,承载着成功的喜悦,从瓶子里一股股地涌了出来。

富丽堂皇的酒店宴会厅里,灯火辉煌。十分钟前,王鹏在和旭的年会上,兑现了他对林娇的承诺——将他名下5%的股权,以极低的价格转让给林娇,使她正式成为了董事会的一员。

眼见举着香槟杯的股东们,纷纷走过来朝她道贺,林娇虽心中勉强,却不得不拿起礼宾人员端到她面前的香槟。

"欸欸欸,你喝这杯!"王鹏小声说着,赶忙把自己的杯子递到林娇身前,硬将她手里的香槟杯同他的调换。

不知他葫芦里卖的什么药,林娇奇怪地看向王鹏。王鹏却只是对她神神秘秘地挤了下眼睛,然后便若无其事地走开了。此时,股东们已聚到林娇身边,无暇再做犹豫,她只得举起手中的酒杯,与他们一一碰杯。只轻抿了一口,林娇便因杯中酸甜的味道,轻蹙起了眉毛。

"林总,您刚加入和旭半年,公司业绩就翻了一番!这股权,您拿得当之无愧,王总割爱得理所应当啊!来,恭喜恭喜!"

一位股东才对林娇恭维完,另一位又接着说道:"欸!什么林总,以后要叫林董啦!哈哈!林董,业绩增长,利润提升,我们大家伙也都跟着受益,以后还要多多仰仗您的能力了。来!我代表大家伙,向您表达谢意。我干了,你随意!"

眼见着说话的股东,杯中的香槟见底,林娇轻抿了一小口,谦虚地笑着说道:"几位都比我进公司的时间早,都是和旭的元老。论贡献,我所做的哪能跟各位相比。你们就别再拿我说笑了!一指握不成拳,一树成不了林,感谢大家的支持,才让我们今年的业绩创了新高!来!祝和旭的明天,很好,更好,越来越好!"林娇说着,再次举杯。

清脆的碰杯声与热闹的寒暄过后,林娇从股东中脱身,来到看着这一幕偷笑的王鹏身边,埋怨他道:"你给我喝的什么啊?"等待王鹏回答的间歇,见有人朝她投来示好的目光,林娇忙微笑着点头致意,保持着由开场至今的端庄与优雅。

"嘿嘿!苹果醋,还加了些气泡水。知道你不能喝酒,我就特意给你调了这么一杯。味道不错,颜色还跟香槟一模一样。看!把他们都骗过去了。怎么样?我聪明吧!"王鹏讪笑着答道。

虽有暖意在心中流过,也听出王鹏正在等待着她的夸奖,林娇还是故意对他嗔怪道:"聪明什么啊!我还以为是香槟变质了呢!"

"怎么可能?不会啊!我刚才明明尝过了,味道还不错啊!"王鹏一下子变得认真了起来,伸手就要去拿林娇手里的杯子。

林娇闪身一躲,用表情告诉王鹏,她只是跟他开了个玩笑。

也许是意识到虚惊一场,王鹏摇晃着脑袋,一脸上当的模样,"好呀你!刚真吓了我一跳,还以为是苹果醋出了问题!你这样整我可不对了啊!说!一会儿有什么安排?"

林娇望向他不说话,不明所以地眨了眨眼睛,然后听见王鹏继续说道:"没安排就赏脸吃个饭呗!会场里的冷餐西点吃得我胃不舒服,咱们去吃点好的!"王鹏笑嘻嘻地说着,一脸殷勤。

看着王鹏生怕被她拒绝的模样,林娇笑了:"好啊!不过,餐厅得让我来选!"

当一锅西班牙海鲜饭被侍者端上来,放到桌子正中,王鹏盯着先前已摆满冷盘的桌面,夸张地瞪大了眼睛。

"每次都吃这么多，怎么也不见你变胖呢？"王鹏挑眉，疑惑地打量着林娇问道。

"喂！我可是一个怀孕七个多月的孕妇欸！"林娇说着，展开酒红色的餐巾铺在腿面上。

这时，侍应生捧着放有白葡萄酒的冰桶来请他们试酒。

"欸欸欸，我来试，她不能喝酒。"王鹏举着空酒杯，在侍应生把酒倒进林娇杯中之前，拦住了他。

很少见王鹏有如此细心的举动，林娇觉得他今天怪怪的，于是偷偷瞥向他。

只见王鹏并不像往常试酒时那样浅浅一尝，而是仰头一饮而尽。随即，他放下酒杯，催促侍应生赶紧离开。

觉察到了王鹏的莫名紧张，林娇正在狐疑，听他略微有些埋怨地说道："你说你选地方，怎么也该选个环境清幽、温馨点的地儿吧！这里全是一桌桌叽叽喳喳的老外，想小点声说话都不行。"王鹏皱着眉，左右看了看四周有些嘈杂的环境。

"要那么安静干什么？我跟你说啊！我最近发觉，我有产前抑郁的征兆，最讨厌安静了！恨不得到人多的地方解解闷呢！

"对了，下个月的工作计划，你看了没？怎么还不给我邮件回复？我跟你说啊，我现在正是激素分泌紊乱的时候，小心我迁怒于你！"林娇半开玩笑地说完，从锅里盛了一木勺海鲜饭放进自己的盘中。

她用刀叉将橘色的海虹肉从黑色的外壳中剥落，正打算送进嘴里，突然看见一个巴掌大的白色礼盒，被王鹏缓缓地推到了她的跟前。

"送你的！看看，喜不喜欢？"王鹏说着，露出了难得一见的腼腆笑容。

"什么啊？"

见王鹏只是笑不肯回答，林娇只得放下手中的刀叉，拿起桌上的方盒打开。

看到里面的东西，再加上王鹏刚才一系列的反常举动，林娇似乎已经明白王鹏送她礼物的目的，于是对他打趣道："你送我手表干吗？想捆住我，要我'996'，'007'地给你卖命挣钱？那可得再多分点儿股份过来才行！

"还是……你想暗示我，不许随便迟到早退……"林娇抬眼看着王鹏，故意强调道："我就要做母亲了欸！买奶粉、换尿布，都是操不完的心，哪有时间观念，你啊，送了也是白送！"

她故意将最后几个字加重语气，然后"啪"的一声，扣下盒盖，将它推回给王鹏。

"唉！你仔细看看，看看再说嘛！你看看，这表盘是什么颜色的？"王鹏焦急地按住林娇的手，给她提示道。

以为是自己会错了意，林娇满心狐疑地把盒子拉了回来。再次打开盒盖，她看着表盘四周镶满碎钻的卡地亚女表，抬起头来对王鹏眨了眨眼睛答道："白色的，怎么了？"

王鹏眯眼勾起嘴角，随即摊开双手，对林娇得意地说道："表白啊！我送你表，不是要捆住你给我卖命，也不是要提醒你时间，是要向你表白！"

林娇这才意识到——自己刚刚不假思索的回答，终还是中了王鹏的"圈套"。

她有些无奈地抿紧嘴唇，听王鹏继续说道："你知道，我已经有一个六岁的女儿了，恨不得再多养个儿子，凑个'好'字！而且我很会教育小孩的，一定会帮你把孩子培养得相当出色的！"

王鹏笑呵呵地说着，却难掩声音里的紧张。对望上林娇的眼睛，他干脆彻底认真了起来。"相处了这么久，我不知道你对我的感觉是怎样。但我知道，我对你，早已不只是欣赏。

"你的优雅，你的美丽，你的雷厉风行，你的重情重义……无不让我觉得，你是一个可遇而不可求的女人，是我一直在寻觅的人！

"我们都是经历过一次失败婚姻的人，清楚怎样的人更适合自己，也懂得珍惜缘分！所以，我希望，你能给我个机会，让我有一天，能把这个盒子变小，小到里面装的不再是戴在手腕上的手表，而是一枚戴在无名指上的戒指，好不好？"王鹏的言语真诚，说完这些，他便目不转睛地盯着林娇的眼睛，等待她作答。

一动不动地扶着装有手表的盒子，与王鹏对视了良久，林娇突然笑了。她将手表推回给王鹏，说道："不会吧你！几个小时前才把5%的股权割让给我，这么快就心疼了？还想出这么个法子来，打算把股权收回去！你要不要这么小气啊！"

见王鹏被她逗得"哈哈哈"地笑了起来，林娇也跟着笑了。尴尬的僵局已被打破，林娇伺机对王鹏郑重答复道，"不过，话说回来，你是

253

一个可靠的战友,也是一个不错的老板,还是一个很好的朋友。但在感情上,你并不是我要找的那个人。谈感情,咱俩真的不合适!"

林娇摇头笑着说完,王鹏立即抢着开口,"怎么不合适了?你要是因为我先前交过不少女朋友,就误会我是个对婚姻不忠的人,那可就是冤枉我了啊!

"你知道的,我跟前妻离婚,并不是因为其他女人,而是因为我们俩的性格不合!再说,离婚后我就变单身了……"

说到这儿,王鹏有些激动地探向林娇,继续对她解释道:"变单身了,可不就随时准备接受新的感情嘛!有些女孩子热情,我又不忍心伤害她们,可不就交往看看嘛!但说实话,从离婚到现在,我可从来没像今天这样,认认真真地去追求过谁。你这么快就把我拒绝了,也太伤人心了吧!"

王鹏负气地靠向椅背,之后又像想到了什么似的,坐了回来,"这样吧,就跟当初我邀你来和旭时一样,别现在答复我!回去再考虑考虑,你知道的,我的手机 24 小时等你,我等你!"

"还考虑什么呀!你呀……别胡闹了!"王鹏一番深情告白之后,林娇依旧不为所动,只是舀着盘中的海鲜饭,边吃边笑。

王鹏无奈地撇了撇嘴,追问道:"那你说,你要找什么样的?没准我就是那一款呢!只是你对我还不够了解!或者我朝那个方向努努力,变一变,也不难!"

见王鹏仍不死心,林娇叹着气放下了餐具。她用纸巾沾了沾嘴角,之后,直视着王鹏的眼睛,认认真真地说道:"我要找的人呢,他不一定要很英俊,也不一定要很有地位,但他一定要无比深情,有一颗始终如一的真心!

"从见到我的那一刻,就对我分外难忘,从爱上我的那一刻起,他便心心念念的都是我。包容我,珍惜我,眼睛里只有我!就像抬头仰望着太阳的向日葵那般,总是给我最深情的注目和默默无言的真挚爱恋!怎么样,你觉得,你是这样的人吗?"林娇眼睛弯弯,对王鹏笑着问道。

"世界上哪有这样的男人啊!"王鹏立即不服气地答道,"你说的那种啊,是狼人。《暮光之城》里的狼人雅各布,那才会一眼即烙印呢!

"欸!你不会是还做着十几岁小姑娘才做的那种,不切实际的梦呢吧!"

听见王鹏的话，林娇立刻放下了刚举到嘴边的果汁杯，十分同意地睁大了眼睛对他说道："对对！你说的没错，这个人，他就在我的梦里！"

跟王鹏吃完饭，林娇回到家时，已是晚上11点多。

手指刚伸进大门的指纹锁里，一声从安全通道那儿传来的"咣当"巨响，吓得她赶忙缩回手来。

"谁？谁在那儿？快出来！"林娇紧张地站回到电梯轿厢里，朝对面安全通道的白门吼道。她将食指悬在紧急呼叫的红色按钮上，以防万一。

"啊……你回来啦，怎么这么晚？跟谁出去啦？"姜峰打着哈欠从安全通道里走了出来。

看到他睡眼惺忪的模样，还有西服右肩膀上蹭到的白灰，林娇立刻明白——刚才一定是靠墙睡着了的姜峰，从台阶上摔下去发出了那声巨响。

"你又来干什么？"林娇没好气儿地朝他问道。

"嘿嘿！我最近整理装备，发现我有一把'沙漠之鹰'落这儿了，所以回来拿！"姜峰嬉皮笑脸地回答道。

无奈地瞥了姜峰一眼，林娇重新走出电梯，去开门。

一跟着林娇进到客厅，姜峰就跪到沙发前，对着沙发底下一顿翻找。

"哈哈！找到了！"姜峰扭过头来，冲着林娇摇了摇手中的黑色模型枪。

看着姜峰举着枪左右瞄准的模样，林娇只觉得无比厌烦。离婚这半年来，姜峰虽遵守约定搬了出去，但每隔一段时间，他就会想方设法地跑回来。什么落下的书，剃刀，游戏盘，连签名球衣，都能成为他再进到这间屋子里的借口。

狠狠地白了姜峰一眼，林娇抱着肩膀对他说道："找到了，就赶紧走吧！"

姜峰从地上爬起，笑嘻嘻地来到林娇跟前，"给我看看儿子吧！从这周开始，你应该是每两周就做一次孕检了吧？"姜峰边说，边将目光投向林娇微隆的小腹。

即使只被他的眼神触碰，林娇也会感觉不自在，她蹙眉扭向一边，打发姜峰道："四维彩超报告在床头柜上，你自己拿去！"

见姜峰没再废话，径直走进主卧，林娇长长地叹了口气。

她知道，姜峰肯离婚，之后又按约定把财产转移回来，甚至还逼肖娜去流产，皆是源于她当初留给他的一线希望。姜峰笃定她会回心转意，终有一天跟他破镜重圆。

虽然林娇已不止一次地表明态度，但姜峰始终做着这个不切实际的梦。他的紧抓不放，让林娇倍感厌恶，甚至是恶心，可他们毕竟还有一个共同的孩子，她无法完全阻止他的靠近。

突然感觉想要呕吐，林娇捂着嘴，冲进了主卧的卫生间。

怀孕七个多月，孕吐几乎陪伴林娇全程，她的体重虽有所增加，但整个人却比孕前看起来还要瘦弱不少。

胃里翻江倒海，她听见姜峰在外面着急地敲门。

"别进来！"

强忍着胃中的搅动，林娇不耐烦地朝门外喊道。

敲门声乖乖地戛然而止。林娇打开水龙头，用温水漱口。抬起头来，看到镜中憔悴的自己，她轻抚着隆起的小腹，对其中躁动不安的胎儿安慰道："宝宝要和妈妈一起加油！还有两个月……还有两个月，咱娘俩就都挺过去了。"

感受到腹中重回安宁，林娇渐渐露出了会心的微笑。可这快乐还没持续半秒，她就看到姜峰这次又故意落在水盆旁的手表。想到他下次，又会以此为借口回来骚扰她，林娇来不及用毛巾擦嘴，怒气冲冲地走出了卫生间。

她来到拿着彩超报告傻笑的姜峰面前，将手表举到他眼前，厉声质问道："这是什么？谁允许你进主卫的？"

"啊！"姜峰恍然大悟似的，从林娇的手里拿过手表，笑着解释道："我刚刚进去方便，洗手时落那了。"

"走！你给我走！现在就给我走！"林娇不听姜峰狡辩，边说边把他往门外推。

"好好好！你别着急！小心孩子！"没用林娇费劲，姜峰顺从地迈出了大门。

狠狠地合上门，林娇将姜峰的苦脸关在门外。转过身来，她蹙眉无限唏嘘。

"又是手表！"

这一整晚，林娇都被手表搅得不得安生。让她不禁想起，不久前才终于下定决心,处理掉的那块百达翡丽……

暴雨夜,男人落在酒店房间里的手表,被她一直保存。因为先前,林娇还未弄清楚他是谁;后来,又不打算再与他的生活发生交集,所以始终不知该如何是好。

直到前一阵子,王鹏帮她把男人的详细资料调查回来,林娇得到了他的电话,才决定将手表寄到他住的别墅。

林娇并非是在威胁他——让他知道自己掌握了他的电话及住址,甚至有可能对他继续纠缠。相反,快递显示被签收后的几天,林娇一直怀着忐忑的心情,生怕他会再与自己联系。

可随着时间渐渐过去,林娇发觉——她的担心是多余的。他没有联系她,或许他早已说服自己,将那晚的一切彻底忘记。

"砰砰砰……"敲门声打断了林娇的思绪。

"又干吗?"知道是一直站在门口没走的姜峰在敲门,林娇扭过身来,对着门外没好气地问道。

"啊!有个事儿,我想跟你商量商量。你看,还有两个月,你就要生了。你平时那么忙,也没时间照顾自己。我想,要不找我妈来,让她提前帮你准备准备,反正还有一个卧室空着……"

"别找她来烦我!我不想见她!"林娇吼着,打断了姜峰。

第十六章

1.

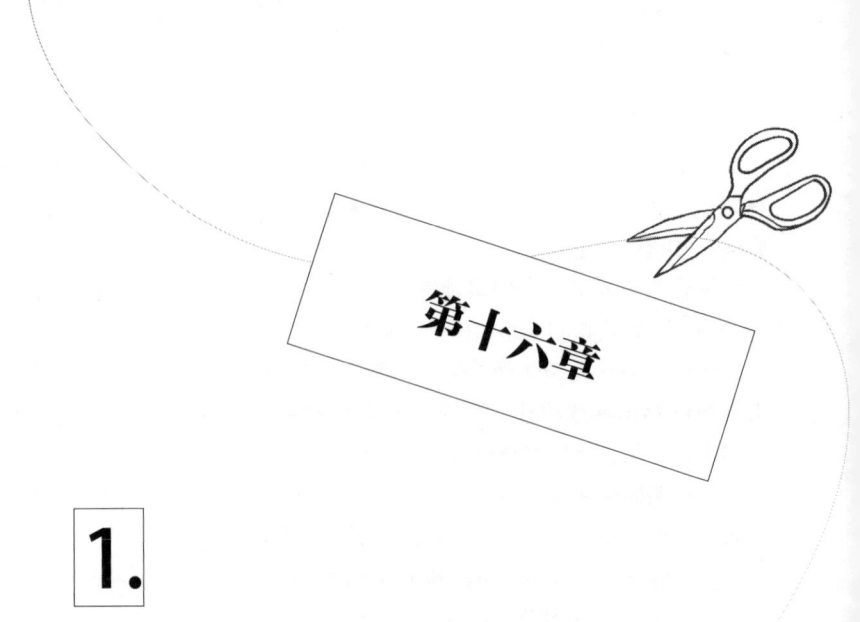

虽然林娇告诉我,不要徒劳去找姜峰的母亲,可我还是一意孤行。

回忆昨天在农贸市集里发生的一切,我确信无疑,那是一场针对我的算计。

夹在我车前的牛皮纸袋、写着蝎子男出现时间和地点的纸条——这些线索,将我引诱向蝎子男和姜母出现的农贸市场。而正当我聚精会神地拍摄他们"交易"的画面时,占尽了先机的布局者——那个骑在摩托车上的男人,敲开蝎子男的车窗,将我指给他看。最后搞得我被蝎子男和他的两名同伙穷追不舍,狼狈不已。

"是谁?那个戴着黑色头盔,骑在摩托车上的男人,到底是谁?"

怀揣着这样的疑问,我开始逆向思考:很明显,这个设计陷害我的摩托车男,在刻意引诱我对姜母展开调查,那我不如按部就班地继续下去,相信一定会引得他再次出现。

于是,今天,我混进了姜母常去赌博的那家赌场里。

这是一处隐藏在棋牌社下的地下空间,只容纳四五张赌桌的地下室里,烟雾缭绕,光线昏暗。汗臭味,烟味,空调冷风里吹出的潮湿霉味,混杂在一起,令人生厌。

虽然每张赌桌前,都密密麻麻地围了一圈人,但我一眼就看到了姜母。

在这个几乎全是男性赌徒的地方,姜母格外地显眼,她花白的头发松散地盘在脑后,有几缕发丝从发盘中脱落,垂在眉头紧皱的额前。

我走到姜母身边时,她正目不转睛地盯着赌桌上的摇盅,嘴里如中了邪一般,不停地嘟囔着,"小!小!小……"。而她身旁的矮胖男人,则像着了魔似的重复着:"大!"

不知是不是我的到来,给姜母带来了好运气。盅罩被打开时,她发出了一声如赛跑者冲过终点时撞线般的欢呼。之后,她双手高高举过头顶,扑倒在赌桌上,将桌面上散乱堆着的纸钞,统统搂进怀里。

盯着姜母兴奋地数完赢回的钱,在她打算再次下注前,我轻轻拍了拍她的肩膀。

看到我,姜母先前还笑得合不拢的嘴,霎时间僵住了。

见她已认出了我,我则不再客气:"跟我走!咱们出去聊聊!"我强硬地架起姜母的胳膊,在她耳边低声说道。

大概是没少同抓赌民警打交道,再加上昨天在农贸市集,姜母看到了我与蝎子男之间的追逐,她苦着脸对我不住哀求:"警官,放过我这次吧!我以后不敢了!"

姜母仰身向后,企图从我手中挣脱,这逼得我不得不狠狠地拽住她,与她撕扯了起来。

姜母的哭嚎引起了赌徒们的警觉,原本嘈杂的四周逐渐变得安静下来,陆续有人向我投来不友好的目光。

意识到处境对我越发不利,我对姜母厉声喝道:"妈!你再这样,爸真要报警了!"说完,我像扛麻袋似的,把胡乱蹬踹的姜母扛在肩头。

以为遇到了"家务事"的赌徒们,立即为我们让出路来。

我就这样扛着姜母,强迫她离开了棋牌室,一直到街角的转弯处,才气喘吁吁地将她放了下来。

虽然林娇觉得,我在农贸市集里拍下的那些照片,只是姜母在向蝎子男还高利贷。但蝎子男为何要在案发前一天,破坏掉楼道里摄像头的这个疑问,或许只有姜母能给我答案。于是我翻出手机,打算用我拍下的"交易"照片,引姜母说出实话。

见姜母靠在墙角不住颤抖,只顾着对我不停哀求。我只得一边举着手机,硬要她看,一边骗她说我不是警察,只是个自由撰稿人。

可她却一点儿也没有镇定下来,只是换了套哀求的说辞:"记者先生，求求你，不要把这些照片发出去，我儿子……我儿子小峰他，不能让他知道我赌博的事啊！他爸爸死得早，留下我们孤儿寡母无依无靠。我后来嫁了个烂酒鬼，他宁愿花钱买酒，也不肯给小峰交学费，我是实在被逼得没办法了，才走上了这条道啊……开始的时候运气好，赢了不少钱，可后来点子越来越背，不停输钱，还欠下了他们好多债……"

姜母盯着我手机里的照片痛哭流涕。"我知道，在你眼里，我是个烂赌鬼，根本不值得同情！可你要是让我儿子知道，我给他丢人现眼了，他肯定会恨死我的！自打他爸爸过世后，小峰最恨别人看不起我们，他把面子看得比命都重！要是让他知道了，他一定不肯再认我这个妈了！"

让姜母抽噎着说完，我对她说道："我找你是为了调查杀婴案的真相！让我不爆出你赌博的事也行，但你要告诉我，这个脖子上有蝎形文身的男人，为什么会在案发的前一天，去破坏掉楼道里的摄像头？"

姜母的眼中露出了吃惊的神情，我猜她一定在琢磨，我是怎么知道这些的。

见她只是眨着混沌的眼睛，愣愣地看着我，我伺机说道："你知道，要是我把这些照片发布出来，不但你赌博的事会被姜峰知道，你是杀死自己孙子幕后黑手的这件事儿，也会被姜峰知道……"

"我不是！"我的话还没说完，姜母立即嘶吼道，"我才不是杀死孩子的幕后黑手！孩子是林娇杀的！是那个歹毒的女人，杀了我的孙子！"

姜母说着，情绪变得十分激动，她突然冲过来抢我的手机。没来得及反应，撕扯中，我的手臂被她抓出了好几道破皮的血痕。

我本能地将她用力推开，姜母重重地撞上墙面。她靠在墙上，颤抖着肩膀，歇斯底里，"那个歹毒的恶女人林娇！她真该被千刀万剐！她毁了我儿子，毁了我们整个家！从怀孕到分娩，小峰一直对她百依百顺，可她总是没事找事，乱发脾气……我好心去伺候她，帮她带孩子，她却把我赶出家门。小峰还替她辩解，说她是产后抑郁，心情不好。哪个女人不生孩子？怎么她生个孩子，就抑郁，就心情不好了呢？她压根就不想给小峰生这个孩子。所以她后悔了，后悔就杀了……呜呜呜……我的孙子，我可怜的孙子啊……"

小臂上不断传来的灼烧感和姜母的哭声，搅得我心烦意乱。不想再听她说下去，我对她喝道："别再跟我扯东扯西！为什么要破坏摄像头？

如果你现在不说，那就等着，跟警察去说吧！"

见我转身要走，姜母突然双掌合十，像昨天在黑色尼桑车里央求蝎子男一样，对我又拜又叩："别！别交给警察！我说，我说！我让他前一天去破坏掉摄像头，是为了方便第二天……到我儿子家去……去偷东西。"姜母结结巴巴地说完，抬眼偷偷看我。

我紧紧地盯着她的脸，想判断是真是假，听见她继续说道："我原本也没打算这么干的，是那个恶女人逼我的！她知道我赌博，出了月子她就说丢了几件首饰，还硬赖在我头上，非说是我偷的！小峰为了照顾她的心情，就不让我再随便去他们家了。那我就想啊，干脆一不做二不休，还不如真去偷她几件值钱的东西当了还债。再说了，那些本来也是我儿子花钱给她买的，我拿回来，也是理所应当，有什么……"

听姜母断断续续地说着，我大体已经明白了来龙去脉。

瞥见街对面，我停放黑色吉普的地方，出现了一张熟悉的面孔，我的注意力一点点向那边转移。

站在我车门旁，朝我驾驶室里张望的男人，正在跟人讲着电话。他手里提着的黑色摩托车帽，还有停在不远处的摩托车，让我不禁联想起——昨天在农贸市集里被人算计的情景。

终于引蛇出洞了，我料定他又是跟踪我而来，于是边拨着电话，边大步朝街对面走去。

"欸！记者先生，你有没有在听我说啊？照片你打算怎么处理啊？喂！你要去哪儿啊？"

我给辖区的派出所打去了电话，将那个地下赌场的地址发给了他们，请他们立即出警。当我快步走出街角时，身后姜母哀哀戚戚的追问声，随即被眼前马路上的噪音覆盖。

目不转睛地盯着站在黑色吉普旁的男人，我小跑着想要穿过马路。结果，快跑到路中间时，一辆厢式货车从我身前飞驰而过，好在我躲闪及时，才没有被它剐蹭到。

货车从我眼前驶过，被挡住的视线重新恢复，可他却已消失不见。

万分焦急之中，我左右张望，最后在他骑来的那辆黑色摩托车前看到了他。

见他笨拙地扶着车把，想靠蛮力踢开摩托车侧面的支撑脚架，我瞬间有了一个主意——要好好耍耍他！

我来到吉普侧面，没有直接上车，而是点燃了一支香烟，然后故意将烟抽得很慢，在车边徘徊了好一阵子。

从后视镜里确认他已看到了我，我才将烟头扔在地上，踩着碾灭。之后，我一把拉开车门，迅速上车，如看到了提示比赛正式开始的发令灯——在赛道前瞬间熄灭了一般，冲了出去。

他一味地在我身后加速，生怕跟丢了我。我则不慌不忙地划拉着屏幕上的地图导航，寻找着记忆里那片多巷的老城区。将目的地设置到那里，我使劲踩下了油门。

我的吉普以最高限速，在环线上飞驰。为了刁难他，我故意时而加速，时而减速。大概是怕我发现，他一直努力跟我保持着距离，这使得他不得不突然并道，或是突然刹车。糟糕的车技，让他有好几次险些摔倒，搞得与他并行的车辆怒气鸣笛。

从后视镜里看够了他的狼狈模样，我不屑地踩下刹车，紧打方向盘，突然转弯驶出环线。

怕他在岔路口跟丢了我，我故意在老城区的巷子里放慢速度，好让他可以跟得紧一点。

眼见前方三十米，便有一处无人的十字巷口，我立即左转驶入横巷，紧急刹车，快速换挡，又倒回到十字交会处。

突然探出巷口的黑色吉普，立即被他直行而来的摩托车撞到，发出"砰"的一声巨响。

坐在车里，感受着车身的剧烈摇晃，我知道：这一下，他一定撞得不轻。

拉起手刹，将车子熄火，我从容下车。

来到车尾，我看见戴着黑色头盔的他，正侧卧在地上痛苦呻吟。看到我，他硬撑着坐了起来，恐惧地抬起双臂，做出防御的架势。

并不急着去收拾他，我转到吉普侧面，用手摸了摸被他撞出来的凹痕，冲着他摇了摇头。

"你不该骑它！你没有驾驭它的本事！"我瞥了一眼倒在地上的杜卡迪 V4，惋惜地对高伟说道。

接着我来到高伟身前，揪着他的衣领把他从地上拎起，按在墙边。一把掀掉他头上的摩托车头盔，我质问他道："农贸市场的事，是你还是姜峰布的局？"

高伟满嘴是血，却还在不甘示弱地冲着我笑。"借刀杀人，我哪有那么聪明的脑袋？你可真幸运，能活着逃出来……"

高伟那副好死不死的模样，彻底激怒了我。我朝他的腹部猛击了一拳，咬着牙一字一句地说道："姜峰早知道他妈在赌博，也清楚案发前一天，楼道里的摄像头是谁破坏的，为什么不告诉办案警察？除了走私白银，你们究竟还有多少罪恶？"

挨了我重重的一拳，高伟痛苦得面部扭曲。他朝地上吐了一口含血的唾沫，抬起头来，虚弱地对我说道："我真该让姜峰知道，是你举报了我们在香港的仓库！那你现在……就没法……这么嚣张地……站在我跟前了，你早就是个死人了！"

看出高伟不会回答我的任何问题，不想在他身上浪费时间，我松开了他，看着他如断线的木偶般摔坐在了地上。

"你回去告诉姜峰，他瞒不了多久了！我会把他拼命想要藏着的东西，一点儿一点儿地挖出来，然后让他伏法！"我低头对着高伟说完，便朝吉普走去。

"你要是还想要命的话，就赶紧把林娇交出来！就算你是警察，姜峰也不会放过你的！你不了解姜峰，没见识过他的可怕，他会把你……"

不等高伟说完，我已踩下油门，伴随着排气管喷出的浓烟，和高伟剧烈的咳嗽声，我如子弹一般蹿了出去。

望着前方空中，似战场上弥漫起的硝烟般青黑色的云朵，我的心中没有一丝波澜。

想着高伟威胁我的那些话，一回到家，我就从2楼的工作室里，翻找出姜峰的账本，拿着它匆匆走进地窖。

我不知道高伟是如何发现——是我举报了他们在香港的仓库。不过，高伟的话却提醒了我——原来白银走私，姜峰也有份儿！

如今站在暗室里，对林娇讲完我在香港经历的一切后，我又总结性地说道："账本记录的，或许正是白银走私的账目！"

她坐在床边不说话，静静地翻看着账本，好似陷入了沉思。

"姜峰曾跟我说过，他同高伟所做的生意，与佳慧的银制品牌有关，你的猜测很有可能是对的。"许久后，林娇才缓缓抬起头来对我说道。

看到她的脸，我不自觉地皱起了眉。

林娇会错了意，忙对我解释道："你先不要生气，给你这账本时，我并不知道佳慧就是你的妻子！更没想到，你跟高伟之间会有这样的联系，所以，我才没把这件事告诉你……"

"无所谓了！"我打断林娇，盯着她暗沉的脸色问道，"你不舒服了吗？脸色怎么这么差？"

"啊，没什么。今早醒来就感觉很累，也许是昨晚没睡好。"回答完我，林娇便又低头认真地看起了账本。

看得出，林娇此刻更急于找出账本里的真相，我决定不再打断她的思绪，只是担心地望着她。

"这上面都是数字，根本说明不了什么。除非能弄清楚，他们从香港走私白银回来的具体船次及落地港口，才能向缉私报案。"林娇忽然叹了口气，合上账本说道。

接着，她满眼期盼地望向我，"你监听了他们这么久，有没有什么其他发现？"

我无奈地摇了摇头："没有。我从香港回来后，就再没有收到过佳慧车里的监听录音。现在想想，或许从他们发现是我举报了香港的仓库后，就仔细检查过佳慧的车，拆掉了我安在车座下的监听设备。"

我灰心地说完，看着林娇把账本放到一旁。见她抬起头来，对我微笑，我知道她是在掩饰——心中与我一样的失落。

"没关系，咱们再想想，一定会想到的。你的伤怎么样了？"林娇伸出手，想要去查看我眉骨处的包扎。

"对了！我先前还有一个发现！"突然想到账本里那个固定的利润成本比，我伸手拿起账本，坐到林娇身边，随便翻了一页，用手机里的计算器算给她看。

"你看，不管是哪一笔账目，利润和成本的比例，都是不多不少的百分之十三。我想，即便是走私白银，黑市价格也该受国际白银价格的影响。利润怎么会如此固定，从来不变呢？"

"百分之十三，百分之十三……"林娇轻轻蹙眉，若有所思地小声嘟囔着。突然，她睁大眼睛，转回头来看我，"我知道了！13%，这是受疫情影响后，我国从 2020 年初，为鼓励银制品出口，重新恢复的退税税率啊！"

林娇猛然起身，站到我对面，兴奋地接着对我说道："他们不只是在走私白银，他们还在出口骗税！这是一个白银制品走私骗税的闭环！"

没错，一定是这样！

"有这个账本就够了！这账本里记录的数字，一定能与他们每次在海关申报的商品价格对上。这是铁证！他们逃不掉了！"

林娇说得两眼放光，我却看得出——她是在强打着精神。

以为我没理解她话里的意思，她前前后后地四处看了看，最后从暗室外拿了一盒罐头回来。

她指着圆形的铁盒罐头，对我说道："以这盒罐头为例，假如我们出口一盒罐头到香港，国家就要退回13%的税金给我们。那么，如果这盒罐头，在海关填报的出口价格是100元……这期间，我们只要签订假的购买合同，报备给海关，再把这盒罐头运到香港，伪造出完整的交易单据，国家就会补贴给我们13元的退税税金。

"而等这盒罐头运抵香港后，我们再把它藏进那些泡沫模型缸里，就如你之前分析的那样，同那些真陶缸混在一起，走私回来。

"那么下一次，我们就可以继续利用这盒罐头出口骗税。这样一圈圈转下来，便有源源不断的退税税金落进口袋，还不用增加一分钱的成本！

"这盒罐头，就是那些银盘！而他们在海关填报的出口售价，绝不可能是100元。13%的退税金额，一定相当可观。

"他们只需要用一批银盘，反复进行这样的操作，就可以不断地获得13%的退税。账本上记录的那些高额利润，一定就是这么来的！"

听林娇十分笃定地说着，我惊讶地张开了嘴，心中渐渐明白，佳慧所犯的罪，已并非走私白银这么简单！

一回到2楼的工作室，我便来到窗前，给佳慧发去了微信，约她明早无论如何要回别墅一趟，我有要事相谈。

按我们办理离婚手续时的约定，佳慧今天下午已搬了出去。望着她留在餐桌上的门钥匙，我本以为——我们此生都不会再有瓜葛。但现在，知道她牵涉上骗税的重罪，我的心中又变得百感交集。

等待佳慧回复的时间里，我望着窗外无星的夜空发呆，渐渐回想起我同林娇后来的对话……

"你打算怎么处置这个账本？"

林娇站在我身旁，边为我眉骨处的伤口换药，边对我问道。

我坐在小床的边缘，看不到林娇的表情，无法揣测她的心境，只得老老实实地回答:"我想先劝佳慧自首,如果她肯自首,这个账本或许能帮她减刑……"

"那如果她不肯呢?"林娇直截了当地打断我说道。

顾不得还没有粘好的胶布是否会挪动,我抬起头来,认真地看向林娇。她也停下了手中的动作,紧紧地盯着我。

我们就这样默默地相互凝望,之后林娇像突然放弃了似的,错开了我的目光。"你应该这么做,她也理应得到这个机会。"

林娇说完,小心翼翼地将胶布的另一角粘好。感觉到从她指尖处传来的冰凉,我下意识地抓住了她的手,顺带摸向她的额头。她的额头微烫,像是发烧了。

正回忆着,黑暗中突然亮起的手机屏幕将我又拉回了现实。是佳慧的微信,她告诉我:她今晚就会回来,因为她正好也有话要对我讲,要我在家等她。

读完佳慧的回复,我长长地舒了一口气。在地窖里,面对林娇的提问,我心中其实早已有了答案:如果佳慧不肯自首,那我只能把账本交给缉私海关。于职责和良知,我都不能将账本里的秘密隐瞒,更不能再让佳慧再错下去,错到无法挽回,甚至丢了性命。

我从药箱里找出温度计和退烧药,正打算再回地窖,给林娇量一下体温。经过2楼窗边时,看见楼下由远及近,交替闪烁着的红蓝光束,我不禁停住,皱起了眉毛。

那辆顶着警灯的面包车,在我家的铁栅门前缓缓停下。一个穿着制服的男人,下车朝铁栅门走了过来。

我看见,他探头朝别墅里张望了片刻,最终抬手,按响了门铃……

2.

听见有人轻轻敲门,林娇从梦中醒来,缓缓地睁开了眼睛。

今天是她顺产生子后，在月子中心住的第28天，也是孩子满月的日子。昨天她勉强答应了姜峰，同意下午办完退住手续，带着孩子跟他去照相馆，拍一张孩子满月的全家福。

看见护士抱着孩子推门进来，林娇知道，又到了喂奶的时间。她赶忙掀开被子，下床迎了过去，小心翼翼地从护士怀里接过孩子，林娇迎来了"久违"的安心感觉……

入夏以来，暴雨不断，昨夜更是狂风大作，电闪雷鸣。被雷声惊醒，林娇想到的第一件事，就是去看孩子。发现孩子不在小床里，她惊慌地一下子坐了起来。

望向漆黑的窗外，虽不见雨滴，却听得到雨打窗棂的细碎雨声，林娇这才恍然意识到——此时正是午夜，孩子在她临睡前，已由护士带到了育婴室去照顾。

虽是虚惊一场，林娇却再难入眠，满心惦念着此时睡在育婴室里的孩子。

她突然感到很后悔——入住月子中心时，选择了在夜间由工作人员照料孩子。那时，林娇一心想着尽快恢复，好早日回到工作中去；却没想到，自打孩子离开她的腹中，便在她的心里生出了一条丝线。这条看不见的丝线，将他们母子紧紧相连，孩子的一颦一笑、一哭一闹，都会时时刻刻牵动着林娇的心。

见不到孩子，林娇躺在床上默默地流起了眼泪。分娩后，她变得十分情绪化。明知是紊乱的激素在作怪，可她还是无法控制地因风吹草动而落泪。就这样忍受着煎熬，林娇直到清晨才勉强睡着……

听到背后传来了护士的关门声，林娇解开扣子，撩起衣襟，给孩子喂奶。

午后温暖的阳光，洒在孩子小巧的五官上。林娇边感叹着造物主的神奇，边像欣赏着艺术品一般，对他仔细端详，只感觉怎么看，都不会厌。

然而，这感觉，却与每次看到孩子父亲时截然不同。

林娇入住月子中心以来，姜峰每天下班，都会来看望她和孩子。休息日，他更是恨不得24小时黏在这里。虽然对姜峰无比厌烦，但是林娇还是努力说服自己：不能剥夺姜峰身为人父的权利，更不能让孩子一生下来就缺失父爱。

只是，林娇对姜峰的厌恶，已越来越难以掩饰。她会因姜峰抱孩子的姿势不对数落他，还会因他嘴对嘴亲吻孩子训斥他，甚至有一次，当着姜母的面，她就对姜峰大发雷霆……

那时，姜峰正兴奋地将孩子高高举过头顶。看着那弱小的身体与地面之间的距离，林娇感受到一股从头凉到脚的寒意。她本能地冲了上去，从目瞪口呆的姜峰手里夺回了哭泣的孩子。

"女子如水，为母则刚。"也是从那一刻起，林娇终于懂了这句话的含义。

孩子的出生，掀开了她身上那道叫做"母亲"的封印，此后，她要如天神守护苍生般，给予这孩子一生的守护。她不允许任何人伤害到他，哪怕要她付出生命，也在所不惜。

再度听见敲门声响起，林娇以为是护士回来了。她捋下衣襟，扭头冲门口喊道："进来吧！"

在小心翼翼打开的门缝中，林娇渐渐看到了一张陌生女人的脸。

她慈眉善目，看起来四十出头的样子，憨厚的脸上，带着腼腆的笑容。

"啊，你好！我叫阿兰，是一名金牌月嫂。听说你今天出院，所以我过来看看，有没有什么能帮到忙的。"女人用带有四川口音的普通话，对林娇说道。

"哦，那，那您就进来吧！"不想拒绝阿兰的好意，林娇抱着孩子，懵懵懂懂地从床边站起，对她说道。

阿兰轻手轻脚地走了进来，"我外甥女，就在这家月子中心做护士，我每次来看她时，就会义务给要出院的产妇讲讲育婴知识，顺便看看有没有需要雇佣月嫂的家庭。"阿兰笑呵呵地说着，从兜里掏出了一张名片，递向林娇。

林娇正想抱着孩子去接，看见阿兰主动张开双手，对她说道："来！给我吧！我帮你抱着。你先把扣子扣上，别着凉了！"

林娇这才发觉，自己的衣衫还没有整理好。她看着阿兰脸上和气的笑容，犹豫了一下，最终将孩子递给了她。

"每一个孩子，都是上帝派遣到人间的天使。愿你能选择我，为你的天使奉上爱与真心！"

接过阿兰的名片，正读着名片背面的那行字，林娇听见阿兰对她问道："喂完奶，还没拍奶嗝呢吧？"

应声答"是！"，林娇看见阿兰熟练地托起孩子，抱在怀中。她让孩子头朝内，枕在她的肩膀上，接着五指并拢立成空心掌，在孩子后背上轻叩了几下，孩子立即打了个饱嗝。

看见孩子露出甜甜的笑脸，林娇也跟着会心地笑了。默默望着阳光下满眼慈爱的中年女人，听着从她口中徐徐传出的温柔哼唱，林娇重新打开已收拾妥当的行李包，将阿兰的名片放了进去。

"咚咚咚！"

一阵敲门声从大门处传来，坐在电脑前的林娇，不得不暂停与下属们正在进行的视频会议。

"快递，有没有人在家？"

叫门声持续不断，林娇却不见卧室那头有人出来开门。

"妈啊！您……"对姜母的称呼刚喊出口，其余的话便立即卡在了林娇的喉咙里。

离婚十个多月，林娇一直遵守着与姜峰的约定，没有公开他们离婚的消息。但每次遇到姜母，林娇都难免尴尬，不知该对她如何称呼。

叹了口气，林娇对视频里的下属们说道："你们稍等一下！"

正打算起身出去开门，林娇听见走廊上传来了姜母不耐烦的声音，"来了！来了！敲敲敲！催命呢啊！"

知道姜母已经去开门了，林娇又坐回到椅子上，对着屏幕说道："好了，咱们继续吧！"

"买了这么多不同牌子的纸尿裤！你就不能腾点儿时间，好好查完再买？工作工作，就知道工作！孩子托生到你这儿真是遭罪，不知道哪款合适就挨个儿买回来试！你把他当成实验对象啊？真是的！"

大概是听到了姜母唠唠叨叨的埋怨声，本在做着汇报的男下属，立刻停了下来。

"林总，您要不要……要不要，出去看看啊？"男下属小声探问道。

"不用，你接着说吧！"林娇说着已来到书房门口，将门彻底关了起来。

"林总，您真的下周一就回来上班啊，不再多陪陪孩子啦？"宣布会议结束后，女下属在视频里笑着对林娇问道。

"怎么，不想让我回去啊？你们很怕见到我吗？"林娇边收拾着桌上的文件，边对着摄像头跟下属们打趣道。

"没有，没有，没有……"未离线的下属们，在视频里纷纷认真摇头，有的干脆举着双手，在胸前摇摆，努力否定。

"您就是咱们公司运转的动力，没有您的鞭策，我们整个部门都缺乏活力！只是，没想到您这么快就回来复工……我们集体要送您的礼物，还没来得及准备呢，这……这可如何是好！"年轻的女下属在视频里扮着苦脸，嬉笑着说道。

"行了，少耍嘴皮子啦！心意我领了，但可别费心思送我什么礼物了啊！我休息的这一个多月，大家的工作完成得都不错，给我省了不少心！等我周一上班，请大家吃饭，要感谢你们这段时间，对我的有力支撑！"看着下属们陆续欢呼下线，林娇收起笑容，关上了笔记本电脑。

正疲惫地伸着腰走出书房，一来到走廊，林娇就听见了孩子的哭声。她连忙小跑着赶到卧室，却被眼前的景象吓得彻底呆住。

姜母正举着一把锋利的红色剪刀，站在孩子的小床边，嘴里仍在骂骂咧咧。

明晃晃的刀刃，提醒林娇瞬间记起——这正是去年她替姜峰代收的那把厨用剪刀。不知姜母从哪儿翻找出了它，此刻正将它悬于孩子上方，闪烁着刺眼的寒芒。

"你干什么！"

林娇猛冲过去，推开姜母，与她抢夺剪刀。姜母好像并不打算激烈反抗，只与林娇挣了两下，便松开了剪刀。

"你有病啊！你把剪刀拿走了，我怎么给纸尿裤拆包啊？"姜母对林娇嚷道。

死死地攥住剪刀，背到身后，林娇紧张地朝姜母手中看去。

见姜母确实拿着未拆封的纸尿裤，林娇却还是无法控制地指责她道："你拆东西，也不能在孩子跟前拆呀！如果剪刀没拿住，掉下来扎到他怎么办？你知不知道，这有多危险！他都被吓哭了，你没听见吗？"

"胡说什么呢你！这么小的孩子，哪认识剪刀啊，大惊小怪的！"姜母毫不示弱，接着嚷道，"再说了，这是我孙子！我还能害他不成？倒是你，整天凶巴巴的，我看呀，就是你冲过来，把他吓哭的！你说说你！你怀孕，我来家里看望你，你坐完月子回家，我天天坐车来照顾你，你有喊过我一声'妈'吗？之前还觉得你知书达理的，怎么怀个孕就作威作福，一点儿没了家教呢？姜峰原先劝我，说你是产前抑郁，现在又说你是产后抑郁！你这还……这还抑郁个没完没了了呢！我告诉你啊！姜峰愿意让着你，我可没那义务！你要是再……"

"妈！你们吵什么呢？"

就在这时，不知何时回来了的姜峰，走进主卧，打断了姜母的叫嚷。

"儿子啊！你回来得正好！我刚想给孩子换尿布，她就……"

本就充满委屈的林娇，看着姜母颠倒是非地跟姜峰告状，更觉忍无可忍。

"走！出去！姜峰！你自己去跟你妈解释去！现在，你们都给我出去！"林娇怒气冲冲地说着，将姜母和姜峰轰出了卧室。

之后，她重重地关上了卧室的门，用身子抵住门板，任凭姜峰和姜母在外面不住叫门，也没再打开。

紧紧握着剪刀，听着不断传进耳中的婴儿啼哭，林娇最终在心里做了决定——她再也不想见到姜母，更等不到孩子满百天，她希望姜峰立刻、马上搬走！

但在这之前，林娇知道，她需要找一个帮手。

两天后，一个阳光明媚的早晨，听到大门外响起的敲门声，林娇主动走出了主卧。

"谁啊？"睡眼惺忪的姜峰，站在客卧门口，对林娇问道。

"月嫂！"

"月嫂？咱不是说好，疫情期间，不找外人来看孩子的吗！"姜峰惊讶地说道。

"姜先生吧？你好，我是金牌住家月嫂阿兰，两针疫苗已完成注射，核酸检测一切正常，请您放心！"

一脚踏入门里的中年女人，露出憨实的笑容，对姜峰说道。

第十七章

1.

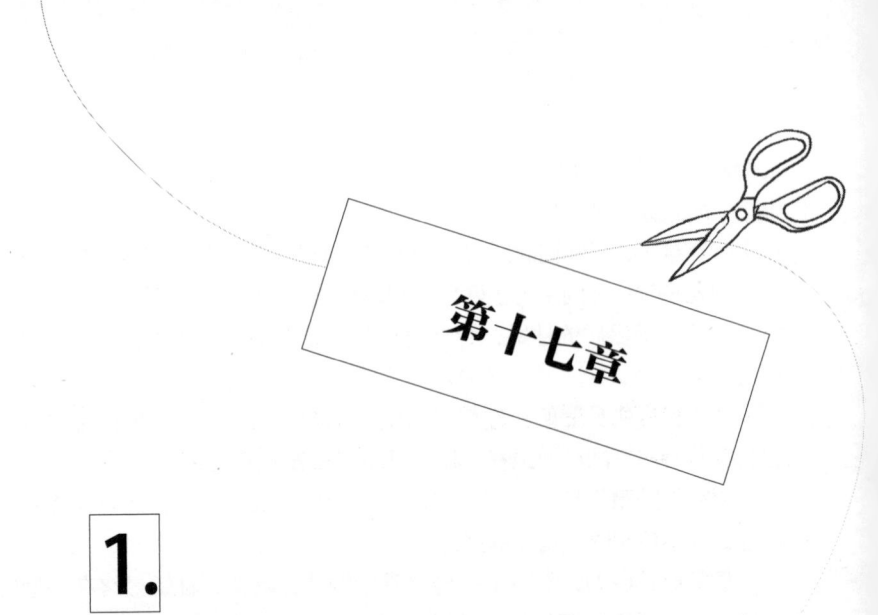

一脚踏进门里的中年男人,对我露出了憨实的笑脸。借着微弱的路灯和他身后闪烁着红蓝顶灯的安保巡逻车,我看清了他身上穿着的保安制服。

"钟先生吗?我是物业保安,想跟您核实一些情况,不知您现在方不方便?"见我并没有让他进门的打算,他主动介绍自己道。

"嗯,什么事儿?"我依旧紧握着铁栅门边,用身体挡在门缝之间,对他问道。

"啊……是这样!"看出我的意思,他变得有些不自在,"根据物业记录显示,十年前,您家的独栋曾进行过一次大规模的施工,但没注明具体原因。所以……所以能不能让我进去核查一下,您家是否改造过地下室或是搭建了阁楼什么的?"他翻开一个硬皮文件夹,挤出笑脸对我问道。

我皱眉答道:"我家是挖过一个地窖,用来储存红酒。你们这么多年都没管,怎么现在忽然跑来查这个?"

"哦……有一个地窖!"他赌气似的点了点头,拿起笔,把我刚才说的话认认真真地记了下来。

"呐!这个给您!"不等我反应过来,他已从文件夹里扯下一张纸递向我。

我不明所以地接了过来，正低头看着这《整改通知书》上的内容，就听他说道："跟您直说吧！前几天，咱们市里发生了一起九死一伤的火灾，就是因为违建的地下室住人，用火不当造成的！现在全市都在搞清除违建的整改行动。三天后，城管还有消防部门，就要来咱们别墅区进行检查！所以，请您务必在三日内将违建的地窖拆除填平。否则，执法人员只能强行施工，之后还要追究您的行政责任！"说完这些，他收起笑容，转身朝巡逻车走去。

看着一闪一闪的红蓝顶灯，彻底消失在远处的黑暗里，我渐渐意识到了时间的紧迫。

我忧心忡忡地回到屋里，看见先前放在玄关柜上的温度计和退烧药，便拿着它们来到了地窖。

没有一下子看见林娇，而是在楼梯下，看到了不安徘徊的雁雁。我预感到情况不妙，几步冲下楼梯，直奔暗室而去。

暗室里，林娇痛苦地紧闭双眼，侧卧在被子里瑟瑟发抖。我连忙来到她身边，用手掌探试她额头上的温度。

她的额头滚烫，无需用温度计测量，我也知道她已处于高烧之中。

"来！我带你去医院！"我心急如焚，让她揽住我的脖子，托着她的双膝和腋下，将她从床上抱起。

"不……不要……不要去医院，去医院会被核查身份……我不能去医院……"林娇依旧闭着眼睛，喘息着说道。

我知道林娇说的没错，可继续这样烧下去，用不了多久，她就会陷入惊厥，甚至休克。

看着她难受的模样，我一下子变得手足无措。想起一直攥在手里的退烧药，我慌忙奔回楼上，烧了一大壶热水，又从冰箱里拿了几包冰袋，跑回地窖。

着急下楼梯的时候，我险些滑倒。就在这时，地窖外传来了佳慧的喊声。她唤着我的名字，告诉我，她依微信之约回来了，问我是不是在地窖里。

看见雁雁已警觉地立起耳朵，即将要张嘴吠叫。我赶忙竖起食指，比在唇前，对它做了一个噤声的手势。雁雁呜咽着，将差点爆发出的叫声收了回去。

重回到林娇的身边，我喂她吃下了退烧药。正想转身，去拿冰袋给她降温，我的手突然被她抓住了。

"不要走……不要留下我一个人，在这里……"林娇费力地睁开眼睛，虚弱地对我说道。

"我不走啊，不走！我会一直在这儿陪着你的！"我立即坐回床边，俯身轻抚着林娇的头发，安慰她道。

我理解她现在有多么脆弱，多么害怕孤独。她已躲在这阴冷发霉的地窖里，靠超常的意志力，强撑了二十多天，但她的身体终究还是熬不住，先垮了下去。

将裹着毛巾的冰袋，敷在林娇的头上，我靠在床头，坐在她身边，让她可以感受到我的存在，紧紧依靠着我。

除了更换冰袋，我不敢挪动一下，更没敢离开她半步。就这样直挺挺地坐了两个多小时后，从腰部传来的酸痛，让我实在有些熬不住了。见林娇已昏沉沉地睡去，我小心翼翼地侧躺在她身边。她似被我惊扰，翻身侧卧向另一边，背对着我。我屏息望着她的背影，再不敢弄出声来，直到再次听到她沉沉的鼻息，才放心地松了口气。

然而没过多久，我便听见她说起了梦话，"好大的雨啊！好冷！……水……好冷……不要……救我……救命啊……爸爸……妈妈……救救我……"

知道林娇又陷入了童年梦魇，我轻轻摇晃着她的肩膀，想让她清醒过来。

"醒醒！你做梦了！"

林娇好似完全听不到我的声音，用力地又蹬又踹，像是还在湍急的河水中挣扎。

"林娇，醒醒！快醒过来！那只是梦！你得救了，记得吗？有一块浮木，你抓住了它，它带着你回到了岸边！你得救了！这只是梦！"

我着急地从林娇身后抱紧她，紧紧贴着她的脸颊，怕她在挣扎中伤到她自己。感觉到手臂被林娇狠狠抓住，我知道——她把它当成了那块浮木。

"想起来了吗？你得救了！都结束了！你没有被抛弃！爸爸妈妈救了你，他们把你送去了医院，后来带你回了家……"我焦急地说着。

渐渐感觉到林娇施加在我手臂上的压力越来越小，我知道——她终于醒了过来。

缓缓翻身转向我,在林娇脸上,泪水和汗水早已混合着,模糊成一片。看着她的模样,我心疼不已,心脏无法控制地为她缩成一团。

"还记得我跟你说过的吗?那些都只是我们童年的记忆,不一定是真的!关键是你愿意相信什么……"

我让她枕在我的胳膊上,用手帮她擦掉眼泪,"爸爸妈妈很爱你!没有立刻去救你,只是因为他们那时没有看到你掉进了河里。他们是'父母'也是'浮木',父母从来都没有抛弃你,一直都很爱你!"我轻抚着林娇的脸,强压着心里那份与她感同身受的痛苦,对她说道。

"那你呢?"林娇没有睁眼,喃喃问道,好似还在梦中呓语。

"那你呢?你爱我吗?"

听见林娇终于问了出来,我也尝到了心酸的滋味。

"如果我们不是这样的相遇,你是不是,就会把藏在心里的爱,说出口了?"她压抑着喉咙里的抽泣,对我问道。

难过地闭上眼睛,我将蜷缩着的她,彻底揽进了怀里。

轻吻着她的额头,我的眼泪终还是无法控制地流了下来。

"我爱你!即便,我们是这样的相遇!"我哽咽着,在心里一字一句地回答她道。

这一夜,我与林娇和衣而眠,用身上的温度温暖着对方的身体,也融化着彼此的心。

清晨,林娇终于在熟睡中退了烧。我也回到楼上,想看看佳慧是否还在。

拿起餐桌上,写着我名字的白色信封,我知道——佳慧已经走了。

我将信取出来读,读着读着,我的眉头越皱越紧,读完最后一行,我边给佳慧拨着电话,边朝门外跑去。

如我所料,她很快拒接了我的电话。

来到车库,我绕过停在前方的黑色吉普,径直朝深处快步走去。一把掀开盖在黑色摩托车上的防尘罩,我将我的杜卡迪从暗影里推了出来。

杀婴案发生那天,是我最后一次驾驶这辆公路赛车。那之后,我便将它藏进了角落里。

如今,再次驾着摩托在公路上飞驰,我看着一辆辆堵在早高峰路上的四轮车，更加庆幸，自己没有开吉普来追佳慧。

驶上去往港口的高架桥后，道路干脆被堵得水泄不通。我冲进应急车道，将龟速行进的车群甩在身后。但想到这样可能会与佳慧的车错过，我又重回到行车道中，不得不在车与车之间来回穿行。

掀开头盔，我聚睛于车群之中，紧张地搜寻着佳慧驾驶的蓝色迈坎，脑中则不停回想着，她留给我的那封信……

佳慧在信中告诉我：去年3月，因为香港买家的背信弃义，她不得不将垫资出口到香港的装饰银盘运回大陆。想到短时间内，根本无法将这批过剩生产的银盘销售一空，资金周转成了问题，她那时焦虑不已。正是在这时，她受到了高伟的蛊惑，利用姜峰在海关的"朋友"，将银盘走私回了大陆，并用退税获得的收益，弥补了这场交易带来的损失。

尝到了走私骗税的甜头，也落下了犯罪的把柄，她便在高伟和姜峰的操纵下，与他们合伙做起了这宗"生意"。也是因为合谋此事的关系，令她和高伟越走越近，最终发展成了情人。

她说，她跟高伟在一起只是为了寻求新鲜刺激，从未对他动过真感情，也知道比她小六岁的高伟，更加看中的，是她的家产，所以才一直逼她离婚。

她说，她以为自己掩藏得很好，从没担心会被我发现。直到看见高伟安装在香港仓库前的隐形摄像头，拍下了我撬开仓库的画面，她才在惊慌之中明白，原来我什么都知道了。

她后悔万分，所以搭最早一班的飞机，从香港赶回来试图挽回局面。可当她回到家，看见水槽里放着的，前一夜两人用过的红酒杯后，彻底冷静了下来。

她突然明白——原来我不会一直等她，原来我的心也会变。

她恍然大悟——那些我彻夜难眠的夜晚；那些我坐在她身边，无话可说的时刻；那些我满是伤感，越发忧郁的眼神……早就在告诉她，我已为此承受着煎熬。可她，却在贪婪与欲望的驱使下，选择了自欺欺人，视而不见。

"启铭，对不起，是我太贪心，太自私，我想要的太多，最后毁了自己，也毁了你我的姻缘。

"你打给香港警察的举报电话惩罚到了我，那些泡沫陶缸和银盘引起了香港海关的注意，大陆缉私也因此展开了调查。用不了多久，纸便再也包不住火。所以当高伟要挟我，要将你烧毁仓库的事告诉姜峰时，我做了最后的决定——我答应跟他一起逃亡，同时换取你的平安。

"启铭，很对不起，将你牵连其中，让你承受了那么多苦难。也许你不会相信，在你签下《离婚协议书》的那一刻，我闭上了眼睛……我多么希望，这一切，都只是我的一场梦！多么希望，我再次睁开眼睛看到的，是清晨醒来时，你望着我的笑眼啊！

"只可惜，现在说这些，都已于事无补……"

飞驰的摩托，冲破海风的阻力，在沿海公路上，发出久久不能消散的轰鸣，正如我心中急切想要追上佳慧的呐喊。

极快的速度，让我周身的车辆，仿佛静止了一般。终于，在驶向港口的分流转弯车队中，我看见了佳慧的车。

被右侧密集行驶的车流挡住，我无法并道，错过了分流的出口。没有别的选择，我仰身向后，迅速提起车头向右转向，猛然骑上路肩，从草地隔离带斜冲了过去。被我车轮碾压过的青草，像烈火中迸发的火星，四散飞溅。

在受惊的车群充满抱怨的鸣笛声中，我终于截停了佳慧。将摩托横在她的车头前，我透过前挡风玻璃，看见佳慧紧紧地抓着方向盘，惊讶得合不拢嘴。

用手跟她比画着，我们俩把车纷纷挪到了路边，给后面的车群让出路来。之后，我一步登上了佳慧的蓝色迈坎。

"跟我去自首！你还有机会减刑！"我举着复制的账本，对佳慧焦急地说道。

我不知用了多久，才说服了佳慧，答应跟我去自首。看着她下定决心地点头，但并没有立即发动车子，我不解地望着她，她则心事重重地回望向我……

看出佳慧还有话要说，也知道未来很久，我们都没有机会再见，我不打算催促她，静静地感受着从我们之间流逝的一分一秒。

"启铭，我……"佳慧微垂下眼睛，欲言又止，"我想，我该给你个答案，为什么我要吃避孕药骗你……"她终于说出了口，随即开始哽咽。

虽然看到佳慧的眼圈红了，我却生不出半点怜悯，这件事已在我心上结出了厚厚的痂，我只想让它快点褪去变成疤，而不是将它掀开，再将往事重提。

于是，我重重地叹了口气，将头转向一边，希望佳慧能就此打住。可她却伸出双手，硬扳回了我的脸，"我必须让你知道，我为什么这么做！我承认我无耻，我自私，但我真的也是怕失去你啊……"佳慧激动地说着，眼泪大颗大颗地往下掉，"我知道你一直想要个孩子，可我却不想要，我怕你会离开我，所以……"

"够了！佳慧！"我实在听不下去了，挣脱开她的手，瞪圆眼睛，吼道，"我从来没有觉得，非要孩子不可！你不想要，为什么不告诉我啊？！我有逼过你吗？我有逼过你一定要生孩子吗？所以！别再说骗我，是因为爱我！这种借口……"

"不！你想要！"佳慧嘶吼着将我打断，"你根本不了解你自己，你一直都渴望有一个完整的家庭，弥补你童年的缺失！你一直都渴望'完整'！你以为，我没想过要跟你明说吗？你以为，我愿意吃那些伤身体的药吗？

"可每次我提及此事，稍有试探，你就会立刻沉默，满眼担忧中全是不解！你那样子，让我觉得……让我觉得自己无比残忍！你就是这样！什么都不说，却要让我承受自责的煎熬！呜呜呜……你就是这样，你就是这样……"

看着掩面哭泣的佳慧，我难过地转过脸去……

她说的没错，童年的阴影让我一直渴望着"完整"，我在平常表现出的，也是十分羡慕有儿有女的家庭。这无形中，给不想生育的佳慧，造成了很大的压力。她选择以欺骗的方式，逼我同她达成一致，有自私的成分，又何尝没有我的原因。

"失败的婚姻里，也许有绝对的对与错，却一定没有绝对的无辜者……"

听着佳慧的哭声，我将头转向车窗外，望着那些在蓝天中渐行渐远的云朵，悲哀叹息。

陪佳慧去海关缉私局自首后出来，我给队长打了个长长的电话，然后才驾着摩托沿路返家。在行驶到离港口不远的地方，有几辆警车鸣着警笛，从我身旁呼啸而过。看着它们驶进港口方向的岔路，我猜，此时正在码头盼着佳慧的高伟，一定想不到，他等来的，将会是这几辆警车。

与高伟的恩怨就此落幕，而我与姜峰的较量，或许才刚刚开始……

"启铭!姜峰有枪!我们刚开始走私白银不久,姜峰就从云缅边境买了把组装的黑枪。知道我自首,高伟落网,他一定会怀疑到你头上!姜峰是个亡命徒,他什么事情都干得出来……"

脑中回想着佳慧最后对我说的话,我将摩托在车库里熄火,重新用防尘罩把它盖了起来。

我来到厨房,煮了蔬菜粥端进地窖。林娇正倚坐在床头,精神状态看起来比昨天好了许多。

我坐到床边,将蔬菜粥递给了她。听我讲完在沿海公路上飙车,冒险截停佳慧的经过,林娇定住了举到嘴边的勺子,忧心忡忡地望着我。

我知道她是在为我感到后怕,于是伸手,从她手里接过勺子,重新舀了勺热粥吹了吹,喂给她,笑着说道:"对了,我还没告诉过你呢,我还是个业余赛车手,车技好得很!"

林娇直勾勾地看着我,顺从地将粥抿进嘴里。"那你接下来打算怎么办?"她突然开口,认真地对我问道。

我不再故作轻松,渐渐收回笑容:"继续调查杀婴案!调查那个月嫂,阿兰!当初你听我跟你讲完案情,不是说过:搞不明白,月嫂明知道第二天台风要登陆,为何不在前一天去买菜?如果案发时段阿兰没有'碰巧'离开,就不会……"

"没必要再查下去了!"

我的话还没说完,就被林娇打断。皱眉露出不解的眼神,我听见她慌张地解释道:"我是说,太危险了,你没有必要再调查下去了。她只是个月嫂……姜峰已经被通缉了,也许……也许当天发生了什么,也许……"

林娇的眼神闪烁,我听不懂她到底想要表达什么。以为她只是在担心姜峰的报复,我安慰她道:"别担心了!虽然刚刚在本市抓捕姜峰的行动扑了个空,但队里已经查到,姜峰如今正在杭州出差,并没有打草惊蛇。相信杭州警方很快会将他抓捕归案!呵呵,没准儿现在就已经落网了!倒是那个阿兰,我觉得她很可疑,你先前不也同意我的分析,还让我要去调查她吗?所以,我一定要把她查清楚!"

我强装笑意说完,很怕林娇再阻拦我。

依我现在的调查来看,姜峰、姜母都并无作案动机;王鹏在玻璃杯上留下的全掌指纹,也得到了合理的解释;我能调查的,只剩下月嫂,如果她也没有伤害孩子的动机，那么所有疑点将重新聚焦回林娇身上。这是我最不愿相信，也最不想看到的结果。

林娇久久地凝望着我，不再说话。突然，她低下头去，若有所思地点了点头。

看着林娇这副为难的模样，我突然有了种奇怪的感觉……

最初在地窖里发现她，被她要求去找毛敏验证她失忆的过往；接过她递给我的复制账本和婚戒；看到她在关系图上，姜峰与肖娜之间悄悄画上的红线；听她告诉我姜母和蝎子男的关系；跟她一起分析月嫂阿兰的形迹可疑……

这些情景一幕幕地在我脑中浮现，好似我的"调查"，全部都是林娇的刻意安排。

"不可能！"我立即在心中否定掉这种疯狂的猜测。

这时，林娇将空碗递还给了我，对我说，她想再睡一会儿，睡醒了就到楼上去。

我告诉她：正好我也打算出门去调查，那就晚上回来再见，到时会再给她煲好喝的乌鸡汤。

"小心点儿！我等你回来！"在我迈出暗室前，林娇突然在我身后依依不舍地嘱咐道。

"好！"我笑着答应，之后便离开了地窖。

开车来到阿兰新供职家庭的高档小区外，我打算坐在车里等她出来。

其实，这并非我第一次来这里，盼着与阿兰"偶遇"了。这些天，在调查其他人的间隙，我也会来此蹲守。

与前几次不同，今天我的运气格外好，刚将车停在路边，她就拖着买菜用的两轮小车，从小区里走了出来。

看着她跟岗亭里的保安，热情地攀谈了好一阵子，然后沿着街边，走上步行道。以为她要去买菜，不方便再开车跟踪，我便迅速下车，一路尾随在她身后。

这条路上的行人不多，为了不被发现，我故意与她保持着三四十米的距离。

见她突然快步朝街对面的公交车站走去，直接登上了一辆已经进站的公交车。我来不及多想，小跑着冲过马路，在公交车驶离之前，猛拍车门，让司机不得不紧急刹车，再次为我开门。

我边点头向司机道歉,边踩着台阶往上走。一上车,我便被其他乘客充满怨气的目光紧紧包围。我低头拉住头顶上的吊环,刚往里走,却被司机喊住。

"刷卡了吗你?"他没好气儿地朝我问道。

我赶忙从裤兜里掏出手机,贴在方形刷卡器上。"嘟"声响过之后,我继续向前,想赶紧找个地方坐下。

"欸!口罩!口罩!把口罩戴上!"司机又把我喊住,跟我讲话的口气,已经变得十分不耐烦,好像我是一个既缺乏公共道德又极度无知的人。

我配合地拿出口罩戴上。司机这才将车子重新启动,嘴里仍不忘念叨着,"追不上你就等下一班啊!没坐过公交啊?上车不知道刷卡、戴口罩啊!"

被他这样一番教训,我想不引人注目都难。果然,坐在最后排正中的阿兰,跟其他乘客一样,开始上下打量起我来。

不想再打草惊蛇,我果断选择就近的空座坐下。可这样,每次进站,我都不得不回头确认,阿兰有没有下车。

车行了五站,在我第五次假装不经意回头的瞬间,我终还是引起了阿兰的注意。

她目不转睛地盯着我,已没了刚才与保安攀谈时的那股憨厚,警觉中带着一股狠劲。

思索片刻之后,我突然从座位上站起,扶着横杆,摇晃着来到后车门处。距离终点站还有两站,不管阿兰会不会在这站下车,我都必须下去。只有这样,才能打消她对我的怀疑。

很快,公交车又进站了。车门打开,我若无其事地下了车。双脚一沾到站台上,我便不顾一切地朝停满黄色共享单车的地方冲去。

扫开一辆单车,我推着车把向前狂奔了两步,飞身一跃,骑在上面,朝公交车驶离的方向追去。

刚刚阿兰没有下车,我必须在公交车到达终点站前追上它!

我发了疯似的踩着脚踏板,拼命拨弄着车铃。让自行车道上的电动车,都不得不为我让路。

谩骂声在我身后不绝于耳,眼见着前方的公交车离我越来越远,我干脆冲上了机动车道。

汗珠顺着鼻梁，滑进我的嘴里，我皱眉吞下咸涩的滋味，却倒不出手来去擦。就这样不知追了多久，离我差不多二三百米远的公交车，终于开始减速，缓缓驶进了终点站里。两分钟后，我也像肺痨病人一样停在路边，疯狂地喘息。

以公交车尾做掩护，我眼看着阿兰拖着两轮小车，走进了街对面的中古店。

环顾四周，我发现这附近，尽是一处处与中古店一样古旧的砖木瓦房。

有些瓦房的木门窗，因为年久失修，已露出了黑色的底漆，有工人正为它们重新涂刷朱红色的颜料；有些则缺少房顶，工人们正爬上爬下地用粗木条修补房梁。

原来不知不觉间，我已跟踪阿兰，来到了老城区的文化保护地带。这里除了街边用作商业的门脸，已罕有人住。通道与通道之间蜿蜒曲折，全部以窄巷相连。

不知阿兰来这里做什么，我将目光投向中古店内。只见先前还懒散坐在椅子上的女导购，看见阿兰，十分恭敬地站起来迎接。她满脸堆笑地对着阿兰弯腰鞠躬，然后伸手去接阿兰拖在身后的两轮小车。

阿兰倒也不客气，将小车交到女导购手里，又谨慎地朝店外看了看，便径直朝更深处的地方走去。

看着她们俩奇怪的举止，我决定走近些一探究竟。

于是，我来到中古店透明的玻璃门外，掏出手机贴在耳边，假装与人通着电话，同时偷偷朝店里瞄去。

女导购只顾掏小车里的东西，完全没有留意到门外的我。眼见着一个印满"LV"标志的女士挎包，被她从里面提了出来，我瞬间眼前一亮——先前对阿兰存有的怀疑，在此刻得到了验证。

那日在赌场外，当姜母向我哭诉：她是如何先被林娇冤枉，才决定一不做二不休，进而实施盗窃。我便想到：如果林娇先前丢的那些首饰，当真不是姜母偷的，那窃贼只能是月嫂阿兰！

这也是我怀疑阿兰具有杀婴动机的原因之一。因为觊觎主人财物，进而伤害幼童，甚至害人性命的保姆犯罪，并不是什么新鲜事。

那么，阿兰有没有可能，因为盗窃行径被林娇抓到，进而以婴孩性命要挟林娇不要报警，最终失手酿成了惨祸呢？

这样想着,我沿着中古店侧面走进巷子里,想绕到中古店后身,找到同内室相连的窗户。

果然,走到"丁"字形巷口的拐角,我在墙上发现了一扇对开的老式木窗。听到里面有人说话,我躬身走到窗下,想要听得更清楚一些。

我凭声音判断,屋里应该有三个人,两男一女。他们正在用四川方言对话,两个男人对那女人说话的态度十分恭敬,每段话开头,都不忘喊她一声"兰姐"。

从个别接近普通话发音的词语中,我听出——他们大概是在讨论销赃的事。

为了搞清楚他们对话里的全部内容,我决定先用手机偷录下来,之后再找懂四川话的同事帮忙解释。

我将手机小心地举到窗边,卡在窗角,让话筒朝向屋内。缩回手来,我继续蹲在窗下偷听。就这样没过多久,我头顶上突然传来了"咔哒"一声响。

慌忙抬起头来查看,我发现一只从窗里伸出来的手,正在拔出卡在窗框下的手机。意识到那"咔哒"一声,是刚才屋里的人过来关窗户,夹到手机发出的声音。

我知道——我被发现了。

见手机已经被屋里的人牢牢握在手里,我只能丢下它,朝"丁"字巷口的另一边逃去。可只跑了几步,我就后悔了,这是一条死巷,巷子的尽头,被蓝色的金属板围挡封住。

看见身后已有人追了过来,我原地发起冲刺,尝试翻越那一人多高的围挡。

若是在平时,我一定能轻而易举地翻过去,可如今脚踝处尚未痊愈的扭伤拖累了我。冲到围挡跟前,就在我蹬地起跳的瞬间,一股似被刀尖挑断脚筋的痛楚,像过电一般,从我脚面传遍全身,让我从围挡上跌落下来。

看见我狼狈地摔倒在地上,追我的一高一胖两个男人,也不再着急,渐渐放缓了脚步。

我连滚带爬地从地面上站起,痛苦地踮着脚后退,眼看着他们一步步地朝我逼近。

就在那个先走过来的高个子,试图抓住我时,我顺手抄起墙边用来修缮房梁的宽木条,朝他的侧脸,狠狠砸去。

木条"咔嚓"断裂成两截,他也应声倒地。见同伴受伤,后面的胖子冲了上来。

我屈膝下蹲,躲过他扑向我时挥来的一拳。在他壮硕的身子即将压向我时,我两腿用力蹬地,用爆发出来的核心力量,还以他重重的一记勾拳。

胖子没有被我打倒,只是摇晃着后退了几步。看到他眼中凶光乍现,我已凝神,做好了拼死一搏的准备。

可就在这时,后脑处突然遭受的沉重一击,让我两眼一黑,刹那间失去了知觉。

猛然惊醒,我发现自己正坐在椅子上。

本能地想要去摸脑后的伤,才发觉:我的双手交叉着,背在身后,整个人被五花大绑地捆在椅子上。不断有水珠从我额前的刘海滴下,我在湿漉漉的胸前,闻到了茶叶的味道。

看见正前方的圆形茶几上,放着一只空空的玻璃杯,杯底还有残留的茶叶,我意识到——我刚刚是被人用茶水泼醒的。

恍恍惚惚地抬起头,我朝茶几旁的女人看去。她正端坐在椅子上,盯着我看,眼神狠厉,透着股震人心魄的沉着。若不是她身上朴素的衣着,与我跟踪她来时一样,我差点没认出——她就是月嫂阿兰。

见我逐渐清醒了过来,阿兰拿起茶几上的烟盒,从中抽出一根细支香烟,衔在嘴上。

站在她身后的高个子男人,立即掏出打火机,躬身为她点燃。

阿兰深吸了一口,吐出长长的烟雾,抬起下巴,对我问道:"兄弟,哪条道上的啊?"她的声音嘶哑,有几分男人嗓。

我歪头用力吐掉沾在嘴唇上的茶叶渣,正视着阿兰反问道:"你觉得呢?"

"兰姐!这家伙会不会是警察?"阿兰一旁的胖子慌张提醒道。

阿兰停下抽烟的动作,定睛与我对视,站在她另一旁的高个子也露出一副不知所措的紧张模样。

看出现在暴露身份,将会一无所获,我嘲笑着他们打破僵局:"切!警察办案最少两人,哪有一个人行动的啊!"我拿蝎子男同伙否认我警察身份时说的话"安抚"他们,接着唬他们道,"说实话吧,我是个记者!"

阿兰依旧目不转睛地看着我，我就快被她盯得心里发毛，突然听见她笑骂了出来："妈的！原来是记者！吓了老娘一跳！"

接着，她故作镇定地抬头，各看了看两边的手下一眼，他们立即配合地点头，露出了轻松的笑容。

"你们想怎么样？"我对阿兰问道。

"怎么样？把你砍了，剁了，然后煮了喂狗……就没有人知道，我们从事的行当了。"阿兰虚张声势地吓唬我道。

我挑起一边嘴角，朝她笑笑："你就那么确定，我出来时，没有把我的行踪告诉给家人或是朋友吗？再说，你们不过是一群偷东西的毛贼。杀人？我不相信你们有这个胆量！"

阿兰也许是被我临危不惧的模样唬住，她不但没生气，反而像是同意我说的话似的，点了点头："确实！剁了你，背上杀人罪，不划算。可如今，你知道我们的事儿了，不把你办了，我总不能就这么等着警察来抓我们吧！你们说，是不是？"

阿兰说着，看向身旁的两个手下，那两个男人随即狠狠地盯向我。

"我对你们偷了谁的东西，不感兴趣！也没时间去报道！"看出他们不再像是在开玩笑，我看着阿兰认真地说道。

阿兰露出了不解的眼神。"哦？那你跟踪我，是打算报道什么呢？"

"杀婴案。"我逐字答道，"我是一个自由撰稿人，撰写过不少女性犯罪的报道。我一直在调查7月20日的杀婴案。我只是想采访你，问问那个叫林娇的弑子母亲的情况，仅此而已！"

"就这么简单？"阿兰审视着我的眼睛问道。

我轻轻点头："对！这才是我跟踪你的目的，我只是想找个合适的时机过去跟你搭话。我知道你在林娇家做过月嫂，我只是想问问你，林娇有没有产后抑郁的症状，孩子到底是不是她杀的……"

"孩子是林娇杀的！我有证据！"

我还没说完，便被阿兰抢着打断。她的回答令我震惊万分，不自觉地瞪大了眼睛，听她继续说道："孩子是林娇杀的，但不是因为产后抑郁。我可以把这个秘密独家透露给你，今天的事儿，咱们就算两清。以后大路朝天，各走一边，咱们井水不犯河水，你看怎么样？"

见我机械地点了点头，她满意地又燃起了一支烟。

"林娇杀那个孩子，不是因为产后抑郁，是因为耻辱！……那孩子并不是她与前夫所生，孩子的父亲，另有其人。至于是谁，我猜，也只有林娇自己知道吧！这种事，女人一定知道的，那孩子是谁的种，她心知肚明。算算日子，那孩子应该就是在去年这个时候怀上的……"

"你胡说！"我几乎是吼着打断阿兰。

阿兰被我吓得一激灵，烟灰抖落了一地："我操！你那么激动干吗！难不成，你是那孩子的爹！"她一边掸掉衣服上的烟灰，一边未加思索地破口骂道。

"都跟你说了，我有证据，你着什么急啊！"阿兰缓和了语气，接着说道，"案发前一天，林娇曾和姜峰大吵了一架。原因就是姜峰发现，这个孩子并非他亲生的。我当时抱着孩子躲在客卧里，贴着门板偷听。孩子一直在哭，我听得不是很清楚，但似乎，林娇对这件事也很意外。我听见她歇斯底里地不停喊着'不可能，不可能'，转天，那孩子就死在了摇篮里。你应该知道，凶器是一把红色剪刀，跟林娇一起失踪了吧？我告诉你，就是林娇带走的，所以警察才一直没在屋子里找到……"

"我不相信！就算孩子不是姜峰的，那也是林娇的亲生骨肉！"我不相信，就因为这个，就因为这个！她就会杀了孩子！我不相信！

"你相不相信有什么用啊！你又不在场。你是没见到那天的情形啊！当林娇得知这孩子不是姜峰的，她几近崩溃，坐在地上一直哭，一直哭，哭得我都快跟着掉眼泪了。她那样子，就好像天塌下来了似的！我看得出，怀上这个孩子，对林娇来讲也是一个意外。她在外面的那个男人，肯定也不会对这个孩子负责！所以这孩子是林娇的污点，成了她的包袱。林娇肯定特别后悔生下这个孩子！所以当孩子成为包袱，她本能地想要甩掉他，甚至觉得，只要这个孩子死了，就没有人知道她做过的丑事，就能摆脱掉这个耻辱！我猜啊！就是在这种情况下，她一夜崩溃，转天一时冲动，杀死了孩子……"

阿兰还在头头是道地说着，我则耳鸣得再也听不到一个字了。

我记不清，自己最后是怎么被阿兰放了，又辗转开车回的家；只记得，有好几次，我都是被后面车辆的鸣笛声催促着，才想起来继续前行。

道路两旁闪烁的霓虹，和星星点点的路灯，在我眼前模糊成七彩的光晕，像在做梦一般。

"如果像阿兰说的，那孩子真的不是姜峰的，林娇会不会因为耻辱而……"

怕自己跌进万劫不复的痛苦深渊，我不敢再继续想下去；可沸腾的思绪，让疑问如沸水中的气泡般，不断炸裂，不停涌出水面。

　　"如果真的是林娇杀了孩子，然后带着凶器逃走……那么，失忆的她，从地窖醒来后，会把凶器藏在哪儿呢？"

　　将车在前院正中停下，我如逃生般跳下车子，急不可耐地推门而入。没去理会欢天喜地摇着尾巴迎接我的雁雁，我迫不及待地走入地窖，快步朝放着模型缸的地方走去。

　　暗室的门开着，灯却关着，林娇应该已经去楼上休息了。

　　不费吹灰之力，我将模型缸挪到一边，一直藏在缸下，几乎与缸底同宽的圆洞，立刻出现在我眼前。

　　二十五天前，林娇从地窖里醒来，四处探索，无意间发现了这模型缸下藏着的玄机。在我去香港的前一晚，她将这件事告诉了我，我那时才明白了，佳慧父亲当初制造这口模型缸的真正用意——

　　无法卸下战争给他留下的童年阴影，他不但建造了这个如防空洞一样的地窖，还打算在里面挖一个逃生用的地道。我猜，若不是他突然过世，这条地道应该早已完工。然而，机缘巧合，正因为此，林娇那天才躲过了高伟在地窖里的搜查，得以在此藏身……

　　没有丝毫的犹豫，我纵身跳进这半人高的深坑，借助手机的光亮查看坑里的情况……

　　踢开那些林娇扔在这里的空罐头盒，我在坑底看到一个用黑色塑料袋包裹住的东西。

　　从形状判断，那很可能是一把剪刀。我紧张地吞咽着口水，颤抖着手，将包裹住它的塑料袋，一层层地剥开。

　　当那把沾满干涸血渍的红把剪刀，彻底显露出来时，我的眼泪，早已模糊了我的双眼……

2.

当回程的飞机落地，林娇走出机舱时，眼泪早已模糊了她的双眼。

昨天中午，还在上海出差的她，接到了姜峰的电话，他告诉林娇，孩子病了，上吐下泻，高烧不退，他跟阿兰已经带着孩子在去往医院的路上了。

自那以后，林娇便心急如焚，无法再将精力集中在同客户高层进行的重要会议上。

林娇一直都在等姜峰的电话，可直到傍晚，姜峰都没再打来，而随后她拨打姜峰的手机，每一次都被他拒接。

不知道究竟发生了什么，林娇又打给了阿兰。电话只响了一声，阿兰就接了起来。

"你们还在医院呢吗？孩子怎么样了？"站在写字楼的幕墙之后，林娇望着远处黄浦江湍急的江水，着急地问道。

"我们回家了，到家有一会儿啦……孩子没什么大碍……在医院做了各项检查，医生看了检查结果……说是胃肠感冒……"不知什么原因，阿兰说话声音很轻，回答得小心翼翼。

"你怎么了，是孩子睡着了吗？姜峰跟你们在一起呢吗？"林娇的话音刚落，便从电话那头听见了孩子撕心裂肺的哭声。

本以为阿兰会立即去哄孩子，林娇却听见阿兰压低声音，慌慌张张地说道："姜先生，姜先生把自己跟孩子锁在主卧里了，他不允许我接你的电话，也不允许我进屋照顾孩子。刚才要不是我向他保证不跟你联系，他还要抢走我的电话……"

"什么？他为什么要这么做？"听阿兰说着姜峰怪异的举动，林娇满心狐疑，紧张地问道。

"我也不知道啊！给孩子验血的时候，姜先生就跟护士发了通脾气，拿到孩子的验血报告，他脸色变得特别难看。回到家，我刚把孩子从婴儿车里抱出来，他就把孩子从我怀里抢了过去，那样子简直像是要吃人……"

阿兰的话让林娇听得胆战心惊，忙打断阿兰，"验血怎么了？不是说孩子只是得了胃肠感冒吗？"

"是胃肠感冒啊！医生还说吃几天药就好了！起先姜先生因为采血的小护士把孩子扎哭了，就冲人家大吼，吓得小护士一哆嗦，把旁边放血样试管的架子都打翻了。护士长出来责怪姜先生，姜先生还要跟人家动手，保安都过来了。也不知道他是不是就此气不顺了，拿到验血报告后发了半天呆，之后就一直耷拉着脸。孩子该吃奶吃药了，他也不许我进去喂……哎呀！这可怎么办呢！我说你快回来吧！我真的是没办法了……哎！哎！姜先生，姜先生，别这样，把手机还我……"阿兰正说着，突然叫了起来。

"喂！喂！阿兰！阿兰……"林娇蹙眉对着已被人挂断的电话，着急地喊道。

再度拨回去，阿兰的电话彻底关了机。判断这一定是姜峰所为，林娇边给姜峰拨着电话，边摘下夹在胸前西服上的代表名牌，快步朝电梯走去。

后来，她干脆不顾走廊上旁人的讶异目光，将走变成了跑。可即便如此，在搭乘出租车前往机场的路上，她还是从负责订机票的下属那儿，听到了最坏的消息——由于台风"梅尔"即将登陆，回程的机票变得一票难求，所有航班座位都已爆满，下属费尽全力订来的，也只是明天中午的航班。

就这样，林娇在浦东机场冰冷的候机室坐了一夜。其间，她尝试用各种方法与姜峰取得联系，但姜峰就像消失了般，没有回音。

"混蛋，你又在发什么疯，为什么要拿孩子撒气！"

这是束手无策的林娇，在上飞机前，含着泪给姜峰发去的最后一条微信。

"你可算回来了！"林娇刚进家门，早已等在门口的阿兰，就抓着她的手腕说道。

"姜峰呢？他一直把孩子锁在屋里没出来吗？"听着孩子的哭声，林娇边急匆匆地往屋里走，边对阿兰问道。

就在这时，主卧的门被人从里面用力拽开。姜峰冷着脸走了出来，他满眼血丝，拦住正要进屋的林娇。

289

"干什么你！我要进去看孩子！你躲开！"林娇同抓着她胳膊的姜峰奋力撕扯，西服袖扣被扯掉，甩落在地上。

"你进去！不叫你出来，别出来，我和林娇有话要说！"不顾林娇的挣扎，姜峰从身后死死地箍住她的双臂，对站在一旁的阿兰命令道。

被这阵势吓呆了的阿兰没有动，半张着嘴站在原地。

"快点！"姜峰双眼通红地从牙缝中挤出的两个字，带着十足威胁。

知道无法靠蛮力挣脱开姜峰，林娇喘着粗气冷静下来："进去吧！先去看看孩子怎么样了！"她对着阿兰说道。

阿兰会意地用力点了点头，小跑着进了主卧。很快，屋里孩子的哭声便停了下来。

稍稍安心的林娇，侧过脸去，对身后还在束缚着她的姜峰骂道："你是不是疯了！你到底犯什么毛病……"

"啪！"姜峰用力推开林娇，在她转身之际，挥起手臂，狠狠地抽了她一耳光。

"你这个臭婊子，你骗得我好苦！说！这个野种，到底是他妈谁的？"姜峰嘶吼着，朝脸颊已迅速肿胀起来的林娇扑了过去。

跌跌撞撞靠在墙上的林娇，一站稳，便毫不犹豫地抬起右膝，正顶在姜峰的两腿之间。

"啊！"没有丝毫防备的姜峰，惨叫一声，双手捂着小腹，躬下身去，不停地倒抽凉气，"我操！我操！我要杀了你……"

"你骂谁是野种？你有病啊你？"虽然眼前还冒着金星，林娇丝毫不惧，但她很想弄明白是怎么一回事，所以用比姜峰还大的声音，对他吼道。

疼得已经跪在地上的姜峰，咬牙挣扎着，从裤兜里，翻出了一张纸，扔向林娇，"装！你他妈的还装！

"我是 O 型血，你是 B 型，怎么可能生出一个 AB 型血的孩子来？

"你看看！看看！你现在还有什么话说？"

姜峰腾出一只手，痛苦地指着摔落在地上的血检报告跟林娇说道，另一只手仍紧紧地按着裤裆。

林娇压抑着心中的怒气，将文件拾起，打开来看。渐渐地，她开始拼命摇头，"不可能，不可能……这怎么可能……"她不住地在嘴里重复着，声音越发哽咽。眼中的泪水随着记忆涌动，终不可收拾地流出了眼眶……

"很幸运,上次取卵后,残留在卵巢里的卵泡,现在都已看不到了。这说明,那些卵泡已经发育成熟,排出了卵子,进入子宫,今天的胚胎移植,可以顺利进行了……"主治医生的笑脸,在林娇眼前闪过。

"求求你,帮帮我!跟我一起报复他们……"雨夜里,男人流着泪的眼睛在林娇脑海里浮现。

"怎么可能!"林娇失魂地重复着,重重地靠在了身后的墙上。

而就在这时,缓过来的姜峰,趁机再次扑了过来:"你这个骚货,烂货!为了和你复婚,我让肖娜堕胎,你害我杀掉了我自己的孩子!可你却骗了我!说!这个野种是谁的?你这个婊子!那个男人,他是谁?……"

被姜峰两手死死地扼住了咽喉,林娇拼命挣扎。她胡乱地抓着姜峰的脸,可即将窒息的感觉,却让她渐渐失去了力气。

"啪嚓!"茶几上盛放水果的瓷盘,被挣扎中的林娇拨弄到地上。

"咣当!"立在墙边的花架,被林娇乱蹬着的腿踹倒。

她感觉到了生命的流逝,就像儿时沉向河底时一样。

"姜先生,你再不松开,我就要报警了!"阿兰不知何时,站在了卧室的门口,她一手举着按下了"110"的电话,一手抱着正在怀中啼哭的孩子,惊恐地望着满脸血痕的姜峰说道。

看出阿兰不是在开玩笑,恢复理智的姜峰,最终松开林娇。他盯着头发散乱面无血色的林娇,附在她耳边,压低声音,恶狠狠地说道:"我不会放过你们的!我要你偿命!"

之后,姜峰便气哼哼地走开,摔门而去。

"没事儿吧?林娇,来!快起来!"阿兰来到林娇身边蹲下,伸出手,想要搀扶她站起。

林娇没有动,而是将哭成泪人的孩子,从阿兰那抱了过来。她将孩子紧紧地搂在怀里,泪如雨下。

林娇似乎明白了——那天移植进她子宫的受精胚胎,并没有存活下来;这个孩子,是隔天雨夜里孕育出的生命。

姜峰绝非善类,他的威胁也实实在在。

去年,因为林娇怀孕,姜峰逼肖娜打胎;如今,知道这个孩子并非他亲生,姜峰怎么可能善罢甘休。

这样想着,林娇抱着孩子,恍恍惚惚地走进了卧室。她将孩子放进小床里,哄着他渐渐入睡。之后,她便坐回床边,望着熟睡中的孩子,静静发呆。

就这样不知过了多久,阿兰过来敲门,她告诉林娇,新闻里说,台风"梅尔"即将在明天午后登陆,家里的冰箱空了,她打算明天上午出去买菜。

林娇应声说"好",打开微信,给阿兰转了一千块钱。

"唉!这太多了,哪用得了这么多!"阿兰推托,不肯收款。

"拿着吧!"林娇强打着精神,诚心说道。

刚才,就在林娇命悬一线的时候,若没有阿兰的出手相救,林娇可能已被失控的姜峰掐死。阿兰表现出来的冷静,让林娇出乎意料,更心存感激。但林娇也深深知道,阿兰不可能与她和孩子寸步不离,更何况,姜峰发起疯来,阿兰也阻挡不了。

想起刚才经历的凶险,林娇感到分外无助。忽然,她想起了那个男人,那个或许能帮到她的男人。虽然,林娇在跟踪他,去到他别墅外的那个夜晚,就已决定不再打扰他的生活;但现在,面对如此危险的处境,她不得不向他寻求帮助,要他担负起责任来。

这样想着,林娇躲进主卫,拨打了他的号码。

电话里,不停传来一个机械的女声,告诉林娇——您所拨打的号码是空号……

屏息了半天,林娇最终失望地放下电话,跌坐在浴缸边缘。

他换了号码……为什么?

难道因为她将他遗落在酒店里的手表,寄还给了他,他担心她会继续纠缠,才换的号码?

如果是这样,那就算他知道了她与孩子现在的处境,是不是也会置之不理?

不想再做无用的猜测,林娇觉得当务之急,是先找到他。可再找王鹏帮忙调查出他的新手机号,短时间内也是做不到的。于是,林娇从书房取来笔记本电脑,登录微博,试图通过私信与他的微博取得联系。

为了说清整件事的来龙去脉,林娇写了很长的一段话。可没想到,点击发送时,对话框却提示她:"字数超限"。

于是,林娇又开始对内容删删减减,却渐渐发现,她在情急之下,写出的这些话，简直可以用语无伦次来形容。

"他会相信我吗？"

沉沉地叹了口气，林娇最终删掉了全部内容，只将自己的电话号码留给了他，告诉他：去年雨夜里发生的事，她要同他谈谈，要他尽快与她联系！

之后，林娇陷入了漫长的等待……

一直等不到他的回信，林娇不停地刷新他的微博，想通过他的动态更新，判断他是否有意在回避。

果然，快接近午夜的时候，林娇发现——他刚刚转发了一则体育新闻，还加上了他自己的评论。

万念俱灰之下，林娇又给他发了一条私信。这一次，她将家里的地址写了进去，威胁他：明天上午，无论如何，都要来此与她见面，不然她就会去他家找他。

可直到天亮，林娇也没收到他的回复。

这一夜，林娇无法成眠，绝望透顶。

清晨，她望着窗外，像被一块灰布包裹住的昏暗天空，林娇知道——会有一场暴风骤雨，即将降临。

第十八章

1.

　　清晨，望着窗外，像被一块灰布包裹住的昏暗天空，我知道——会有一场暴雨，即将降临。
　　自从昨晚在模型陶缸下发现那把带血的剪刀，我便无法控制地想要捋清整个案件的头绪，所以纵使躺在床上，也辗转难眠。然而，就在午夜，一个更糟糕的消息传来——抓捕姜峰的杭州警方行动失败，姜峰已逃离杭州，不知去向。
　　基于这些情况，我同队长商定，今天就送林娇回刑警大队。
　　听见隔壁传来林娇关门的声响，我知道她已起床下楼去了。正打算将这一安排告诉她，却在这时突然接到了肖娜的电话。
　　"喂！你还记得我们今天的约定吧？"肖娜懒洋洋的声音从听筒里传了出来。
　　我按照肖娜发给我的地址，开车来到这栋开放式停车楼，依她说的，把车直接开上了三楼。
　　顺着停车位里画着的数字编号，我找到了肖娜要我停车的位置。她已站在那里等待，见我来了，她主动走到一边，将车位让了出来。
　　肖娜今天打扮得十分艳丽，好像是要去约会一般。我将车子停稳，还没下车，她已摇晃着腰身，走到吉普车门前。

"我早上要是不给你打电话,你是不是都忘了,今天是你答应给我账本的日子了?还是,你打算看看,我会不会真的报警?"

肖娜扶着车门讪笑着说完,伸出一只手到我面前,"账本呢?"她对我问道。

我不慌不忙下车,来到肖娜跟前。"你先告诉我,你要那账本干什么?"我对肖娜问道。

肖娜突然莫名其妙地笑了:"你这个傻子!我能拿它干什么?让姜峰为它买单啊!"

"你打算拿这个账本去敲诈姜峰?"我终于弄清楚了肖娜要这账本的真实目的。

"当然了!不然你以为,我费尽心思找这个账本,是要去跟警察举报他吗?他欠我的,警察还不了!"肖娜突然拉下脸来,恶狠狠地说道。

"你还真是'明辨是非'!"我冷讽道。

我的话激怒了肖娜,她突然向我走近,教训我道:"姜峰一直告诉我,林娇生不出孩子,他跟林娇早晚都得离婚,我才跟了他,才给他当了小三!

"可他不但没打算真离婚,还被我发现,又跟林娇的闺蜜勾搭上了……"说到这儿,肖娜变得更加气愤,"开元酒店!呸!姜峰这个王八蛋!他倒是省事,每周四,约那个女人在楼下餐厅吃饭,周五又和我在楼上开房。要不是我那周搞错了日子,撞到他们,我还一直被蒙在鼓里呢!姜峰这个王八蛋,活该他断子绝孙……"

听肖娜胡乱咒骂着,我想起林娇曾告诉过我,她是怎么通过一封邮件,怀疑姜峰有了情人的,不禁恍然大悟——

"那封邮件,那封趁姜峰在飞机上,故意往他邮箱里发的情书,是你干的吧?"我皱眉盯着肖娜问道。

肖娜十分清楚我在说什么,不但不想隐瞒,还好似要跟我炫耀。"对啊!我知道,姜峰在飞行途中的邮件,都是林娇帮着处理。所以我就发了那封信,让林娇'发现'姜峰在外面有了情人。呵呵!林娇果然没让我失望,很快就顺藤摸瓜,找到了她的闺蜜!我这叫一石二鸟!不但除掉了姜峰想要搞暧昧的女人,还让林娇闹起了离婚……"

"不知廉耻!"看够了她的得意,我不禁骂道。

"对!我就是不知廉耻!但我再无耻,也没有你们这些贱男人无耻!

295

你们这些死猪，哪个不是又贪心，又好色！都想着家里红旗不倒，外面彩旗飘飘，你们他妈的做梦！"肖娜彻底被我激怒了，她探着脖子逼近我，越说越激动。

"姜峰说过会娶我的！他说过会给我买房子车子，让我衣食无忧，可没有一样兑现！当林娇最后一次去做试管时，我已经怀孕了！姜峰却跟我说：这次他也没抱任何希望，只要我把孩子生下来，他就立马离婚！可没想到林娇这棵铁树，竟然开花了！她怀了孕，姜峰又哄骗我打掉孩子，之后还甩了我，回到了林娇身边。他们一家团圆了，那我的损失呢？我的孩子呢？我付出的青春呢？"

我在肖娜歇斯底里的骂声中，冷冷地看着她出尽洋相。大概是让她撒够了火，肖娜终于不再像个泼妇。

她突然揶揄我道："不管怎么说，我得谢谢你，帮了我这个忙！不然，我都不知道该怎样，才能让姜峰赔偿。自从我们分手后，除了在公司里不得已的碰面，私下里，我的电话他从来不接，微信也不回，要是没有这个账本，他今天无论如何，也不会那么痛快，就答应出来见我……"

"你把账本的事告诉姜峰了？还约他今天见面？"我心中一惊，连忙打断肖娜问道。

"是呀！我还告诉他，是你给我的账本，要不，他怎么肯相信我呢！呵呵，我看看啊……嗯！他应该快到了！好啦！该把账本给我了！"肖娜拿起手机看了一眼，再次伸手向我索要账本。

我终于明白，姜峰昨天是怎么躲过杭州警方的抓捕——是肖娜的那个敲诈电话，让姜峰临时决定启程赶回本市，所以抓捕行动才扑了空。

意识到姜峰此刻正在朝这儿赶来，我连忙掏出手机，向队长报告这个情况。

"账本呢？喂！你给谁打电话？我问你账本呢！"肖娜见我突然不再理她，只顾讲着电话，气恼地冲上来抢我的手机。

"我现在正式警告你，我是警察！你要是再干扰警方办案，我将对你采取强制措施！"我甩开肖娜的撕扯，指着她的鼻尖喝道。

肖娜怔怔地看了我三秒，最终相信了我的警察身份，她的眼里渐渐流露出畏惧，突然转身朝对面停车的地方快步走去。

就在这时，一辆蓝色宝马，突然出现在我右方的车道上。

在这个限速五公里的停车场内，宝马的车速极快。看着它加速朝肖娜驶去，我立即朝她大喊"小心"。

可，还是太迟了……

"嘭！"的一声，行至车道中间的肖娜，被冲过来的宝马撞倒。

我呆呆地看着这一幕，眼见着宝马，在快到达通道尽头的地方紧急刹车，停了下来。

驾驶室的车门被人从里面推开，姜峰怒气冲冲地下车，举着一把黑漆漆的手枪对我瞄准。

不想坐以待毙，我急忙钻回车里。伴随着子弹擦着车身发出"砰砰"的声响，我疾速驶出停车位，朝下楼的弯道驶去。

姜峰驾驶着蓝色宝马，在我身后紧追不放。在这个停满车辆的狭小空间内，他不顾危险，拼命加速，转弯时，轮胎与光滑的地面间，摩擦出刺耳的"滋啦"声。

姜峰好似已完全丧失理智，宝马车头不停地撞击着我的车尾，发出"咣当！咣当！"的巨响。

看出姜峰这不要命的架势，我也拼尽了全力，在转弯进入下坡通道时，我几乎没踩刹车，靠扭转方向盘，敏捷地闪过弯道处的侧面墙壁。

可姜峰却没有我这样的技术，宝马车头疯狂地蹭着弯道的侧壁前行，在墙面摩擦出星星火花。

就在我们俩加速，即将飞出车场的时候，一辆从入口刚驶进来的英菲尼迪，突然出现在了正前方。

我急忙向右打方向，与英菲尼迪擦着车身而过；而姜峰，却因为跟得太紧，来不及避让，与英菲尼迪迎头相撞。

看着车头被撞得变了形，静止不动的两辆车，我渐渐放缓了速度。

我从后视镜里，屏息观察着身后的动静，只见姜峰从里面踹开车门，摇摇晃晃地下车，鼻子下面像被人泼了红墨水似的血淋淋一片。

他恶狠狠地盯着我这边，摇摇晃晃地继续瞄准我射击。狠狠踩下油门，我将他远远地甩在身后。

拨通电话向队长请求支援，我加速朝家的方向驶去。可没过多久，我便发现油表亮起了红灯。一定是吉普的后半部分毁损严重，导致油箱在不停地漏油。

一回到家，我大声呼喊着林娇的名字，火急火燎冲上 2 楼找她。可楼上楼下转了一圈，只有雁雁一直尾随着我，却不见林娇的踪影。

想到还有一处地方没有找过，我来到了地窖里。

林娇果然在这儿。

昏暗的灯光下，她站在地窖深处，背对着楼梯，像个蜡人似的一动不动。即便我下楼的过程中，不断喊她，她却始终没有为我转过身来。

"你有没有听到我说话啊！刚刚在停车场里，姜峰开车撞了肖娜！他已经丧心病狂，没准正朝这边赶来，我必须马上送你走！"

话说着，我已来到林娇身边，着急地抓起她的手就要走，可她却不肯移动。

"启铭！我有话要对你说！"林娇转过来望向我。我才发现，她已是泪流满面。

瞥见她身后那口模型陶缸，我知道她刚才为何要站在这儿发呆了。她一定是看出，我挪动过那口缸，知道我已发现了洞里藏着的带血剪刀。

回望着林娇，我的眼泪也开始在眼底打转，我很想听她把话说完。可她的眼泪只是变得更加汹涌，颤抖着嘴角，始终无法说出一个字来。

不想再看着她承受这份煎熬，我伸手将她揽进怀里，像一松开，就会让她掉进万丈深渊，就会永远失去她一般，将她抱得紧紧的。

"嘘！你不需要现在告诉我任何事！不管怎样我都相信你，我都要保护你，直到你想起来为止！不管为此要付出怎样的代价，我都不后悔！你只要知道这一点就够了！"

我们相拥而泣，滚烫的眼泪，顺着紧贴着的脸颊，溶在了一起，就像那晚，站在暴雨中一样。

我拉着林娇来到院子里，让她等在外面，我自己走进车库，将黑色的摩托车推了出来。吉普车里的燃油已经耗尽，我只能用摩托载她逃亡。

"没想到吧，我其实还是个很棒的赛车手。"帮林娇戴上头盔的时候，我对她强颜欢笑。

林娇什么都没说，只是用力回以我微笑，之后便含泪别过头去。

天空下着小雨，陪伴我们穿行在沿海公路上，为数不多的车辆之中。

"砰！"好似听到金属撞击身边护栏的清脆声响，我下意识地朝旁边看去。

"砰！砰！"

左侧原本正常行驶的一辆轿车，突然失控，朝我们撞来。

慌忙躲闪，我听见险些被甩出去的林娇发出"啊！"的一声惊呼。

"抱紧我！"我一边提醒她，一边朝身后看去，想弄清楚刚才到底发生了什么。只见失控的轿车已经侧翻，撞上护栏，冒出阵阵青烟。

看见从它旁边飞驰而过，车头破烂的蓝色宝马，我惊惧万分。坐在驾驶室里的姜峰，满脸是血，黑洞洞的枪口对着我们发射出子弹。

我对身后的林娇大喊："用力抱紧我！无论如何都不要松开！"

感受到她施加在我腰间的压力，我俯身将油门拧到底，加速从前方两辆并行的大货车之间冲了过去。

听着货车慌张的鸣笛声，我看见姜峰冲上应急车道，蹭着护栏边缘，不要命地硬挤到了货车头前，朝我们重新瞄准。

前方再无遮挡的掩体，情急之下，我决定离开公路，朝分岔口处的小路驶去。

冲进甘蔗田间的小路，两旁密林般一人多高的甘蔗给了我和林娇极佳的掩护，同时也减慢了姜峰追赶的速度。

渐渐地，我再听不见破烂宝马发出的轰鸣，却也看到了路的尽头。

丢弃摩托，我拉着林娇在甘蔗林里狂奔。雨越下越大，雷鸣过后，道道闪电似利剑，劈开灰暗的天空。

被冷雨浸透，本就虚弱的林娇，终于体力耗尽，在我身后跌倒。我去拉她，却也跟着滑倒。我们相互搀扶着，好不容易在泥水里挣扎着站起。

突然间听见响彻四面八方的警笛，我知道是赶来支援的队友追到了这里。

"坚持住！我们很快就能得救了！"我看着满脸泥污，狼狈不堪的林娇，鼓励她道。没想到，她却使尽全力推开了我。

"你走吧！就算能躲得过姜峰的追杀，也躲不过警察的追捕，我不能拖累你！"暴雨中，林娇模糊着泪眼踉跄着说道。

望着她绝望的模样，我知道是时候该向她坦白一切了。

"听我说，你没有拖累到我！将你留下，起初确实是因为我想弄清楚弑子母亲的心理，但从毛敏那儿得到验证，我相信你真的失忆了，就将这件事汇报给了上级。这之后发生的一切，既是为了帮你找到真相，恢复记忆，也是为了执行上级的命令……"

回忆起毛敏的话，我突然明白，现在或许是我和林娇最后的机会，

299

唯有拔掉她记忆的卡子，使"情景重现"，才能让真相大白。

我抓着林娇的双肩，急切地对她说道："看着我！看着我！想起来了吗？一年前的那个夜晚，在罗西酒吧的后巷里，天上也下着这样的暴雨，我拎着黑色的摩托车帽走向你，求你跟我一起报复……"

我的眼角开始抽搐，再也没办法说下去了。因为林娇的眼神正在告诉我——她一直什么都记得。

"你……你……"我不敢置信地盯着她含泪的眼睛，无法从被欺骗的震惊中解脱。

就在这时，姜峰从甘蔗林间窜了出来，他举着黑洞洞的枪口，指向林娇。

来不及思考，我毫不犹豫地挡在林娇身前。伴随着枪响和胸口碎裂般的剧痛，我仿佛又从楼顶坠下，重重地摔落在地上，摔进了泥土里。

耳边传来林娇的哭喊，眼前是她模糊的泪眼，"走！快……走！"我用尽最后的力气对她说道。

又是一声枪响，一滴不知是泪，还是血的液体滴落在我的脸上，暖暖的，像吻一样。

三十三年前，母亲带着我一起坠楼的经历，让我落下了恐高的毛病。为了治疗童年创伤，更为了证明自己不是一个胆小鬼，我一直向极限挑战。

无法克服对高度的恐惧，我便开始向速度发起冲击。赛车驾驶中，平均每分钟170下的疯狂心跳，令青春期的我无比痴迷，这让我很快成了一名优秀的摩托车赛车手：不惧弯道超车时可能发生的粉身碎骨。不会在无数次摔车受伤后大叫喊疼。

我通过长年训练，培养出了坚韧隐忍的性格以及超常意志力和过人的专注力，这让我以优异的成绩从警校毕业，随即被分配到刑侦队，成为了一名刑警。

与赛车相似，这是一项既充满挑战，又十分刺激的职业。与罪恶较量，越接近事实，就越发凶险。这要求我，必须如在赛道上飞驰一般，十分敏锐且足够勇敢。好在，我运气不错，业务过硬，每一次都能化险为夷。

我为我出色的刑警生涯感到骄傲，为自己异于常人的天赋分外自豪。

却从没想过,有一天,我会将这些本领,用在令我万分痛苦的事情上——譬如,捉奸!

一年多以前,我驾车跟着佳慧,来到位于市中心的开元酒店。

在此之前,我从未想过她会背叛我们的婚姻。直到我亲眼看着她与一个年轻男人,相拥着走上酒店台阶,走进大堂,我才像在睡梦中,被人狠狠扎了一刀似的,猛然清醒。

我万念俱灰,心痛不已,只想弄清楚——这个带给我屈辱的男人到底是谁?

然后找到他!杀了他!

被这样的执念捆绑着,我一直在酒店外默默徘徊,当看到佳慧与他依依不舍地在门口分别后,我红着眼睛,跟上了他。

见他将车停进一栋写字楼外的车场里,我将摩托熄火,朝他大步走了过去。

紧紧握着的拳头,即将承载不住我的恨意,我知道,只有将它们不断挥到他的脸上,打得他血肉模糊,我才能得以喘息。

可就在我气势汹汹地走向他,离他只有两步之遥的时候,我被迎面而来的保安拦住了去路。满脸怨气的保安,在我眼前指指点点,斥责我的摩托挡住了车场出口,要我立即挪开。

听着排队离场的车辆在抱怨鸣笛,看着他已从我眼前"逃脱"——他即将走进写字楼下的咖啡厅里,我将保安狠狠地推向一旁。

保安愤怒地扬起警棍向我劈来,我则因为精力全部集中在佳慧情人的身上,重重地挨了那一棍,之后与保安扭打了起来。

被立即赶来劝架的其他保安拽着,我靠坐在摩托车上,逐渐冷静了下来。擦掉鼻子下的血,我挪车到咖啡厅外,决定等佳慧的情人从里面出来再动手。

透过橱窗,我看见他笑着朝一张靠窗的桌子走过去。那里,先前已坐了一个面容白皙,戴着金丝边眼镜的男人,此时正在跟他招手。

见到他来了,男人笑着起身,在他胸口上开玩笑似的,杵了一拳。看着他们俩说笑的模样,我判断,他们的关系非同一般。

预感到,今天可能再无法等到他落单的时候,我不甘地猛捶车把。

无论如何,我今天都要弄清楚他的身份,之后再做打算。

这样计划着,我叫住了一个从我眼前跑跳着经过的男孩。看着他胸前系着被食物弄脏的红领巾,和他身后背着的豁开了一半的书包,我判断——他是一个既贪吃,又开朗马虎的小学生。

我把男孩拉到一边,告诉他:只要以完成课下作业为名,收集到靠窗那桌叔叔们的名片,就可以给他一百块钱,让他去买好吃的。

男孩欣然接下我交给他的任务,大大方方地走进咖啡厅里。我紧张地看着男孩走向佳慧的情人,同时发现,戴眼镜的男人起身离开了桌边,只留下他独自坐在那里。眼见着佳慧的情人拿起桌上的名片夹,抽出一张递给了男孩,我才长长地松了口气。

走出咖啡厅,男孩有些沮丧地告诉我,他只拿到了一个叔叔的名片。我安慰他,"没关系,这张正是我想要的!"然后,我如约履行了承诺,将百元纸钞塞到男孩的手里。

接过男孩给我的名片,我目不转睛地盯着上面印着的"姜峰"二字,以为终于知道了佳慧情人的名字。

那一晚,我冷着脸回到家,却被走出来迎接我的佳慧,在脸颊上轻轻一吻。看着她娇媚的模样,我的心里难过极了。我知道她此刻如花的笑容,并非由我浇灌而来,也并非为我绚烂盛开,但我还是将喉咙里差点儿爆发出来的所有质问,都吞了回去。

我十分清楚,我是那种一旦捅破了窗户纸,就会破罐破摔的男人。不然,我就会瞧不起我自己!可这样,我与佳慧之间的一切,也将注定无法挽回。

这不是我想要的!

这一夜,我第一次独自在二楼的工作室里,吞下安眠药入睡。辗转反侧中,我咬紧牙,眼前看到的,尽是佳慧情人的脸,还有他的名字——"姜峰"!

被仇恨的火焰吞噬着,三天后,我按照名片上的地址,再次来到了那栋写字楼外。

路上,经过一家卖刀具的商店时,看着那些摆在橱窗里的锋利刀具,我被愤怒驱使着走了进去。

大概是我那时的模样骇人,女导购非要我用身份证登记,才肯卖我刀具。

而我出门时匆忙,并没有将身份证带在身上。无奈之下,我只得买下那把红色的厨用剪刀,将它藏在外套兜里。

我拿着姜峰的名片,来到达远货代公司的前台。我对前台女孩谎称,姜峰前几日在我店里吃饭,落了东西,所以今天来找他归还。

或许是我的杀意太浓,也可能是我太过紧张,被前台女孩用怀疑的目光上下打量,我揣在兜里紧握着剪刀的手,不停地冒出冷汗。

就在我抬头想要避开她的眼神时,在她身后背景墙的反光中,我看到了自己凶恶的脸。那一瞬,我记起了那些被我逮捕过的激情杀人犯的嘴脸,他们的五官上有着与我此时一样的杀气。惊诧之中,我才意识到——我正站在深渊边缘。被仇恨冲昏了头脑,我险些忘记了,自己是个铲除罪恶的警察!

这时,我看见前台女孩抄起了电话。以为她是要打给"姜峰",缓过神儿来的我立即转身要走。没想到她却告诉我,姜峰出差了,让我把东西交给也在这儿工作的姜峰妻子。

听见她对着电话的那头恭敬地叫了声"林总",我知道电话已经接通。之后,她放下电话,问我姜峰落下的究竟是什么东西。

慌乱之中,我只得掏出那把红色剪刀,撂在台面上,然后在她奇异的目光中,迅速钻进电梯,离开了那栋写字楼。

回到车旁,我像被人扼住喉咙般,大口地喘息。我为刚才的冲动感到后怕,更为不知该如何才能停止痛苦,靠在车旁绝望地哀嚎。

回到家后,我故意找茬,因为琐事,跟佳慧大吵了一架。我摔门,回到2楼的工作室,打开电脑,从网上下载了《离婚协议书》。填写婚姻信息的时候,佳慧走了进来,她蹲在我身边哄我说"对不起"。我甩开她的手,来到窗边,闭眼背对着她,心里依旧难过万分。

听着佳慧为我刚才的无理取闹,委屈道歉,想着填写《离婚协议书》时,就开始在脑中不停闪过的旧日美好,我知道——自己虽能在赛道上无惧生死,却终还是冲不破与她的这张情网。

分外无助地熬了一个星期,我鬼使神差地又来到"姜峰"公司所在的写字楼下。我骑在摩托上,对着楼上六层,达远公司所在的位置张望。虽知是单向玻璃,也根本看不到屋里的状况,但想到佳慧的情人就在里面办公,恨意便无法控制地在我眼中浮现。

掐算着他下班的时间快到了,我躲到暗处,对这栋写字楼里走出来的白领们一一观察。眼见佳慧的情人,追着一个板着脸的漂亮女人,嬉皮笑脸地从门口走出来,我不禁皱起了眉毛。

303

我看见他们一同走向一辆白色路虎，他用遥控钥匙开门，自然而然地坐进驾驶室里，摇下车窗对她笑着问道："怎么了，亲爱的？夜色太美，不想回家吗？"

站在车外的她不为所动，依旧在警觉地四下张望。她眉宇之间透露着的那股英气，令人一见难忘。她的面容更是令我觉得——在记忆里很遥远的地方，我们好似曾经相识，如今又宿命般地相遇。

抛开心中奇怪的感觉，我看见她最终上了车，同他一起离开。回想着，他叫她"亲爱的"，问她怎么还不上车回家，我突然明白，她就是"姜峰"的妻子，前台女孩口中的"林总"。而我那时，已彻彻底底地误以为，高伟名叫"姜峰"。

缓过神儿来，我骑着摩托车追赶他们。但当时正值晚高峰，我在一处十字路口前，被交通灯阻隔在了密集的车流里，眼看着白色路虎脱离我的视线。

等我再追上它时，车里只剩下了林娇一个人。来不及分析"姜峰"为何中途下车，我跟踪她继续前行。突然，她掉头，加速朝相反的方向驶去。我便也毫不犹豫地拧下油门，追了过去。

我追着林娇来到开元酒店外，远远地，我藏在隐秘之处，看着她气势汹汹地下车离去，又等着她失魂落魄地上车回来。我料定——她已发现了丈夫的不忠。

我尾随她来到一处高档小区的后巷，从电线杆后，窥视着她坐在车里放声哀嚎。

这样的情景如此熟悉，让我想起发现佳慧出轨那天的自己。

那一瞬，我仿佛看到了，这世界上的，另一个我。

她同我一样，被所爱之人无情伤害，却始终舍不得放下这段感情；我们将所有的苦水化作眼泪，吞咽进黑暗的后巷，殊不知，自己的心也正在被黑暗渐渐吞噬。

我决定走过去与她相识，就像得了绝症的人，想要认识同病相怜的病友一样。或许，我们不只能得到片刻的心理安慰，还能一起找出治愈的"良药"。

可当她从后视镜里看到我，便像见到鬼一样，踩下油门。不管我在后面，如何努力追赶，拼命向她解释我是谁，她就像听不到一般，驶离了后巷。

失落地回到家，我撞见佳慧正在甜蜜地跟情人讲着电话，他们好似对刚刚的约会意犹未尽，像品尝着蛋糕般，细细回味着奶油的丝滑。

仇恨之火，再度在我心中爆发，无比强烈。我想要他生不如死，如我一样！

我从开元酒店调取了姜峰的开房记录，再次来到姜峰公司的前台，要前台女孩，转交给林娇。为了掩人耳目，我特意没有摘下黑色的摩托车头盔，可前台女孩好像还是认出了我。管不了那么多，我在林娇出来前，离开了那里，满脑子想着的，都是我写在开房记录背面，质问她的那句话："你和我一样，是个懦夫吗？"

之后的几天，我一直等待着"姜峰"那边传来的地震海啸。可两个星期过去了，好像什么事情都没有发生，佳慧的情绪没有受到任何影响，他们还在约会，甚至比以往还要频繁。

挫败的愤懑让我快要发了疯，不顾暴雨橙色预警，我在雨夜里驾着摩托出去，想把自己灌醉。

我来到一处卖洋酒的商店买了一瓶伏特加。站在雨中，我仰脖，往嘴里猛灌。被雨水和洒出来的酒浸透了前胸，我却没有得到想象中的烂醉，痛苦在我心里反而越加清晰。

我把一切归咎于，这让我不得不清醒过来的冷雨。为了寻求一处既能避雨又能喝酒的地方，我推着车来到了离商店不远的罗西酒吧。

令我意外的是，推开酒吧门的瞬间，我在空旷的酒吧里，看见了正在试图买醉的林娇。

她的眼神迷离，面容憔悴，我知道她与我一样，正因我妻子和她丈夫的不轨行为，承受着被背叛的煎熬。

这种我们俩共有，只属于我们俩的痛，让我觉得——于我而言，林娇无比亲切。

我晃晃荡荡地来到林娇身旁坐下，为了保持住尚存的一点清醒，我拒绝了老板的酒单，只点了一杯记忆里，酒单上该有的咸柠七。

我试图寻找机会跟林娇讲话，可她只是埋着头，一直没有看我。直到她发现自己无法支付账单，我主动提出要为她解围时，她才边拒绝着我的好意，边向我投来冰冷的目光。

四目相对，伏特加的后劲，使她在我眼中变成了模糊的重影。可我还是从她眼里，清清楚楚地看到了突然爆发出来的恐惧。

这让我十分确定，林娇知道我是谁，也理解她为什么这么怕我。但我从未想过，要因她丈夫的过错责难于她，所以迫切地想要跟她解释清楚。

见她慌张地跑出酒吧，我立即紧随其后，追了出去。

暴雨里，林娇误闯入酒吧后的死巷，见她无路可逃，更怕惊吓到她，我特意放慢了脚步。

"别过来！"林娇不甘地拍了几下胡同尽头的砖墙，绝望地转回身来，朝我大吼。

我抓住她的肩膀，希望她可以冷静下来，试图让她听我把话说完。可她却挣扎得越发厉害，抓得我满脸血痕。她彻底激怒了我，让我失去理智般地朝她暴吼，质问她，为什么与我一样如此懦弱，为什么对他们的出轨视而不见！

"不然呢！不然又能怎么样！你有什么办法吗？啊？"林娇瞪圆了眼睛，雨水混合着泪水模糊了整脸。她突然变得歇斯底里，"你告诉我啊！不然我们能怎么办！我们能拿他们怎么办！你告诉我啊！……"

冰冷的雨滴，似耳光，疯狂抽打着我和林娇的脸颊；被她打落在地上的头盔，溅起肮脏的泥花；不争气的眼泪混合着雨水，止不住地顺着脖颈流淌；全身湿透的我们，站在雨中，分外狼狈。

我想不通，我跟林娇究竟做错了什么。为什么是我？为什么是她？为什么要我们承受这些难过、痛苦和煎熬；而她的丈夫和我的妻子，则能没心没肺地寻欢作乐！

仅仅因为我和林娇是重情重义的深情人吗？那么他们当初就不该招惹我们！因为深情人爱得简单，恨得也同样纯粹！

"帮我！帮帮我！跟我一起，报复他们！报复他们！"

被酒精冲昏了的头脑，被仇恨灼烧着的心脏，让我在雨中，像野兽一样哀嚎。

看着在撕扯中，耗尽力气的林娇似被雨水冲垮的泥巴般，最终在我跟前瘫软了下来，我搀扶着酒醉的她，回到了她下榻的酒店房间。

我喊来前台女服务员，帮林娇褪掉湿透的衣裳，拿去干洗。自己则把湿漉漉的衬衣晾在卫生间。我无法确定何时离开，只感到被酒精的后劲折磨着，头疼欲裂。

帮林娇关掉床头灯，我走回双人床对面的沙发，重重地坐了下来。

漆黑中，我静静地望着床上醉得不省人事的林娇。想到如今被子下的她一丝不挂，一个报复的念头渐渐在我心里萌生。"姜峰"玷污了我的婚姻，糟蹋了我曾经珍视的美好，那我为什么不用同样的办法来报复他呢！

以牙还牙，以眼还眼，这不是最直接，也最痛快的报复方式吗！我要将一个不贞的妻子送回"姜峰"身边，就像他对我所做的那样！

这样想着，我来到林娇的床前，可望着熟睡中无辜的她，我最终还是什么都没有做。

来到落地窗前，我狠狠地抽了自己两耳光，为刚刚那一刹那，罪恶的想法。

我终还是无法越过道德的底线，我永远也无法成为"姜峰"那样的人！

正是这件，我去年差点儿做出的，会令我懊悔终生的事，使我彻底明白——报复不能减轻痛苦，更无法消除仇恨，因为失去的已然失去，唯有彻底放下，才能获得解脱。

那夜之后，我像一具行尸走肉般，回到了佳慧身边，等待着对她残存的爱，消失不见。

虽然还会想起林娇，还会忍不住去想象她现在过得怎么样，但我从没再去找过她，更没想到她会再联系我，直到她把我落在酒店房间里的手表，寄回到我家。

失神地摆弄着那块手表，我险些按照快递单上留下的电话，打给了她。可我知道，我们的生命不该再有交集，纵使，我从来都没法将她忘记。

然而，天意弄人，30天前，我突然收到了她在我微博里留下的私信。我那时正兴致勃勃地为一场刚结束的球赛写着评论，虽看见"私信"旁的红点，却没有点开处理。待我再想起来时，她已发来了两条间隔数小时的私信。一条写着她的电话，告诉我，去年雨夜里发生的事，她要跟我谈谈，让我打给她。第二条里，她留了个地址给我，要我无论如何第二天上午，去这个地方去找她。

读完第一条，我想到，林娇一定是误会了那夜在酒店房间里发生的事。但读出第二条留言里，她语气的强硬和焦急，我更担心她是不是出了什么事。

所以，第二天上午，我不顾台风"梅尔"已提前登陆，顶着能掀开房顶的飓风，如约而至。

当我将摩托车在地下车库停好，走进地址里的单元门时，我才意识到：林娇要我去的，竟是她的家。

　　"不该再闯进她的生命里，不能上去，哪怕是让她继续误会下去！"在心中挣扎，在楼下徘徊，我最终没有上楼。

　　骑着摩托回程的路上，我感觉到莫名的心慌，雨夜里，林娇流着泪的眼睛不停地在我眼前出现。急刹，我决定掉头回去，可因为分神，我没能躲过被台风折断的树木，在大雨里重重摔倒，昏了过去。

　　留院观察的第二天，我看到了手机里弹出的杀婴案新闻，不敢置信地看着网友们爆出来的，林娇与姜峰的合影，才知道，一年前发生的一切，原来是一场天大的误会。

　　姜峰并不是佳慧的情人，他是我跟踪高伟那天，在咖啡厅里与高伟相谈甚欢的那个男人。是那张高伟随意递给男孩的名片，让我从一开始就搞混了高伟和姜峰的身份，进而酿成大错。

　　倚在病房的床头，我强打着精神，把这些话，跟坐在我对面的两名督察组同事说完，已是汗如雨下。

　　中枪之后，我便陷入了四天的昏迷。为林娇挡下的子弹，打穿了我的右肺，造成失血过多。好在赶来的刑侦队同事将我及时送医，我才能从死神手里逃了回来。

　　昏迷前，我听到的那第二声枪响，并没有伤到林娇，那是警方为了让姜峰放下武器，而发出的鸣枪警告。

　　姜峰被捕，林娇安好。直到坐在我旁边的队长把这件事告诉我时，我才肯接受他的反复劝说，躺下回答督察组同事的问话。

　　他们告诉了我后来发生的事。

　　在我因为台风造成的车祸，被送进医院的那个上午，月嫂阿兰以"去超市买菜"为名离家，到中古店销赃，给潜伏在楼下、前一天就预谋要来报复的姜峰，留下了可乘之机。

　　独自在家的林娇被姜峰扯着头发，撞向床角，就此陷入了半昏迷的状态。

　　姜峰强迫躺在地上的林娇握住花瓶，砸向他的头，由此在破碎的瓶颈上留下她的指纹，伪装成林娇曾握住花瓶袭击他的假象。

　　恍惚中，林娇眼看见姜峰戴着手套，握着红色剪刀，走向婴儿床。她绝望地央求姜峰，拼尽全力挣扎，却始终无法动弹一下……

再听不到孩子的哭声，林娇万念俱灰，失去了求生的意志。

被眼泪模糊着双眼，她注视着姜峰拿着带血的剪刀，朝她走了过来。

本以为自己在劫难逃，林娇却听姜峰咬着牙，对她说道："杀了你，太便宜你了！我要让你背上'偷人、弑子'这样的骂名，被世人唾弃。"

手里抓着姜峰临走前硬塞进她手中的带血剪刀，林娇不知道又在地上躺了多久，才渐渐恢复了知觉。

她挣扎着从地面上爬起，跌跌撞撞地扑倒在毫无任何生命气息的孩子身旁。将浑身是血的孩子紧紧地搂在怀中，林娇嚎啕大哭，好似被人抽走了脊髓一样，撕心裂肺地痛。

低头看着自己衣服上染着的孩子鲜血，还有被破坏掉的犯罪现场，林娇既痛苦，又无助，更想明白了——刚刚发生的一切，并非姜峰的一时冲动，而是早有预谋。

姜峰要让世人相信，林娇是一个"偷人后，羞愤弑子的母亲"。没准儿他此时已经报警，或许还会主动向警方透露，他并非孩子的生父。眼前的一切都对林娇不利，因为她无法让警察完全相信她说的话，相信她的清白。

看着怀里的血孩子，林娇强忍着心痛，做了一个决定——她要活下去，为孩子报仇，为自己洗脱罪名，所以她选择了逃亡。

在头脑中疯狂筛选过所有可能庇护她的对象，林娇选中了我。因为除了我跟她，这世界上再没人知道，我们俩之间存在的联系。

最重要的是，林娇开始怨恨于我，认为若不是我先前的"乘人之危"，以及后来的"置之不理"，惨剧就不会发生。所以，她要让我也为此付出代价。

督察组的同事告诉我，DNA的匹配结果证实：姜峰确实是孩子的生父。他们推测：是那次血检中，护士打翻了未来得及贴上条码的样本架，弄混了血样，才让孩子的血型出了差错。再加上林娇对我的误会，以致在姜峰面前表现得心虚，最终促使泯灭人性的姜峰对一个婴儿痛下杀手。

听他们说完，我难过地流下了眼泪。

队长安慰着按了按我的手腕，告诉我，刑侦队已协同缉私局对姜峰进行了突击式审讯，在白银骗税走私、非法持枪等多项指控面前，姜峰最终交代了杀害婴儿的全部经过，不日之后，将会受到法律的严惩。

"林娇曾跟我说过，她错怪你了，不恨你了。放心！我会把你那天，是因为出了车祸，才没能赴约的事，转告给她的。"也许看出我的眼神变得越发落寞，督察组的女同事安慰我道。

我对着她苦笑，强忍着不让眼泪再流出来。之后，我颤抖着嘴唇，哽咽着对她问道："她不恨我了……她说……她不恨我了，那她有没有……有没有……"我再也说不下去了，因为我知道，她无法给我答案。

"她有没有什么？"女督察有些替我着急地问道。

我笑着摇了摇头，苦涩的泪水代替言语，终还是从眼角流了下来。

待同事们走后，我强撑着虚弱的身体，扶着墙，来到了窗边。那里不知被谁放了一束向日葵，如今已经失去水分，几近枯萎。

"她不恨我了，可她有没有真的爱过我呢……"

我对着那些飘浮在空气中，被阳光照得反光的尘埃发问，心里始终无法得到确切的答案。

可我不相信，不相信那些我们互诉衷肠的时刻，那些我们相拥而泣的瞬间，都只是林娇为了利用我，为了让我爱上她，而做的表演。

低头拭泪，我久久地凝望着那束干枯颓靡了的向日葵，发现它还在倔强地仰望着太阳，至死不愿放下那藏在心中炽烈的爱。

我在医院里又住了二十一天，才被主治医生勉强批准出院。出院那天，我没有通知任何人，右半身的伤尚未痊愈，我一个人用一只胳膊费力地收拾着行李。

"钟启铭！"听见病房门口有人喊我，我抬起头来，看见一个身材敦实的矮个子大娘，正笑呵呵地朝我走了过来。

"呀！你要出院了？住了有二十多天了吧？真好！真好！能逢凶化吉就好！"她走到我跟前，兴奋地对我说道。

我迷茫地看了她半天，仍想不起来她到底是谁，于是客气地问道："您是？"

"哎呀！我家老头子原来跟你一个病房，住你隔壁床啊，想起来了没？"她故意避开我右边的伤，笑着轻轻拍了拍我的左臂，对我问道。

这使我更加困惑，因为自打我醒来，隔壁床便一直空着。

大概是看出我眼中的不解，她恍然大悟似的改口说道："哎呀，对了！你怎么可能想得起来呢！当时你还在昏迷抢救呢，当然不记得我们了啦！后来，我们家老头子就出院了，今天我们是回来做复查的！哈哈！"

"噢！是这样啊！"我有些尴尬地笑了笑，轻轻点头。

"唉？出院怎么就你一个人啊？你太太没来接你吗？"看着我一只手里拎着的一大堆东西，她抬起头来，对我问道。

"我太太？"我不禁反问。

"对呀，短头发，高鼻梁，长得挺漂亮的，她不是你太太吗？"

我的沉默，让大娘以为我默认了，于是继续说道："你被抢救的那些天啊，她日日夜夜地守着你，紧紧地握着你的手掉眼泪。我就安慰她，你一定会醒过来的，叫她别太伤心！她告诉我，你是为了她，才受的伤，只要你能醒过来，要她怎样都无所谓。她说，她还有好多话要说给你听……"

"谢谢！谢谢……"不等大娘说完，我已经激动地向她不住道谢。

我拎起东西，迫不及待地回了家。

一推开院子的门，雁雁就蹦得高高地跑出来迎接我。看出它状态很好，我知道，这些天一定是林娇在照顾它。

可为什么，我一醒过来，她便从医院离开？为什么，不想让我知道，她是如此地在乎我呢？

林娇没把雁雁带走，难道只是因为它是我领养的狗，还是要在我和她之间留下再见的契机？

不愿再胡乱猜测，我回到2楼的工作室，打开电脑，给林娇写了一封长长的信。在信的结尾，我告诉她，我也还有好多好多的话想对她说，约她明天傍晚，在有白色灯塔的那片海滩上见面。

之后，我找来施工队，将违建的地窖填埋。

看着一袋袋的沙土灌进最隐秘的地下空间，我懂了一些事——

若是将我们每个人的心灵，都比作一栋有形状的房子，那么在我们人格所表现出来的宅邸之下，一定有一座隐秘的地窖，那里存着我们最原始的欲望、冲动和本能，还藏着最羞耻、最不堪、最不愿面对的过往和童年阴影。

但它也是我们的情感基石，支撑着我们的爱、恨、情、仇，进而影响着我们的整个人生。它也许阴暗、发霉、凄冷，是我们不愿触及的领域，但它却在危机降临时，帮我们做出最果断的判断，给了我们最坚实的庇护，是藏匿着真心的——心隐之地。

这一晚,我又梦到了母亲,依旧是她带着我站在高高的楼顶。她没有将我推下楼去,而是用迷离的眼神看着我,问我,愿不愿意跟她一起飞翔。之后,她拉着我,走出了天台的边缘,可惜我们并没有长出飞翔的翅膀。意识到这一点,清醒过来的母亲,在空中紧紧地搂住了我,将我托在身上。我们重重地摔向地面,我的身子在着地的瞬间,深深地陷进母亲柔软的身体里。

从梦中醒来,我泪流满面,我想,我终于记起了那次意外,我能存活下来的原因。我并不是被邻居家伸出来的遮阳罩接住,而是母亲在最后一刻,用她的身体,用她的生命保护了我。她一直都深爱着我,从没想过要杀死我!

次日黄昏,临出门前,我特意选了一套白色的西装配以海蓝色的衬衫穿在身上。看着镜中,因为右侧伤势未愈,只能用左手握着向日葵花束的自己,我突然想起了林娇曾说过的那个梦。

那时,她羞红着脸闪躲开我的目光,央求我不要再追问下去,我却变得越发兴奋,逗她道:"我精通《周公解梦》,对弗洛伊德的《梦的解析》也颇有研究。你梦里的男人不是右手拿花,而是左手,说明……"说到这儿,我故弄玄虚地眯起眼睛偷看林娇。

她被我糊弄住了,很认真地等着我说下去。

"说明他是个左撇子!……"

回忆着那夜的美好,我突然心酸地笑了:"原来你并不是一个左撇子,而是为她受了伤。"我对着镜中的自己说道。

接近傍晚,我牵着雁雁,来到与林娇相约的那片海滩。

轻柔的晚风,拂过脸颊,似有情人深情地抚摸。

站在白色的灯塔前,我忍不住去回想,那些个与林娇相识相知的片段,它们如飞花般,不受控制地在我眼前纷纷呈现……

"不许动!"

初在地窖里发现林娇,看到这个被队里寻找的嫌疑人,我着实吃了一惊。担心她到这儿来,是想以雨夜里的事相要挟,逼我帮她逃跑,躲过杀婴恶行的惩罚,我将手中原本指向她的酒瓶握得更紧,"你是怎么进来的?"我厉声对她问道。

"我不记得了。"林娇回答了我,声音又小又低,却十分冷静,"我醒来时,就发现自己在这里了。"

我那时并没有相信林娇的话，就算按她说的，去找毛敏求证归来，我仍将信将疑。但既然上级要我配合海关的布局，执行"卧底"行动，我必须彻底搞清楚林娇"失忆"的真假，才能顺藤摸瓜。

于是，我小心翼翼地向林娇试探还记得什么，她的回答却令我惊奇又心虚。

"戴黑色摩托车头盔的男人？"地窖里，我疑惑地重复着林娇的话，刚煮来跟她一起吃的面条，被我举到嘴边，又放回碗里。

"对！那天晚上，他追着我从酒吧冲出来，天空下着很大的雨，在酒吧的后巷里，他拎着黑色的摩托车帽朝我一步步走来……"

听着林娇痛苦地说完，我怎么也想不到，她记忆里最后记得的画面，竟然是雨夜里的我。按毛敏的说法，我意识到，我就是那个卡在林娇杀婴记忆里的卡子。

惊愕之余，想到林娇在杀婴案发前一天，曾强硬地要我赴约，我变得更加心慌，从那一刻起，便迫切地想要找出真相。

自此，我开始对林娇说的话深信不疑，甚至暗暗庆幸，她不记得我是谁蛮好，至少让我们在地窖里接下来的相处不再尴尬。

彻底放下戒备的我，自作聪明地想借着林娇的"失忆"顺水推舟，继续杀婴案的调查。

在罗西酒吧里找到毛敏，我竟然用自己做过的事去诈她，以她"丈夫"曾给林娇送过开房记录相威胁，逼毛敏说出与姜峰的真实关系。结果，弄巧成拙，被毛敏发现林娇藏于我这儿。

"我真是个傻子！"摇头回想着，我无奈地笑骂自己道。若不是那时就对林娇动了心，若不是对她的话深信不疑，相信毛敏一定有个丈夫，我怎会做出那样的蠢事。

"我是什么时候开始爱上她的？是我为她在地窖墙上，画上那几株向日葵的时候？是我从香港回来，差点儿吻了她的那个夜晚？还是……更早，更早，早到我不愿承认，不敢面对。"

在心中这样疑问叹息着，我抬头望向玫红色的天际。在那里，橙黄的夕阳涂紫了云端，在深蓝色的海面上反射出温润的金光，像是等待之人含水盼望的眼眸。

低头看了一眼时间，我发现相约时间已经临近，心脏便不受控制地跳得越发急迫。我不知道林娇会不会来，可我也只能像现在这样，傻傻地,盼着她出现。

因为,若不是我的错判,让林娇接二连三地误会,那个未满百天的孩子,或许就不会被他的生父,亲手送离这个人世间,更不会有地窖里,林娇对我充满算计的报复——这些是存在于我和林娇之间的痛,是属于我们俩的,不堪的过去。

不想让林娇有丝毫的后悔,我在信里告诉她,要她来决定我们的未来。

"你知道吗?我好怕,就这样与你擦肩而过……

"可我不能回避,发生在我们之间的这些事,硬去挽留你,看着你为难落泪……

"因为,于我而言,爱,不该是这样放肆的!

"它不是朋友圈里炫耀的合影,不是无名指上闪光的戒指,不是睡前那句敷衍的'晚安',它是想要触碰,却缩回来的手,是默默的仰望,是深情的注视……

"所以,我越是爱你,越要自己隐忍、克制,在地窖里是这样,现在也是如此……"

当距离约定的时间还有一分钟的时候,我想起了林娇曾告诉我的传说。"传说,心里想着思念之人的模样,在灯塔下默默倒数,只要心意够真,灯塔就会代替了他的等待,睁开眼便能看见对方。"她那时微醺,含笑的眼睛,比夜晚的星辰还要美丽动人。

于是,我闭上眼睛,在心里想着林娇的模样,开始默默倒数。

在我倒数过半的时候,原本安分待在我脚边的雁雁,忽然兴奋地跑了出去。

"是她吗?"

这个念头飘过心间,我紧张得无法呼吸。

三……

二……

一……

无比诚心地将最后三个数,倒数完毕,我睁开双眼,迫不及待地转回头去……

2.

睁开双眼，迫不及待地转回头去，林娇看到的，是一双像圆纽扣一样黑亮的眼睛。

她的感觉没错，刚刚在她脸颊上，那几下控制不好力道的"抚摸"，正是身后这个小家伙干出来的。

与穿着浅蓝色婴儿连体衣的他对视上之后，林娇看见他露出了极有好感的、胖嘟嘟的笑脸。而此时，坐在林娇背面，也在此候机的年轻母亲，则丝毫没有察觉到肩头孩子的调皮，依旧无聊地摆弄着手里的登机牌，漫不经心地朝登机口那儿张望。

将食指递向他的手心，林娇的手指被他有力的小手紧紧地握住。他立即咧开小嘴，发出"咿咿呀呀"的笑声，唇齿间散发出来的奶香，让林娇觉得是那么地熟悉，眼圈顿时红了起来。

两个月前，这还是她与儿子常做的"游戏"，如今这情景回忆起来，已恍若隔世……

从血泊中抱起儿子的那一刻，林娇此生第一次有了想要结束自己生命的冲动。那是抽筋碎骨般的剧痛，痛得她无法呼吸，不愿再活着多感受一秒。

可她必须活着，活着要杀人凶手姜峰偿命！

纵使已被姜峰陷害，但林娇确信，只要警方找不到沾有她指纹的血剪刀，就只能将她列为怀疑对象；只要姜峰仍处在刑侦调查的高压之中，林娇就有机会逼他原形毕露。

于是，林娇含泪将凶器用塑料袋包好，揣入怀中，翻出先前复制来的姜峰账本，夺门而出。她驾着白色路虎，瞄着那些未被台风刮倒的摄像头，故意留下踪迹，让警方以为她已往山区逃窜。

之后，她弃车，在狂风暴雨之中艰难地步行了八公里，最终来到钟启铭所住的那片别墅区。

偷偷潜进小区里，站在钟启铭家的别墅前，林娇早已被雨水浇得湿透。雨滴打得她睁不开眼,顺着鬓发不停滴落……

从没怀疑过医院的验血结果会出错,林娇那时只想让"不负责任"的钟启铭付出代价。可她想不出——要如何才能让钟启铭开门;要如何让他相信,他是孩子的生父;要如何让他愿意给自己庇护,一起为他们的孩子报仇……林娇站在雨中止不住地颤抖。

被绝望和痛苦缠身,她咬紧牙,最终不管不顾地推向铁栅门。令她没想到的是,门竟然奇迹般地打开了。

不再犹豫,林娇径直朝通向室内的大门而去。她用力拍门,却没有人回应。她顺着墙边,绕到后院,走过种满五色菊的花海,看到了虚掩着的落地窗。

林娇为能顺利进到这间屋子,感到些许庆幸。可她那时并不知道,之所以能轻而易举进到他家,是因为后来出了车祸的钟启铭,当天清晨着急赶赴与她之约,才没顾上将门窗锁好。而前一晚同高伟约会的佳慧,则因台风登陆,被滞留在了开元酒店。

进到空无一人的房子里,林娇独自在沙发上孤坐了许久。

钟启铭的失约,似乎已向她表明了态度,告诉她——他是一个多么冷漠的人。

"如果就让他这样见到我,会不会连说话的机会都不给我,就立即将我逮捕!"

这样想着,渐渐冷静下来的林娇,想到要从长计议。

走过钟启铭家的每一间屋子,她最终来到了地窖。走进黑暗的角落,蜷缩着靠墙坐下,她在又潮又湿的阴影里,捂着嘴颤抖哀嚎。

这是她第一次为雨夜里做过的事感到后悔,撕心裂肺的感觉,化作对钟启铭的道道怨恨,刻在她的心上……

接下来的六天里,她困了就窝在角落里席地而睡;渴了就喝卫生间里的自来水;饿了就啃那些干巴巴的压缩饼干和罐头充饥。她在惶恐不安中观察着楼上的动静,理清思绪。

渐渐地,她已能区分出钟启铭和宋佳慧的脚步声。每次钟启铭下来拿酒,她都躲在卫生间里,透过门缝对他细细观察。

她看得出来,钟启铭过得很糟,却还在隐忍。

"他是个彻头彻尾的懦夫!"

这是林娇那时得出的结论。很显然,去年雨夜里发生的事,并没有帮钟启铭像林娇一样果决，从煎熬的婚姻中解脱出来。他还在作一只将头埋进沙坑里的鸵鸟，心有不甘地自欺欺人。

"要如何能指望上这样的男人，为自己洗脱冤屈？告诉他事实，他是不是也不愿相信，只会装聋作哑呢！"

林娇从钟启铭身上，好似根本看不到希望。

几经思考，她决定——要想办法让钟启铭自己去发现真相，让他眼见为实。想达到这个目的并不容易，所以她要精准地布下棋局。

于是，林娇选择在一个合适的时机，在他晚饭途中拿酒的间隙，让钟启铭"发现"了她。

如林娇所料，身为刑警的钟启铭一度十分惶恐，他和林娇去年经历的一切，是他不愿示人的秘密，所以他无法跟同事解释清，这个警方正在全力寻找的嫌疑人，为什么会藏在他家中。见钟启铭没有抓她，而是将她锁了起来，林娇确信——只要钟启铭相信了她的"失忆"，放下警惕，不再担心她会对他造成威胁，一定肯"收留"她。

所以，林娇主动向他坦白童年的梦魇，让他去找毛敏验证。因为先前已让王鹏调查过钟启铭的背景，林娇笃定——他曾被母亲带着跳楼的经历，会让他对她产生共情，最终忽略理性的思考，相信她真的失忆。

所以当钟启铭从毛敏那儿回来，满眼哀伤地站在她面前时，林娇知道——他已经乖乖地站上了她的棋盘。

"我会帮你找回记忆！还要帮你找出杀死孩子的凶手！"那时，从暴雨中徘徊归来，被淋得浑身湿透的钟启铭，曾这样认真地对林娇说道。

"他已对我生出了怜悯之情，却在极力克制，想同我疏远。必须让他彻底动了真心，才能继续为我所用！"换衣服被钟启铭撞见，林娇发现他比自己还要紧张，他的心虚，让林娇在那一刻做出了这样的判断。

所以，她以不信任——"冒犯了她，却不会感到抱歉的陌生人"为名发难，故意对他接下来的所有提问避而不答。

她要他屈服，为换取她的信任，将隐秘心事全部讲给她听；让他变成一个剥去外壳的溏心蛋，一扎就破；成为一个脱去假饰外衣的灵魂，赤裸裸地暴露在她面前。

可那时林娇却不成想，与他交换童年梦魇、所遭不幸的同时，她也开始为他的痛苦暗暗动容……

她不再觉得钟启铭是个"彻头彻尾的懦夫"。他并非不知道坚忍和了断哪一个更容易做到,他只是太不甘心,把执念当作深情,才会爱得如此狼狈。

地窖里,端着盛满乌鸡肉的乌鸡汤,听着他腼腆地说谎:这汤是为佳慧而炖;推开暗室门,看着他临去香港前,特意为她在墙壁上画的那些含笑向日葵;读着他贴心为她准备的,写着淘宝账号密码的字条,林娇很清楚——钟启铭已对她动了真心。

强压下心底泛起的感动,林娇告诫自己,去做一个冷静的棋手。

她刻意从淘宝上网购了盆向日葵玩偶,摆在钟启铭二楼工作室的窗台,好让他每每看到那盆向日葵时,心思都会为她所动。

收货拆包,看见花盆侧面有个凸起的红色按钮,下面印着"Press me",林娇按了下去。

含笑的向日葵,开始美滋滋地摇晃起脑袋;与它节奏相符的吉他伴奏和温柔的女声,也徐徐传了出来……

听着歌词里那动人深情的诉说,林娇抬头看向窗外被大雨洗过的天空,不知不觉露出了久违的笑容。但很快,她就硬生生地将那笑容收了回来。

想到尸骨未寒的孩子,强烈的负罪感向林娇心头袭来。她不停地提醒自己,必须让钟启铭越陷越深,让他越来越痛,这是他理应去赎的罪。

林娇让钟启铭在她布下的棋局中越走越远——骗他说佳慧的声音令她耳熟,同时引导他去调查毛敏与姜峰的关系,进而让钟启铭自己发现,她当初是如何错将他当成毛敏的丈夫的;要钟启铭冒险去姜峰办公室,偷回她安在书架上的隐形摄像头,以查出账本中的秘密,逼姜峰就范;帮钟启铭在他绘制的关系图上,画下姜峰与肖娜之间的红线,让他发现姜峰曾逼肖娜堕胎,杀死过自己的亲子……

看着他从没让她失望,一次次地完成"任务",胜利归来,林娇从没想过,这样的布局也会有凶险……

当钟启铭跛着脚,浑身是伤地从农贸市集逃回来,林娇第一次为他感觉到了清晰的心疼。

假装若无其事地帮他缝合完伤口,看着他又因她"滞后"的信息,而负气地回到楼上,那一晚,林娇整夜没睡。她第一次有了想要终止这盘棋局的冲动,心间泛起的纠结,让她泪湿了枕头。

痛苦之中,林娇惊讶地发觉,自己竟然在不知不觉中,也对他动了真心。她变得无比彷徨，不敢想象，这样下去，要如何收场。

意外地听钟启铭讲完，在香港发现了白银走私的骗局，看他算出姜峰账本里固定不变的利润比，林娇惊喜地揭开了姜峰走私骗税的犯罪事实。

想到或许可以利用这个账本博一把，逼姜峰就此承认杀婴罪行，林娇开始变得更加犹豫。她不想再让钟启铭查下去，让他再去冒险，去发现那残酷的事实。

见钟启铭要去调查月嫂阿兰，她欲言又止。自从布局以来，她第一次有了想要拆穿自己的冲动。可林娇发觉，面对他像星空般深邃的眸子，如烈火般赤诚的真心，她无论如何，也无法将那些她对他的算计说出口。那些话将会让他遍体鳞伤，虽然，这正是她曾经想要的。

戏演久了，难免认真，谁也没法独善其身。在甘蔗田里被姜峰追杀，看着钟启铭为她中枪倒下，在这段逃亡的漫长日子里，林娇第一次有了想要放弃抵抗的想法。

她已经一无所有，现在竟然连他也要一并失去了……

清楚地记得那么多个逃亡日子里的"第一次"，林娇却无法想起，是从什么时候真真正正地爱上钟启铭的。

是推门，看到那些含笑向日葵的瞬间；是知道，他竟是幼时海边那个男孩的刹那；是她高烧不退，他心疼吻着她额头的时候；还是……更早，更早，早到她不愿承认，不敢面对。

"想什么呢？哀哀戚戚的模样！"

思绪突然被跟前怨中带笑的女声打断，林娇仰头望见了举着两杯咖啡的毛敏。

"都说了，要你别来送我了！偏不听，搞得怪伤感的。"林娇掩饰着说道，站起身来去接毛敏的咖啡。

"我还说了，舍不得让你走呢！你不也偏偏要走！我不跟你一块去，帮你安顿好了，怕是你到了那边就要彻底销声匿迹！"

毛敏嗔怪完，便开始婆婆妈妈地嘱咐道，"我去待不了两天，有些话现在不说，怕到时候忘了。北京那边已经入秋了，早晚温差大，空气干燥，你到了那儿可要想着早添衣服，准备些润唇膏。如果想家了就回来，别在那边硬挺着。我知道，你现在想要忘记这里的一切，换个地方重新开始，但别把自己逼得太狠了……"

毛敏的话还没说完，林娇便给了她一个紧紧的拥抱："谢谢！谢谢你一直没有离开我!"林娇伏在毛敏的肩头哽咽着说道。

毛敏的眼圈随即泛红,她抽了抽鼻子,安慰林娇道:"说什么傻话!你忘了,当初我从失恋里走不出来的时候,你跟我说过,我还有你,你一直都在!我现在也要告诉你,不管到什么时候,你都有我!"

"嗯!"

正含着泪,用力地在毛敏的肩膀上点着头,林娇看见手机突然亮了起来。

她松开毛敏,揩掉眼泪,划开屏幕来看,渐渐地,眼泪变得更加汹涌。

"怎么了?"毛敏见状忙问道。

林娇不说话,只是将手机递给了毛敏,然后难过地坐回排椅上,咬着下唇继续落泪。

"这个傻子!他要不要爱得这么隐忍纯粹!不懂得有时候,爱情也需要一点点阴谋和算计吗!"

读着钟启铭的信,毛敏恨铁不成钢地骂道。接着,她转向林娇劝道,"字字这么深情,看得我都要落泪!明明你也很在乎他,要等到他昨天出院了,才肯订去北京的机票……要不,咱们回去吧!"

刚调整好情绪,听到毛敏的话,林娇哼笑,随即嘟囔道:"你怎么了?不是说过,不要相信男人的鬼话吗!"

"唉!他呀,他可真是让我对男人这个物种,有了全新的改观!"

毛敏重重地叹了口气,打趣道。再看向手机屏幕,毛敏突然睁大了眼睛,"坏了!信箱提示有延迟啊!这信是他昨天写的,约的是今天啊!"

又慌忙看了一眼手机上的时间,毛敏赶紧对林娇说道:"离约定的时间,还有两个小时!怎么样?去不去见他?"

林娇不说话,只是茫然地看着窗外已经对接上登机口的飞机,乘客早已陆续登机。

这时,广播里传来了,本次航班的最后一次登机提醒:"请尚未检票的五位旅客,尽快前往登机口登机。"

林娇听着播报员念出了她和毛敏的名字,同时听见毛敏对她说道:"算了!我先去检票口那儿拖延一下!给你留些时间,好好想想。如果决定好了要回去,就喊我!"

望着毛敏离去的背影，林娇看见三个人从她面前小跑着，奔向登机口。

一……

二……

三……

检票员边收着那三个人的登机牌，边数道。

"我，该回去吗？"

扭回头来，为了听清楚藏在心隐之地里的真心，林娇缓缓地闭上了眼睛。

（全文完）